傅刚 著

《昭明文选》研究
（修订本）

北京大学出版社
PEKING UNIVERSITY PRESS

图书在版编目(CIP)数据

《昭明文选》研究/傅刚著.—修订本.—北京：北京大学出版社，2023.3
ISBN 978-7-301-33763-9

Ⅰ.①昭… Ⅱ.①傅… Ⅲ.①《文选》-古典文学研究 Ⅳ.①I206.2

中国国家版本馆CIP数据核字(2023)第031846号

书　　　名	《昭明文选》研究（修订本） 《ZHAOMING WENXUAN》YANJIU（XIUDING BEN）
著作责任者	傅　刚　著
责任编辑	吴远琴
标准书号	ISBN 978-7-301-33763-9
出版发行	北京大学出版社
地　　　址	北京市海淀区成府路205号　100871
网　　　址	http://www.pup.cn　　新浪微博：@北京大学出版社
电子信箱	dj@pup.cn
电　　　话	邮购部010-62752015　发行部010-62750672 编辑部010-62756449
印　刷　者	三河市北燕印装有限公司
经　销　者	新华书店
	650毫米×980毫米　16开本　17印张　279千字
	2023年3月第2版　2023年3月第1次印刷
定　　　价	68.00元

未经许可，不得以任何方式复制或抄袭本书之部分或全部内容。
版权所有，侵权必究
举报电话：010-62752024　电子信箱：fd@pup.pku.edu.cn
图书如有印装质量问题，请与出版部联系，电话：010-62756370

目 录

序一（袁行霈）……………………………………………………（1）
序二（曹道衡）……………………………………………………（1）
导言………………………………………………………………（1）

上编　《文选》编纂背景研究

第一章　汉魏六朝编撰考论………………………………………（15）
　　第一节　汉魏六朝著书、编集动因考…………………………（15）
　　第二节　汉魏六朝著书、编集体例述论………………………（26）
　　第三节　汉魏六朝著书、编集撰人例论………………………（34）

第二章　文体辨析与总集的编纂…………………………………（42）
　　第一节　文体辨析的学术渊源…………………………………（42）
　　第二节　文体辨析的历史要求…………………………………（55）
　　第三节　汉魏六朝文体辨析观念的产生与发展………………（60）
　　第四节　文体辨析与总集的编纂………………………………（74）

第三章　齐梁文坛的创作与批评…………………………………（80）
　　第一节　"新变"与"通变"——齐梁时期的两种批评观……（80）
　　第二节　永明文学至宫体文学的嬗变与梁天监、普通年间
　　　　　　文学实况…………………………………………………（96）
　　第三节　萧统东宫学士的文学观及创作实绩…………………（110）

下编　《文选》的编纂及文本研究

第一章　《文选》的编纂…………………………………………（121）
　　第一节　《文选》的编者及编纂年代考论……………………（121）

第二节　《文选》与《古今诗苑英华》《文章英华》的
　　　　　　关系 ································· (130)

第二章　《文选》的基本面貌 ····························· (135)
　　第一节　《文选》的编辑宗旨、体例 ··············· (135)
　　第二节　《文选序》对文体的认识 ················· (142)
　　第三节　《文选》的分类 ··························· (146)

第三章　《文选》的比较研究 ····························· (152)
　　第一节　《文选》收录标准与齐梁作家作品评赏间的异同 ······ (152)
　　第二节　《文选》与《诗品》《文心雕龙》及《文章缘起》的
　　　　　　比较 ································· (159)

第四章　《文选》文体论析 ······························· (175)
　　第一节　赋论 ····································· (175)
　　第二节　诗论 ····································· (195)
　　第三节　文论 ····································· (218)

参考文献 ··· (243)
后记 ··· (254)
重版后记 ··· (257)

序一

袁行霈

傅刚博士的学位论文即将出版了。这是一篇富有原创性的论文,资料丰富,新见迭出,特别是对于《文选》版本的调查以及版本源流的说明,对《文选》编者的考证,对《文选》体例及其文学观阐释,都能旁征博引得出令人信服的结论。这篇论文获得全国首届优秀博士论文奖,是当之无愧的。关于《文选》研究中的一些重要问题,以及傅刚博士在《文选》研究中所做出的贡献,他的导师曹道衡先生在《序二》中已经做了极其精辟的说明,无须我再重复了。

《文选》在唐宋两代曾产生过重大的影响,是当时的文人们学习写作的范本。到了今天,这方面的作用虽然已经减弱,但是将《文选》作为研究中国古代文学的一个切入口,却是很好的选择。套用"《文选》烂,秀才半"的谚语,我们可以说《文选》烂熟之后,以此为学术的基地,纵既可通,横亦可通,许多有价值的研究课题都可以由此生发出来。上下追寻,可以展开对整个中国文学的研究;左右探索,可以旁及史学、哲学等许多领域。从"选学"入手,而不为"选学"所囿,上下左右开拓发掘,前景是非常宽广的。

傅刚在北大跟我作博士后研究期间,我对他的为人和治学有了比较多的了解。他生于徐州,在徐州师范学院获得学士学位;再到上海师范学院师从曹融南老先生,获得硕士学位;又负笈北上,师从曹道衡先生,获得博士学位。曹道衡先生在中国古代文学方面造诣很高,他是第一位招收"选学"博士生的导师。正是这两位曹老师为傅刚博士打下了坚实的基础,并指导他成功地走上研究的道路。而我不过是和他一起从事研究工作的同道而已。《世说》载褚季野与孙安国的对话:北人学问渊综广博,南人学问清通简要。姑且借用这两句未必十分准确的话,傅刚博士可谓兼而得之矣。他是一位勤奋聪慧、研精覃思的学者，有了《文选》这个基地，今后正可纵横驰骋，在广泛的领域内取得一个个新的突破。

傅刚博士嘱我为他的书作序，谨聊书数语以表达我的厚望。

1999 年 6 月 16 日

序二

曹道衡

梁昭明太子萧统主持编纂的《文选》一书，在我国文学史上有着极其巨大的影响。尤其是在唐代，大诗人李白据说曾三次拟作《文选》中的诗文；另一位大诗人杜甫也告诫过他儿子要"熟精《文选》理"。到了宋代，此风仍不衰，陆游《老学庵笔记》有"《文选》烂，秀才半"之谚；连理学家朱熹也认为李白诗好就好在始终学《文选》上。但到了元明以后，人们对《文选》的重视程度就远不如唐宋了。因此，"选学"的复兴实在清代，从何焯的《义门读书记》开始，像汪师韩、孙志祖、余萧客、朱珔、梁章钜、胡绍煐、张云璈诸家，在名物、训诂的考释方面取得了许多成就，以致直到今天我们研究《文选》还不能不阅读这些著作。但是不可否认的事实是：清代的"选学家"，也不可避免地有他们的局限性。例如，何焯等较早的学者，所能见到的《文选》，一般都是当时通行的"汲古阁本"。这个版本据不少人考证，说是从"六臣注"本辑出的李善注，并非李注本来面貌。后来胡克家得到了一个南宋尤袤刊李善注本，他组织了顾广圻、彭兆荪等人，把它与明袁褧覆刊宋广都裴氏六家注本和茶陵本（宋赣州刊"六臣注"本）进行校勘，刊刻了一个新本，即"胡刻本"。长期以来，我们阅读《文选》，一般都以这个本子为依据。此外，较常见的就是《四部丛刊》所影印的一个覆刊赣州本的"六臣注"本，即所谓"建州本"。其他版本已很少为人所知，亦少有研究者注意。这种状况，在一个多世纪以前，确有其条件限制，很难求全责备。但时至今日，随着敦煌写本的发现，日本所藏各种古写本、抄本的出现，以及国内外许多版本的公开和影印，使我们的眼界大为扩展。例如，北京图书馆藏天圣明道本李善注的出现，证明了清四库馆臣和胡克家等人判断今本李善注《文选》乃辑自"六臣注"之说的谬误。

现藏台湾省的宋陈八郎刊"五臣注"及日本所藏高丽旧刊"五臣注"的出现，给我们显示了"五臣注"的原貌，而在此以前，我们对"五臣注"的了解，只有通过"六臣注"。至于许多古写本、古抄本，更使我们了解到李善注和"五臣注"以外唐代其他注家的情况。韩国奎章阁本，展现了最早的"六家注"——秀州本的面貌，而这个"六家注"又基本上最接近于天圣明道本李善注和平昌孟氏本"五臣注"。这些写本、抄本和刻本的出现，使我们对《文选》的一些看法不能不有所变化。例如，历来不少研究者都信从唐李匡乂、丘光庭，宋苏轼的观点，尊李善而斥"五臣"。今天看来，这总的评价似乎还不能算错；但在具体论点上，却有待分析。因为在现在流行的版本中，这两种注已被混淆，甚至被李善和"五臣"以外的文字窜乱。这情况其实从何焯开始已有所发现，如班固《两都赋》题下，有一条注，说是李善注，经何焯等人考证，就既非善注，亦非"五臣注"，而是传抄中误入的。这样的例子，在过去只有凭研究者的学养和识见，加以鉴别，而有时还难以一一指出，现在有了这许多写本、抄本和刻本作比较，问题就好解决得多。否则也可能尊善注而所推崇的论点不出李善，斥"五臣"而所驳者亦非五臣之言。这是今天的《文选》学研究不同于过去的一大情况。

其次，从清代以来的"《文选》学"，其实是依附于经学的。清人的《文选》学著作所以长于名物训诂之学，其目的无非是想通过治"选学"来证"经"；正如有些学者之治各种子书，归根结底是为了训释其中古言古语之义，以为解释"经部"书的旁证。他们这种工作对"选学"起了很大的推动作用，主要是带来了"乾嘉学派"笃实严谨的学风。但正因为"选学家"受了经学的影响，也难免有一定的入主出奴的门户之见。例如，清代一些人谈到"五臣注"，就说要"憎而知其善"。然而，像"五臣注"这样的唐人旧注，虽有不少谬误，总的来说不如李善注那样精详，但多少保存一些材料，足资参证，未必需要"憎"它。例如，据周勋初先生依据流传于日本的《文选集注》考证，"五臣注"中有一些注释就直接引自公孙罗注（《〈文选〉所载〈奏弹刘整〉一文诸注本之分析》，见《文选学新论》，中州古籍出版社，第358—369页）。笔者也曾根据"六臣注"本作过一些比勘，发现司马相如《子虚赋》和《上林赋》中李善注本和"五臣注本"的不同，往往是李善本同于《汉书》，而"五臣"本同于《史记》。班固《两都赋》的文字，"五臣"与李善不同处又往往同于《后汉书》，其注释亦有采自李贤注者。这说明李匡乂在《资暇录》中说"五臣注"尽从李氏注中出一语，未必全合事实。再说据《旧唐书·经籍志》和《新唐书·艺文志》，隋代萧该的《文选音》至唐时犹存。萧该是梁鄱阳嗣王萧范子，乃萧统从侄。他是西魏攻克江陵时入北的，与李善所见传自曹宪的《文选》容有不同。生活于开元时代的"五臣"们，也完全可能见到过萧该所传的本子。以目前所知情况而论，"五臣注"比李善注多出一首乐府诗；而在文体分类方面，一些"五臣注"本分三十九类，现今通行的李善注本则只有三十七类；但从清陈景云到近人黄季刚、骆鸿凯先生已经认为应加上"移"一类为三十八类；台湾的游志诚先生又据宋陈八郎本，认为应增"难"一类，而傅刚博士在本书中更根据《郡斋读书志》卷二十证明晁公武所见宋代的李善注本亦有"难"体，当以三十九类为是。这样，三十九类的说法应该说是"信而有征"了。但也还有些研究者仍坚持认为"五臣"注"荒陋"，"又轻改前贤文旨"，而表示反对。其实"难"体的存在，已不限于"五臣"本，而坚持三十七类说者所据版本，大抵为"六臣注"或业已证明已与"五臣"有所混淆的尤刻本而非较近李善原貌的"天圣明道本"（事实上此本已残，无从见其全貌）。其实《文选》的文体分类问题本可继续讨论，但仅据李匡乂一语，就判断"五臣注"一无可取，同于"五臣注"者均不可信，这是否类似于经学家的门户之见？还有的研究者在论点方面强调对古人有"感情"，这恐怕亦非所宜。因为判断是非的根据归根结底在事实而非"感情"这样主观的东西。在这个问题上，我看傅刚博士在《导言》中提到德国社会学家马克斯·韦伯的"价值中立"说，应该是很有道理的。像目前关于《文选》编者问题的争论，难免使人想起当年陆九渊对王安石和元祐诸公的评论。从出发点来说，双方主张似亦各有其一部分理由，但夹杂着意气，就与真理本当愈辩愈明的通例背道而驰。这个历史教训很值得我们借鉴。

时至今日，"文选学"的研究已经和前人颇有不同。放在当代研究者面前的任务是既要从新发现的材料和现代科学的文艺观出发，从崭新的角度来看待《文选》，阐明它的体例、性质及价值；另一方面又要继承和发扬前人特别是清代一些学者笃实谨严的传统，才能取得优异的成果。事实证明，要把二者结合起来是不太容易的。现在有些研究者凭借其敏锐的感觉，提出了一些颇有见地的意见。例如说，《文选》收录作品有详近略远的用意。这在一些文体特别是某些应用文方面，确实有些道理，但在诗，特别是赋方面就不一定是这样。又如有的研究者提到过孔稚珪《北山移文》中"值薪歌于延濑"一句，李善注称"未闻"；而"五臣"吕向注引了苏门先生游于延濑的典故加以解释的事。这确实说明"五臣注"亦有足以补李善注之缺的地方（当然，这条注也可能采自别人如公孙罗、许淹诸人）。但这种个别的例子毕竟还不足以说明"五臣注"的价值可以与李善注相提并论。因为李善注中这类训释的精见毕竟要多得多。所以真正有价值的学术研究，必须既有作者自己的独到之见，又能掌握丰富而确切的证据，能为多数研究者和读者们所接受。这就有赖于敏锐的识见和深厚的功力。这两者缺一不可，因此当前的学术论著数量虽然不少，但确有价值的却未必很多。在这里，傅刚博士的《〈昭明文选〉研究》一书，有许多优点确实非常突出。

傅刚博士的《文选》研究，首先是从掌握现存各种版本着手的。为此，他跑遍了北京、上海、郑州等地的各大图书馆，克服种种困难查阅了目前所能见到的大陆、台湾，以及国外许多藏本的原件和影印本、复制本，在这个基础上写出了《〈文选〉版本研究》一书（将另行发表）。对《文选》成书以后，在传钞、刻印过程中所出现的种种变化进行考察，从而对《文选》及其注本的原貌及流变过程有一个比较清晰的了解。只有在这样的基础上，才能对《文选》的编辑宗旨、体例和历史地位作出正确的论述。

其次，《文选》作为一部从先秦到梁代的诗文总集，它的性质和体例必然要受到当时著述编撰情况、文体分类和总集编纂，以及萧统所生活于其中的齐梁时代文学创作和批评状况的制约和影响。为此，傅刚博士对汉魏六朝的众多史籍及文学作品、文学理论著作进行了深入的研究，掌握了十分丰富的材料，对汉魏六朝著述，编集的动因、体例和撰人的情况，作了详尽的论述，从而考明了文学概念的日渐明确与子、史诸部相区别的由来；并对历代帝王、诸侯的撰述情况进行分析。前者从历史发展上显示《文选》不录子、史诸书的意义；后者从萧绎诸人撰述情况说明帝王、诸侯署名的典籍既非尽出他人之手，亦非尽为自撰，从而对《文选》编者的争论，提出了有力的旁证。至于对《文选》出现以前一些总集的不同体例之考察，更为过去研究者所未经注意，说明了傅刚博士用心之细和用力之勤。

在论及《文选》与《古今诗苑英华》的关系时，傅刚博士详考了《古今诗苑英华》与《文章英华》是两部不同的书，并从《隋书·经籍志》的著录情况，考出《文章英华》是一部五言诗集，而《古今诗苑英华》则是杂言诗集。比现在某些研究者的推测之辞，显然要可信得多。又如关于《古今诗苑英华》是否即《颜氏家训·文章》所称的《诗苑》，傅刚博士不仅和目前的研究者一样，以《旧唐书·经籍志》著录的唐僧慧净《续古今诗苑英华》为证，还博稽《郡斋读书志》《文献通考》诸书，并引用《诗英》《西府新文》等书作为参证，着重于体例的考察，而不仅仅着眼于刘孝绰个人对何逊的态度。这说明了傅刚博士为了论据的科学性，真正做到一丝不苟，对某些具体的考证问题也没有放过。

在考察《文选》和齐梁间一些文学批评著作如《文章缘起》《宋书·谢灵运传论》《文心雕龙》和《诗品》的异同时，傅刚博士既不同意历来关于《文选》受《文心雕龙》影响的旧说，也不同意今人认为受沈约《宋书·谢灵运传论》的新见，而是从南朝文学发展的几个不同阶段，详尽地比较《文选》与这些著作的异同。指出《文选》的文学观倾向于"新变"，和《文心雕龙》的强调复古不同；又指出《文选》之主张"新变"，又强调"丽而不浮，典而不野，文质彬彬"的要求与萧纲等人有别。在文体分类的问题上，傅刚博士更把《文选》的文体分类与诸书作了比较，证明在这方面，萧统受任昉《文章缘起》的影响较多。但《文章缘起》一书，在《隋书·经籍志》中作《文章始》，而《旧唐书·经籍志》《新唐书·艺文志》却称唐张绩所补，所以有人曾提出怀疑。但傅刚博士却从宋王得臣《麈史》中证明此书在北宋已有；并且从"五臣"吕向《文选序》注的引文与今本相同证明此书实未尽佚，只是经过了后人的整理。这样的考证，可谓缜密，信而有征。在论证《文选》与《诗品》的关系时，既说明了钟嵘与萧统并无多少交往，而在《诗品》对不少诗人的评价方面，却证明其与《文选》的选录诗歌的情况有许多共同之处，说明一个时代的文学思潮总有其相同或类似之处。这种论证不但确切，也对解决六朝文学史的问题起着不小的推动作用。

特别应该指出的是，傅刚博士的《文选》研究，其眼光并不局限于萧统一人、《文选》一书或梁朝一代，而是从整个汉魏六朝文化和文学发展的历史长河中来考察《文选》的出现及其历史地位的。因此，举凡自汉以来人们的著述情况、文学概念的形成以及文体分类的日趋细密的情况，他经常对两汉到六朝的发展过程作全面的考察，引证了《后汉书》《三国志》《晋书》以及宋、齐、梁三代史籍和作品，作了仔细的统计和分析，然后得出相应的结论。有时为了论证的需要甚至还上溯先秦，下及隋唐。这些论证，不但论据充分，而且站的角度高，看得深，不仅具有很强的说服力，并能给人很多启发。

傅刚博士好学深思，学术根底深厚，在上海师大曹融南老先生门下攻读硕士后，一九九三年来京从我攻读博士。毕业后又到袁行霈学兄门下攻读博士后，在这几年中不但学业的进步日新月异，成绩斐然；而且写了不少优秀的论著，受到许多专家学者们称赞。他现在刚步入中年，其前途是无可限量的。记得二十年前，我曾谒先师余冠英先生，谈到我们这一代人，经过十年动乱，荒废了学业，已无希望达到师辈的水平了。当时余师就批评说："你们如果这样，就只能使我们失望！"从现在看来，由于主客观条件的多种原因，我个人只能有负师辈的期望了。但值得自慰的是我虽无先师的学问，却有更好的运气。我曾多次向比我年轻的同志引用一句成语说："长江后浪推前浪，一代新人胜旧人。"现在读了傅刚同志的论著，我对此语更觉信心十足。

一九九八年十月二十一日
序于西直门寓庐

导　言

一

自隋唐以来，《文选》研究已经有一千多年的历史了，由于《文选》本身的价值以及封建时代科举制度的原因，《文选》一直是一门显学。总括前人的研究，大致可以分为五家：一、注释，二、辞章，三、广续，四、雠校，五、评论①。就传统"选学"的研究目的和方法而论，这些研究都取得了显著的成果。这份宝贵的研究成果，有待我们更进一步地清理、总结，以期在新的历史条件下更好地继承和发扬。从"五四"以后，《文选》研究随着社会结构的转变，历史条件的变革，出现了新的面貌，代表著作为骆鸿凯氏《文选学》。"骆氏的研究，第一次从整体上对《文选》加以系统、全面的评价，作者不仅对《文选》自身的纂集、义例、源流、体式有独到的见解，还对如何研读《文选》指出了门径"，因此，《文选》研究专家，中国"《文选》学"研究会副会长许逸民先生称之为"新选学"的开山之作②。

"新文选学"是近代日本学者首先提出的概念。据周文海先生为《清水凯夫〈诗品〉〈文选〉论文集》③所作的《编译后记》介绍，这个概念最先由神田喜一郎博士在《新的文选学》一文中提出，但真正使之形成有风格、有方法的研究派别的却是清水凯夫教授。重庆师范学院韩基国先生评价清水凯夫教授的研究说道："率先不循旧规，不拘往说，锐意兴革，批判地总结了前人的研究成果，从新的角度，用新的方法，研究《文选》总体形象，开始走出了历来的基础研究领域，在'文选

---

① 参见骆鸿凯《文选学》，中华书局1989年版，第42页。
② 许逸民《再谈选学研究的新课题》，赵福海主编《文选学论集》，时代文艺出版社1992年版，第11页。
③ 首都师范大学出版社1995年版。

学'的研究上开拓出一条新的门径,兴起了一股新风。"[1]

清水凯夫教授的研究成果已由韩基国先生首先介绍给我国的学术界[2],最近又由清水凯夫教授的中国学生周文海先生将清水的《文选》研究和《诗品》研究两部分成果合并编为《清水凯夫〈诗品〉〈文选〉论文集》,交由首都师范大学出版社出版。

清水凯夫教授的研究成果及"新文选学"的主要内容,中国学者许逸民先生曾归纳为六个方面,即:1.《文选》的编者;2.《文选》的选录标准;3.《文选》与《文心雕龙》《诗品》的相互关系;4. 沈约声律论;5. 简文帝萧纲《与湘东王书》;6. 对《文选》的评价[3]。不过,清水凯夫教授对此并不完全同意,他重申他的"新文选学"有四大课题:第一课题,无论如何也是传统"文选学"完全缺乏的《文选》真相的探明。这一大课题,仅个别地澄清各个问题,是终究不能解决的,只有在以下诸课题分别澄清后,才能有机地用综合分析考察的方法求得其结果。第二个课题,是弄清如下先行理论对《文选》的影响关系。这一课题自然也应该与第一课题(揭示《文选》的真相)联系起来考察的。第三个重大课题,是弄清各个时代对《文选》接受、评价的变迁,换言之,即扩充和充实历来所说的"文选学史"。第四个课题,是使传统"文选学"已进行的工作变得更加充实,那就是彻底地探讨版本、训诂学的历史,补上欠缺的部分。从清水凯夫教授本人阐述的"新文选学"内容看,比较许逸民先生的总结又扩大了许多。这个差别主要是因为许逸民先生根据清水教授已经做过的工作而言,而清水教授的重新认定,则包括了许多未来的计划。从清水教授的第四个课题的认定看,他已经将传统"文选学"的版本、训诂等内容也引入了"新文选学"。当然,对这个传统研究中的课题,清水教授更强调用新的方法。

清水教授四个课题的认定,已明显与神田喜一郎博士当初所提出的"新文选学"有了区别。在神田博士那里,"新文选学"既不包括各种译注本,也不包括斯波六郎博士的版本研究和《文选索引》。如果按照清水教授的界定,那么"新文选学"在日本实际上并非从20世纪60年代才开始,而应该从斯波六郎博士的研究工作开始算起了(斯波博士的研究成果发表于20世纪50年代,但其研究工作却早在昭和初年)。但这

---

[1] 韩基国《日本新文选学管窥》,赵福海等编《昭明文选研究论文集》,吉林文史出版社1988年版,第305页。

[2] (日)清水凯夫《六朝文学论文集》,韩基国译,重庆出版社1989年版。

[3] 上揭书。

样一来，就带来了新的问题，如果斯波六郎博士的研究也属于"新文选学"内容的话，那么传统"文选学"的版本研究（如清胡克家等人的工作）应如何看待呢？事实上，斯波六郎博士的版本研究与胡克家的版本研究在本质上并没有什么不同。其实，"新文选学"提出的时候，其基本内容正如许逸民先生所总结的一样，清水凯夫教授的既成研究也证明了这一点，只是随着他本人的思考成熟，以及中日两国学者的批评而陆续增加了如清水凯夫教授后来所说的第三、四两课题的内容。

对于"新文选学"的提法，中国学者似乎有三派，一派是鲜明的支持者，如许逸民先生、韩基国先生，但这一派在支持的同时，又有许多补充。许逸民先生在1995年郑州召开的《文选》国际学术讨论会上提交的论文《"新选学"界说》一文提出了"八学"概念：一、"《文选》注释学"；二、"《文选》校勘学"；三、"《文选》评论学"；四、《文选》索引学"；五、"《文选》版本学"；六、"《文选》文献学"；七、"《文选》编纂学"；八、"《文选》文艺学"。这八学内容集中起来体现了"以新的研究范畴来规范，以新的理论观念来指导而达到新时代学术水准的'文选学'研究"观念。这应是对"新文选学"最系统、全面的界定了。与支持者态度相反，是强烈的反对派，如四川师范大学的屈守元先生。还有不少学者表示无所谓什么提法，而看重实质性的研究；不论"新""旧"，都要本着实事求是的研究态度，研究出令人信服的成果。

应该说清水凯夫教授提出的"新文选学"以及他本人认真的研究，是值得我们赞赏的。因为学术研究本身具有当代性，研究者的观念，使用的方法，都与其所处的社会有密切的联系。研究也必须依据新时代所提供的新观念、新方法，才能求得对历史研究的新突破。从这个意义上说，"新文选学"的提出，是符合了"五四"以后新的历史条件的要求的。但同时我们也必须看到，在提倡"新选学"的同时，也不能完全忽视传统"文选学"的研究经验、方法和成果。如何处理"新"与"旧"间的关系，也许是"新文选学"提倡者更要关注的问题。

二

令人欣喜的是，"新文选学"的提倡者及拥护者态度都是认真的，使用的方法也非常慎重，虽然有时难免"标新立异"，但还是基于解决问题的认真、负责态度。从这一点说，它是继承了学术研究的优秀传统，因而在"新文选学"确定的几个课题研究中，都取得了令人瞩目的成绩。大体上说来，传统"文选学"研究的成绩主要集中在注释、评点、雠校和版本等方面。自唐李善与五臣为《文选》作注以来，已为后人学习《文选》奠定了良好的基础，同时李善与五臣的注释本身，也成为"文选学"的一个重要内容。由于李善和五臣具有不同的注释态度、目的和方法，因而在"选学"研究中形成尊李善贬五臣和尊五臣贬李善的两个派别。一般说来，北宋以前尊五臣，北宋以后则尊李善。传统"文选学"至清代可说是达于巅峰，代表学者和著作有何焯的《义门读书记》，余萧客《文选音义》《文选纪闻》，汪师韩《文选理学权舆》，孙志祖《文选考异》《文选李注补正》，许巽行《文选笔记》，张云璈《选学胶言》，朱珔《文选集释》，梁章钜《文选旁证》，胡绍煐《文选笺证》等。清代学者学养深厚，结合运用小学、考据、校勘等多方面知识，或评议，或考校，使"选学"研究远远超出前人，并为后学者奠定了坚实的基础。传统"选学"的成就，是今人研究的基础和起点，不论"新文选学"研究者采用什么样的方法、手段，都不能忽视传统"文选学"研究者已经做过的工作。

  本文特别需要提到传统"文选学"关于《文选》版本的研究，因为这是本文《文选》版本研究的基础和起点。传统"文选学"关于《文选》版本的研究主要集中在李善注版本源流辨认的梳理上。代表性成果为四库馆臣的《四库全书总目提要》和胡克家组织顾广圻、彭兆荪所作的《文选考异》。四库馆臣依据汲古阁本得出了李善注本系从六臣本中抄出的结论，其后顾广圻等以尤刻本与元茶陵本和明袁褧覆宋本逐字逐句比勘，也得出了与四库馆臣同样的结论。1957年日本学者斯波六郎博士发表了《文选诸本的研究》一文，依据他对三十三种《文选》版本和日本所藏古抄本《文选集注》以及敦煌写本永隆本《西京赋》的调查，重新证实了四库馆臣和顾广圻的结论，此后这一结论便广为学术界所接受。但是，20世纪70年代以来，以上的结论遭到了中、日两国学者的批评。中国学者程毅中、白化文先生首先在《略谈李善注〈文选〉的尤刻本》[①]中提出尤刻本之前还有北宋国子监本，六臣本的流行在国子监本之后，因此李善本绝无可能从六臣本中摘出。日本学者冈村繁教授依据程、白二氏之说，也否定了斯波博士的结论。以上是《文选》版本研究已经做过的工作和取得的结论，由于研究者受到资料的限制（如四库馆臣依据的是毛氏汲古阁本，胡克家依据的是南宋尤刻本，斯波六

---

① 载《文物》1976年第11期，第77—82页。

郎依据的宋版仅有明州本、赣州本,甚至没有见到尤刻本,程、白二氏虽知有北宋国子监本,显然没有细读,也没有与尤刻本对勘),这些结论都是不正确的。但是,结论的错误并不表明他们的工作没有价值,恰恰相反,无论是胡克家,还是斯波六郎,他们在版本调查中的工作,为我们的进一步研究奠定了基础。

"五四"以后,"文选学"研究遭到了比较严重的冲击,在"选学妖孽"的口号批判中,"文选学"受到了冷落。但是尽管如此,黄季刚先生的《文选平点》和高步瀛先生的《文选李注义疏》,仍然将传统"文选学"研究大大地推进了一步。黄氏被章太炎先生称为"知选学者",他的"深得古人文之用心处",在《平点》一书中得到充分的体现。同时在对前人研究的深刻把握基础之上,或评笺,或考证,都有真知灼见。高氏《义疏》一书,则是全面对李善注的董理和爬梳,他在总结了前人研究成果的基础之上,又充分利用当代发现的写、抄本,旁征博引,详考本末,对恢复李善注原貌作出了重要的贡献。可惜此书仅完成八卷,因作者病逝而未竟全功,这是《文选》学研究的极大损失。这样的工作恐在相当长的时间内都将后无嗣音,念之未免使后人惶愧!

自骆鸿凯先生的《文选学》发表之后,中国近当代的研究便与传统"选学"划分了界限。尽管"新选学"倡名于日本,其实中国当代学者的研究,如关于《文选》的编者、选录标准等问题,自20世纪50年代以来,就陆续有不少成果问世。其中产生一定影响的有殷孟伦先生《如何理解〈文选〉编选的标准》[①]、王运熙先生《萧统的文学思想和〈文选〉》[②]、郭绍虞先生《〈文选〉的选录标准和它与〈文心雕龙〉的关系》[③]。总的说来,20世纪80年代之前,中国的《文选》研究还处于零星的、不成系统的状态,20世纪80年代中后期才进入一个新阶段。由北京大学、长春师范学院等多单位联合所作的《文选》译注似乎是一个标志,而1988年在长春召开的第一届《昭明文选》国际学术讨论会,更是表明中国《文选》学研究步入一个新时期。在此之后,又分别在长春、郑州召开了两届国际学术讨论会,并成立了中国《文选》学研究会,表明中国的《文选》研究已经国际化,而且进入了规范的、有系统的研究状态。就当前已经开展的工作来说,如郑州大学古籍整理研究所在俞绍初先生带领下所作的《文选书录》《文选集成》《中外学者〈文

---

① 载《文史哲》1963年第1期,第75—82页。
② 载《光明日报》1961年8月27日。
③ 载《光明日报》1961年11月5日。

选〉学论集》《文选学论著索引》，北京大学古文献研究所倪其心先生主持编著的《昭明文选新注》等，都代表了中国当代学者的研究成绩。

我们这里满怀敬意地提到中国《文选》学会会长曹道衡教授，他在80年代后期至当前的一系列《文选》研究文章中，对《文选》的编者、体例、选录标准等问题都发表了经过仔细论证因而十分令人信服的观点。比如关于《文选》编者的研究，曹道衡先生与沈玉成先生合写的《有关〈文选〉编纂中几个问题的拟测》一文，据《梁书》《南史》等有关资料提出："在萧统周围的文人中，最有可能参加这一工作的只有刘孝绰和王筠两人，但相对来说，王筠在萧统身边的时间较孝绰为短。"该文还考订出刘孝绰协助萧统编纂《文选》的时间，即在大通元年底至中大通元年（527—529）期间。对这一研究成果，学术界评价为"令人耳目一新"①。除此之外，四川师范大学屈守元教授陆续发表了《昭明文选杂述及选讲》《文选导读》等专著，对《文选》编辑的背景、《文选》学史都进行了系统论述。

中国大陆学者之外，中国港、台学者关于《文选》的研究也取得了令人瞩目的成就。香港著名学者饶宗颐先生的《敦煌本文选斠证》②《日本古钞文选五臣注残卷校记》③，是根据写、钞本对《文选》版本进行研究的力作，文中所得出的一些结论，非常具有启发性。或许由于条件的限制，饶氏未能采用与敦煌写本（永隆本）和古钞五臣注残卷有直接关系的北宋国子监本（中国国家图书馆、台北故宫博物院藏）和陈八郎本（台湾"中央"图书馆藏）对勘，因此所获结论又难免有缺陷。台湾学者对《文选》的研究极为重视，出版过研究专著多种，如林聪明氏《昭明文选研究考略》④《昭明文选研究初稿》⑤，陈新雄、于大成氏编《昭明文选论文集》⑥，李景溁氏《昭明文选新解》⑦，等等。此外，台湾有不少大学都开设有《文选》研究课程，博士、硕士论文中有不少以《文选》研究为题。硕士论文如丁履譔氏《文选李善注引诗考》、李鍌氏《昭明文选通假考》、周谦氏《昭明文选李善注引左传考》、温文锡氏

---

① 见阴法鲁、陈宏天《我国近十年来〈文选〉研究情况述略》，赵福海等编《昭明文选研究论文集》，第276页。
② 载《新亚学报》3卷1—2期。
③ 载《东方文化》1956年3卷2期。
④ 台北文史哲出版社1974年版。
⑤ 台北文史哲出版社1986年版。
⑥ 木铎出版社1980年版。
⑦ 暨南出版社1990年版。

《李善文选注引说文考》、黄志祥氏《北宋本文选残卷校证》等。从题目看，这些论文主要集中在对李善注的研究上。值得介绍的是，游志诚氏博士论文《文选学新探索》，分"文选版本学""文选校勘学""文选注释学""文选评点学""文选学综观研究方法示例"五部分，用新方法对传统"选学"进行全面综合研究，在处理传统"选学"和"新选学"关系上，作出了可喜的探索。

海外"文选学"研究的重镇仍是日本，除以清水凯夫教授为代表的"新文选学派"外，传统的"选学"研究成果仍然集中在版本上。由于日本藏有丰富的早期写本、钞本，对它的研究成为日本"选学"研究者的一个特色。此外，版本研究仍以斯波六郎博士为代表，其后冈村繁教授对斯波六郎博士的结论进行了较大的修正，结论同于中国学者程毅中、白化文先生①。日本学者之外的欧美"选学"研究主要集中在翻译上，英、法、德、美都出现许多很有成就的《文选》研究学者，做出了非常好的成绩。其中尤以近年美国学者康达维教授全文翻译《文选》的工作，值得我们钦佩。这一工作的难度，凡了解《文选》的人，可想而知。我们满怀敬意地祝愿康达维教授工作的早日完成②。

三

从以上对《文选》研究历史和现状的简单回顾，可以看出传统"文选学"与"新文选学"都取得了非常可喜的成绩。相比之下，"新文选学"由于建立的时间短暂，在取得成绩的同时，也留下了可供拓展的空间，而有些研究也还有待进一步论证完善。总的看来，研究者的态度都是很严肃、认真、负责的，论证的过程也尽可能规范。但是我们也看到，研究者（包括"新文选学"的倡导者和对他们的批评者）在一些问题上所持的态度、方法，还有不够科学的地方，而这也正是我们的学术研究长期以来形成却无人指出的缺陷。

首先是研究的态度，即研究者如何处理与研究对象之间的关系问题。我们认为，研究对象只能作为科学的考察对象存在，研究者无论在主观上对其是好是恶，都不应该以感情代替判断，就是说研究者必须保持"价值中立"。"价值中立"本是德国社会学家马克斯·韦伯提出的概

---

① 参见牧角悦子《日本研究〈文选〉的历史与现状》，赵福海等编《昭明文选研究论文集》，第280—294页。
② 欧美"选学"参见康达维《欧美〈文选〉研究述略》，上揭书，第295—304页。

念,他认为"价值中立"应是科学的规范原则,根据这个原则,研究者在研究中必须摆脱"价值判断",因为"无论何时学者一旦引入个人的价值判断,对事实的完整理解便告终结"。韦伯对此是身体力行的,比如在政治上韦伯是个人主义者和自由主义者,他从心底里拒斥任何社会民主主义、激进的革命思想,然而一旦进入学术领域,韦伯竭力恪守"价值中立"原则。应该说价值中立是一种理想规则,真正实施起来将十分困难,因此这种态度被称为"科学内的禁欲主义"①。尽管如此,我们认为韦伯所提出的这一规则,以及与这一规则相联系的"职业学术"的思想,要求学者为真理而献身的热情和理智上的诚实,都应是一个真正的学者首先具备的素质。从这一点说,我们不能不遗憾地看到,我国的学术研究还远远未能达到这一规范。很明显,有不少研究者在进入学术讨论之前,便已预先带有个人的主观意见和附着其上的过多的热情。以《文选》研究为例,传统"文选学"关于李善注和"五臣注"优劣的争论,就是这一态度的典型表现;又如对"新文选学"的批评,也有未能坚持科学态度的地方。

其次是研究方法。研究方法是学术研究的重要手段,是获得结论的重要保证。因此,方法的正确与否,合乎不合乎规范,都将影响到结论的正确性。方法应该具有可操作性和可检验性,它是构成研究过程的重要内容。中国的学术研究具有悠久的传统,也形成了独特的工作方法,因此中国古代的学术研究取得了十分辉煌的成绩。但是毫无疑问,当代社会的高速发展,科学现代化的进步,已经使得一个国家、一个民族的传统学术研究必须全面开放地融入世界潮流。因此学术研究的现代化,已成为最起码的要求。它要求研究者必须具有现代意识,必须使用符合规范的、世界通用的学术语言和工作方法;必须具备现代学术道德,扩大自己的学术视野,重视学术信息,尊重别人的研究成果;必须对自己的学术观点负责,即观点、结论必须有严密的论证过程,这个过程除了为观点提供依据外,还必须具有供批评者检验和重新论证的性能。从这个意义上讲,我们认为中国当前的学术界还缺乏严格的规范,正因为如此,才常有剽窃或贬低他人成果,对所提观点、结论不认真、不严肃等弊端。

以汉学研究而论,当前它已经成为世界学术研究中的主要内容之一,比如日本及欧美都有许多卓有成就的学者,为汉学研究作出了贡

---

① 参见苏国勋《理性化及其限制——韦伯思想引论》,上海人民出版社1988年版。

献。作为汉学发源地的中国，理应在世界汉学研究中处于领袖地位，但形势却不容人乐观，这就更加要求我们的研究在科学化、现代化上更加努力。当然，我们也注意到，中国的学术研究常常受到国际学术界批评的一个内容，即中国学者比较强调个人对历史现象的感觉，日本及西方汉学家普遍认为这是不规范也不科学的习惯。诚然，这一种中国常有的特征，具有不甚科学的成分，但是针对西方学者关于中国历史现象理解中的隔膜，仍不能不显示出它独有的价值和魅力。这是因为每一国家、民族都有它自己的属性，这种属性渗透于这个国家、民族的每一个历史事件中，仅仅靠语言文字是不能传达出这种属性的。一个非本民族成员，只能依靠该民族的语言文字对其所发生的历史事件进行分析判断，但对语言文字材料所不能表达的构成历史现象的时代精神，却并不能够深刻地理解和把握。这种把握的能力也就是感觉。由于缺乏这种感觉，外国学者的研究常常会有一种隔膜感，并由此在研究中表现为某种偏差，这就是我们常说的外国学者往往会钻牛角尖的原因。这一事实提醒我们，汉学研究的世界化，一方面固然要借鉴西方科学研究的成果，学习先进的科学方法，同时对民族学术研究的优秀传统也仍然要坚持和发扬。同样如此，西方学者也应该对中国学术研究的传统特点，给予充分的理解和关注，这样才能更好地促进研究的发展。

四

如上所言，本文的研究即努力在学术态度和方法上进入规范状态。当然，我们承认"价值中立"实际上是理想状态，事实中的研究只能努力向这一目标靠近，并不断修正可能出现的偏差。不过，我们起码应该树立这样的目标，端正自己的态度，以使自己的研究尽可能少地带有主观意见。因此，本文在坚持"价值中立"的学术态度前提下，采取的主要方法是：

——坚持历史唯物主义，尊重事实，力求对历史事实充分地理解和把握；实事求是，坚持学术原则，不歪曲事实以从一己私见。

——在尊重历史事实的基础上，分析和考察原发事实的动因，力求揭发事实真相。

——通过历史事实的科学分析，寻绎现象之间的联系和事物发展的内在规律。

——本人的一贯学术思想是关心过程胜于关心结论，注重论证过程的规范化。

五

《文选》研究需要解决的最基本问题是，（一）《文选》版本的源流演变。其中包括：1. 李善注版本是否从六臣本中抄出；2. 李善注版本的源流；3. 五臣注版本的源流；4. 六家本、六臣本的产生及它们之间的关系，等等。对以上四个问题，前人研究主要集中在第一个问题之上，而对其余三个问题缺少关注。（二）《文选》的编纂和基本面貌。这其中包括：1.《文选》的编者问题；2.《文选》的编辑宗旨、体例；3.《文选》的文体分类；4.《文选》与《文心雕龙》《诗品》以及本文认为极为重要的文献《文章缘起》间的关系；5.《文选》的选录标准；6.《文选》的评价，等等。这些都是《文选》研究避不开的核心问题，因此本文围绕这些问题展开全面的研究。关于《文选》的版本问题，请参考作者《文选版本研究》一书[①]，本书谨就《文选》编纂中的相关问题以及《文选》的文本展开讨论。

本书共分上、下两编。上编由三章组成，着重对《文选》编辑背景进行考论。我们认为要解决《文选》的编者、宗旨、体例等问题，仅仅依靠《文选》本身的分析是不够的。关于这一点，丹纳的《艺术哲学》对我们的启发很大。丹纳说："要了解一件艺术品，一个艺术家，一群艺术家，必须正确地设想他们所属的时代精神和风俗概况。"也就是说要注重对艺术品构成的总体条件进行研究。《文选》研究中所需要解决的问题，也正依靠于这总体条件的研究，诸如汉魏六朝编集以及创作、批评的真实情况，这是我们解决问题的重要依托。因此本编花费了较多的篇幅对这样的总体条件进行调查、分析，力图将需要解决的问题，置入我们再现了的历史环境中，寻绎现象形成的根源、动因，争取最大可能地探求《文选》编纂的历史真貌。

下编由四章组成。在上编研究的基础上，通过对《文选》本文的全面审查，对《文选》的编辑宗旨、体例、选录标准等作出了实事求是的论定。同时通过对《文选》几种主要文体赋、诗、文的分析，对萧统的文学观作出了具体而又可信的论述。

本文的主要观点和结论是：

---

① 北京大学出版社 2000 年版，又世界图书出版有限公司 2014 年版。

1.《文选》的编者主要是萧统和刘孝绰；

2.《文选》的编辑时代开始于普通三年（522）至六年（525），完成于大通元年（527）末至中大通元年（529）之间；

3.《文选》的最初体例是以天监十二年（513）为下限，后因刘孝绰的原因而增选了刘孝标、徐悱、陆倕的作品，故成书后的下限是普通七年（526）；

4.《文选》的文体分类是三十九类；

5.《文选》的选录标准依据于《文选序》和《答湘东王求文集及〈诗苑英华〉书》；

6.《文选》与《文心雕龙》没有太大的关系，其文体观主要来自任昉的《文章缘起》；

7.《文选》是一部意图对前代文学进行总结，编选历代文章菁华，进行文体辨析，以指导后学写作的文学作品选集；

8.萧统的文学观建立在对作家不同文体写作而有不同成就的理解基础之上，从而形成萧统根据不同文体对作家作品进行不同判断的文学观。

上 编

《文选》编纂背景研究

第 一 章
汉魏六朝编撰考论

第一节　汉魏六朝著书、编集动因考

在中国古典文献中，著书与编集是两种不同类别。即使著书，也并不同于现代的概念。先秦时期，能称著作者，指的是圣人经书。《礼记·乐记》说"作者之谓圣，述者之谓明"，颜师古《汉书·礼乐志》注此句说："作谓有所兴造也。""兴造"是指作者无所依傍，即所谓创造。当然这创造是有限制的，即《礼记》所说："知礼乐之情者能作。"这自然非普通常人而可为，必得圣人始能制作，所以《礼记正义》说："圣者通达物理，故作者之谓圣，则尧、舜、禹、汤是也。"由此可知著作者本指圣王的经书，张华《博物志》称："圣人制作曰经，贤者著述曰传。"与"作"相对的是"述"，《礼记正义》说："明者辨说是非，故修述者之谓明，则子游、子夏之属是也。"可见"述"在于明辨是非，述圣人之意，也即《汉书·礼乐志》所说："述谓明辨其义而循行也。"这也就是张华所说的经和传的区别。这一观念至汉犹然，王充《论衡·对作篇》说："或曰：'圣人作，贤者述，以贤而作者非也。《论衡》《政务》，可谓作者。'曰非作也，亦非述也，论。论者，述之次也。五经之兴，可谓作矣。太史公书、刘子政序、班叔皮传，可谓述矣。桓君山《新论》、邹伯奇《检论》，可谓论矣。今观《论衡》《政务》，桓、邹之二论也，非所谓作也。"王充这里否认有人将《论衡》称为著作，指出他的《论衡》既不是作，也不是述，而是论。"论则考之以心，效之以事，浮虚之事，辄立证验。"《论衡》即"就世俗之书，订其真伪，辩其实虚"[①]。王充对著述的看法仍然同于《礼记》。这里他又引进了"论"体，其源亦出孔子。王充引孔子说："诗人疾之不能默，丘疾之不能伏，是以论也。"[②]

---

① 黄晖《论衡校释》，中华书局1990年版，第1181页。
② 同上。

这是将疾虚订伪的批评看作论,而与后来李充《翰林论》"研核名理"的说法不合。从王充叙述的作、述、论三种图书看,所指的分别是经、史、子。史书称述不称作,也来自史学家自己的意见。司马迁《史记·太史公自序》在回答壶遂时说:"余所谓述故事,整齐世传,非所谓作也,而君比之于《春秋》,谬矣。"从以上所论看,秦汉以来的著书观念,总起来也不过是经、史、子三类,对于诗辞赋一类文学作品,当时并没有给予承认。但是,不承认不等于不存在,即使《诗》三百篇被列入经类,不再作为文学的例证,也还有屈原的《离骚》。先秦两汉时期,尽管文学的地位不高,还不可以与经、史、子抗衡,但辞赋的写作却是大量的、普遍的。不幸,这一现象在当时的著述观念中是被忽视的。其原因除了文学本身地位不高之外,恐还是与当时文学作品没有以书或集的方式出现有关。刘向曾裒集屈、宋作品,名为《楚辞》,但并不是作为文学总集,东汉时,王逸还努力想尊之为"经",恐也与著述观念有一定关系。文学作品既不能称为著、作,也与述、论绝不相同,随着文学作品数量的增多,地位的提高,编集就势在必行,于是经、史、子之外,集部就独立为一类了。这便是汉魏六朝著书、编集的背景。由于这一背景具有如上所述的复杂性,汉魏六朝时期著书、编集的动因及所采取的体例也就各有不同。比如六经,按照汉儒的解释,是"治身者斯须忘礼,则暴嫚入之矣;为国者一朝失礼,则荒乱及之矣。人函天地阴阳之气,有喜怒哀乐之情。天禀其性而不能节也,圣人能为之节而不能绝也,故象天地而制礼乐,所以通神明,立人伦,正情性,节万事者也"(《汉书·礼乐志》)。当然,儒家解经,并不合乎事实,如《诗经》就非出自以上目的,但自先秦以来,统治者掌握了解释权,遂成为后人接受的事实。因此,本文的分析也就排除掉经的部分。

秦汉时期著述,大抵集中于子、史,总结其著书动因,大概有这样几种:一、道困著书。如《史记·孔子世家》记子思困于宋而作《中庸》;又如《孟子荀卿列传》记:"天下方务于合从连衡,以攻伐为贤,而孟轲乃述唐、虞、三代之德,是以所如者不合。退而与万章之徒序《诗》《书》,述仲尼之意,作《孟子》七篇。"二、嫉世与发愤。《史记·孟子荀卿列传》记:"荀卿嫉浊世之政,亡国乱君相属,不遂大道而营于巫祝,信禨祥,鄙儒小拘,如庄周等又猾稽乱俗,于是推儒、墨、道德之行事兴坏,序列著数万言而卒。"又,司马迁《太史公自序》历举周文王、孔子、屈原、左丘明、孙子、吕不韦等圣贤著书的遭遇,说："《诗》三百篇，大抵贤圣发愤之所为作也。此人皆意有所郁结，不得通其道也，故述往事，思来者。"这就是有名的"发愤著书说"。三、著书立言，自成一家。《太平御览》卷六〇二引《吕氏春秋》说："吕不韦为秦相国，集诸儒使著其所闻，为十二记、八览、六论，合十余万言，名为《吕氏春秋》。暴之咸阳市，门悬千金于其上，有能增损一字者，与之金。"以上三种方式是秦汉著书的主要动因，所举例也都属子书。在史书的编著中，也是如此。如司马迁作《史记》，应属于发愤一类。但另一方面，《史记》贯彻的"究天人之际，通古今之变，成一家之言"的思想，又使这一部书不能被简单地看作史书，它的字里行间，都表达了司马迁对人类社会高度的哲学思考。

然而诗赋等文学作品的写作，越来越受文人的青睐，不仅数量增加，题材范围也逐渐扩大了。就史书的著录看，《史记》《汉书》中尚未见对传主诗赋等作品的著录，但在《后汉书》中已屡屡出现。如《后汉书·班固传》记："固所著《典引》《宾戏》《应讥》、诗、赋、铭、诔、颂、书、文、记、论、议、六言，在者凡四十一篇。"又如《蔡邕列传》："（邕）所著诗、赋、碑、诔、铭、赞、连珠、箴、吊、论议、《独断》《劝学》《释诲》《叙乐》《女训》《篆势》、祝文、章表、书记，凡百四篇，传于世。"文学作品大量涌现，势必推动编撰结集的发展。《隋书·经籍志》说："别集之名，盖汉东京之所创也。自灵均已降，属文之士众矣，然其志尚不同，风流殊别。后之君子，欲观其体势而见其心灵，故别聚焉，名之为集。"别集的产生自然是东汉作品增多所致，一时间至"家家有制，人人有集"①，显示了东汉文学创作的兴盛，这正是文学自觉的前夜。

编集之风至魏晋尤盛，有作家手自编集者，如曹植自编《前录》七十八篇；有帝王敕编者，如魏景初（237—239）中明帝敕录曹植"前后所著赋颂诗铭杂论凡百余篇，副藏内外"（《三国志·陈思王传》）。作家个人专集的产生和受到社会的广泛注意，是与文学观念的进步相一致的，这与西京以前已完全不同了。也就在这个时候，发生了一件划时代的大事件，即我国第一篇专论文学的文章《典论·论文》发表了。在这一文献里，曹丕首先把文学与经国之大业相提并论，并且许之为不朽，这是对传统"三立"学说的突破。尽管曹丕这篇论文的产生背景具有十

---

① 见萧绎《金楼子·立言》，《丛书集成初编》本。

分明显的政治原因①，但它所表现的意义却冲破了政治目的性。曹丕说："是以古之作者，寄身于翰墨，见意于篇籍，不假良史之辞，不托飞驰之势，而声名自传于后。"（《典论·论文》）这一说法直接以文学作品与子、史相等，提高了文学的地位。自此以后，集部的编撰自然具有了立言成家的内容。

别集的大量涌现，促成了总集编撰的历史要求。《隋书·经籍志》说："总集者，以建安之后，辞赋转繁，众家之集，日以滋广，晋代挚虞，苦览者之劳倦，于是采摘孔翠，芟剪繁芜。自诗赋以下，各为条贯，合而编之，谓为《流别》。是后文集总抄，作者继轨，属辞之士，以为覃奥，而取则焉。"这一段话既解释了总集产生的原因，即由于辞赋等大量产生，再加以别集日增，读者劳顿困倦而难以遍览，于是挚虞编总集，芟剪繁芜，集以精华，方便了读者；同时又指出最早的总集即挚虞的《文章流别集》，《隋志》就是将挚虞此书列为总集类第一部。其实在挚虞之前已经出现了一些总集，王运熙、杨明《魏晋南北朝文学批评史》举出有应璩《书林》，傅玄《七林》，荀勖《晋歌诗》《晋燕乐歌辞》，陈寿《汉名臣奏事》《魏名臣奏事》，荀绰《古今五言诗美文》，陈飙《杂碑》《碑文》等，但也正如王、杨所指出的那样："荟萃各体文章，加以删汰别裁，且附以系统评论的大规模总集，自当首推《文章流别集》。"② 此外，挚书之前的总集，隋唐时大略都已亡佚，《隋志》既不知其体例，宜以挚书为首。除了王、杨所指以上各总集，《后汉书·王逸传》记王逸"又作《汉诗》百二十三篇"。这大概是现在见到的最早的总集了（《楚辞》例外，见《四库全书总目》"楚辞类"总叙）。不过，汉诗能有一百二十几篇，数量是挺大了，根据汉人关于诗的概念，王逸所谓汉诗，当与《汉书·艺文志》所载三百二十四篇歌诗相类，即大多为乐府歌词。如果是这样，王逸《汉诗》与魏晋以后的诗歌并不相同，但能将这些歌诗编撰成集，应该称得上是总集之祖了。

挚虞《文章流别集》的编撰原因，基本也是后世总集编撰的主要依据。这都是与当日作品数量繁博的事实有关。不仅是文学总集，子、史两部也是如此。如《后汉书·荀悦传》："（献）帝好典籍，常以班固《汉书》文繁难省，乃令悦依《左氏传》体以为《汉纪》三十篇，诏尚书给笔札。辞约事详，论辨多美。"又葛洪《抱朴子》说："余家遭火，

---

① 参见曹融南、傅刚《论曹丕曹植文学价值观的一致性及其历史背景》，《古代文学理论研究丛刊（第十一辑）》，上海古籍出版社 1986 年版，第 216 页。

② 王运熙、杨明《魏晋南北朝文学批评史》，上海古籍出版社 1989 年版，第 119 页。

典籍荡尽，困于无力，不能更得。故抄掇众书，撮其精要，用功少而所收多，思不烦而所见博。"① 葛洪是因火后家贫无力购书而撮取众书之要，但"用功少而所收多，思不烦而所见博"的目的却相同。这种方式与当日产生的类书也是同一背景。《魏志·文帝纪》记："初，帝好文学，以著述为务，自所勒成垂百篇。又使诸儒撰集经传，随类相从，凡千余篇，号曰《皇览》。"从部帙浩繁的经传中撮取精要，再随类相从，的确使读者"用功少而所收多，思不烦而所见博"，这样的方法不能不对总集产生影响。

作品繁博，而且各种文体界限模糊不清，挚虞《文章流别论》便指出前人作品有"颂而似雅"的现象。文章体裁不清楚，是文学发展过程中的正常现象，每一种体裁的产生大都与现实需要有关，新产生的体裁在写法上也难免受其他体裁的影响。虽是正常现象，如不加以辨析纠正，就不再是正常现象了。那样就会引起写作的混乱，令后世学者无所适从。正是从这个意义出发，魏晋南北朝的作家、批评家既著文辨析，又编集以区分各体，这是魏晋南北朝批评史上真正的主流，但却为我们的批评史所忽略。关于文体辨析的观念、体例，将留待第二章具体讨论，这里旨在说明魏晋南北朝总集的编纂，大都与这一动因有关。这是一种好现象，说明当日文学创作的兴盛，反映了文学本体的自觉。挚虞《文章流别集》固是出于"采摘孔翠，芟剪繁芜"的原因，更有辨析文体的目的，其定名"流别"，就表明了它的编辑宗旨。挚虞之后，又一部有影响的作品是东晋李充的《翰林论》，《晋书·文苑传》说："于时典籍混乱，充删除烦重，以类相从，分作四部，甚有条贯，秘阁以为永制。"可见《翰林论》的编纂，是受当时"典籍混乱"现实的刺激。这个混乱，既指典籍四部不分，也应包含有各文体淆乱的内容。李充身为著作郎，自然有责任承担这一任务。

编选文章总集，辨明文体应该是魏晋南北朝总集编纂的一个主要动因，这从现在尚可略知体例的一些总集如任昉《文章缘起》、萧统《文选》、杜铨《文轨》等中可以看出。详细的论述，具见第二章。

除了编述历代诗文（体制一般是不录存者）外，尚有一些编撰时人作品和文学活动的总集。比如石崇所编《金谷集》，此集编于晋元康六年（296），为送大将军祭酒王诩还长安，石崇在其别庐金谷园宴请宾客饮酒赋诗，诗成编集作《序》。《序》中说："或登高临下，或列坐水滨。

---

① 《太平御览》卷六〇二引，中华书局1960年版，第2709页。

时琴瑟笙筑，合载车中。道路并作，及住，令与鼓吹递奏。遂各赋诗，以叙中怀，或不能者，罚酒三斗。感性命之不永，惧凋落之无期。故具列时人官号、姓名、年纪，又写诗著后。后之好事者，其览之哉！"①

表面上看来，《金谷集》的编纂，是以石崇为首的一次诗会活动的结果，但实质上却是借诗集传名于后世的动机促成的。《序》中说："感性命之不永，惧凋落之无期。"与汉末以来就弥漫着恐惧死亡的生命意识相一致，如《古诗十九首》所反映的那样。这是伴随着人本体意识觉醒的思想活动，具有深刻的历史意义。人们普遍感到了生命的可贵，弥足留恋，但"人生寄一世，奄忽若飚尘"，怎样才能使自己的生命活动更有价值呢？就《古诗十九首》讨论的几种生活方式看，"荣名以为宝"为更多的知识分子所接受。那么怎么样博取"荣名"呢？这还是先秦以来的老话题，立德、立功、立言。不过，这一次立言的内容，已经发生了质的变化。秦汉时期视为小道的辞赋，成了立言的主要内容。曹丕《典论·论文》说："年寿有时而尽，荣乐止乎其身，二者必至之常期，未若文章之无穷。"这个观念无疑为魏晋以后的文人所接受，于是文章的写作几成为每个文人的自觉活动，也是检验文人是否具备才能的一个标志。在这一时期的史书里，介绍传主时，往往要写上文章如何，如臧荣绪《晋书》说潘岳"摛藻清艳"（《文选·藉田赋》李善注），说成公绥"辞赋壮丽"（《文选·啸赋》李善注），又说张华"少好文义"（《文选·鹪鹩赋》李善注），这很明显地反映了当时的价值取向。正是在这样的背景里，石崇等人既写诗，又编集，并且详细著录每人的官号、姓名、年纪，动机是非常清楚的，要使"后之好事者，其览之哉"。

石崇的金谷诗会和《金谷诗集》，是当时文人雅集中一件比较有趣味的事，东晋时王羲之还有意地摹仿了一次，也将该会诗歌编成一集，并作了一篇更有名的《兰亭集序》。应该说石《序》和王《序》分别代表了思想史上的两个阶段，石《序》代表的是魏晋时期人对生命的忧惧，王《序》则代表了东晋人对这种忧惧一定程度上的超越，所谓"后之视今，亦犹今之视昔"，已包含有"人生代代无穷已"的意思。它不像石崇仅看到自己在后人之前的悲哀，而是由后人又看到了后人之后的时代。人生就是这样一个生死交替、循环不已的过程，所以"一死生""齐彭殇"都是虚妄。王羲之这样的生命观很明显地具有哲学思考意味，也是他"仰观宇宙之大，俯察品类之盛"而得到的启悟。推究石、王二

---

① 余嘉锡《世说新语笺疏》，中华书局2007年版，第628页。

人生死观的差异,以及形成这种差异的思想史原因,不是本文的任务,但有一点是肯定的,在形式上,王羲之摹仿了石崇,当有人将他的《序》与石《序》相比时,他是十分高兴的(《世说新语·企羡》)。在本质上,王羲之编《兰亭诗集》,动机也仍然是传名于后世。

从以上叙述看出,魏晋南北朝时期著书、编集的动因乃至方式、内容,都不同于秦汉,由于文学地位的提高,文学作品的别集、总集,以及对文学作品的批评、指导之书,成为文人主要的工作对象,这就具有了许多不同于先秦、两汉的撰著动因。如上述文学总集的删繁从简、类聚区分、分体编撰和以文学作品为传名后世的载体等,这些都是魏晋南北朝著书、编集的主要动因。此外,随着某种文体的发展,其作用和价值愈加受到世人的重视,于是便有人集其精华编选专集,以示其源流变化。如《隋志》著录魏晋时期作品有陈勰所编《杂碑》二十二卷、《碑文》十五卷,应璩《书林》八卷及东晋人所撰《设论集》等。至南朝之后,这种据一种文体所编的总集已远远超过魏晋。这些总集有的在当时便已失传,有的在唐宋时失传,至于今天,基本上都已经见不到了。不过梁萧绎曾编过《内典碑铭集》,其序尚存,于中可以见到他编此集的目的。序文首先叙述内典碑铭的由来,继而称:"夫世代亟改,论文之理非一;时事推移,属词之体或异。但繁则伤弱,率则恨省,存华则失体,从实则无味。或引事虽博,其意犹同;或新意虽奇,无所倚约;或首尾伦帖,事似牵课;或翻复博涉,体制不工。能使艳而不华,质而不野,博而不繁,省而不率,文而有质,约而能润,事随意转,理逐言深,所谓菁华,无以间也。"(《金楼子·著书》)萧绎这里表达了他对内典碑铭的看法,即"艳而不华"一段,说明此集意在编选符合这一标准的碑铭"菁华"。这样的观点,与魏晋南北朝文章选集的编撰动因都是一致的。但我们不能不看到,即使在魏晋南北朝,即使同样是编著文学作品,不同身份的人,又有不同的动因,这大致上可分为四类:帝王、太子、诸王、文士。

帝王撰述的历史可上溯至汉,如高祖刘邦有《大风歌》、武帝刘彻有《秋风辞》等,又《汉书·艺文志》记武帝自造赋二篇,但编书、著书,似两汉不闻焉。魏晋以后始见记载,《文选》卷二十有应贞《晋武帝华林园集诗》,李善注引干宝《晋纪》说:"泰始四年二月,上幸芳林园,与群臣宴,赋诗观志。"又引孙盛《晋阳秋》曰:"散骑常侍应贞诗最美。"魏晋时,帝宴群臣,赋诗观志,是经常举行的活动,至南北朝尤多。宴集作诗,大概是编辑成集的,如《隋志》著录梁时有魏、晋、宋《杂祖饯宴会诗集》二十一部,一百四十三卷。不过这种编辑工作必非出自帝王之手,至多不过是敕编。至刘宋,明帝刘彧撰《江左以来文章志》,但此书是他在藩时所作,所以只好算是诸王撰著一类。以至尊之身躬自撰著的,大概从梁武帝萧衍始。《南史·梁武帝本纪》说他"及登宝位,躬制赞、序、诏诰、铭、诔、说、箴、颂、牋、奏诸文,又百二十卷"。此外,萧衍还著有《易》《礼》《书》等经传类书疏二百余卷。文学类则编有《历代赋》十卷,天监十七年(518)曾让周舍为之加注,周舍启周兴嗣帮助而成(《梁书·周兴嗣传》)。梁武亲自编纂《历代赋》的动机,限于史料不可知,从他的为人看,似略可加以揣测。史书记梁武帝:"少而笃学,洞达儒玄。虽万机多务,犹卷不辍手。燃烛侧光,常至戊夜。"又记他:"笃信正法,尤长释典。……天情睿敏,下笔成章,千赋百诗,直疏便就,皆文质彬彬,超迈今古。诏铭赞诔,箴颂笺奏,爰初在田,泊登宝历,凡诸文集,又百二十卷。六艺备闲,棋登逸品,阴阳纬候,卜筮占决,并悉称善。"(《梁书·武帝本纪》)于此可见出他博学强记,而他也颇以此自负,曾称:吾若著《通史》,众史可废。事实上,《通史》六百卷造成后,他躬制赞序。他曾与沈约比赛博物,各忆栗事多少(《梁书·沈约传》),沈约不得不让他领先三事。又据《南史·刘峻传》记,刘峻编《类苑》成,萧衍即命学士编《华林遍略》以高之,这都见出武帝的博学、自负和由此带来的偏执处。而赋历来被视作"博物之书"(《三国志·国渊传》),"五经之鼓吹"(《世说新语·文学》),自汉末以来就有人专门给赋作注①,所以能否作赋在当时被视作是否有才的标志。《太平御览》卷五八七引《三国典略》说:"齐魏收以温子升、邢劭不作赋,乃云:'会须作赋,始成大才。唯以章表自许,此同儿戏。'"由此可见赋在当时一直受到很高的重视。梁武帝亲自编《历代赋》,大概是有显示其博学的动因。

以太子储君之身而勤于著述,曹丕首开此风。建安二十二年(217)冬在曹丕被立为太子之后不久,就开始了他的《典论》写作。《典论》属于子书性质,对曹丕来说,尤其具有不同寻常的意义。因为曹丕被立为太子,实在是与乃弟曹植经过了一场艰苦的争斗,甚至差点儿输给了曹植,一个主要的原因便是曹植文采斐然,深得好文章的曹操的欢心。曹丕最终胜利后,并未放松警惕,因为曹操是一个不喜欢按规矩办事的人,如果当他认为曹植确比曹丕有才华,很可能会改变主意的。因此,

---

① 如薛综注《二京赋》。

曹丕很快著成《典论》，作为子书，其价值在当时高于诗赋，所以曹丕十分得意。他先是集诸儒于萧城门内讨论这一部书，又以素书饷孙权，以纸写一通与张昭。这样大张旗鼓地宣扬《典论》，其政治目的十分明显[1]。《典论》的撰写是由一个政治动因促成的，但并不能因此否定《典论》中有些问题，尤其是文学问题的讨论价值。《典论·论文》涉及的文学创作和文学批评中的一些本质问题，在当时具有十分重要的历史意义。曹丕能够提出如此卓越的见解，又有文学发展的历史动因在内。

曹丕与曹植的故事，令魏晋以后的太子们和诸王们十分企羡。身为太子的常以曹丕自比，而把其他诸王比作曹植。如萧统身为太子，便自比子桓[2]，萧纲为诸王，只能比为子建。《梁书·本纪第四·简文帝》记他六岁能属文，武帝一见叹曰："此子，吾家之东阿。"然及至萧纲做了太子之后，他在《与湘东王书》[3]中便以子桓（曹丕）自居，而称萧绎为子建了。萧纲在做太子之后，编了一部诗集，名为《玉台新咏》。萧纲编此书动因与曹丕有一些相似之处，即也具有政治原因，关于这一问题将留待第三章中讨论。

魏晋南北朝诸王著书、编集的现象较汉时更为普遍而兴盛。如宋临川王刘义庆编《世说新语》，齐竟陵王萧子良编《四部要略》《古今篆隶文体》，梁湘东王萧绎著《金楼子》《诗英》等。除萧绎外，刘义庆、萧子良皆非躬自编撰。在当时由诸王设府招学士，编撰图籍，是诸王延誉的一个极好途径。如萧子良开西邸招天下学士，在当时乃至身后都产生了极大的影响。因此说诸王编书，也是出于政治上的原因。在南朝诸王中，萧绎著书的方式与其他人不同，他明确反对由学士代为操笔。《金楼子·立言》说："裴几原问曰，'西伯拘而阐《周易》，仲尼厄而作《春秋》，孙子之遇庞涓，韩非之值秦后，虞卿穷愁，不违迁蜀，士嬴疾行，夷、齐潜隐，皆心有不悦，尔乃著书。夫子实尊千乘，寨帷万里，地得周旦，声齐燕奭，豪匹四君，威同五伯，珎簪之客雁行接踵，珠剑之宾肩随鳞次，下帷著书，其义何也？殊为牴牾，良用于邑。'予答曰：'吾于天下，亦不贱也，所以一沐三握发，一食再吐哺，何者？正以名节未树也。吾尝欲棱威瀚海，绝幕居延，出万死而不顾，必令威振诸

---

[1] 参见曹融南、傅刚《论曹丕曹植文学价值观的一致性及其历史背景》。
[2] 见《答湘东王求文集及〈诗苑英华〉书》，见严可均编《全上古三代秦汉三国六朝文》，中华书局1958影印本，第6128页。下引据具体朝代简称《全三国文》《全后汉文》《全晋文》《全梁文》等。
[3] 《全梁文》卷十一，第6021—6022页。

夏。然后度聊城而长望，向阳关而凯入，尽忠尽力以报国家，此吾之上愿焉。次则清酒一壶，弹琴一曲，有志不遂，命也如何。脱略刑名，萧散怀抱，而未能为也。但性过抑扬，恒欲权衡称物，所以隆暑不辞热、凝冬不惮寒著《鸿烈》者，盖为此也。'又问之曰：'子何不询之有识共著此书，曷为区区自勤如此？'予答曰：'夫荷旃被毳者，难与道纯绵之致密；羹藜含糗者，不足论大牢之滋味。故服绨绤之凉者，不苦盛暑之郁烦；袭貂狐之燠者，不知寒之凄怆。予之术业，岂宾客之能窥？斯盖以莛撞钟，以蠡测海也。予尝切齿淮南、不韦之书，谓为宾游所制。每至著述之间，不令宾客窥之也。"从这一大段叙述中，我们可以得出这样几点信息：第一，萧绎的最高志愿是立功，其次才是立言，这与曹植极相似。曹植在《与杨德祖书》中说："吾虽德薄，位为蕃侯，犹庶几戮力上国，流惠下民，建永世之业，留金石之功。岂徒以翰墨为勋绩，辞赋为君子哉！"又说："若吾志未果，吾道不行，则将采庶官之实录，辩时俗之得失，定仁义之衷，成一家之言。"（《文选》曹植《与杨德祖书》）看来魏晋南北朝（即使到了文学已单独开馆，史书专为列传的南朝），士人对立功、立言等次的看法，仍与秦汉时相同。像曹丕那样居于太子之位，立德、立功是不言而喻的事，所以他可以劝人以立言为务，其实在骨子里，他与曹植的看法没有什么两样。他在《与王朗书》中说："生有七尺之形，死惟一棺之土，惟立德扬名，可以不朽；其次莫如著篇籍。"（《三国志·魏书·文帝纪》）他也是将立德、立功置于立言之上。这封信是曹丕初立太子时所写①，讲出了他的真心话。太子可以说"文章乃经国之大业"，诸王却认为"棱威瀚海，绝幕居延"才是上愿。由此可见，不同的身份决定了不同的人生理想、价值观。第二，萧绎是一个极端自负的人，他对自己的评估极高。由于这样的自负，他的著述决不让宾游参加。看来，自负是萧衍一家人的共同特征。萧统、萧纲虽都未如萧绎那样过分，但于典籍皆"躬刊手掇"②，不让于人，亦有萧衍之风。萧绎与两位兄长情况不同，他作为萧衍第七子，生母仅为修容，故于至尊位望一毫无关。此外，他自小就盲一目，有生理残疾，那样的出身，那样的身体，造成了他其实是一个内心自卑的人。偏他又极自负，在《金楼子》中曾自比孔子，称应五百年期而生者。由这样一种自卑情结生发出来的自负，使他的心理极不健全。由于自负，他

---

① 《三国志》卷二《文帝纪》裴注引《魏书》说："帝初在东宫，疫疠大起，时人凋伤，帝深感叹，与素所敬者大理王朗书。"

② 萧纲《昭明太子集序》，《全梁文》卷十二，第6031—6033页。

会盲目夸大自己；由于自卑，他又会无端地猜忌别人。因此，他的不宽容、褊狭、阴毒，就由此产生。事实上，他的《金楼子》并不是一部很有思想的书，与曹丕《典论》尚不可比同，遑论孔子那样的哲人。他江陵兵败，就一把火烧掉了公私经籍七万余卷，这表现了他愚蠢地把自己当作了文道的传人，所谓斯人既逝、斯物何存的悲愤。同时也表现了他对一个抛弃了他之后仍然健康发展、生存的人类社会的妒恨。从萧绎这不健全的人格看，他著书的动机比较复杂。当他声称他应五百年之数而生时，已远远不把他两个哥哥放在眼中了。《南史》本纪说他"性好矫饰，多猜忌，于名无所假人。微有胜己者，必加毁害"（《南史·梁本纪下》）。这一种个性使他对自己的尊亲、兄长也不会有所谦让。台城陷日，他握兵江陵，若举兵东下，梁室当有可救。然他竟能残忍地眼睁着萧衍、萧纲被侯景所害，盖对大宝之位觊觎已久，一俟有机可乘，自不会拱手相送。《南史·梁武帝诸子传》附《萧栋传》载，王僧辩奉萧绎之命领兵东讨侯景，"将发，谘元帝曰：'平贼之后，嗣君万福，未审有何仪注？'帝曰：'六门之内，自极兵威。'僧辩曰：'平贼之谋，臣为己任，成济之事，请别举人。'由是帝别敕宣猛将军朱买臣使行忍酷。会简文已被害，栋等与买臣遇见，呼往船共饮，未竟，并沈于水。"于此可见萧绎的残酷，萧纲即使不死于侯景之手，也必死于萧绎之手。他对于勋业、功名的汲汲追求，是他所有活动的一个主要动因。《南史》说他"性不好声色，颇慕高名"（《南史·梁本纪下》），《梁书》说他居藩时"颇事声誉，勤心著述，卮酒未尝妄进"（《梁书·太祖五王·萧伟传》附《萧恭传》）。一个对名誉过于热衷的人是可怕的，所以萧恭便说："下官历观世人，多有不好欢乐，乃仰眠床上，看屋梁而著书，千秋万岁，谁传此者。"（同上）萧恭此话就是针对萧绎而言，这也说明萧绎那种摒弃一切声色之乐，专心于声誉的行为是不太正常的。但是，不管怎么说，萧绎亲自著书、编书的行为本身还是值得肯定的。这一点也当是受萧衍的影响。萧门之内，萧统、萧纲也都"躬刊手掇"，这是与前代太子诸王所不同的。

如果说诸王还够不上立德、立功的话，文士们更加只有立言一路了。文士著述的动因，前已论述，兹不赘。从以上四种不同身份者的著述动因看，的确是与每个人所担任角色的限定有关，这是我们研究这一时期文学史所要注意的。

第二节　汉魏六朝著书、编集体例述论

编集之风，自汉末以来渐为兴盛，正如梁元帝萧绎《金楼子·立言》所说："至家家有制，人人有集。"其实，不独人人有集，往往一人多集。如曹植生前手自编《前录》，收赋作七十八篇，而在他死后，景初（237—239）中明帝下诏为他编集，共收赋颂诗铭杂论凡百余篇。《四库全书总目》"别集"总叙说："集始于东汉。荀况诸集，后人追题也。其自制名者，则始张融《玉海集》。其区分部帙，则江淹有《前集》、有《后集》，梁武帝有《诗赋集》、有《文集》、有《别集》，梁元帝有《集》、有《小集》，谢朓有《集》、有《逸集》，与王筠之一官一集，沈约之《正集》百卷，又别选《集略》三十卷者，其体例均始于齐梁。盖集之盛，自是始也。"看来别集体例往往与该作者经历、性格有关。别集的兴盛，自然促进了总集的编纂。《四库全书总目》"总集"总叙说："文籍日兴，散无统纪，于是总集作焉。一则网罗放佚，使零章残什并有所归；一则删汰繁芜，使菁稗咸除，菁华毕出：是固文章之衡鉴，著作之渊薮矣。"总集的体例基本上与这两个编纂目的有关。从现存的《文选》《玉台新咏》以及已佚总集的零星记载看，总集的体例大略有四点：

一是以作品收集的时代划限。这大概可分三种，一种是历代作品，一种是断代作品，还有一种是当代作品。历代作品有一些从总集名称上可以看出，如梁武帝《历代赋》十卷，佚名的《古游仙诗》一卷等。还有一些则要借助于有关记载。如挚虞《文章流别集》，本传说他"又撰古文章，类聚区分为三十卷"，可见是历代作品[①]。又如梁时有《诏集》一百卷，《隋志》注称"起汉迄宋"，则是宋以后人选前代诏文而成。此外，也有不少是以"古今"名集的，如荀绰《古今五言诗美文》五卷，当为先代至晋时的五言诗选集。又萧统《古今诗苑英华》十九卷，下限当至梁时，唐僧慧净有《续古今诗苑英华》二十卷，《旧唐志》著录于萧统书下，当为续萧统之书。马端临《文献通考》十一"《续古文（案，当作"今"）诗苑英华集》十卷"条引晁氏曰："唐僧惠净撰，辑梁武帝大同中《会三教篇》至唐刘孝孙《成皋望河》之作，凡一百五十四人，歌诗五百四十八篇，孝孙为之序。"慧净此书既称续，表明萧书下限至

---

① （日）兴膳宏《挚虞〈文章流别志论〉考》以为挚书下限是魏，文载氏著《六朝文学论稿》，彭恩华译，岳麓书社1986年版，第228页。

于梁代。唯大同初,萧统已经去世,而且根据萧统《答湘东王求文集及〈诗苑英华〉书》,知道此书早在普通三年(522)前已完成,萧书即使录至梁代也当在普通三年以前。慧净所续,时间上并未紧相衔接。当然,续书也并不要求如此严格。

断代作品总集以应用性文字以及朝会歌辞为多。歌辞如《隋志》所记《晋歌章》十卷、《晋歌诗》十八卷、《宋太始祭高禖歌辞》十一卷、《齐三调雅辞》五卷等。应用文字如《梁代杂文》三卷、《魏朝杂诏》二卷等。诏书议表等朝廷文书一般由秘府收藏,故各代都较完备,晋、宋、齐、梁都有专集。诗文总集也有断代的,如晋索靖编有《晋诗》二十卷,但索靖是晋人,故又可视作当代作品。这一编纂目的当合于《四库全书总目》所说的:"网罗放佚,使零章残什并有所归。"

当代作品总集则有萧淑的《西府新文》十一卷,萧圆肃的《文海》五十卷。《西府新文》是萧绎镇荆州时命萧淑所撰。《颜氏家训·文章》说:"吾家世文章,甚为典正,不从流俗;梁孝元在蕃邸时,撰《西府新文》,讫无一篇见录者,亦以不偶于世,无郑、卫之音故也。"颜之推父亲颜协时为萧绎镇西府谘议参军,之推颇以其父文章未被选入《西府新文》为恨,据此知《西府新文》所收为当代作品。《隋书·经籍志》将《西府新文》列于诗类,可知它应是一部诗集,如果这样的话,颜协的不被选录,可能与他诗歌写作没有佳什有关。颜协于西府颇得重用,与顾协齐名,时称"二协"。颜协卒世,萧绎甚为叹惜,作有《怀旧诗》以示哀伤。根据这样的事迹,颜协的不入选,与人事关系等应该没有什么关系,大概限于体例,《西府新文》是诗集,而颜协不擅于诗,自然不能入选。萧圆肃《文海》,《隋志》著录五十卷,不题撰人,两《唐志》均题萧圆,当脱"肃"字。又著录为三十六卷,说明至唐时已经散佚。据《北史·萧圆肃传》,萧圆肃是梁武帝之孙,武陵王萧纪子,后降北周。"有文集十卷,又撰时人诗笔为《文海》四十卷、《广堪》十卷、《淮海乱离志》四卷,行于世。"《北史》所载《文海》四十卷与《隋志》著录的五十卷不合,或为《隋志》误书。

二是不录存者的体例,这当然是指历代作品总集。"不录存者"作为一种体例,见于钟嵘《诗品序》:"一品之中,略以世代为先后,不以优劣为诠次。又其人既往,其文克定;今所寓言,不录存者。"钟嵘《诗品》,主旨在于对五言诗人加以品骘,故不录存者是一个比较保险而且可靠的体例,便于操作。当然,在钟嵘之前,凡集选历代作品者,都属"不录存者"之例,钟嵘批评它们是:"皆就谈文体,而不显优劣。"

这大概是指这些书没有像《诗品》那样明确地品骘，其实从《文章流别论》逸文看，品评的意思还是很清楚的，刘勰《文心雕龙·序志》就在例举曹丕、曹植、应玚、陆机、挚虞、李充等人文论之后说："或臧否当时之才，或铨品前修之文。"又《文镜秘府论·天卷·四声论》也说："挚虞之《文章志》，区别优劣，编辑胜辞，亦才人之苑囿。"钟嵘此语有点强调一点、不及其余的意思。不过，以魏晋与齐梁时期比，前者文学批评的意识显然逊于后者，这大概是钟嵘立论的基础。"显优劣"是批评意识自觉的表现，这也的确是齐梁时期特别显目的特征，各种批评论文及批评专著纷纷涌现，这现象本身就说明了批评意识的觉醒。《诗品序》又说："观王公缙绅之士，每博论之余，何尝不以诗为口实。随其嗜欲，商榷不同。淄渑并泛，朱紫相夺，喧议竞起，准的无依。"这里描绘的是当日批评界混乱的现象，但也从另一侧面反映了齐梁时期纷纷以诗文为批评对象的情景，与魏晋时期以《老》《庄》《易》为清谈口实的现象有异曲同工之妙。这一方面说明了文学创作的繁荣，另一方面也说明了文学地位的真正提高。六朝士人似乎人人都有诗文面世，人人也都感觉良好。由于文学地位的提高，谁也不愿意在这一点上落后于别人，受到别人的批评。因此，在这一背景中从事批评，的确有难度，而"不录存者"自然是比较好的保护自己批评权利的措施。

当然，另一方面"不录存者"也未必就十分保险，那些逝者的亲友、后人往往也会对之耿耿于怀。比如《世说新语·文学》记："袁宏始作《东征赋》，都不道陶公。胡奴诱之狭室中，临以白刃，曰：'先公勋业如是，君作《东征赋》，云何相忽略？'宏窘蹙无计，便答：'我大道公，何以云无？'因诵曰：'精金百炼，在割能断。功则治人，职思靖乱。长沙之勋，为史所赞。'"此事刘孝标注引《续晋阳秋》，略有不同，但可见是真实的。《东征赋》是纪行之作，带有史的性质，魏晋人又特别看重赋，所以陶侃的儿子才如此恼怒。一般说来，魏晋时期尽管文学地位提高了，但还不至于对自己或自己的先人入不入某一诗文总集感到特别在意，至齐梁时期，情况就发生了变化。如上举颜之推之例，他对于其父未能入《西府新文》耿耿于怀；同时，对于自己没能为父亲编集，以致其父诗文荡尽于火而"衔酷茹恨，彻于心髓！"面对这样的批评对象，"不录存者"也并不完全安全，但也只能是唯一的选择了。与钟嵘相似，刘勰《文心雕龙》的批评对象也限于亡者。这种体例虽然对当代文坛未能加以评骘，但在保持态度的公正客观上，是很有好处的。由于文集地位的提高，齐梁时期的诗文总集已具有品评的内容，所以

"不录存者"一般被采作通例。

三是在内容上采用"以类相从"的体例。"以类相从"本是类书的编纂方法,如中国最早的一部类书《皇览》便是。《三国志·魏书·文帝纪》记:"帝好文学,以著述为务,自所勒成垂百篇。又使诸儒撰集经传,随类相从,凡千余篇,号曰《皇览》。"又同书《刘劭传》记:刘劭,黄初中"受诏集五经群书,以类相从,作《皇览》"。类书的编纂目的在于便利读者通过分类查找,易于用事用典,真正是用功少而所收多。魏晋以后,类书的迅速流行,自然与这一种便利有关,而"以类相从"的体例也影响到总集的编纂。如挚虞《文章流别集》,采取的就是"类聚区分"的体例,这也是出于诗文总集编纂的事实需要。因为所收作品既多,势必要按类别区分。这其中有的按文体分类,有的按内容分类。《文章流别集》当是按文体分类,从现在搜集到的《流别论》逸文看,该书共涉及十三种文体,可以想见挚虞编集时是以文体区分来编排的。这也正合于《隋志》总序所说:"自诗赋下,各为条贯,合而编之,谓为《流别》。"文体分类在《文章流别集》中表现为一种编辑体例,但在《流别论》中就表明为辨析文体的文学批评观了。挚虞之后,东晋李充编《翰林论》,也应当采用了"以类相从"的体例。《晋书·文苑传》记:"于时典籍混乱,充删除烦重,以类相从,分作四部,甚有条贯,秘阁以为永制。"李充当时担任秘书著作郎,与挚虞相同,他整理秘阁图书时采取了四部分类的工作方法,这一方法又成为后世秘阁的准则。估计《翰林论》就是在他担任著作郎期间完成的。因为编集当然需要大量的图书,只有秘阁才能提供这一条件,这也与挚虞所编《文章流别集》相类。李充使用"以类相从"的方法整理秘阁图书,同时在他编集时应会考虑将其作为一种体例。《隋志》著录的《翰林论》在梁时有五十四卷,但至唐人编《隋书》时仅有三卷,而在《旧唐志》中又只有两卷了。从现在辑佚的数条看,《翰林论》是以文体分类的。在这十数条逸文中,李充所说文体有十四类,从中约略可以见出《翰林论》的原貌。

《文章流别集》及《翰林论》基本上为后世总集的编纂制定了体例,《隋书·经籍志》说:"是后文集总抄,作者继轨。属辞之士,以为覃奥而取则焉。"正是指其体例而言。《文选》即在这样的背景下遵从了这样的体例。《文选序》说:"凡次文之体,各以汇聚,诗赋体既不一,又以类分。类分之中,略(据古抄本)以时代相次。"可见《文选》在内容上先以文体分类,每一类中再以时代顺序相次。

这应该是总集编纂的基本规则,萧统的另一部书《古今诗苑英华》大概也是这样的体例。据《大唐新语》卷九《著述》记:"贞观中,纪国寺僧慧净撰《续英华诗》十卷,行于代。慧净尝言曰:'作之非难,鉴之为贵。吾所搜拣,亦《诗》三百篇之次矣。……与《英华》相似,起自梁代,迄于今朝,以类相从。"慧净此书称为续萧统《古今诗苑英华》,时代上从梁大同开始,体例上亦当与萧书相同,可知萧统《古今诗苑英华》的体例也应是"以类相从",这与他后来所编《文选》是一致的。

由于六朝总集的散佚,对它们的具体面貌已不可推知。"以类相从"的体例到底在总集编纂中起多大作用,它在当时诗文总集中占多大比重,也无从推论。不过在现存一些佛学总集以及这些总集的《序》中,的确见出"以类相从"不仅是诗文总集编纂的基本体例,同时也是佛学总集编纂的基本体例。六朝佛学总集现存的有梁释僧祐的《弘明集》。《弘明集》是一部佛学论文集,主旨在于"抑周孔,排黄老,而独伸释氏之法"①,《旧唐志》列入总集类。该书本为十卷,皆梁以前文,后又增为十四卷,所增多梁代文。僧祐《弘明集序》②说他"山栖余暇,撰古今之明篇,总道俗之雅论,其有刻意剪邪,建言卫法,制无大小,莫不毕采。又前代胜士,书记文述,有益三宝,亦皆编录。类聚区分,列为十四卷"。《弘明集》虽然不像唐人所编《广弘明集》那样明确标类,但其编辑中心围绕了当时几个道俗主要论争的问题,如神灭与神不灭、因果报应、华夷之辨、沙门是否应敬王者、生死、神形等,其体例正是"类聚区分"。

除《弘明集》外,一些簿录类总集如僧祐的《出三藏记集》和隋费长房的《历代三宝记》,也都是以类相从的体例,这说明"以类相从"的确是总集及其他种类书籍(如类书、目录学书等)编辑中最易于操作的体例。

四是书名之下系作者小传。在现存的六朝诗文总集《文选》和《玉台新咏》中,都不见这样的体制,另一部佛学总集《弘明集》也没有此例,但是这一体例确为六朝总集所有。如《文章流别集》,《文选》班彪《北征赋》李善注引《流别论》说:"更始时,班彪避难凉州,发长安,至安定,作《北征赋》也。"又《文选》曹大家《东征赋》李善注引《流别论》说:"(曹大家)发洛至陈留,述所经历也。"李善注引皆置于

---

① 《四库全书总目》卷一四五,中华书局1983年重印本,第1236页。
② 载《全梁文》卷七二,第6759页。

题目之下，说明挚书原貌如此。《文选》李善注之外，《古文苑》章樵注引也有两条，一是卷七王粲《羽猎赋》题下注引《文章流别论》说："建安中，魏文帝从武帝出猎，赋，命陈琳、王粲、应玚、刘桢并作。琳为《武猎》，粲为《羽猎》，玚为《西狩》，桢为《大阅》。凡此各有所长，粲其最也。"二是卷八王粲《思亲为潘文则作》题下注引挚虞《文章流别》说："王粲所与蔡子笃及文叔良、士孙文始、杨德祖诗，及所为潘文则作《思亲诗》，其文当而整，皆近乎雅矣。"此外，《三国志·魏书·陈思王传》裴松之注引挚虞《文章志》说："刘季绪，名修，刘表子，官至东安太守。著诗、赋、颂六篇。"案，裴松之引此文注曹植《与杨德祖书》中"刘季绪才不逮于作者，而好诋呵文章，掎摭利病"句，挚虞《文章流别集》并不于文中加注，因此这一段文字必定是在刘季绪文章之下。刘季绪诗文今一概不存，就不知《流别集》原来所选为何文了。挚虞《流别集》这一体例，是否贯彻在李充《翰林论》中，在现存数条《翰林论》逸文中已不可见出。据《隋书·经籍志》，《翰林论》梁时有五十卷，规模远比挚虞的三十卷为大，从《翰林论》逸文涉及的作者看，有司马相如、扬雄、孔融、诸葛亮、曹植、嵇康、裴頠、羊祜、陆机、潘岳、木华等①，但都是就文体而论，而非作者小传。《翰林论》在《隋书·经籍志》中著录仅存三卷，从其逸文看，与《文章流别论》相同，这因此使人猜测其五十卷者当与《流别集》相同，是作品总集；其三卷者或与《流别论》相同，是对当时文体的评论。《新唐志》即以之置入"文史类"，与《文心雕龙》《诗品》相等，可见这一推论是合理的。挚虞还有《文章志》，疑即作者小传，《翰林论》既师从了《流别集》的体例，也当有《文章志》一类，或可称《翰林志》，可惜缺乏证据，只能是一种猜测。

挚、李二书之后，总集迭出。《隋志》著录有谢混《文章流别本》十二卷、孔宁《续文章流别》三卷、佚名《集苑》四十五卷（注称梁时六十卷。《新唐志》题为谢混，《旧唐志》题为谢琨。校勘记引清罗士林等《旧唐书校勘记》云："谢混见于《晋书》，而谢琨无考，当以'混'字为是。"）、刘义庆《集林》一百八十一卷、佚名《集林钞》十一卷、沈约《集钞》十卷、注梁丘迟《集钞》四十卷、佚名《集略》二十卷、佚名《撰遗》六卷、孔逭《文苑》一百卷、佚名《文苑抄》三十卷等。这些总集全部佚失，从其他书籍的注引中略可见其体例的也仅几部。其

---

① 参见《全晋文》及许文雨《文论讲疏》。

中谢混的《文章流别本》和孔宁的《续文章流别》，体例应该是和挚虞《流别集》相同。唯孔书仅有三卷，规模甚小，《隋志》置入总集，两《唐志》不录，就无可知道它的本来面目了①。其他如丘迟《集钞》，《文镜秘府论·南卷·集论》引或曰云："丘迟《抄集》，略而无当。"②王利器《文镜秘府论校注》引铃木虎雄以为"或曰"即元兢的《古今诗人秀句序》。这是批评《集钞》选文既粗略又不准确，大概是指精劣不分。又孔逭《文苑》，《玉海》卷五四引《中兴书目》说："孔逭集汉以后诸儒文章，今存十九卷。赋、颂、骚、铭、诔、吊、典、书、表、论凡十属。目录有书写校正官吏姓名，题龙朔二年，或大中十年，盖唐秘书所藏本也。"看来《文苑》至宋也只有十九卷了，从《玉海》的介绍看，当是以文体分类的诗文总集。六朝时有各文体的单注本，赋有薛综注《二京赋》、张载等注《三都赋》，以及周舍、周兴嗣注梁武帝《历代赋》等，诗有应贞注应璩《百一诗》、罗潜注江淹《拟古》等，文有沈约等人注梁武帝《制旨连珠》等，但在诗文总集中加注的尚属稀见。以上总集，约略可见出零星面貌，是否于书名之下各加作者小传，已不可知了。现在所能知道的是刘义庆的《集林》。《集林》，《隋志》著录一百八十一卷，小字注梁二百卷，两《唐志》均著录二百卷，可见其规模之巨大。《集林》所附作者传，《文选》李善注有三条。一是卷四七史孝山《出师颂》，李善注曰："范晔《后汉书》曰，王莽末，沛国史岑字孝山，以文章显。《文章志》及《集林》《今书七志》并同，皆载岑《出师颂》。"这是说《文章志》《集林》《今书七志》都选载了史岑的《出师颂》，而且据引《后汉书》的记载，似乎都附有作者小传，指明《出师颂》作者是西汉末年王莽时期的史岑。如果是这样的话，他们在对作者身份的判定上都犯了错误。因为《出师颂》的作者是东汉时的史岑而非西汉末史岑。李善说："而《流别集》及《集林》又载岑《和熹邓后颂并序》，计（王）莽之末以迄和熹，百有余年。又《东观汉记》，东平王苍上《光武中兴颂》，明帝问校书郎：'此与谁等？'对云：'前世史岑之比。'斯则莽末之史岑。明帝之时已云前世，不得为和熹之颂明矣。然盖有二史岑：字子孝者，仕王莽之末；字孝山者，当和熹之际。但书典

---

① 《隋志》以诗文评一类全入总集，如《翰林论》《文心雕龙》《诗品》等，孔书仅三卷，如果同于《流别论》，在《隋志》中也看不出。《新唐志》首开"文史"类，著录诗文评之书，从而知道《隋志》所载《翰林论》三卷并非李充五十四卷总集之散佚，而实为该书之序论，同于《文章流别论》。惜《新唐志》不录孔宁此书，所以终付阙如。

② 卢盛江《文镜秘府论校笺》，中华书局2019年版，第454页。

散亡，未详孝山爵里，诸家遂以孝山之文载于子孝之集，非也。"这是说历史上有两个史岑，一是西汉末字子孝者，一是东汉人字孝山。《文章志》《集林》等却混同一人，将《出师颂》与《和熹邓后颂》都系于西汉的史子孝名下。和熹邓后是东汉人，西汉末年的史岑是无论如何也不能作颂的，当为东汉的史孝山无疑。《出师颂》同样如此，也非西汉末史岑所作，因为文中明言"历纪十二，天命中易"，李善注说："《汉书》曰，汉起元高祖，终于孝平王莽之诛，十有二世也。"这是东汉史岑所作的明证。又据李善注，《出师颂》是歌颂邓骘西征的。这说明两篇作品都是东汉史岑所作，但《文章志》《集林》以及范晔《后汉书》都误以为西汉的史岑。刘义庆、王俭等人之所以出现这样的错误，说明后世总集在编选魏以前文章，大多参照挚虞的《文章流别集》和《文章志》。挚书所选篇目和确定的作者，基本为后人所遵从。只有这样，《流别集》在"颂"中误将《出师颂》和《和熹邓后颂》判为西汉史岑所作，才会被《集林》以及《今书七志》照录，同时，挚虞所犯的错误也照样出现在二书之中。这一现象也给我们另一个启发，魏晋以后总集的编纂，大多以前世总集作为依据，所以一个人才能够编辑几种总集（如谢灵运），如果前无依傍的话，恐怕时间、精力乃至图书资料都不允许。李善注引《集林》另外两条作者传分别是，卷二四嵇康《赠秀才入军》题下："嵇喜，字公穆，举秀才。"卷五三李康《运命论》题下："李康，字萧远，中山人也，性介立，不能和俗，著《游山九吟》。魏明帝异其文，遂起家为寻阳长。政有美绩，病卒。"此外，《太平御览》卷八引《集林》说："昔有一人寻河源，见妇人浣纱，以问之，曰：'此天河也。'乃与一石而归，问严君平，云：'此织女支机石也。'"这一条显然是神话传说，与张华《博物志》所记某人乘槎赴天河见到织女的故事一样，应是小说一类。《集林》载录不知出于什么样的体例，如果不是对某一作家或某一作品说明的话，它应该就是《集林》收录的内容，所以《御览》才以它的出处在《集林》。如果这种说法可以成立，则《集林》不仅是诗文总集，还收录了小说的内容，所以才庞大到二百卷。

南朝另一部总集可推知附作者小传的是昭明太子的《古今诗苑英华》。《文选》卷二二王康琚《反招隐诗》李善注曰："《古今诗英华》题云晋王康琚，然爵里未详也。"五臣吕向注亦称："《今古诗英》题云晋王康琚，而不述其爵里才行也。"很明显，吕向此注从李善注抄来，又讳其所从来，而将《古今诗英华》改成《今古诗英》。据李善注，萧统《古今诗苑英华》收录了王康琚的《反招隐诗》，于作者仅题晋人，未详爵里，那是因为对王康琚爵里不详的缘故。李善此注，正暗示《古今诗苑英华》的体例本是在书名之下有作者小传的，由于萧统不熟悉王康琚，才未标明。如果《古今诗苑英华》没有这一体例，李善也不会作出这样的注文了。萧统《古今诗苑英华》的这一体例却没有在《文选》中得到贯彻，是很耐人寻味的。是因为这一体例不好，萧统弃取？还是《文选》编纂仓促而未及加上呢？

以上是汉魏六朝在著书、编集时最基本的四种体例，是我们研究这一时期总集编纂的依据。

第三节　汉魏六朝著书、编集撰人例论

汉魏六朝的作者问题，是文学史上很值得留意的现象，它反映了随着文学观念的进步、文学地位的提高，作者逐渐意识到著作权的价值，于是便有由依托名人到窃别人书为己有的转变。总括这一时期的作者署名现象，大约有四端：

一是托名古人或名人。这一类情形多见于子史和小说。子书如晋人张湛作《列子序》，托称《列子》原为王粲、王弼家中藏书，后经搜求而问世，其实就是他本人所作的。小说类如《西京杂记》《汉武故事》《汉武内传》等也都是魏晋人伪托前人。这一时期的作伪，目的恐还是借古人以重己书，使能流传后世的意思。《西京杂记》卷三记："长安有庆虬之，亦善为赋，尝为《清思赋》，时人不之贵也。乃托以相如所作，遂大见重于世。"这虽非著书之例，但原因是相同的。有的人想书传后世，有的人想见重于时。但想见重于时的人，一旦托名于别人之后，自己怎么可能受到别人的重视呢？因此，这样的作伪动机可能出自两种考虑：一种是只要自己的作品能够引起重视，自己也得到了心理上的安慰；另一种是作伪的人待书流传之后再想法证明是自己所作，故在当时便有流传某人作伪的故事，即如上引《西京杂记》所述。这样的作伪，其实在现在仍然时有发生，其动机与古人也相差不多。作伪的动机还有的是出自现实利益的引诱，《隋书·儒林传》记载："时牛弘奏请购求天下遗逸之书，（刘）炫遂伪造书百余卷，题为《连山易》《鲁史记》等，录上送官，取赏而去。后有人讼之，经赦免死，坐除名。"隋唐以来献书可以取赏，或得官，或得财物，于是便有如刘炫这样的作伪者。由于以上诸种原因，故秦汉以来的作品多有混乱，不独托名前代的书籍篇章已难考查，即使当代作品也经常混乱。如汉末产生的《古诗》，至陆机

时已称"古诗"而不知作者了。其或托名苏武、李陵；或托名枚乘、傅毅；甚至被怀疑为建安时曹植、王粲所作，这颇令当日读者深为感慨。钟嵘《诗品序》说"古诗眇邈，人世难详"，表达了对这种现象无可奈何的情绪。不过《古诗》作者倒非意在托名，指认苏、李等作者，实乃后人所为。有意托史作伪，旨在流传后世的，如曹冏所作《六代论》托名曹植，便是一显著的例子。《晋书·曹志传》记："（武）帝尝阅《六代论》，问志曰：'是卿先王所作邪？'志对曰：'先王有手所作目录，请归寻按。'还奏曰：'按录无此。'帝曰：'谁作？'志曰：'以臣所闻，是臣族父冏所作。以先王文高名著，欲令书传于后，是以假托。'帝曰：'古来亦多有是。'顾谓公卿曰：'父子证明，足以为审。自今已后，可无复疑。'"曹冏托名的目的，曹志说得很清楚了，这是一种情况，还有一种情况是时人附会所致。《文选》卷四三《与嵇茂齐书》李善注引《嵇绍集》称绍曰："赵景真与从兄茂齐书，时人误谓吕仲悌与先君书，故具列本末。赵至字景真，代郡人，州辟辽东从事，从兄太子舍人蕃字茂齐，与至同年相亲。至始诣辽东时，作此书与茂齐。"这些错误看来是时人想当然地附会而成，人们总是喜欢附会为名人作品。不过这篇文章恐未必如嵇绍所说，黄季刚先生《文选平点》说："窃疑此延祖讳言也。如非嵇、吕往还，何得有'平涤九区，恢维宇宙'之议？干生之言，得其实矣。"① 干生即干宝，干宝《晋纪》记载太祖（司马昭）徙吕安远郡，安遗书于康。太祖恶之，追收下狱，嵇康理之，与吕安俱死②。如果是这样的话，嵇绍是出于忌讳而为其父掩饰。《太平御览》卷五九三引殷洪《小说》一例，对产生这种现象原因的解释就比较清楚明白了："魏国初建，潘勖字元茂，为策命文，自汉武已来未有此制。勖乃依商周，宪章唐虞，辞义温雅，与典诰同风，于时朝士皆莫能措一字。勖亡后，王仲宣擅名于当时，时人见此策美，或疑是仲宣所为，论者纷纭。及晋王为太傅，腊日大会宾客，勖子蒲时亦在焉。宣王谓之曰：'尊君作《封魏君策》高妙，信不可及。吾曾问仲宣，亦以为不如。'朝廷之士乃知勖作也。"案，"殷洪"应为"殷芸"，潘勖子应为潘满而非潘蒲，此为《御览》抄手所误。以上三例都是"父子证明"之例③，由此，亦可知不明作者的现象在作者去世不久便发生了。

---

① 黄侃《文选平点》，上海古籍出版社1985年版。
② 按黄季刚先生此据清胡克家刻本《文选·思旧赋》李善注，六家本《文选》李善注无干宝《晋书》文字。
③ 嵇绍之证，尚有争议。

二是窃他人书稿为己书。这是汉魏六朝造成作者署名混乱的一个较显著的现象，有的甚至造成学术公案。《晋书·郭象传》载："先是注《庄子》者数十家，莫能究其旨统。向秀于旧注外而为解义，妙演奇致，大畅玄风，惟《秋水》《至乐》二篇未竟而秀卒。秀子幼，其义零落，然颇有别本迁流。象为人行薄，以秀义不传于世，遂窃以为己注，乃自注《秋水》《至乐》二篇，又易《马蹄》一篇，其余众篇或点定文句而已。其后秀义别本出，故今有向、郭二《庄》，其义一也。"① 自此以后郭象是否窃向秀之书，遂成学术公案。《四库全书总目》以残存向秀注与郭象注校对，称："是所谓窃据向书，点定文句者，殆非无证。"不论郭象是否窃了向秀的书，这个故事在当时得到流传说明了窃书现象确有存在。《晋书》记虞预私撰《晋书》，而生长东南，不知西晋时事，多次访于王隐。时王隐亦撰《晋书》，虞预遂借而窃写。又《南史》记何法盛偷郗绍《晋中兴书》事，都反映这个时期因过分看重著书，以至不惜偷窃别人成果的现象。何法盛对这一目的说得很清楚，他对郗绍说："卿名位贵达，不复俟此延誉。我寒士，无闻于时，如袁宏、干宝之徒，赖有著述，流声于后。宜以为惠。"（《南史·郗绍传》）由此看，当日窃书行为乃出于博取声名的动机。这一行为本身固不光明磊落，但说明当时知识分子，尤其是寒族知识分子对著书的重视。

三是诸王组织门客编书之例。秦汉以来，诸王组织门客编书渐成风气，汉淮南王刘安组织编辑《淮南子》，首开此风。刘安好书，辩博而善为文辞，汉武帝每为报书及赐，都要先召司马相如等人看过之后才发遣。武帝尝使为《离骚传》，旦受诏，日食而上。招致宾客方术之士，著《淮南子》一书。刘安虽善文辞，而此书为门客所为是显而易见的。招致门客著书之例，并不始于刘安，秦相吕不韦已有《吕氏春秋》在先。秦汉时门客为依附性质，多另有所图。主人得志时便为之效力，失意时则作鸟兽散。《史记·魏其武安侯列传》记武安侯田蚡亲幸，"天下吏士趋势利者，皆去魏其归武安"，这实际上是一种互相利用的关系，同传记武安侯"新欲用事为相，卑下宾客"，看来在这一关系的基础之上，门客得以保持着自己人格的独立性。既然目的在为文上，故作者的署名并不很重要。这是封建社会的普遍特征，直到清代，胡克家约请顾广圻、彭兆荪为他校勘《文选》，其《文选考异》仍然署胡克家之名。当然，顾、彭为胡克家工作的性质，与两汉门客是不同的。那时的门

---

① 《世说新语》所记与此相同。

客，除极少数人留名外，多数人连身份都不清楚。这样的主客关系，一直维持到六朝时期，如刘宋时临川王刘义庆组织编著《世说新语》，主要的工作当然是由门客完成。《宋书》本传记刘义庆："爱好文义，才词虽不多，然足为宗室之表。"(《宋书·刘义庆传》) 这样一个爱好文义的人，组织编著《世说新语》以及《集林》，恐怕才力还是足够的。

  一般说来，身份为诸王者，所要留心的事多集中在政治上，即使组织编撰，也是醉翁之意不在酒，与文人的著书、编集还是有区别的。比如挚虞编《文章流别集》，目的是芟剪繁芜，类聚区分，使各文体有条贯，这也是与他秘书监身份有关的，同时这一工作也起到了批评、指导的作用。这样的目的，以及由这目的起到的作用自然不是诸王所要关心的。由于有这种区别和特殊性，不同身份的人选择编著的内容、题目以及所采用的体例也就有不同。诸王既怀有政治目的，当然要挑选部帙大，易于造成影响的书来编。如刘义庆编《集林》二百卷、《世说》八卷、《宣验记》十三卷、《幽明录》二十卷、《徐州先贤传》十卷。再如萧子良开西邸，招学士，编《四部要略》千卷，都是这样的例子。从内容上看，诸王编书，两汉时期与六朝略有不同。两汉时刘安编《淮南子》属子书，此前的吕不韦编《吕氏春秋》，也是子书。魏晋以后，诸王编书就不再是子部，大多集中在类书及小说等类。这种现象也挺有意思，《吕氏春秋》《淮南子》都是杂家类，可见吕不韦和刘安并非要借以留一家言。从其门客成分构成看，也是杂乱不一。《汉书·刘安传》载，刘安"亦欲以行阴德拊循百姓，流名誉。招致宾客方术之士数千人，作为《内书》二十一篇，《外书》甚众，又有《中篇》八卷，言神仙黄白之术，亦二十余万言"。这就是说《淮南子》实际撰著者刘安的门客们，本来成分杂驳不纯，故所造书当然表现为杂家。虽然高诱称其旨"近老子淡泊无为，蹈虚守静"(《淮南子·叙》)，但仍与纯粹的道家有区别。《吕氏春秋》也是如此，从其著书的原因看，他本为模拟战国四大公子养客之风，又慕荀子等著书布天下，这才招客著书，"人人著所闻……以为备天地万物古今之事"(《史记·吕不韦列传》)，这种原因自与先秦诸子立一家之言有别。可见吕不韦及后世诸王造书，目的不在书本身，因此并不管这书在当时是否有价值，只要能造成政治影响即行。这一方面说明有权势却无思想的统治者只能依靠门客造书，门客造书自然不会有太大价值；另一方面又说明所谓立一家之言本来是知识分子的崇高理想，而非统治者乐意为之。著书立言的价值观并未在当时占有多大比重，所以诸王才无视于其所造书有无价值。这种现象在六朝时期应该发生了变化，因为文学及文人地位的提高，著书立言的价值观一定程度上获得与立德、立功抗衡的力量，统治者本人也开始从事著述，如曹丕、曹植、萧衍、萧统、萧纲、萧绎等。但是统治者中具有撰述能力的人仍然不是很多，尤其是要独立制造子书，更不可能。加上招客著书方式的限制，仍然只能是一些较易操作的类书、传闻等类。因此刘义庆编《世说新语》《宣验记》，萧子良编《四部要略》，也就不足为奇了。以上是指一批招客著书的诸王，魏晋六朝时毕竟较两汉时发生了很大的变化，那就是有才华的统治者（帝、王、太子等），已经亲手编撰图书了，这是六朝时撰著的第三种情形。

四是帝王亲自撰述。此例当始于曹魏父子。两汉时虽如刘邦、刘彻也有《大风歌》《秋风辞》等，但那毕竟是乡风楚歌，不能等同于写作。至汉末，曹操"以相王之尊雅爱诗章"（《文心雕龙·时序》）①，躬自撰述，《三国志·文帝纪》注引《典论·自序》说："上雅好诗书文籍，虽在军旅，手不释卷。"又萧绎《金楼子·兴王》注引《三国志》说：魏武"御事三十余年，手不舍书。昼则讲军策，夜则思经传。登高必赋，被之管弦，皆成乐章"。其后，曹丕、曹植并踵武其父，诚如《文心雕龙·时序》说："文帝以副君之重，妙善辞赋；陈思以公子之豪，下笔琳琅；并体貌英逸，故俊才云蒸。"曹氏父子开创的这一优秀传统，在其后得到了很好的发扬。晋、宋、齐、梁、陈，并皆好文，所谓"主爱雕虫，家弃章句"（《宋书·列传第十五·传论》），并不独在有魏一朝了。就编著一事看，曹丕著有《典论》一书，属子类，这是他亲自撰述，而非学士代劳之作。《隋志》还著录曹丕《列异传》三卷、《士操》一卷。前者，《隋志》称为"序鬼物奇怪之事"，列入杂传类；后者列入子部名家类，与刘劭《人物志》相同，当是关于人物论的控名责实之书。这两部书都有可能是曹丕手撰，但没有更进一步的证据。《士操》不见著录于《三国志》，《列异传》则见于裴松之的两处注引，但亦未明作者。史志著录的作者，尤其是帝王身份的作者，有许多是不可信的。如前述《吕氏春秋》《淮南子》，吕不韦、刘安只是组织者而已，甚至与后世的主编都不相同。但也不可否认，魏晋六朝时，随着文学地位的提高，有才华的帝王往往也亲自编撰，或是主持编撰。我们不妨就《隋书·经籍志》关于这一身份作者的撰述实况作一调查。《隋志》著录魏晋南北朝皇帝与诸王（包括太子）所著书共八十余种，最多的还是梁朝

---

① 桉，本文引用《文心雕龙》文字，均出自詹锳先生《文心雕龙义证》，上海古籍出版社1989年版。

萧氏父子，其中梁武帝一人就占二十三种，其次是梁元帝萧绎，十五种。帝王著书，有一些明记为门下学士所为，如《隋志》记梁武帝《通史》四百八十卷，其实据《梁书》本纪，萧衍仅制赞、序。《梁书·吴均传》记："寻有敕召见，使撰《通史》，起三皇，讫齐代，均草本纪、世家，功已毕，唯列传未就。"看来梁武帝《通史》大部分是吴均所著。但吴均《通史》体例是起三皇，讫齐代，而《隋志》著录是起三皇讫梁，这大概是在吴均底本上又有扩大。又如《隋志》著录梁简文帝《长春义记》一百卷，据《梁书·许懋传》："中大通三年，皇太子召诸儒参录《长春义记》。"则见此书也非萧纲自撰。但是，在帝王著书中，有一些似乎是别人代替不了的，如《隋志》著录魏武帝曹操所著六种兵法书，便非别人所能代笔。《三国志·武帝纪》裴注引《魏书》说："太祖自统御海内，芟夷群丑，其行军用师，大较依孙、吴之法，而因事设奇，谲敌制胜，变化如神。自作兵书十万余言，诸将征伐，皆以新书从事，临事又手为节度，从令者克捷，违教者负败。"所谓"新书"即曹操所撰兵法，那是基本兵法，然每临新役，他又另作节度，因为写定的兵法只是常规，而每一新战役又有新的特殊情况，所以又要另为节度。这反映了曹操用兵的灵活性。像这样根据他本人几十年征战经验而撰成的兵法，别人不敢，也不能代笔。因此《隋志》著录的帝王著书，既不能一概相信为传主所为，也不能全部否定说是门下学士所造。如梁武帝萧衍，除政务之外，即意在撰述，像《隋志》著录的那些经义疏解一类，未必就不是他本人所著。不过，由于缺乏证据，这些说法总是推测，肯定者可以这样说，否定者也可以那样说。这里我们不妨以萧绎为例来解释当日著述的一般情形。

《隋志》著录萧绎作品有：

1. 《汉书注》一百一十五卷，梁有，亡
2. 《孝德传》三十卷
3. 《忠臣传》三十卷
4. 《同姓名录》一卷
5. 《丹阳尹传》十卷
6. 《怀旧志》九卷
7. 《全德志》一卷
8. 《研神记》十卷
9. 《补阙子》十卷，亡
10. 《湘东鸿烈》十卷，亡

11.《金楼子》二十卷
12.《玉韬》十卷
13.《洞林》三卷
14.《连山》三十卷
15.《释氏碑文》三十卷

  以上十五种均题名梁元帝撰,其中1—7、9、12—14十一种书为《梁书》本纪所载。如前举梁武帝《通史》和简文帝《长春义记》例,史书著载也并不可信,这十一种书是否确为萧绎所著,仅以史书记载很难推定。幸好萧绎《金楼子》一书传世,在《立言》篇中,他借回答裴几原(子野)的机会阐述了自己对著书的看法(见本章第一节),于是使我们相信萧绎是一个注重亲手著书,反对代笔的人。但《隋志》著录的十五种书以及本纪记载而《隋志》未录的《老子讲疏》四卷、《周易讲疏》十卷、《内典博要》一百卷、《荆南志》《江州记》《贡职图》、《筮经》十二卷、《式赞》三卷八种,是否尽为萧绎手撰呢?在没有得到进一步证据之前,我们也许会根据萧绎的话相信史书的记载,幸而《金楼子·著书》篇留下一份著书目录,以供我们分析鉴别。此目分四部著录,共三十八种,萧绎亲于书下加注,指明哪些是己撰,哪些是付别人撰写。在《隋志》著录的十五种书中,萧绎注明自撰的有2、4、5、6、7、12、14,共七种。第1种无注,第3、8、9三种注明自为序。第10、13、15三种未见著录。在《梁书》本纪所载八种书中,萧绎注明自撰的有《周易讲疏》(《金楼子》作《周易义疏》三秩三十卷,称:"金楼奉述制义,私小小措意也。")《荆南志》《内典博要》《江州记》《贡职图》无注,《筮经》《老子讲疏》《式赞》不著录。但《金楼子》有《孝子义疏》一秩十卷,疑《梁书》本纪"老"字乃"孝"字之误。又有《式苑》一秩三卷,《梁书》本纪"赞"字或"苑"字之误。除此之外,《金楼子》著录的书目中,还有许多是他让别人所撰。比如《晋仙传》,注称"金楼使颜协撰",《奇字》二秩二十卷,注称"金楼付萧贲撰",《谱》一秩十卷,注称"金楼付王兢撰",《梦书》一秩十卷,注称"金楼使丁觇撰",《碑集》十秩百卷,注称"付兰陵萧贲撰",《诗英》一秩十卷,注称"付琅琊王孝祀撰"。又有萧绎自为序而让别人撰写的,如《研神记》,注称"金楼自为序,付刘毅纂次",《补阙子》,注称"金楼为序,付鲍泉东里撰"。还有一种是萧绎与人合著之例,如《长州苑记》一秩三卷,注称"金楼与刘之亨等撰"。从以上《金楼子》所注著书方式看,有这样几种:

1. 萧绎自撰；
2. 萧绎付别人撰；
3. 萧绎为序，付别人撰；
4. 萧绎与人合撰。

由萧绎这样几种著书方式看，当日书篇撰人的情况确很复杂，如不加特殊说明，是很难搞清楚实际撰人的。史书于此往往也会出错，所以也不可尽信。如《隋志》著录萧贲撰《辩林》二十卷，实际上恐为萧绎撰，书目载《金楼子》。萧绎曾让萧贲撰《奇字》二十卷，恐史书作者错混二书。又由《金楼子》所著录书目，可见出当时人对撰人的一些看法。一些起码不是萧绎亲所撰书，《金楼子》都可以著录，并且《梁书》也便归为萧绎，如《补阙子》等，这反映出当时人对有权位的组织者比较看重，常以组织者作为撰人看待。这是当时人的普遍观念，大概并不以为这样做便是错误。与这一观念相联系，萧绎将这些书著录在自己名下，恐也并非一点关系没有，一者他是组织者，二者他大概对书的内容、体例还是有所交代的。比如《金楼子》著录有《诗英》十卷，《隋志》及两《唐志》不录①。此书据萧绎自注，乃付琅琊王孝祀撰。王孝祀，史书无传，或是萧绎僚属。萧绎能诗，自称"六岁解为诗"（《金楼子·自序》），他对诗歌是有自己的见解的。《文镜秘府论·南卷·论文意》引他《诗评》说："作诗不对，本是吼文，不名为诗。"《诗评》不见于《金楼子》，《隋志》亦不著录，据日本藤原佐世《日本国见在书目录》，收《诗品》三卷、《诗评》六卷。三卷《诗品》当即钟嵘之书，《诗评》六卷或许为萧绎所撰。萧绎既对诗歌有要求，他让王孝祀编《诗英》，应该是按照他的诗歌观选诗的。这样说来，将《诗英》看作他自己的作品也还能说得过去。

《金楼子》著录之有根据，还有一例说明，即萧绎在镇荆州时，僚属萧淑撰有《西府新文》十一卷，《隋志》著录，题梁萧淑撰。但颜之推《颜氏家训·文章》却称"梁孝元在蕃邸时，撰《西府新文》"，此书大概的确与萧绎没有什么关系，所以《金楼子》不著录。这也从侧面说明《金楼子》著录诸书，是有一定根据的②。如《西府新文》确与萧绎无关的话，颜之推此话就反映了当时的一种普遍观念，即实际撰人并不很重要，大家认可的还是身居高位者。也正是由于有这样的观念，史书及史志才往往将实际撰述者隐去，而署上组织者或实际撰人的府主。

---

① 《隋志》于谢灵运"《诗英》九卷"条下，注"梁十卷"，或即此书。
② 《西府新文》不见录于《金楼子》，还有一种情况，即其编成较《金楼子》晚。

第 二 章
文体辨析与总集的编纂

第一节　文体辨析的学术渊源

　　刘师培《中国中古文学史讲义》第三课说："文章各体，至东汉而大备。汉魏之际，文家承其体式，故辨别文体，其说不淆。"① 文体辨析是在汉末以后开始的，其学术渊源，却可追溯至刘向《别录》、刘歆《七略》与班固《汉书·艺文志》。

　　向、歆父子整理图书，奏其《别录》《七略》，开中国目录学之先，然其工作的意义却并不仅在目录一门。《宋书》卷十一《律历志序》说："汉兴，接秦坑儒之后，典坟残缺，耆生硕老常以亡逸为虑，刘歆《七略》、固之《艺文》，盖为此也。"汉朝立国，接于暴秦之后。天下图书颇有散亡，故武帝建藏书之策，置写书之官，至成帝时，"使谒者陈农求遗书于天下，诏光禄大夫刘向校经传诸子诗赋，步兵校尉任宏校兵书，太史令尹咸校数术，侍医李柱国校方技。每一书已，向辄条其篇目，撮其指意，录而奏之"。② 据此知这一工作的本来目的是整理图书，但刘向"条其篇目，撮其指意"的工作方法却对后世的学术工作产生了极大影响。章学诚《校雠通义叙》说："刘向父子，部次条别，将以辨章学术，考镜源流。"③ 这说明刘向父子所作的是学术史的工作，"辨章学术，考镜源流"八字是对这一工作的概括。辨章学术是因为秦火之后，典籍残缺，且师传亦断绝，刘歆《移书让太常博士》说："秦焚经书，杀儒士，设挟书之法，行是古之罪，道术由此遂灭。"④《新唐书·艺文志序》说："自六经焚于秦而复出于汉，其师传之道中绝，而简编

---

① 刘师培《中国中古文学史讲义》，广西人民出版社2017年版，第26页。
② 《汉书·艺文志序》，中华书局，第1701页。
③ 章学诚《校雠通义》，上海古籍出版社1987年版，第1页。
④ 《文选·移书让太常博士》，中华书局1979年影印胡克家刻本，第611页。

脱乱讹缺，学者莫得其本真，于是诸儒章句之学兴焉。"这便是"辨章学术"的背景。刘向、刘歆父子作《别录》《七略》，以艺文为对象，剖析条流，使各有其部，总百家之绪，推本溯源，这便是"考镜源流"。《汉书·刘向刘歆传赞》说："《七略》剖判艺文，总百家之绪……有意其推本之也。"颜师古注曰："言其究极根本，深有意也。"正是这样的学术思想和方法，对汉魏六朝的文学批评以及总集的编纂产生了影响，文体辨析的学术渊源即基于此点。

文体辨析有三个基本内容：一是辨文体的类别，每一文体都有自己的特性，诗自不同于赋，而颂与赞也各有异；二是辨文体的风格，所谓"诗缘情以绮靡，赋体物而浏亮"（《文选》陆机《文赋》）[1]；三是辨文体的源流。文体的源流，界限明确，但文体的风格与类别较易混淆。徐复观《文心雕龙的文体论》[2]一文认为宋明以前的"体"实即"以艺术性而得到其形相"，徐氏的"形相"即所谓风格。他又说："文体的观念，虽在六朝是特别显著，而文类的观念，则在六朝尚无一个固定名称。但从曹丕以迄六朝，一谈到'文体'，所指的都是文学中的艺术的形相性，它和文章中由题材不同而来的种类，完全是两回事。"徐复观先生以"文体"包括风格也即他所说的"艺术的形相性"，和类别不同，是不错的，但他称从曹丕迄六朝的"文体"概念都指风格而非指类别（徐氏又称："类名之建立，今日可考者，似始于萧统之《文选序》。此后对文章题材性质不同之区别，几无不曰'类'"），则值得商榷。以曹丕《典论·论文》说，文中重点论述了奏议、书论、铭诔、诗赋四科八种文体，强调"奏议宜雅，书论宜理，铭诔尚实，诗赋欲丽"，这是说"雅""理""实""丽"分别是四类文体各所应有的写作特点，也即各体的风格，这里的"体"确是指的"风格"。但在论述这四类文体风格之前，曹丕还说过："夫人善于自见，而文非一体，鲜能备善。是以各以所长，相轻所短。"这个"体"很明显指的是文类。曹丕的意思是说，作文的体类不止一种，有诗，有赋，有书，有论，有的人长于诗，有的人长于赋，但文人相轻，往往以自己所长来诋毁别人。其实文章虽然本质上相同，而表现形式却各异，这各异的形式即文章类别，各有不同的特性，从而要求不同的写法。由于人非通才，不能各种文体都擅长，明白了这一点也就避免了文人相轻。就《典论·论文》的这一段话，我们

---

[1] 中华书局1977年影印清嘉庆十四年（1809）胡克家刻本。本书引《文选》，若无特殊说明，均引自此版本。

[2] 载徐复观《中国文学论集》，九州出版社2014年版，第1—9页。

发现，文章体裁与文章风格其实是一个问题的两个方面：不同的体裁，规定了不同的风格，所谓"奏议宜雅，书论宜理，铭诔尚实，诗赋欲丽"，而不同的风格便是各体裁间的区别和界限。按照文学史发展的事实，应该是立体在先，辨体在后，先是由于现实的需要而产生某种文体，其后这一文体得到广泛的承认和应用，在广泛应用的过程中，才逐渐具备该文体的特质，从而才能固定与其他文体相区别。因此，在体裁与风格的关系上，体裁产生在先，是基础，风格是由体裁规定的，正是"皮之不存，毛将焉附"？诚如刘师培所说，文章各体至东汉而大备，其后才能承其体式，辨别文体。

文体类别的区分，其源始自《七略》。《七略》的《诗赋略》据班固《汉书·艺文志》，分诗赋为五种，其中赋为四家，歌诗为一家。四家赋为：一、屈原赋类；二、陆贾赋类；三、孙卿赋类；四、客主赋类。由于班《志》于每类之后删除叙论，刘向父子将赋分为四种的原因就不清楚了。不过，既然专门作区分，自然是四种赋各有不同的原因。对这原因，后人便根据《七略》体例作各种推测。姚振宗《汉书艺文志拾补》[①]卷三说："按诗赋略，旧目凡五，一、二、三皆曰赋，盖以体分，四曰杂赋，五曰歌诗。其中颇有类乎总集，亦有似乎别集。"姚氏以为这原因是以体裁而分。他在论屈原赋类说："此二十种大抵皆楚骚之体，师范屈宋者也。故区为第一篇。"论陆贾赋类说："此二十一家大抵不尽为骚体，观扬子云诸赋，略可知矣。故区为第二篇。"论孙卿赋类说："此二十五家大抵皆赋之纤小者。观孙卿《礼》《知》《云》《蚕》《箴》五赋，其体类从可知矣。故又区为第三篇。"论客主赋类说："此十二家大抵尤其纤小者，故其大篇标曰《大杂赋》，而《成相辞》《隐书》置之末简，其例亦从可知矣。"姚氏提出的前三种以体分的观点，应近于事实。其后顾实《汉书艺文志讲疏》提出第一种主抒情，第二种主说辞，第三种主效物，第四种多杂诙谐，顾氏此论，也是从姚氏得到的启发。

当刘向之时，属于文学体裁的大概也就是辞赋与歌诗，因此《诗赋略》虽叙为五种，实则是两种。东汉以后，文体发展很快，曹丕《典论·论文》提出了八种文体。其实远不止这些，即曹丕本人在《答卞兰教》（《三国志·卞后传》注）中也还提过"颂"体。若从《后汉书》著录的文体看，已远远超过了这几类。统计的结果，大致有诗、赋、铭、诔、颂、书、论、奏、议、记、碑、箴、七、九、赞、连珠、吊、章

---

① 中华书局1998年重印《二十五史补编》本。

墓志铭》说:"《七略》百家,三藏九部,成诵其心,谈天其口。"这当然是夸奖的话,但以熟习《七略》作奖词,亦见当时确以此为士人必备的基本内容。比如《梁书·张缵传》记:"缵好学,兄缅有书万余卷,昼夜披读,殆不辍手。秘书郎有四员,宋齐以来,为甲族起家之选,待次入补,其居职,例数十百日便迁任。缵固求不徙,欲遍观阁内图籍。尝执四部书目曰:'若读此毕,乃可言优仕矣。'"又同书《臧严传》记臧严精通四部书目,萧绎以甲至丁卷中作者姓名等事考校,一无遗失。于此可见南朝文人对目录学的重视,以及目录学与文学写作间的关系。从这点说,《七略》、班《志》的学术思想,是六朝批评家、作家十分熟悉的内容。

刘勰之外,钟嵘《诗品》品骘古今诗人,也是采用了溯源流的方法。在他品评的一百二十多位诗人中,对其中许多人的创作风格,都追溯其源流。如说曹植"其源出于国风",说刘桢"其源出于《古诗》"等,这与《汉书·艺文志》方法相同,如《汉志》称"道家者流,盖出于史官""小说家者流,盖出于稗官"。由此可见钟嵘受《七略》、班《志》的影响。

除了批评家著论考镜文体源流,一些作家更是通过编选总集来做辨体溯流的工作。如任昉《文章始》,选列八十四种文体,以说明各体之起源。任昉本人曾做过秘书监,《梁书》本传记:"自齐永元以来,秘阁四部,篇卷纷杂,昉手自雠校,由是篇目定焉。"可见他对图籍具有非常专业的知识,《七略》《汉志》自是很精通的了。他以"始"作为自己选集的名称,最清楚不过地表明了他考镜源流的学术思想。

在叙述六朝批评观时,佛学家往往被忽视,现在看来,佛学家批评思想的系统、深度往往超过文学家。比如《文心雕龙》,大家都承认刘勰此书体系的构建受到了佛学的影响。再以目录学为例,梁启超《佛家经录在中国目录学之位置》对佛家书目极为称赏,认为其优胜于普通目录者有五点:"一曰历史观念甚发达。凡一书之传译渊源、译人小传、译时、译地,靡不详叙。二曰辨别真伪极严。凡可疑之书皆详审考证,别存其目。三曰比较甚审。凡一书而同时或先后异译者,辄详为序列,勘其异同得失;在一丛书中抽译一二种或在一书中抽译一二篇而别题书名者,皆一一求其出处,分别注明,使学者毋惑。四曰搜采遗逸甚勤。虽已佚之书,亦必存其目以俟采访,令学者得按照某时代之录而知其书佚于何时。五曰分类极复杂而周备。或以著译时代分,或以书之性质分。性质之中,或以书之函义内容分,如既分经律论,又分大小乘。或以书之形式分，如一译多译，一卷多卷等。同一录中，各种分类并用。一书而依其类别之不同，交错互见，动至十数，予学者以种种检查之便。吾侪试一读僧祐、法经、长房、道宣诸作，不能不叹刘《略》、班《志》、荀《簿》、阮《录》之太简单、太素朴，且痛惜于后此踵作者之无进步也。"①的确，如僧祐的《出三藏记集》，这是一种簿录类的总集，其体例的周密，学术思想的深刻，都是超越其他目录学书籍的。在现存的几部六朝佛学总集以及已佚总集序中，我们发现佛学家对区分类别、考镜源流的认识是十分自觉而深刻的。

在南朝高僧中，僧祐是一位造诣极深的佛学理论家和目录学家。他在许多文章中都说过自己"总集众经，遍阅群录"的话，由于这样的工作经验，僧祐撰写了大量的佛典叙录，考镜源流，区分类别，正如刘向《七略别录》一样。佛经东传，由汉至梁，五百余年，其间历经坎坷，终于影响华土而大行于时。在这过程中，佛经典籍亦有许多混杂，有翻译上的问题，有解说中的歧异，还有伪经掺杂其中。因此校理佛典，使源流清楚，类别不乱，经文各体有序，便是摆在僧祐面前的任务。在进行这一工作时，他是接受了刘向、刘歆父子《七略》的影响的。比如他的《梵汉译经同异记》，先述梵汉文字的差异，再说明这种差异带来的译经困难："是以义之得失由乎译人，辞之质文系于执笔。或善梵义而不了汉音，或明汉文而不晓梵意，虽有偏解，终隔圆通。"此其一。其二，"至于杂类细经，多出四含，或以汉来，或自晋出，译人无名，莫能详究。然文过则伤艳，质甚则患野，野艳为弊，同失经体"。这是佛经翻译中的两个最基本的问题，世人不知其中症结，常致迷失，所以僧祐说："祐窃寻经言，异论咒术，言语文字，皆是佛说。然则言本是一，而梵汉分音；义本不二，则质文殊体。虽传译得失，运通随缘，而尊经妙理，湛然常照矣。既仰集始缘，故次述末译，始缘兴于西方，末译行于东国，故原始要终，寓之记末云尔。"②从僧祐这段叙述看，他考镜源流的思想是十分明确的。值得注意的是，僧祐在表达这一思想时所使用的"原始要终"一词，与刘勰《文心雕龙》竟然一致。还不仅于此，二人所用的频率也较高。《文心雕龙》共使用四次，而僧祐也有两次。除此之外，与"原始要终"思想相同的其他表述词语，如"沿波讨源""辨本以验末"等，则随处见于僧祐各文之中。刘勰是僧祐的学生，曾帮助僧祐整理过佛典，僧祐之文，有的还出自刘勰手笔，因此刘勰辨析

---

① 《梁启超全集》，北京出版社 1999 年版，第 3869 页。
② 《全梁文》卷七一，第 6747 页。

文体、考镜源流的学术思想大概是从他老师那里学来的。①

在僧祐的佛典整理工作中，我们看到了考镜源流思想对他的指导作用。一般的叙例是，僧祐先叙述问题产生的由来，再说明自己工作的指导思想、方法及其具有的意义。这里不妨引录几段如下：

《续撰失译杂经录》：祐总集众经，遍阅群录，新撰失译，犹多卷部。声实纷糅，尤难铨品。或一本数名，或一名数本；或妄加游字，以辞繁致殊；或撮半立题，以文省成异。至于书误益惑，乱甚棼丝，故知必也正名，于斯为急矣。是以雠校历年，因而后定。其两卷以上，凡二十六部，虽缺译人，悉是全典。其一卷已还，五百余部，率抄众经，全典盖寡。观其所抄，多出《四含》《六度》《道地大集》《出曜》《贤愚》及《譬喻》《生经》，并割品截偈，撮略取义。强制名号，仍成卷轴。至有题目浅拙，名与实乖，虽欲启学，实芜正典，其为怨谬，良足深诫。今悉标出本经，注之目下，抄略记分，全部自显。使沿波讨源，还得本译矣。……

《抄经录》：抄经者，盖撮举义要也。昔安世高抄出修行，为《大道地经》，良以广译为难，故省文略说。及支谦出经，亦有孛抄。此并约写梵本，非割断成经也。而后人弗思，肆意抄撮。或棋散众品，或苽剖正文。既使圣言离本，复令学者逐末。

《出三藏记集序》：原夫经出西域，运流东方，提挈万里，翻转梵汉。国音各殊，故文有同异；前后重来，故题有新旧。而后之学者，鲜克研核，遂乃书写继踵，而不知经出之岁；诵说比肩，而莫测传法之人；授受之道，亦已阙矣。夫一时圣集，犹五事证经，况千载交译，宁可昧其人世哉？昔安法师以鸿才渊鉴，爰撰经录，订正闻见，炳然区分。自兹以来，妙典间出，皆是大乘宝海。时竞讲习，而年代人名，莫有铨贯；岁月逾迈，本源将没，后生疑惑，爰所取明。祐……于是牵课羸恙，沿波讨源，缀其所闻，名曰《出三藏记集》，一撰缘记，二铨名录，三总经序，四述列传。缘记撰，则原始之本克昭；名录铨，则年代之目不坠；经序总，则胜集之时足征；列传述，则伊人之风可见。

《法苑杂缘原始集序》：夫经藏浩汗，记传纷纶，所以导达群

---

① 关于《文心雕龙》与《出三藏记集》在撰述指导思想上的相似，以及刘勰与僧祐间的关系，兴膳宏教授有非常精彩的论述，参见《〈文心雕龙〉与〈出三藏记集〉》，载（日）兴膳宏《〈文心雕龙〉论文集》，彭恩华译，齐鲁书社1984年版，第5页。

方，开示后学，设教缘迹，焕然备悉。训俗事源，郁尔咸在。然而讲匠英德，锐精于玄义；新进晚习，专志于转读。遂令沙门常务，月修而莫识其源；僧众恒仪，日用而不知其始，不亦甚乎！余以率情，业谢多闻，六时之隙，颇好寻览。于是检阅事缘，讨其根本。遂缀翰墨，以藉所好。庶辩始以验末，明古以证今。

《十诵义记序》：……逮至中叶，学同说异，五部之路，森然竞分。仰惟《十诵》源流，圣贤继踵，师资相承，业盛东夏。但至道难凝，微言易爽，果向之人，犹迹有两说，况在凡识，孰能壹论？是以近代谈讲，多有同异。大律师颖上……学以《十诵》为本……常以此律，广授二部。教流于京寓之中，声高于宋齐之世。……僧祐……遂集其旧闻，为《义记》十卷。①

以上我们不嫌繁复地抄录五篇序文，从中可以看出僧祐编集、著论、叙录的原因、目的和方法。如僧祐所言，佛学典籍至梁时已经颇有混乱。以译经说，由于梵汉文字、语音的殊异，译人水平的参差不齐，经义难免有错；加之岁月长久，授受道缺，译经之来龙去脉已不甚清楚了。以抄经说，昔贤抄经，本在修行，故旨在撮举义要，但后人不学，肆意抄经，往往割裂经义，"既使圣言离本，复令学者逐末"。再以佛学理论说，如律学，本来就是义理精微，师资相承尚有两说，更何况一般学人。至于梁代，歧异愈多，自然会迷惑后生。这些便是僧祐整理佛典的主要原因，其与刘向、刘歆父子的校雠图书，何其相似乃尔！在这一工作中，僧祐始终坚持追源溯流的指导思想，他作于不同时期的序文，都反复强调着这一点，可见这一思想应是僧祐全部学术思想的核心内容。这自然可看作是僧祐接受了刘向、刘歆父子的影响，但也应看到它同时也是时代学术思想的主要内容。如前所述，钟嵘、刘勰、任昉等也都具有这一思想的特点。此外，在僧祐之后的释慧皎，也同样表现出明显的溯源流思想。慧皎撰有《高僧传》十四卷②，《全梁文》卷七三载其《高僧传序》③ 称：

自汉之梁，纪历弥远，世践六代，年将五百，此土桑门，含章秀发，群英间出，迭有其人。众家记录，叙载各异：沙门法济，偏

---

① 《全梁文》卷七一、卷七二，第6756—6771页。
② 《高僧传》今有汤一介先生校注本，中华书局1992年版。
③ 《全梁文》卷七三，第6773—6775页。

叙高逸一迹；沙门法安，但列志节一行；沙门僧宝，止命游方一科；沙门法进，乃通撰论传。而辞事缺略，并皆互有繁简。出没成异，考之行事，未见其归。宋临川康王义庆《宣验记》及《幽明录》、太原王琰《冥祥记》、彭城刘悛《益部寺记》、沙门昙宗《京师寺记》、太原王延秀《感应传》、朱君台《征应传》、陶渊明《搜神录》，并傍出诸僧，叙其风素，而皆是附见，亟多疏缺。齐竟陵文宣王《三宝记传》，或称佛史，或号僧录。既三宝共叙，辞旨相关，混滥难求，更为芜昧。琅邪王巾所撰《僧史》，意似该综，而文体未足；沙门僧祐撰《三藏记》，止有三十余僧，所无甚众；中书郗景兴《东山僧传》、治中张孝季《庐山僧传》、中书陆明霞《沙门传》，各竞举一方，不通今古，务存一善，不及余行。

慧皎此叙，历举晋宋以来有关佛人、佛事著述，其中大多为《隋书·经籍志》所缺，它的史料价值自不待言。我们所感兴趣的是，这一段述论，颇与钟嵘《诗品序》所述前代文论专著相似，由此见出慧皎在追溯源流的过程中，是施加了评论的，此序实可作为佛学批评史看。在批评了前贤诸作之后，慧皎称自己"尝以暇日，遇览群作，辄搜检杂录数十余家，及晋宋齐梁春秋书史，秦赵燕凉，荒朝伪历，地理杂篇，孤文片记；并博咨故老，广访先达，校其有无，取其同异。始于汉明帝永平十年，终于梁天监十八年，凡四百五十三载，二百五十七人，又旁出附见者二百余人"。（《全梁文·高僧传序》）据此可见慧皎写作《高僧传》的态度和体例。《高僧传》并非简单的传记，而是分为译经、义解、神异、习禅、明律、遗身、诵经、兴福、经师、唱导十类。这十类的顺序安排也别有深意："盖由传译之勋，或逾越沙险，或泛漾洪波，皆亡形殉道，委命弘法，震旦开明，一焉是赖，兹德可崇，故列之篇首。至若慧解开神，则道兼万亿；通感适化，则强暴以绥；靖念安禅，则功德森茂；弘赞毗尼，则禁行清洁；忘形遗体，则矜吝革心；歌诵法言，则幽显含庆；树兴福善，则遗像可传：凡此八科，并以轨迹不同、化洽殊异，而皆德效四依、功在三业，故为群经之所称美，众圣之所褒述。"（同上）慧皎这样有深意地对全书分类的安排，暗示了当日编集区分类别的背景。从前几节叙述可知，以类区分是汉魏六朝编集大都采用的一个体例，当然，每类别顺序的安排，应该是有深意的。如《文选》区分三十九种文体，以赋为首选，自有其意义，但是在序文中，关于这一点就没有明作交代。由是而言，慧皎的序，就越发值得我们注意了。从前引序文看，《高僧传》主体部分是以人为纲，以类区分的，但即使是这样一部传记之书，慧皎仍然要考镜源流，这就是每类之后的传论部分。慧皎说："及夫讨核源流，商榷取舍，皆列诸赞论，备之后文。"（同上）以《译经传论》为例，慧皎详叙佛经东传过程中汉译的源流，指出各译人的优劣得失。认为由于译经各有不同，学徒应当博览群典，考校搜求精义，决正佛法之门。这样的传论，的确是"讨核源流，商榷取舍"之作。

史书之有传论，起于《史记》，但主要是对各卷传主所作的评论。《文选》卷四九班固《公孙弘传赞》五臣注说："凡史传之末作一赞，以重论传内人之善恶，命曰史论。"这是传论的常例，但沈约《宋书·谢灵运传论》则打破了这一常例，该传论并非传主谢灵运的评论，而是详论自古及宋的文学演变，又在论末正面阐明了自己的声律理论。《文选》卷五○将它收入"史论"，与其他传论合类，说明编者仅就传论的表面形式着眼。不过李善注却指出了《谢灵运传论》的特别之处，他说："沈休文修《宋书》百卷，见灵运是文士，遂于传下作此书，说文之利害、辞之是非。"《宋书》不列文苑传，故沈约将他关于文学史和文学批评的看法置于南朝影响最大的诗人谢灵运传后，这是权宜之计。抛开形式不说，沈约在这篇文章中对文学的源流发展进行了细致的分析，这正是考镜源流的工作。这说明：一、考镜源流是当日批评的主要思想，它反映了现实的要求；二、考镜源流是史家的职责，史家只要试图对某种现象进行品评时，势必要进入考镜源流的工作过程。沈约此论，正是不得不发的结果。唐刘知几说："又沈侯《谢灵运传论》，全说文体，备言音律，此正可为《翰林》之补亡，《流别》之总说耳。如次诸史传，实为乖越。"（《史通·杂说下·诸史六条》）这是就史例对沈约的批评，其实如果《宋书》有《文苑传》，此篇作为传论，也并非不妥，萧子显《南齐书·文学传论》即是如此。但刘知几以沈论与《翰林》《流别》相提，确是指出了二者在本质上的相通之处。刘知几所强调的当然指二者都是文学论这一点，其实最主要的还在于二者的叙论方法，即考镜源流。此外，刘知几这里所指的《翰林》《流别》并非是指二书的主体部分——总集文章而言，而是指的《翰林论》《流别论》，即李、挚二人对各文体的评论。从附论的身份说，沈论与李、挚二论也是相似的。这恰恰是我们讨论的焦点所在，即这一部分的产生，其学术思想渊源同样来自《七略》《汉志》。《七略》及《汉志》序论部分正是担负着"辨章学术，考镜源流"的作用。在这一点上，史学家远比文学家领会得早（挚虞、李充首先是作为史学家的工作）。只是沈约偶一二次为之，又不如佛学史家的慧皎更为集中使用而已。如果从这一点出发，可以说六朝文学批评是深受史学传统的影响的。中国是史官文化极发达的国家，史家的职责早有规定，《礼记·曲礼上》说"史载笔"，同书《玉藻》说"动则左史书之，言则右史书之"，可见史家传统的悠久。司马迁撰写《史记》，其立志亦带有强烈的史家责任感；刘向、刘歆父子整理图书，惧图籍散失混乱，也是出于史家的职责。史家传统（如史官文化的观念、史书的撰例）在社会中的影响是深远的，作为后起的文学批评，在观念以及方法上都不能不受其影响。以六朝几部（篇）文学批评专论为例，来自史官手中的有挚虞《文章流别论》、李充《翰林论》、檀道鸾《续晋阳秋》（《世说新语·文学》注引论文部分）、沈约《宋书·谢灵运传论》、萧子显《南齐书·文学传论》、任昉《文章始》等。刘勰虽非史家，但《文心雕龙》实是采用了史学观念和方法（如追源溯流的指导思想及主张通变的观念）。的确，六朝文学批评一直呈现着两种批评派别，可称之为史学批评和文学批评，前者主张通变，后者主张新变（详见本编第三章第一节）。文学批评采用史学的观念和方法，除上述"考镜源流"之例外，当是通过史书形式反映的文学批评内容。第一个表现是在正史中安排《文苑传》，如范晔《后汉书》，这一事实为大家所熟知，此不赘；第二个表现便是《文章志》《文士传》一类专书的出现。其实这一类书与正史的《文苑传》相似，可以看作是《文苑传》的前身。辞赋之士在两汉被视作俳优，故《史》《汉》均无《文苑传》。但从《七略》《汉志》看，辞赋既列为专类，而署列作者也是"考镜源流"的一个重要内容。所以魏晋时的图籍整理，也同样有署列作者的问题。不过这一时期的历史条件已不同于两汉，文学地位的提高，文人的受重视，都是前所未有的。曹丕以太子之尊，明文提出作者可以"不假良史之辞，不托飞驰之势，而声名自传于后"（《文选·典论》），这既鼓励作家以作品留世，也加强了篇籍的重要性。篇籍本身可以传世，但却易于流散，于是遂有别集、总集的产生。总集的目的在于"网罗放佚"（《四库全书总目》"总集叙"），使作品各有统纪，作家不致混淆。又由于汉魏以来作伪和依托之风颇盛，甄别作者显得更为重要。在这样的背景里，挚虞在编《文章流别集》同时，又附有作家小传，名曰《文章志》。《文章志》久佚，但《文选》李善注、《三国志》裴松之注、《世说新语》刘孝标注等都保存了许多佚文。从这些佚文看，《文章志》是一部人物传记，这便与《七略》仅记作者名字不同了。但是奇怪的是，这样一部人物传记,《隋书·经籍志》将它列于"簿录"类而不是入于"杂传"类。《隋志》"簿录"类除挚虞《文章志》以外,还有荀勖《新撰文章家集叙》十卷、傅亮《续文章志》二卷、宋明帝《晋江左文章志》三卷、沈约《宋世文章志》三卷。从这些书的佚文看,其性质与挚书相同。既然如此,《隋志》为何会入于"簿录"而不入于"杂传"呢?在《隋志》"簿录"类中,与这些书排列在一起的,还有《晋义熙以来新集目录》三卷,据两《唐志》,此书为丘渊之所撰(《唐志》题名丘深之,乃避唐讳改"渊"为"深"),当然是一部目录之书,但据《世说新语》刘孝标注及俄藏敦煌文献《文选》残卷谢灵运《述祖德诗》佚名注,所引都是作者小传。于是我们知道,《文章志》一类叙作者小传者,本来应是总集目录中的一部分,后有人将其从总集中取出,单独成书,即成《文章志》一类专书。但它本出于总集目录,故《隋志》仍列于"簿录"类中。在上引荀勖各家中,除傅亮未见著录有总集外,其余都编过总集。如荀勖此书当是《新撰文章家集》的叙录部分,宋明帝则编有《诗集新撰》三十卷、《诗集》二十卷、《赋集》四十卷,沈约则有《集抄》十卷,故所谓《晋江左文章志》《宋世文章志》或为这些总集的附录部分。如果我们的推测不错的话,这些书的产生,也是"考镜源流"的成果之一。《隋志》"簿录"类后论说:"古者史官既司典籍,盖有目录以为纲纪,体制湮灭,不可复知。孔子删书,别为之序,各陈作者所由。韩、毛二《诗》,亦皆相类。汉时刘向《别录》、刘歆《七略》,剖析条流,各有其部,推寻事迹,疑则古之制也。自是之后,不能辨其流别,但记书名而已。博览之士,疾其浑漫,故王俭作《七志》、阮孝绪作《七录》,并皆别行。大体虽准向、歆而远不逮矣。"由此论可见"陈作者所由"本是古制,向、歆承而光大之。但《隋志》于向、歆之后,只提王俭、阮孝绪二人,而不及挚虞等人,大概因为挚虞仅及集部,王俭、阮孝绪则为四部群书的缘故。从《文章志》等书看,正是"陈作者所由"之作,又《隋志》称《七志》《七录》别行,或者此例亦从《文章志》而来,是则《文章志》的别行竟或是挚虞本人所为了。

在上述《文章志》一类书之外,《隋志》"杂传"类著录有张隐《文士传》五十卷。案,张隐,中华书局标点本据《三国志·王粲传》改为张骘,但钟嵘《诗品》则作张隐。《文士传》,据《世说新语》刘孝标注引,为文士传记,内容与前引《文章志》相同。然《隋志》以《文章志》入于"簿录",而以《文士传》入于"杂传",说明两者性质不同。据《隋志》著录,当为纯粹的文人传记,但钟嵘《诗品序》却把它作为文章总集看，而与谢灵运《诗集》并提。钟嵘说："至于谢客集诗，逢诗辄取；张隐《文士》，逢文即书；诸英志录，并义在文，曾无品第。"似乎《文士传》也收录了文章。如果确是总集的话，《隋志》又不当录在史部"杂传"。因此，我怀疑此书与慧皎的《高僧传》在体例上有相似之处，即在立传之后，或又录有关文章加以评论，类同《流别论》。由于《文士传》以传记为主体，与总集不同，故《隋志》著录于"杂传"。不管怎样，这样的书在当时曾经充当了文学批评的角色，是可以肯定的。

总上而论，《七略》《汉志》"辨章学术，考镜源流"的学术思想，对魏晋南北朝时期的文学批评产生了极大的影响。它不仅使文体辨析更趋细致、周密，而且各文体源流有自，对纠正当时写作体例混乱、文体不明等时风末弊，起到了良好的指导作用。

第二节　文体辨析的历史要求

文体是文学作品的最基本表现形态，它产生于现实生活的需要，经历了由简单到繁杂的发展过程。这一过程的规律是立体在先，辨体在后。由于立体的初始阶段，写作者并不存辨体意识，只是应现实需要而表达自己的心声，因此虽然使用某一种文体，但实际上已经有了差讹。最明显的例子是辞赋体。辞与赋本是两种不同文体，辞是指以屈原为代表的楚辞体，赋是指流行于两汉的文学体裁，代表作家是司马相如等人。但由于赋自辞发展而来，遂使汉人以辞赋并称，而导致两种文体混淆。如屈原作品，向被称作屈赋，见《史记·屈贾列传》及《汉书·艺文志》。将《楚辞》称为赋是汉人的误识，反映了当时文体辨析水平尚不发达。南北朝时期，辨体已经比较科学，故《文心雕龙》《文选》《文章始》《七录》等都已将《楚辞》与汉赋区别开了。东汉以后，文体日繁，各种文体间常有界限不清的问题，虽大诗人、大作家的写作也不例外。因此，文体辨析遂成为一种历史要求。作为一种历史要求，它反映在文学写作和文学批评两个方面。对文学写作来说，由于文体混乱，作家难以确定该文体的本质特点，往往会不自觉地超越该文体的外延，而使某一文体带有另一文体的特点；对文学批评来说，作家实践的混乱，干扰了批评规则的建立。因为文体分类是批评的基础，体类混乱，风格难以确定，自然不能有效地展开批评。

文体辨析的背景是建立在东汉以来文体日繁的事实之上的。在上一节笔者曾据《后汉书》和《三国志》统计出当时文体的发展已达三十多种，其实，这种统计还去掉了许多被后来证明为非文体的类别。比如《后汉书·班固传》："固所著《典引》《宾戏》《应讥》、诗、赋、铭、诔、颂、书、文、记、论、议、六言，在者凡四十一篇。"很明显，"诗"以下才是文体名称，而《典引》《宾戏》《应讥》分别是班固三篇文章的题目，并非独立的文体。其中《典引》和《宾戏》被《文选》分别收在"符命"和"设论"两类中。李善注引蔡邕解释《典引》说："典引者，篇名也。典者，常也，法也；引者，伸也，长也。"可见《典引》本为班固所作文章，而非文体。《文选》"符命"类共收三篇，其余两篇是司马相如《封禅文》、扬雄《剧秦美新》，这两篇与班固此文性质相同。《典引序》说："伏惟相如《封禅》，靡而不典；扬雄《美新》，典而无实。然皆游扬后世，垂为旧式。"（《文选·典引》）说明班固《典引》是按照马、扬二文例所写。刘勰《文心雕龙》则将这一类文体归入"封禅"。至于《宾戏》，实是《答宾戏》，《文选》入于"设论"，《文心雕龙》入于"杂文"；《应讥》，性质则同于《答宾戏》。《后汉书》中这种记载，一是说明了当日文体繁盛的状况，二是说明了文体在辨析归类上尚无严格的体例，故界限不明。事实上，直到齐梁，刘勰与萧统在文体的归类上也有许多明显的差异，这都说明当时文体辨析标准不一，认识有差别。不独在汉魏六朝时期是如此，唐宋以后，直至清末，其实对文体的辨析都还缺乏科学的分析判断。比如关于骈散的界限问题，一直没有得到很好的解决。李兆洛《骈体文抄》与姚鼐《古文辞类纂》就各自使用自己的标准。《后汉书》中关于文体记载的混乱，是比较普遍的，如《崔骃传》于诗赋诸体之外，又记有"婚礼结言、达旨、酒誓"等。但有些记载则可以帮助我们了解当时的文体观念。比如《后汉书》将六言、七言单独著录，而不置入诗中，由此可见当时人关于诗的观念，分析、评价六朝七言诗创作时，应该将这一内容考虑进去。这种观念自然也不是《后汉书》一家，即如陆机，他的《鞠歌行序》也说："三言、七言，虽奇宝名器，不遇知己，终不见重。愿逢知己，以托意焉。"[①] 说明七言在当时与传统观念的"诗"有区别。傅玄《拟四愁诗序》说："张平子作《四愁诗》，体小而俗，七言类也。"[②] 也是认为七言作为文体与诗不一样，是小而俗的，不足称道。不过，挚虞《文章流别论》则将三至九言都划入诗一类，这与后来任昉《文章缘起》分类相同。但是，挚虞以为诗以四言为正体，其余杂言多用为俗乐。同时，他

---

① 《全晋文》卷九八，第 4040 页。
② 《全晋文》卷四六，第 3447 页。

还将各杂言诗源头追溯至《诗经》，这则与任昉不同。比如他以七言起源于《诗经·秦风·黄鸟》"于俳谐倡乐世用之",[①] 这也是傅玄所说"俗"的意思。

汉魏六朝的文学写作，一方面是呈现出繁荣的景象，文章体类增多，作品数量加大；另一方面则是文体界限不清，写作体例往往有所混乱。这一现象在当时就受到了批评。《文心雕龙》专设《指瑕》一篇，批评前代作家的疵累，如批评潘岳说："潘岳为才，善于哀文。然悲内兄，则云感口泽；伤弱子，则云心如疑。《礼》文在尊极，而施之下流，辞虽足哀，义斯替矣。"这是说"口泽"一词本用于尊者[②]，而潘岳却用于内兄，于礼不合；又"如疑"典出《礼记·檀弓》，亦本用于尊亲例，潘岳《金鹿哀辞》却用于幼子。这还是比拟不类的瑕累，与文体不清尚不尽同。《梁书·萧子云传》记："梁初，郊庙未革牲牷，乐辞皆沈约撰，至是承用，子云始建言宜改。……敕曰：'郊庙歌辞，应须典诰大语，不得杂用子史文章浅言；而沈约所撰，亦多舛谬。'子云答敕曰：'殷荐朝飨，乐以雅名，理应正采《五经》，圣人成教。而汉来此制，不全用经典；约之所撰，弥复浅杂。臣前所易约十曲，惟知牲牷既革，宜改歌辞，而犹承例，不嫌流俗乖体。既奉令旨，始得发矇。……谨依成旨，悉改约制。"这是发生在沈约死后的事。沈约因得罪梁武帝，死后谥为"隐"，所谓"怀情不尽"也。看来武帝对他成见很深，连自梁初承用至此的郊庙歌辞也敕令萧子云修改，这当是含有个人恩怨在内的。但是武帝所说的理由，即"郊庙歌辞，应须典诰大语"，则是一种辨体的思想。梁武所言，不尽是诬，每一文体都须有自己的特定要求，六朝作家往往犯例，也是事实。《颜氏家训·文章》说："凡诗人之作，刺箴美颂，各有源流，未尝混杂，善恶同篇也。陆机为《齐讴篇》，前叙山川物产风教之盛，后章忽鄙山川之情，殊失厥体。"颜之推认为颂体主美，箴体主刺，二体不得混杂，而致善恶同篇，陆机《齐讴篇》显然是文体不清，不该前颂而后鄙。文体自有源流，具有相对的独立性，但并不是说不容有所发展变化，这也是辨体要注意的问题。至如颜之推批评陆机《挽歌》，就是僵化地看待文体了。他说："挽歌辞者，或云古者《虞殡》之歌，或云出自田横之客，皆为生者悼往告哀之意。陆平原多为死人自叹之言，诗格既无此例，又乖制作本意。"（《颜氏家训·文章》）就挽歌的渊源说，本应是生者悼死者，陆机虽将其改变为自叹，

---

① 《全晋文》卷七七，第 3810 页。
② 见《礼记·玉藻》，《十三经注疏》本，中华书局 1980 年版，第 1484 页。

其实于挽歌之体并无损害。魏晋人的生死观与汉魏时期人的觉醒过程有着密切的关系，挽歌身份的变化只是这一过程中的一个极小事件而已。其实在陆机之前的缪袭所作《挽歌》，已经改变了身份，起始者并非陆机。挽歌身份改变的思想史意义，在后来陶渊明的《挽歌》中就充分显现出来了，它构成了晋人风流旷达的一个基本内容。

不过文体的混乱使用，确是汉魏六朝时期的既存事实，这引起了批评家的注意。挚虞《文章流别论》说："昔班固为《安丰戴侯颂》，史岑为《出师颂》《和熹邓后颂》，与《鲁颂》体意相类，而文辞之异，古今之变也。扬雄《赵充国颂》，颂而似雅；傅毅《显宗颂》，文与《周颂》相似，而杂以风雅之意。若马融《广成》《上林》之属，纯为今赋之体，而谓之颂，失之远矣。"① 案此处的《上林》当为马融《上林颂》，后人疑为《东巡》，恐非是。刘勰《文心雕龙·颂赞》亦有"马融之《广成》《上林》，雅而似赋"之语可证。詹锳先生《文心雕龙义证》引斯波六郎说："《玉烛宝典》三有马融《上林颂》之残句。"又引《艺文类聚》所载《典论》说："议郎马融，以永兴中，帝猎广成，融从，是时北州遭水潦蝗虫，撰《上林颂》以讽。"这都说明《上林》为马融所作，所以挚虞才接其后说："纯为今赋之体，而谓之颂，失之远矣。"挚虞的这段话，说明了当时文体界限不清的情况。本来立体在先，辨体在后，辨体观念的发展，本身也是一个过程。在这过程里，对某一文体本质的认识，外延的界定，也不是一次能够完成的。所以文体的混淆，并不仅仅是作家的问题，批评家也往往对文体的归属发生分歧，以《文选》与《文心雕龙》《文章缘起》相校可知。

文体淆乱的事实既如上述，这给后学者带来了困惑和阻碍。《文镜秘府论·南卷·论体》说："故词人之作也，先看文之大体，随而用心。遵其所宜，防其所失。故能辞成炼核，动合规矩。而近代作者，好尚互舛，苟见一涂，守而不易，至令摘章缀翰，罕有兼善。岂才思之不足，抑由体制之未该也。"② 因为每一文体都有自己相对固定的风格，作家首先要鉴定文体，确定界限，才能"遵其所宜，防其所失"。案此篇《论体》之文，王利器先生《文镜秘府论校注》以为是隋刘善经所作，那么《论体》中阐述的文体观，代表了南朝人的看法。自汉末魏晋以来，文体辨析一直受到作家、批评家的注意，但从来没有像南朝时期的要求那样迫切。这是因为南朝时文学地位提高了，写作成为当时社会生活中

---

① 《全晋文》卷七七，第3809页。
② 卢盛江《文镜秘府论校笺》，第433页。

一件非常重要的事情。不仅高门阀阅世传其业，一些靠军功出身的武人之家，也往往厌武学文。如宋将张兴世之子欣泰，《南史》本传称其"不以武业自居"，吏部尚书褚渊问他："弓马多少？"他回答："性怯畏马，无力牵弓。"这是一个"主爱雕虫，家弃章句"的时代，于是学诗弄笔，竟尔成风。正如钟嵘《诗品序》所说："故词人作者，罔不爱好。今之士俗，斯风炽矣。才能胜衣，甫就小学，必甘心而驰骛焉。于是庸音杂体，人各为容。"社会风气既如此，家门教育，也以写作为启蒙。《陈书·周文育传》记周荟让兄子弘让教周文育书计，弘让"写蔡邕《劝学》及古诗以遗文育"。又《南齐书·萧晔传》记晔"与诸王共作短句，诗学谢灵运体，以呈上。报曰：'见汝二十字，诸儿作中最为优者。但康乐放荡，作体不辨有首尾，安仁、士衡深可宗尚，颜延之抑其次也。'"这都说明学诗作文确是当时贵游子弟的一大学业。又至南朝，不独文章之体大备，诗体也分家分派。据《南齐书·文学传论》，有谢灵运、颜延之、鲍照三体，此外还有谢惠连体、吴均体、裴子野古体等。文学能形成流派，是文学繁荣和进步的重要标志，它一方面促进了写作，另一方面也促进了批评。所以南朝的批评家如钟嵘、刘勰、裴子野、萧纲、萧绎、萧子显等都对各体各派发表过批评。这些批评既有品评得失、判别高下、树立准的的一面，也有辨析体别、指导写作的一面。如萧纲《与湘东王书》说："又时有效谢康乐、裴鸿胪文者，亦颇有惑焉。何者？谢客吐言天拔，出于自然，时有不拘，是其糟粕。裴氏乃是良史之才，了无篇什之美。是为学谢则不屈其精华，但得其冗长；师裴则蔑绝其所长，惟得其所短。谢故巧不可阶，裴亦质不宜慕。"谢体之长在于"吐言天拔，出于自然"，因为谢客作诗全凭才气与灵感，所谓"兴多才高"①，无阶梯可循，这也正是齐高帝所说"康乐放荡"的意思。所以谢诗的不可学习，就在于他的没有规矩，不像陆机的"尚规矩"（《诗品上》），易于学习。裴子野体不在于篇什之美，而在于文章具有骨力。梁普通七年（526），梁师北伐，武帝敕子野为喻魏文，受诏立成。"高祖以其事体大，召尚书仆射徐勉、太子詹事周舍、鸿胪卿刘之遴、中书侍郎朱异，集寿光殿以观之，时并叹服。高祖目子野而言曰：'其形虽弱，其文甚壮。'"因为是通喻敌国的文书，必须能显示出本国的气威，所以说是"其事体大"。这样的文字，显然是一般文人不能承担的，裴子野为文，"不尚丽靡之词，其制作多法古"（《梁书·裴子野传》），这样的

---

① 钟嵘《诗品上》，何文焕辑《历代诗话》，中华书局2004年版，第6—9页。

文体最适于符檄一类散文，这是裴体之长所在，但与时风相左，过于质直，所以萧纲说"质不宜慕"。裴子野本人也是一位批评家，作有《雕虫论》，他的观点比较保守，反对无关乎礼义的文风，这与他尚古体的文风相符。他对当时竞相为文，蔑弃经典章句的风气是不满的，认为这一风气是由宋明帝开始的。他说宋明帝"每有祯祥，及幸宴集，辄陈诗展义，且以命朝臣。其戎士武夫，则托请不暇，困于课限，或买以应诏焉。于是天下向风，人自藻饰，雕虫之艺，盛于时矣"[①]。子野此论，是有事实依据的。《宋书·沈庆之传》记宋孝武帝在一次宴集中，令群臣赋诗："庆之手不知书，眼不识字，上逼令作诗。庆之曰：'臣不知书，请口授师伯。'上即令颜师伯执笔，庆之口授曰：'微命值多幸，得逢时运昌。朽老筋力尽，徒步还南岗。辞荣此盛世，何愧张子房！'上甚悦，众坐称其辞意之美。"沈庆之虽不识字，却能口诵五言，这也反映了在文风濡染之下，虽武夫也能开口成诗，并且辞意都不错。不管怎么说，南朝的文风昌盛，对文学发展是起了极大推进作用的。学习写作的人既多，所需要的批评指导就更加迫切。南朝时期批评之风的兴盛，与这种历史要求有很大的关系。

第三节　汉魏六朝文体辨析观念的产生与发展

如本章第一节所述，文体辨析的学术渊源出自《七略》《汉志》，而辨体的事实，也见于《汉书·艺文志》。刘师培《论文杂记》说："观班《志》之分析诗赋，可以知诗歌之体，与赋不同，而骚体则同于赋体。至《文选》析赋、骚为二，则与班《志》之义迥殊矣。"[②] 班《志》区分诗赋，即是辨体的事实。其以屈原作品称为赋，而与枚、马诸人并类，则反映了汉人关于《楚辞》的观念里是将辞赋混而为一的。但班《志》毕竟不是辨体的著作，故论、说、书、记、敕、传、箴、铭均附于《六经》，所为区别者，惟诗赋诸体。刘师培说："若诗赋诸体，则为古人有韵之文，源于古代之文言，故别于六艺九流之外；亦足证古人有韵之文，另为一体，不与他体相杂矣。"[③] 文体辨析观念的产生，来源于文体增繁的事实。这当然要到汉末才构成其所需要的历史条件。《后

---

① 《全梁文》卷五三，第 6523 页。
② 刘师培《论文杂记》，人民文学出版社 1959 年版，第 114 页。
③ 同上。

汉书》于各人物传记中往往记传主所著文体，这本身便是文体辨析的观念。《后汉书》为南朝范晔所撰，是否带有南朝人的观念呢？残存的《东观汉记》可以略为证明。《东观汉记》是东汉几代史学家相继撰成，代表了东汉人的观念。惜已亡佚，仅有后人辑录本，故以不能窥其全貌为憾。本文采用的是吴树平先生校注本，由于从各书中辑出，所以各传均由一至数条佚文组成，不成系统，有关文体辨析的材料并不多见。从这有限的著录中，只能略略见出几点。一、与《后汉书》相比，《东观汉记》也记录了当时人善属文的事实，并在史书中将文辞宏丽作为肯定的评语。如《田邑传》记田邑"有大节，涉学艺，能善属文"，《陈忠传》说忠"辞旨弘丽"。二、就《东观汉记》看，对人物文学才能的评论，往往是指书记一类应用文体，如《梁商传》记商"少持《韩诗》，兼读众书传记"；《曹褒传》"寝则怀铅笔，行则诵文书"；《梁鸿传》"梁鸿常吟咏书记"等，与《后汉书》《三国志》等关于能文章、善诗赋的记载稍有差别①。不过它对班固的记载，称固"能属文诵诗赋。及长，遂博贯载籍，九流百家之言，无不穷究"（《东观汉记·班固传》），则与《后汉书》的文体观念相合。至于汉末，辞赋之事颇为文人所喜爱，抒情言志的小赋是当时文坛主要的写作体裁。《后汉书》多有记载，《东观汉记》也当有所反映。或者完整的《东观汉记》以及其他的《后汉书》是有记载的，惜其残缺而无可考见了。三、《东观汉记》著录了文体，具有辨体意识。《东观汉记·班固传》又说："固数入读书禁中，每行巡狩，辄献赋颂。"这里的"赋颂"是指班固作品，与前记"诵诗赋""吟咏书记"等记载不同。前者是指前人作品，辨体意识并不很强，而此处强调班固所作文体有赋与颂等不同类别，这本身就含有辨体的意思。又《东观汉记·蒋叠传》记："（叠）数言便宜，奏议可观。"与《班固传》一样，也是著录了蒋叠所作的两种文体。《东观汉记》记录的这一事实，证明了范晔《后汉书》叙述背景的不误。史书对文体的著录，本身便含有辨析的意思。《后汉书·文苑传·高彪传》记高彪"校书东观，数奏赋、颂、奇文，因事讽谏，灵帝异之。时京兆第五永为督军御史，使督幽州，百官大会，祖饯于长乐观。议郎蔡邕等皆赋诗，彪乃独作箴"。祖饯之会，作诗送人是常例，但高彪却不作诗独作箴。吴讷《文章辨体

---

① 《后汉书·边让传》："（让）少辩博，能属文。作《章华赋》，虽多浮丽之辞，而终之以正，亦如相如之讽也。"又《三国志·魏书·陈思王传》："（子建）年十岁余，诵读《诗》《论》及辞赋数十万言，善属文。"

序》说:"《说文》:箴者,诫也。""箴是规讽之文,须有警诫切劇之意。"① 第五永将督幽州,为一方大员,于国于民,责任重大,所以高彪作箴以警诫,叫他以古贤为榜样,努力勤职。这是诗与箴的区别,故蔡邕等人所作称为诗,而高彪此作称为箴,这便是辨体。又《后汉书·祢衡传》记:"衡为作书记,轻重疏密,各得体宜。"这也是说祢衡于书记等各种文体都很通晓,故能得其分。《后汉书》这种记载都显示了当时辨体的意识。

汉末文体辨析意识,在蔡邕的《独断》中也有反映。蔡邕本人是一位深通各种文体的大作家,他在文学史上与张衡并称,极受魏晋作家推崇。魏晋作家从他那里接受了许多影响,《文选》卷一七注引臧荣绪《晋书》就说陆机"新声妙句,系踪张、蔡"。《独断》辨析的文体有策书、制书、诏书、章、奏、表、驳议、上书等。每一文体都从其名称之来源、本义分辨谈起,说明该文体的使用对象和范围。如"策书"条说:"策书,策者,简也。《礼》曰,不满百丈,不书于策。其制长二尺,短者半之。其次一长一短,两编,下附篆书,起年月日,称皇帝曰,以命诸侯王三公。其诸侯王三公之薨于位者,亦以策书诔谥其行而赐之,如诸侯之策。三公以罪免,亦赐策,文体如上策而隶书,以尺一木两行,唯此为异者也。"② 在这里,蔡邕对策书这一文体的内涵、外延都作了极准确的辨析,分清了策书与制书、诏书、戒书之间的区别,如说戒书:"世皆名此为策书,失之远矣。"(《独断》卷上)这种辨析方法对后来的辨体著作,如刘勰《文心雕龙》产生了影响。《文心雕龙·诏策》篇说:"汉初定仪则,则命有四品:一曰策书,二曰制书,三曰诏书,四曰戒敕。……策者,简也;制者,裁也;诏者,告也;敕者,正也。"这一段话基本来自《独断》。《独断》说:"汉天子正号曰皇帝……其命令一曰策书,二曰制书,三曰诏书,四曰戒书。"(同上)除此之外,《独断》对其他各书体的定义,也基本为刘勰所采用。

不过,《独断》并非专门的辨析文体著作,宋王应麟《玉海》卷五一说:《独断》"采前古及汉以来典章制度、品式称谓,考证辨释,凡数百事"。可见《独断》只是考释事物名称的书,并非以辨析文体为主要目的。事实上,汉末文体大备,作家、批评家已经有了批评意识,但还

---

① 吴讷《文章辨体序》,《明文衡》卷五六,《四部丛刊》影明本。案《说文解字·竹部》解"箴"为"缀衣箴也";又《金部》解"鍼"为"所以缝也"。段玉裁注"箴"说:"引申之义为箴规。古箴、鍼通。"

② 蔡邕《独断》卷上,清抱经堂丛书本。

不足以将辨析文体当作文学生活中的大事来看待。这样的历史条件要到南朝时才完全形成。汉末魏初，学术思潮主流是综核名实，如当时的批判哲学家王符、崔寔、仲长统，所论都以此为主要内容。这与东汉以来统治思想体系崩溃，现实中各种名实不副的现象干扰了人们判断力的事实有关。在政治上，名教制度本以察举为用人的主要措施，但正如当时童谣所说："举秀才，不知书；察孝廉，父别居。寒素清白浊如泥，高第良将怯如鸡。"① 在生活中，各种新生事物增多，难以详其源流，事物的名和实不相吻合，这都促使人们对名实之辩的关注。因此，东汉末年综核名实的哲学讨论之所以影响深远，并由此导致了玄学的发生，是有其深刻的历史背景的。

与《独断》类似，汉末刘熙《释名》也是考释事物名称的书。刘熙《释名序》说："夫名之于实，各有义类，百姓日用而不知其所以之意，故撰天地阴阳四时、邦国都鄙、车服丧纪，下及民庶应用之器，论叙指归，谓之《释名》。"② 刘熙此书较《独断》又更为系统，在篇十九《释书契》和篇二十《释典艺》中所论文体有奏、檄、谒、符、传、券、策书、启、告、表、诗、赋、诏书、论、赞、铭、碑、词等，说明这些文体都是当时普遍使用的。

刘熙之后，建安末桓范作《世要论》，亦有论文体之章，分别是《赞象》《铭诔》《序作》。观桓范之论，又与蔡、刘不同，蔡、刘是正面考释文体的名与实，桓范则意在批判当日文体淆乱的事实。如《铭诔》篇说："夫渝世富贵，乘时要世，爵以赂至，官以贿成。视常侍黄门，宾客假其气势，以致公卿牧守。所在宰莅，无清惠之政，而有饕餮之害。为臣无忠诚之行，而有奸欺之罪，背正向邪，附下（此字疑为"上"）罔下。此乃绳墨之所加，流放之所弃。而门生故吏，合集财货，刊石纪功，称述勋德。高邈伊、周，下陵管、晏；远追豹、产，近逾黄、邵。势重者称美，财富者文丽。"③ 按照铭、诔的本义："铭者，论撰其先祖之有德善、功烈、勋劳、庆赏、声名，列于天下，而酌之祭器，自成其名焉，以祀其先祖者也。"④ "诔谓积累生时德行以锡之命，主为其辞也。"⑤ 这说明铭、诔两种文体是生者表彰死者功德，以抒其

---

① 杨明照《抱朴子校笺》，中华书局1991年版，第393页。
② 《全后汉文》卷八六，第1875页。
③ 《全三国文》卷三七，第2526页。
④ 《礼记·祭统》，《十三经注疏》本，第1606页。
⑤ 《周礼·春官》郑玄注，《十三经注疏》本，第809页。

哀悼之情的文章。但东汉末年，铭、诔已名实不副，变成了"势重者称美，财富者文丽"的阿谀文字。桓范正是从这个角度对这一现象进行批评的。他的文体辨析是在这种背景中展开的。

从《独断》《释名》二书都将文体当作一般事物的观念看，文体在当时并没有受到充分重视，它的地位也只是在众多事物中占有一席而已。又从二书所记诸文体看，主要还是应用性文体。《释名》中的"诗"与"赋"是放在六诗中解释的，与当时独立的诗赋文体并不同。应用性文体在当时受到关注，当然是与它的应用性有关。东汉末年，纯文学观念还没有建立起来。虽然就文学史的意义说，应用性文体与纯文学体有极大差别，应用性文体的受重视并不能代表文学价值的独立，但东汉时已自觉将应用性文体与经学对立起来，显示了经学之外文章的独立性。《后汉书·顺帝本纪》记阳嘉元年（132）："初令郡国举孝廉，限年四十以上，诸生通章句，文吏能笺奏，乃得应选。"又《胡广传》记："时尚书令左雄议改察举之制，限年四十以上，儒者试经学，文吏试章奏。"这里明以能笺奏的文吏与通章句的儒生对举，表示是两种身份。笺奏是应用性文体，所以能通者称文吏。文吏的身份与辞赋之士有别，《论衡·谢短篇》说"文吏晓簿书"，又《量知篇》引或曰说："文吏笔札之能，而治定簿书。"可见文吏通晓的主要是簿书一类文体。文吏在东汉时已与儒生分庭抗礼，其以笔札之能，考理烦事，时人竟以文吏胜过儒生（见《论衡·程材篇》）。于是文吏阶层在汉末颇受重视，由此而引起人们对应用文体的学习，上引《东观汉记》所载梁鸿等人吟咏书记的事实说明了这一点。根据这些事实，可以推测东汉人对簿书一类文体是比较了解的。这一类文体按照南朝辨析的经验，属无韵之笔，与之相对的自是有韵之文。东汉时自不能说已有意识地开始了分辨有韵、无韵两种文体，但对文吏所通文体区别辨解的同时，也就将与之相对的另一类文体——有韵之文区分开了。《论衡·案书篇》说："今尚书郎班固，兰台令杨终、傅毅之徒，虽无篇章，赋颂记奏，文辞斐炳。赋象屈原、贾生，奏象唐林、谷永，并比以观好，其美一也。当今未显，使在百世之后，则子政、子云之党也。"这里的赋颂是有韵之文，记奏则属无韵之笔，二者似乎已有了界限。同时，王充所说班固等人"当今未显"，是指他们的文章尚不为时人所重，这一方面是时人重古轻今，另一方面也说明由于文吏在当时的崛起，其所习文体的价值在百姓眼里竟高于赋颂奏记等文体。

文吏所通文体，在当时已被称为笔，《论衡·超奇篇》说："（周）

长生死后，州郡遭忧，无举奏之吏。以故事结不解，征诣相属；文轨不遵，笔疏不续也。岂无忧上之吏哉？乃其中文笔不足类也。长生之才，非徒锐于牒牍也，作《洞历》十篇。"据王充说，周长生是地方上善文之人，逢州郡有忧，辄为地方官作奏书一类文字。但其死后，即"文轨不遵，笔疏不续"。其实也并非无人，只是都"文笔不足类"。王充这里用"笔疏"指奏书一类文体，同时，他还使用了"文笔"一词，从此文内容看，"文笔"是作为单义复词使用的，所指是合于后世"笔"的内容，也即是无韵的散体应用文一类。与南朝之"有韵为文，无韵为笔"的观念不同。

从《后汉书·文苑传》记载看，为文人列传，往往用"文章"一词，如王隆"能文章，所著诗、赋、铭、书凡二十六篇"，李尤"少以文章显。和帝时，侍中贾逵荐尤有相如、扬雄之风，召诣东观，受诏作赋"，可见这里的"文章"一词，主要指诗、赋等文体。虽不能肯定完全是指有韵之文，但显见与文吏所通的文笔之体是有区别的。又如《傅毅传》记："永元元年，车骑将军窦宪复请毅为主记室，崔骃为主簿。及宪迁大将军，复以毅为司马，班固为中护军。宪府文章之盛，冠于当世。"这里的"文章"，绝非指诸人的文吏才能，而是指诗赋等文体写作。文章与笔疏的分别，实际上已开启了后来的文笔之辨，这应当看作是文体辨析的早期意识，是值得重视的事件。

三国时期的文体辨析较东汉时更为明晰而自觉了。就《三国志》著录的文体看，分类都比较整齐，不像《后汉书》那样往往将篇章与诸文体混杂记载。同时，《三国志》所著录的文体，如诗、赋等纯文学体裁基本排列在前面，显得集中、突出。像《魏书·王粲传》"著诗、赋、论、议垂六十篇"，《蜀书·郤正传》"凡所著述诗、论、赋之属，垂百篇"，《吴书·张纮传》"纮著诗、赋、铭、诔十余篇"等都是。这些都标志着三国时对纯文学体裁的认识，比东汉时更深入了。更值得注意的是，曹魏时对文与笔已经有意识地进行了区分。当然，当时的"文笔"一词仍然是偏义复词，如曹操《选举令》："国家旧法，选尚书郎，取年未五十者，使文笔真草有才能谨慎，典曹治事，起草立义。"① 从前后文看，这个"文笔"与王充所使用的意义，没有太大的区别，仍然是指应用性文体。这里所说有意识地区分，是指时人对具体文体的分类。如《魏书·王粲传》裴松之注引《典略》说繁钦"既长于书记，又善为诗

---

① 《全三国文》卷二，第2121页。

赋"。书、记是无韵的文体，合于南朝时"笔"的概念；诗、赋是有韵的文体，合于"文"的概念。《典略》用"既……又……"句式表达，说明了两种文体的区别，这应该是三国时有意识区分文、笔的起始。《典略》作者鱼豢，仕魏为郎中，故他的这一辨体观念是能代表魏人的。

文笔一词，于三国以后，使用的意义渐有了变化，已不再仅指应用性文体了。以《晋书》为例，如《范启传》："（启）父子并有文笔传于世。"《蔡谟传》："文笔论议，有集行于世。"《习凿齿传》："凿齿少有志气，博学洽闻，以文笔著称。"《袁乔传》："乔博学有文才，注《论语》及《诗》，并诸文笔皆行于世。"《张翰传》："其文笔数十篇行于世。"《曹毗传》："凡所著文笔十五卷，传于世。"从这些记载看，"文笔"一词是包括了文与笔两方面内容的。如曹毗，据本传，他"少好文籍，善属辞赋。……续兰香歌诗十篇，甚有文彩。又著《扬都赋》，亚于庾阐"。说明他曾作有诗、赋作品，且以辞赋擅长，但史书对他的述作十五卷，仅用"文笔"一词概括："凡所著文笔十五卷。"可见这一词语是包括了文和笔两方面内容的。又从《晋书》对"文笔"一词使用的情形看，都是用来概括传主所有撰述文字的，显非随意使用，也非其他词语所能取代。案，据《晋书》，当时使用"文章"一词也颇多，《晋书》偶也以"文章"来概括传主，如《罗含传》："（罗含）所著文章行于世。"但一般说来，"文章"一词主要是指辞赋等作品。如《袁宏传》记宏作《北征赋》，很受时人的推赏，王珣对伏滔说："当今文章之美，故当共推此生。"从这个意义说，东晋时期的"文笔"一词，大概已经包含了文章和笔疏两类文体，这才为南朝进一步辨析文笔作了铺垫。

文笔的区分，基本是将文学和非文学区别开来，这是文学发展的必然趋势，反映了历史的要求。在文笔讨论过程中，实际的运作仍然建立在文体辨析的基础之上。因此我们说，魏晋南北朝的文学理论建设，最基本的内容仍然是文体辨析，这是我们了解当时文学思潮的一把钥匙。为说明这一问题，还是从魏晋南北朝的文体辨析历程说起。

建安时期系统的文学理论文章，主要是曹丕的《典论·论文》，曹丕在这篇文章里涉及了当时文学界关注的许多问题，如文学的价值问题、批评的态度问题、作家的个性问题等。此外，这篇文章专门讨论了文体问题，文中说："夫文本同而末异。盖奏议宜雅，书论宜理，铭诔尚实，诗赋欲丽。"关于这段话，后人一般认为主要是阐述的风格问题，认为曹丕旨在阐明四类文体所应有的风格。这种观点自然也不错，但风格却并不是曹丕所要论的主要目的，他的主要目的还在于辨体。综观

《典论·论文》，我们发现，作者无论是论批评态度、作家个性，还是文章风格，都与文体辨析有关。如论批评态度，曹丕反对文人相轻，各以所长，相轻所短的态度，这一观点的根据是"文非一体，鲜能备善"，因为文体非一种，作家仅擅长一种或几种而已，不可兼能。别的人往往针对他不擅长的文体进行批评，这种批评态度是不对的。在论作家个性时，曹丕具体分析了王粲、徐幹、刘桢、陈琳、阮瑀、孔融、应玚七子，认为七子于文体各有所长，亦各有所短。如王粲、徐幹长于辞赋，陈琳、阮瑀长于章表书记，"然于他文，未能称是"。作家的这一长和短与他们的个性有关，所谓"应玚和而不壮，刘桢壮而不密。孔融体气高妙有过人者，然不能持论，理不胜词"。正是在这一论述过程中曹丕提出不同文体具有不同风格。在前一章中，笔者提出过文体是基础，风格附丽于文体，所以《文镜秘府论·论体》说："故词人之作也，先看文之大体，随而用心。遵其所宜，防其所失，故能辞成炼核，动合规矩。"各文体辨析清楚，作家根据自己的实际情况，选择适合于自己的文体进行写作，才能"自骋骥骤于千里"，这才是《典论·论文》的主旨。

曹丕之后，晋陆机《文赋》列叙了诗、赋、碑、诔、铭、箴、颂、论、奏、说十种文体，分别指出这十种文体的不同风格特点，这也是在辨析文体的基础上对作家写作进行的指导。自然在陆机时，文体已远不止这十种，但《文赋》既采用赋体，讲究对仗整齐，所以列十种文体以概其余。陆机的意思很清楚，作家写作，先要分辨文体的不同要求，即赋中所说的"区分之在兹"；陆机又说："其为物也多姿，其为体也屡迁。"关于这一句，《文选》李善注："万物万形，故曰多姿；文非一则，故曰屡迁。"五臣注："文体非一，故云多姿。姿，质也，未妥帖，故屡迁也。"二家解释不同，按李善注，是指文体本身的多变，这也能说得通。这是说由于事物的丰富多彩，故也要不断地改换文体，以求能详尽地描摹不同情事。而按照五臣注解释，以为是指文体不止一种，这和陆机前文所说的"体有万殊"相同，也是说得通的。陆机《文赋》是就写作的全过程进行叙述，从构思、选择文体，到遣言命辞，每一步骤都详为描绘，并在描绘中提出自己的观点。我们看到，这些观点都是与晋人的审美理想相符合的。比如他说："普辞条与文律，良余膺之所服。"要求文章具有声律的美感，这一要求当然不是汉人写文章的要求，而是反映了晋人的好尚。陆机就是这样通过《文赋》来展开他对写作的看法：一者是他个人的体会，所谓"有以得其用心"；二者也是对当日写作的指导。基于这样的意图，自然不能说《文赋》就是辨析文体的专题论文。但毫无疑问，在陆机展开的写作过程里，辨别不同文体，注意各文体所应有的不同风格，确是《文赋》的一个重要内容。南齐臧荣绪《晋书》说："陆机妙解情理，心识文体，作《文赋》。"① 看来臧荣绪是将《文赋》作为辨析文体的作品的。不论这一看法是否正确，但反映了时人对文体的看重。同时也说明了当时的确是以文体之论作为批评家的主要话题，因此尽管陆机并非以辨体为《文赋》主旨，但别人仍以为是辨体之论。如果这种观点成立的话，由这观点形成的风气，对批评家就不能不发生影响。换句话说，陆机写作《文赋》，辨析文体的观点不能不在他的构思中占有相当的地位。与陆机《文赋》相类，南朝刘勰撰《文心雕龙》，虽然辨析文体是该书的主要内容之一（如从第六篇《明诗》至第二十五篇《书记》，都是文体辨析内容），但仍不能以纯粹的辨析文体专著目之。但《梁书》本传却这样写道："勰撰《文心雕龙》五十篇，论古今文体。"这就是六朝人对辨析文体观念的认同，并由此构成了当日批评的总体背景。

与文学理论文章不同，挚虞、李充以编辑文章总集来辨析文体。关于文体辨析与总集编辑间的关系，留待本章第四节讨论。值得讨论的是，挚、李二人编集的同时，又各作有评论文体的文字。挚虞《文章流别论》，严可均《全晋文》辑有佚文，从这些佚文看，挚虞详细讨论了各文体的起源、发展，指出各文体的分限。对前人及当日作者淆乱文体的作品，也都予以批评，前文所引他批评扬雄、赵充国、傅毅、马融等人颂文的界限不清，即是一例。除辨析、批评之外，挚虞还重在限定文体，如他说："诗、颂、箴、铭之篇，皆有往古成文，可仿依而作。惟诔无定制，故作者多异焉。见于典籍者，《左传》有哀公为孔子诔。"又："哀辞者，诔之流也。崔瑗、苏顺、马融等为之率，以施于童殇夭折不以寿终者。建安中，文帝与临淄侯各失稚子，命徐幹、刘桢等为之哀辞。哀辞之体，以哀痛为主，缘以叹息之辞。"② 考名辨实，界限分明。这一方法为刘勰所借鉴，所谓"释名以章义"（《文心雕龙·序志》）者是。大概挚虞主旨在于辨析，而非批评得失，所以钟嵘说是"皆就谈文体，而不显优劣"。就辨体的目的看，东晋李充与挚虞一样，他的《翰林论》③ 也是重在释名章义，分析界限。如说论、难二体是"研核名理而论、难生焉。论贵于允理，不求支离"，指出论、难之体在于说

---

① 《文选》李善注引，第239页。
② 《全晋文》卷七七，第3811页。
③ 《全晋文》卷五三，第3533页。

理，而不要驳杂。这种定义与曹丕的"书论宜理"、陆机的"论精微而朗畅"都是相同的意思。可见在文体辨析过程中，一些基本的文体，都得到了一致的确认。值得注意的是，李充辨析文体也论到了文体风格，如他说："表宜以远大为本，不以华藻为先。""驳不以华藻为先。"这种通过否定句式对文体限定的表达方法，与曹丕、陆机正面肯定的表达方式不同：一者是加强了语气，更能起到警醒的效果；二者更明白地表示了作者主要目的不是谈论文体风格，而是通过风格来辨析文体。比如曹丕说"诗赋欲丽"，这给读者造成了作者主旨在于论文体风格的印象，而李充却反过来说"驳不以华藻为先"，作者的意思明显偏在辨析驳体与以华藻为先的其他文体间的区别之上。判断方式的不同，是修辞学上的问题，实质内容却是一样的。因此，由李充这样的表述，也可说明当日所论到的风格，都与文体辨析有关。前引南齐臧荣绪对《文赋》的判断，以及唐初人姚思廉对《文心雕龙》的判断，在后人看来是错误的，其实却真实地反映了当时人们的普遍认识。

总观魏晋时期的文体辨析，可以见出对基本的应用性文体和基本的纯文学文体，经过辨析，都有了比较清楚的界限。但是，我们也注意到，虽然同样是辨析文体，曹丕、陆机、挚虞、李充的目的、观念都与汉魏时期的蔡邕、刘熙、桓范等人不同。蔡邕《独断》据《玉海》说是考证辨释汉以来典章制度、品式称谓的书，这就表明他是将策、制等文体仅作为典章制度的内容看待的。刘熙《释名》也是这样的观念。《三国志·吴书·韦曜传》记曜于狱中上书说："又见刘熙所作《释名》，信多佳者。然物类众多，难得详究，故时有得失，而爵位之事，又非是。"由此看，刘熙仍是将文体与一般事物相等看待。桓范《世要论》，更将文体辨析看作他批判现实的一个方面。与此不同，曹丕等人首先是将文体纳入文学批评的范畴中。《典论》虽是子书，《论文》却专以文学创作与批评作为论述对象，奏议、书论、铭诔、诗赋等是作为"文"的身份出现的，而非同于其他事物。《文赋》《文章流别论》《翰林论》也是如此，都首先将各文体纳入"文"的观念中进行分析评论，这就与桓范等人具有了质的区别。因此，南北朝时期的文学批评是沿着曹丕等人开创的传统发展的，这一点是研究汉魏六朝文学批评史的人所要注意的。

南朝时期的文体辨析又进入了新阶段，这就是对纯文学文体的认识更加深刻，更接近于文学的本质。在这文体辨析过程中，一个最大的事件就是当时的"文笔"之辨。如前文所言，"文笔"一词在魏晋时期已被屡屡使用，且已隐含了文和笔两方面内容。但是明确地分辨文笔，则以刘宋时颜延之为最早。《宋书·颜竣传》说："太祖（宋文帝）问延之：'卿诸子谁有卿风。'对曰：'竣得臣笔，测得臣文，㚟得臣义，跃得臣酒。'"这里将文与笔对举，显然各有不同内容，与魏晋时连用者不同。那么颜延之所讲的文和笔各指什么内容呢？《宋书·颜延之传》记："元凶弑立，以为光禄大夫。先是，子竣为世祖南中郎谘议参军。及义师入讨，竣参定密谋，兼造书檄。劭召延之，示以檄文，问曰：'此笔谁所造？'延之对曰：'竣之笔也。'又问：'何以知之？'延之曰：'竣笔体，臣不容不识。'"这是以檄文称笔。檄文是无韵之体，据此知笔乃指无韵的文体。颜竣早年为孝武帝主簿，竭忠尽力，颇受爱遇。及失宠，孝武帝使御史中丞庾徽之弹奏。奏中称颜竣"代都文吏"，这当然是贬义，但也说明颜竣擅长笔体。文吏所长者，自是笔疏之体，这与颜延之说"竣得臣笔"相合。至于颜测，《宋书》以他附于其父传后，称他"亦以文章见知"，此处"文章"自不同于笔体，当是指纯文学体裁而言。钟嵘《诗品下》说他的五言诗"祖袭颜延"，又说他"最荷家声"，可见颜测所得颜延之的文，即指他继承了乃父诗赋等文学写作才能。

　　文笔之辨，以刘勰所论最为系统。《文心雕龙·总术》篇专门讨论了文笔问题。他说："今之常言，有文有笔。以为无韵者笔也，有韵者文也。夫文以足言，理兼诗书；别目两名，自近代耳。"按照刘勰的说法，文笔之分，在齐梁时已经分明，以有韵为文、无韵为笔的观点，已为大家普遍接受。刘勰自己也是如此，他在《序志》篇中说自己的著作体例是："若乃论文叙笔，则囿别区分。……上篇以上，纲领明矣。"这是说《文心雕龙》上半部分是区分文体的内容，而这区分又分成文与笔两大部分。刘勰所述文体共三十三类，自《明诗》至《谐隐》是有韵的文，自《史传》至《书记》则是无韵的笔。文、笔二体，区分十分清楚。刘勰的这种区分，与当时的文体辨析是相合的。《文镜秘府论·西卷·文笔十病得失》所引《文笔式》说："制作之道，唯笔与文。文者，诗、赋、铭、颂、箴、赞、吊、诔等是也；笔者，诏、策、移、檄、章、奏、书、启等也。即而言之，韵者为文，非韵者为笔。"据罗根泽和王利器考证，《文笔式》一书出于隋人之手[①]，如果是这样的话，其时代与刘勰是接近的，也反映了南朝人的普遍看法。

　　但就在以有韵为文、无韵为笔的观点之外，萧绎《金楼子·立言》又有新的说法。他说："古人之学者有二，今人之学者有四。夫子门徒，

---

① 罗氏有《〈文笔式〉甄微》，载《中山大学文史学研究所月刊》第三卷第三期（1935年）；王氏有《文镜秘府论校注》，中国社会科学出版社1983年版，第475页。

转相师受，通圣人之经者，谓之儒；屈原、宋玉、枚乘、长卿之徒，止于辞赋，则谓之文。今之儒，博穷子史，但能识其事，不能通其理者，谓之学。至如不便为诗如阎纂，善为章奏如伯松，若此之流，泛谓之笔。吟咏风谣，流连哀思者，谓之文。而学者率多不便属辞，守其章句，迟于通变，质于心用。学者不能定礼乐之是非，辩经教之宗旨，徒能扬榷前言，抵掌多识，然而挹源之流，亦足可贵。笔退则非谓成篇，进则不云取义，神其巧惠，笔端而已。至如文者，惟须绮縠纷披，宫徵靡曼，唇吻遒会，情灵摇荡。而古之文笔，今之文笔其源又异。"萧绎这里是在对古今学者区分对比的基础上提出的文笔概念。所谓古之学者有二，即儒与文；今之学者有四，即儒、学、文、笔。这种区分符合学科发展的实际，是进步的观念。关于儒与学，暂置不论。我们感兴趣的是，萧绎对文笔的区分，并不是以有韵、无韵为界限，而更注重文体的本质特点。对于笔的定义，他称"退则非谓成篇，进则不云取义，神其巧惠，笔端而已"，又举例"不便为诗如阎纂，善为章奏如伯松"，章奏自然是无韵之体，本属于笔的范围，但萧绎却把"不便为诗"的阎纂也划入笔者之列，这就打破了当时通行的有韵为文、无韵为笔的观念。再看他对文的定义是"吟咏风谣，流连哀思""绮縠纷披，宫徵靡曼，唇吻遒会，情灵摇荡"，这里更强调的是辞藻、声律，以及打动人的情思。应该说这种区分并不科学，因为什么样的作品可以称"绮縠纷披，宫徵靡曼"呢？有哪些作品叫做"情灵摇荡"呢？这并没有一个客观标准。但是从对文学作品本质的认识上，萧绎远远超过了同时代的批评家。他提出的不是划分文体的界限，而是文学作品的要求和境界。在他看来，即使是诗，如果像阎纂那样，也不能称为文。萧绎的这一认识对纯文学作品的本质，是把握得很准确的。这样的认识实际上比简单的文笔区分更具有进步意义。

事实上的确如此，南朝的文学批评已不再简单地限于文体的区分，而是在文体区分的基础上更纵深地讨论各文体的风格、作家写作的得失；同时，开始总结文学自秦汉以来发展史中的成绩和不足，探讨文学本身的特点和规律。因此，南朝文学批评呈现出多彩迷人的面貌，各家观点竞出，互相批评，亦互有影响。就这个意义说，南朝的文学批评的确比魏晋时要复杂而深刻得多了。比如说，魏晋文学的地位和价值还需要有识之士的呼吁，人们对它的认识还有一个发展过程，刘宋以后，这种情况就转变了。首先是宋文帝于儒学、玄学、史学三馆之外，别开文学馆；其次，史家撰书，已单列《文苑传》。这些制度上的改革，是文学独立的明显标志。至于人们意识中对文学性质的认识，则是普遍地表现于创作、评论等各方面。在这样的背景里，人们对文体的辨析已不简单地限于"诗赋欲丽""诗缘情以绮靡"的表面特征上，而是进一步深入到"文已尽而意有余，兴也；因物喻志，比也；直抒其事，寓言写物，赋也。弘斯三义，酌而用之，干之以风力，润之以丹彩，使味之者无极，闻之者动心，是诗之至也"① 的认识上了。因此，对南朝时期文体辨析的叙述，必须与当时的批评理论结合起来考察。但这是一个独立的大题目，非本文所能完成，我们只能就一些最直接的文体论进行简单的论述，勾勒出当时文体辨析的大致轮廓，以明总集编纂的理论背景。

南朝辨析文体的专著主要是任昉的《文章缘起》和刘勰的《文心雕龙》。任昉之书，《隋志》著录称《文章始》一卷，然有录无书。两《唐志》著录一卷，题张绩补。既有补亡，说明唐代亦无此书。《四库全书总目》说宋人修《太平御览》，收书一千六百九十种，也没有收此书，可见这书来历有些不明。然王得臣是北宋嘉祐中人，作《麈史》说："梁任昉集秦汉以来文章名之始，目曰《文章缘起》，自诗、赋、《离骚》至于艺，约八十五题（案，实为八十四题），可谓博矣。"（《麈史·论文》）又说明北宋已有此书。四库馆臣猜测大概是张绩所补之书，后人误以为任昉。尽管如此，张绩唐人，所补《文章始》必有所据，八十四类文体的记载也不至于离原貌太远。更为有据者，《文选序》五臣吕向注引《文始》，其文字与今本相同，这应是可靠的证据。任昉《文章始序》说："'六经'素有歌诗书诔箴铭之类。《尚书》帝庸作歌，《毛诗》三百篇，《左传》叔向贻子产书，鲁哀孔子诔，孔悝鼎铭，虞人箴，此等自秦汉以来，圣君贤士沿著为文章名之始。"② 这是将文章各体的源头都溯于"六经"，与同时的《文心雕龙》以及稍后的《颜氏家训》看法都相同。这一观点的是非暂置勿论，于此可见任昉著书目的是追溯文体之源，其学术思想显受《七略》《汉志》的影响③。从现存的《文章缘起》④ 看，任昉于每一种文体列一篇他认为是该体起源的文章。如三言诗，他列"晋散骑常侍夏侯湛所作"为其始；四言诗为"前汉楚王傅韦孟谏楚夷王戊诗"；五言诗为"汉骑都尉李陵与苏武诗"；九言诗为"魏高贵乡公所作"。这样的溯源可见任昉虽然持各体皆源于"六经"的

---

① 《诗品序》，何文焕辑《历代诗话》，第2—5页。
② 《全梁文》卷四四，第6403页。
③ 参见本章第一节。
④ 《丛书集成初编》本。

观点，但涉及具体的文体，却能尊重文学史事实。任昉对文体的溯源工作，有许多地方合于萧统的《文选序》，这是值得我们注意的。即以上述三、四、五、九诸言诗体来说，任昉所指认的始作者，与萧统所说一致。《文选序》在叙述诗歌的发展时说："自炎汉中叶，厥途渐异。退傅有在邹之作，降将著河梁之篇，四言、五言区以别矣。又少则三字，多则九言，各体互兴，分镳并驱。"① 萧统很明确地以韦孟、李陵分别作为四言、五言的始作者。至于三言、九言，萧统没有点出作者，但五臣吕向注说："《文始》三字起夏侯湛，九言出高贵乡公。"《文始》即任昉《文章始》的简称，吕向引《文章始》注《文选序》，的确看出了二者的相同之处。事实上萧统的文体观以及对文体的区分、辨析都受到任昉的影响②。任昉《文章始》将文体分为八十四类，未免太过琐碎，但他的目的本不在归类，而是溯源，如三至九言，虽都是诗体，但起源却各有不同。这是《文章始》体例所规定的，所以分为八十四种，自也有他的道理。

　　刘勰的《文心雕龙》，今世已成显学，对它的研究已经很深入了，但同时也带来了因理解不同而导致的解释纷歧。对《文心雕龙》一书的解释不一，自然涉及对刘勰文体论述部分的评价不一。就当前的《文心雕龙》研究成果看，过于强调、提高该书的理论部分，也即下篇，就比较忽略上篇文体部分在全书中所起的作用。笔者非常同意王运熙先生对《文心雕龙》的评价，他说："从刘勰写作此书的宗旨看，从全书的结构安排和重点所在看，它原来是一部写作指导或文章作法。"③ 这个结论是符合中国文学批评史的实际的。《文心雕龙》既是一部写作指导书，那么《明诗》至《书记》二十篇论文体的部分就在全书中占有十分重要的地位。前面已经论述过体裁与风格之间的关系，文体是基础，辨清了各文体的特点、界限，也就辨清了各文体的风格要求，这就是《文心雕龙》必须先辨析文体的原因。刘勰介绍自己辨析文体的方法是"原始以表末，释名以章义，选文以定篇，敷理以举统"，四者完成了，"上篇以上，纲领明矣"（《文心雕龙·序志》）。自汉魏以来，文体辨析到刘勰这里才真正地系统化、理论化，从而更具有指导意义。"原始以表末"是追溯源流的工作；"释名以章义"是综核名实，分辨内涵、外延的工作；

---

① 《全梁文》卷二〇，第6134页。
② 详见下编第二章第二节。
③ 《魏晋南北朝文学批评史》第二编第三章第二节《〈文心雕龙〉的宗旨和结构》，上海古籍出版社1989年版，第330页。

"选文以定篇"是确定代表作家作品的工作；"敷理以举统"是指明文体特色和规格要求的工作。通过这样的辨析，各文体的源流、特点、规格要求便很清楚了。

从以上论述看，文体辨析一直是汉魏六朝文学批评的主要内容，其目的就在于指导写作，因此对此时期的文学理论研究，必须立足于这一历史事实。南朝文章弥盛，作者辈出，更兼时主提倡于上，"是以缙绅之徒，咸知自励"（《南史·文学传序》）。人主视其优劣，或赐金帛，或有擢拔，因此辨文体、学写作是当时学子的一大需要。这种风气以及形成这种风气的背景，构成了当时文学批评的内容。至于隋唐之世，兴科举，考文章，文体辨析与指导的要求更强烈。《北史·杜正藏传》记正藏"为《文轨》二十卷，论为文体则，甚有条贯。后生宝而行之，多资以解褐，大行于世，谓之《杜家新书》云"。杜氏此书又称《文章体式》，《隋书·文学传》记他"又著《文章体式》，大为后进所宝，时人号为《文轨》，乃至海外高丽、百济亦共传习，称为《杜家新书》"。从书名看，杜氏此书为分析文体之书；从其在当时国内及在周边国家受到欢迎的情形看，可知时人对文体辨析指导的迫切需求。

第四节　文体辨析与总集的编纂

在本编第一章一、二两节总集编撰的动因和体例的论述里，我们已阐述过总集编纂具有文体辨析的意义。关于总集的产生，一般都遵从《隋书·经籍志》的说法，以挚虞《文章流别集》为开始。而据《隋志》著录，挚虞之前的总集还有应璩《书林》，荀绰《古今五言诗美文》，陈勰《杂碑》《碑文》，杜预《善文》等。应、荀、陈诸集，从书名看，当是以某一体文章为一编的总集，与挚虞《文章流别集》集各体文章汇为一编不同。杜预《善文》，从书名看，只是表明佳作的意思，至于是什么书，书名中也见不出。杜预之外，晋华廙也撰有《善文》一书。《晋书·华廙传》说廙："集经书要事，名曰《善文》，行于世。"华书《隋志》不录，但《玉海》卷五四著录于总集类，引《晋书》原文作说明。似乎华廙《善文》内容与经书有关。《玉海》又录杜预《善文》四十九卷（此从《唐志》，《隋志》著录五十卷），注称："《史记·李斯传》注：辩士，隐姓名，遗秦将章邯书，在《善文》中。"查《史记集解》说："辩士隐姓名，遗秦将章邯书曰'李斯为秦工死，废十七兄而立今王'也。然则二世是秦始皇第十八子。此书在《善文》中。"是知《史记集解》并未以载此文的《善文》归诸杜预,王应麟不知何故注为杜预之书。从《隋志》著录看,杜预《善文》入于"启事"一类。又郑樵《通志略》卷七〇《艺文》亦以杜预《善文》置入"启事"。郑樵于书例极为严明,《通志略》卷七一《校雠》有"见名不见书论"二篇,批评编集者不看原文,而随书名误判书类。如此,严于书例的郑樵将《善文》置入"启事"类,可见杜预此书或是启事一类文章的总集。如果是这样的话,杜预《善文》与应、荀等人一样,也是汇某一体文章为一编的。在《隋书·经籍志》中,这一类书也称总集,但显然与《文章流别集》的总汇各体文章者有区别。所以《隋志》"总集"类首叙《文章流别集》并在论中点明其为总集的开始。

《文章流别集》汇各体文章为总集,体例是"类聚区分"①,这自然是对文体的辨析。萧子显《南齐书·文学传论》说"仲治之区判文体",可见以总集编选文章来辨析文体,是挚虞的一大贡献。当然,挚虞的这一工作并非无因而发,在本章第二节《文体辨析的历史要求》中,我们指出过,文体辨析是应学习写作的历史要求而产生的。总集具有辨析文体的目的,唐人殷璠在《河岳英灵集叙》②中阐述得甚为明白。他说:"夫文有神来、气来、情来,有雅体、鄙体、俗体。编纪者能审鉴诸体,委详所来,方可定其优劣,论其取舍。"这里"审鉴诸体"的"体",当指"雅体、鄙体、俗体"等,是风格的意思,与文章体裁不同。且殷璠选诗,主张兴象与风骨,都是风格方面的内容。据此似不可用来证明魏晋南北朝的总集编纂体例。但是,如前文所述,中国古代文学批评中"文体"一词,向来含有两方面内容,体裁与风格并不可截然断开。即使殷璠,在《河岳英灵集叙》中又说:"璠今所集,颇异诸家,既闲新声,复晓古体。""新声"即指合乎声律的诗,古体指仿效汉魏宋一类不合近代声律的诗,这便是体裁的概念。更何况,魏晋时期对体裁的理解和重视是远远超过风格的。虽然殷璠所说的"审鉴诸体"指的是诗歌风格,但若用在挚虞身上,就应该指体裁了。挚虞虽没有明确讲"审鉴诸体",事实上,《文章流别集》正是类聚区分,分别不同文体的。这就是萧子显说他"区判文体"的意思。

总集的辨别文体,反映了编者编辑的用心,虽同一种文体之编,也不例外。挚虞之前的总集如傅玄《七林》等都已佚失,不知其体例如

---

① 《晋书·挚虞传》:"虞撰《文章志》四卷,注解《三辅决录》,又撰古文章,类聚区分为三十卷,名曰《流别集》,各为之论,辞理惬当,为世所重。"

② 王利器《文镜秘府论校注》引,中国社会科学出版社1983年版,第346页。

何,但据《玉海》卷五四记"傅玄作《七谟》,又集《七林》",二者之间应有一定的关系。《七谟序》今存,《全晋文》卷四六载录。《序》说:"昔枚乘作《七发》,而属文之士若傅毅、刘广世、崔骃、李尤、桓麟、崔琦、刘梁、桓彬之徒,承其流而作之者纷焉。《七激》《七兴》《七依》《七款》《七说》《七蠲》《七举》《七设》之篇。于是通儒大才马季长、张平子亦引其源而广之。马作《七厉》,张造《七辨》,或以恢大道而导幽滞,或以黜瑰侈而托讽咏。扬辉播烈,垂于后世者,凡十有余篇。自大魏英贤迭作,有陈王《七启》、王氏《七释》、杨氏《七训》、刘氏《七华》、从父侍中《七诲》,并陵前而逸后,扬清风于儒林,亦数篇焉。世之贤明,多称《七激》工,余以为未尽善也。《七辨》似也,非张氏至思,比之《七激》,未为劣也。《七释》佥曰妙哉,吾无间矣。若《七依》之卓轹一致,《七辨》之缠绵精巧,《七启》之奔逸壮丽,《七释》之精密闲理,亦近代之所希也。"① 从这序文约略可以看出傅玄《七林》所选的作品,也可看出他就七体欲追溯源流的思想,这对于后人学习七体写作具有指导意义。傅玄是有辨体思想的,《全晋文》又载其《连珠序》,非常明确地表达了他对连珠体的辨析。其《序》说:"所谓连珠者,兴于汉章帝之世,班固、贾逵、傅毅三子受诏作之,而蔡邕、张华之徒又广焉。其文体辞丽而言约,不指说事情,必假喻以达其旨,而贤者微悟,合于古诗劝兴之义。欲使历历如贯珠,易观而可悦,故谓之连珠也。班固喻美辞壮,文章弘丽,最得其体。蔡邕似论,言质而辞碎,然其旨笃矣。贾逵儒而不艳,傅毅文而不典。"② 傅玄这里先追溯了连珠的起源,再指出连珠体的规格要求,又以班固作品为标准之作,对连珠体的辨析可谓清楚明白。

作为单一文体的总集,今存者止《玉台新咏》一书。《玉台新咏》的产生,据《大唐新语·公直》篇记:"梁简文帝为太子,好作艳诗,境内化之,浸以成俗,谓之'宫体'。晚年改作,追之不及,乃令徐陵撰《玉台集》,以大其体。"这个说法影响很大,为后人所信从。对此,曹道衡先生曾著文考证,认为《玉台新咏》的成书当在中大通六年(534)前后,其时萧纲刚过三十岁,自不可称"晚年"③。《玉台新咏》

---

① 《全晋文》卷四六,第3446页。
② 《全晋文》卷四六,第3447页。
③ 参见《关于〈玉台新咏〉的版本及编者问题》,人民文学出版社古典文学编辑室编《中国古典文学论丛(第二辑)》,人民文学出版社1985年版,第307页。

是诗歌总集，全书十卷，选录自汉迄梁的诗歌六百六十余首①。此书虽不是萧纲晚年追悔所命作，但的确是反映宫体观点的作品。这一点，徐陵在《序》中表述得很明白。他在叙述历代后宫妇女的生活、情绪和创作才能之后说："但往世名篇，当今巧制，分诸麟阁，散在鸿都。不藉篇章，无由披览。"② 这是他编选此书的目的。从这个目的看，《玉台新咏》的确与其他总集的辨析文体不一样。事实上在《玉台新咏》编辑的背后，隐藏着一个背景，即萧纲自雍府入主东宫后，为树立自己的政治形象而在文学上掀起的一次"新变"。因此，萧纲所进行的文学活动里，总带有某种政治因素。这就使《玉台新咏》的编纂与《文选》具有很大的不同。即使如此，《玉台》在诗体的安排上，仍然具有辨体的用心。从体例上看，《玉台》从第一卷至第八卷为五言诗，第九卷以七言为主兼收杂言，第十卷则是五言四句体，这很明显是以体裁分卷。《玉台》体例与当时其他总集不同，比如一般的体例是不录存者，或者全录存者，《玉台》却是前六卷录死者，七、八两卷录生者，九、十两卷则又生、存同录。这种体例的确使人迷惑，它似乎既照顾了体裁，又照顾了存亡；既按照卒年早晚，又按照官阶高低③。但是在这些比较复杂的编排内容之上，**据体裁区分为三部分**（一卷至八卷为五言诗，九卷为杂言，十卷为五言四句体），却是十分清楚明白的。从徐陵的《序》文看，似不存在辨别艳歌体裁以指导写作的目的，所以也不能就说《玉台新咏》具有辨体的目的，但编者自觉以体裁分卷，的确反映了辨体意识的影响。

　　从前几节讨论文体辨析观念在汉魏六朝的影响看，作家、批评家的确都有一种自觉的辨析意识，这意识当然也反映在文章总集的编纂中，如前文分析过的《文章流别集》和《翰林论》。从《隋书·经籍志》的著录看，文章总集共有 27 部，然除《文选》外，都已佚失。不过，从后人的零星引用里，偶也可窥其一斑。挚虞、李充二书前已介绍除外，尚有遗迹可寻的有刘义庆《集林》、丘迟《集抄》、佚名《集略》、孔逭《文苑》、萧圆肃《文海》五部。刘义庆《集林》，《隋志》著录一百八十一卷，注称梁二百卷，可见其规模宏大。从二百卷的规模看，似乎是宋以前的文章全集。《文选》李善注于卷二四嵇康《赠秀才入军五首》、卷四七史孝

---

① 统计数字见曹道衡、沈玉成编著《南北朝文学史》，人民文学出版社 1991 年版，第 269 页。
② 《全陈文》卷一〇，第 6913 页。
③ 兴膳宏教授以为第七、八两卷是按尚在人世的诗人先君后臣排列，而臣下又根据他们在朝中地位的高低来定先后。见《玉台新咏成书考》，载《六朝文学论稿》，第 329 页。

山《出师颂》、卷五三李康《运命论》等中都有引文，约略可见其诗、文都收。又《太平御览》卷八引《集林》所载织女支机石故事（引文见本编第一章），则见《集林》并小说一道收录。如果是这样的话，《集林》确为文章全集，可惜没有进一步的证据，不知其体例如何。但据李善注所引文字看，《集林》也附有作家小传一类的文章志，这个体例与挚虞《文章流别集》相同。事实是，自挚虞《文章流别集》问世后，他所开创的体例基本为后来的总集所遵从①。因此，估计《集林》的体例与《文章流别集》也不会相差太大，它收录的作品恐也是"类聚区分"的体例。

《集林》二百卷的问世，自是总集编纂的大事件，但是二百卷的篇幅对学习者来说，难免负担太重。本来总集编纂目的正如《隋志》所说，是为解除"览者之劳倦"，而《集林》的篇幅却背离了这个目的，因此便有人从中再精选一次，这便是《集林抄》的问世。《集林抄》，《隋志》著录十一卷，编者及体例均不详，从名称看，当是从《集林》中抄出的选集。《集林抄》之后又有《集抄》十卷，题沈约撰，此书与《集林》以及《集林抄》不知具有什么样的关系，没有进一步的证据，不敢妄议。沈约《集抄》体例不明，《隋志》于此条之下又著录丘迟《集抄》四十卷，注称梁有至隋而亡。但两《唐志》均有著录，则唐时又复出。此书据《文镜秘府论·南卷·集论》引"或曰"说："丘迟《抄集》，略而无当。"《抄集》当即《集抄》，"略而无当"则是批评的文字。这"或曰"，据王利器先生《文镜秘府论校注》引铃木虎雄的考订，认为是唐人元兢《古今诗人秀句序》。元兢此书为五言诗佳句选，他的选诗标准是："以情绪为先，其直置为本，以物色留后，绮错为末。助之以质气，润之以流华，穷之以形似，开之以振跃。或事理俱惬，词调双举，有一于此，罔或孑遗。"②元兢对诗歌的看法显然受钟嵘《诗品》的影响，如《诗品序》说："观古今胜语，多非补假，皆由直寻。""直寻""直置"意思相同。同时钟嵘以五言诗为品评对象，又常论"秀句""胜语""警策"等，并对之评价甚高，这也对《古今诗人秀句》一书的编辑，产生了影响。但是从其以"情绪为先""物色留后"的标准在具体作品的落实中看，他对诗歌的鉴评与南朝乃至他同时代人都有差异。他曾经举谢朓两首诗为例，一是被时人看好的"行树澄远阴，云霞成异色"（谢朓《和宋记室省中》），另一是合他的标准的"落日飞鸟还，忧来不可及"（同上）。他认为后者比前者更好，因为后两句"扪心罕属，

---

① 见《隋书·经籍志》总集部总论。
② 卢盛江《文镜秘府论校笺》，第461页。

而举目增思,结意惟人,而缘情寄鸟。落日低照,即随望断,暮禽还集,则忧共飞来"①。从这两个例句看,前一例句更合南朝人所推崇的形似标准,却不受元兢的赏识,可见他的诗歌鉴赏与南朝人不同。从这个角度说,他批评《集抄》的"略而无当",可能含有对丘迟所选五言诗篇目的不满意,这正如他批评《文选》不选王融《和王友德元古意二首》一样。又从元兢的批评可知丘迟《集抄》也是诗文并选的总集。《隋志》以丘迟《集抄》系于沈约《集抄》之下,显示出二书具有某种关系。假使二书性质一样,都从某一总集中抄出的话,则这一总集也只有《集林》最符合。因为丘迟《集抄》不可能依据沈约《集抄》,道理很简单,沈书仅有十卷,而丘书有四十卷,四十卷的书无论如何也不能从十卷本中抄出。在沈、丘之前,超过四十卷的总集,而又与"集"字有关的,也就是刘义庆的《集林》了。可以设想,《集林》问世后,因部帙庞大,苦于阅览,其受欢迎的程度并不高。但又因其搜集前代作品的完备,最适合从中再次集选了,沈、丘二书大概就是这样产生的。如果这个推测不错的话,那么沈、丘二书的体例也应该与《集林》相同,也当是"类聚区分"的诗文选集。

以上所论,依据于《隋书·经籍志》的著录规律和前人注疏中所引的点星材料,难免带有猜测成分;但这推测依托于汉魏六朝文体辨析的总体背景,或许是合于事实的。比较能够明确指证其体例的,有孔逭的《文苑》。此书《隋志》著录有一百卷,两《唐志》同。《玉海》卷五四引《中兴书目》说:"孔逭集汉以后诸儒文章,今存十九卷,赋、颂、骚、铭、诔、吊、典、书、表、论,凡十属。"据此可见《文苑》亦与《文章流别集》相同,以文体分类。但原书把文体分为多少类目,已不可考,《玉海》所记是指至宋时仅存十九卷所具有的类目。《隋志》于《文苑》之后又著录《文苑抄》三十卷,不题撰人,其成书情形当与《集林抄》《集抄》相似。

从以上所论可见魏晋六朝时期文学总集的编纂,以文体分类从而带有辨体的目的,是一个客观事实,这对我们研究《文选》的编纂,是一个重要的参考依据。

---

① 卢盛江《文镜秘府论校笺》,第461页。

第 三 章
齐梁文坛的创作与批评

第一节 "新变"与"通变"——齐梁时期的两种批评观

　　文学发展至于南朝，呈现出与魏晋文学明显不同的面貌。清沈德潜《说诗晬语》说："诗至于宋，性情渐隐，声色大开，诗运一转关也。"① 其实不独诗，文和辞赋等也都是出入声色，极绮靡之能事。对于创作上出现的这种变化，南朝批评家表现出不同的态度，有的赞成而推波助澜，有的反对而加以抨击。反对者如裴子野，撰有《雕虫论》，叙述了自《诗经》至宋齐时的文学发展，除肯定《诗经》是"既形四方之气，且彰君子之志，劝美惩恶，王化本焉"② 以外，对其后的文学发展，基本都进行了批评。尤对刘宋以后的文学，基本上是否定的。他说："宋初迄于元嘉，多为经史。大明之代，实好斯文，高才逸韵，颇谢前哲；波流相尚，滋有笃焉。自是闾阎年少，贵游总角，罔不摈落六艺，吟咏情性。学者以博依为急务，谓章句为专鲁。淫文破典，斐尔为功。无被于管弦，非止乎礼义。深心主卉木，远致极风云。其兴浮，其志弱。巧而不要，隐而不深。讨其宗途，亦有宋之遗风也。若季子聆音，则非兴国；鲤也趋室，必有不敦。荀卿有言：乱代之征，文章匿而采，斯岂近之乎！"③ 从裴子野的批评看，他是主张教化说的，对文学的"无被于管弦，非止乎礼义"表示不满，又以"文章匿而采"为"乱代之征"，这在文学发展刚获得独立的南朝，是十分落后的认识，不利于文学创作。裴子野的观点在当时尚不能成为主流，称为主流者还是对文学之"变"的

---

① 沈德潜《说诗晬语》卷上，清乾隆刻《沈归愚诗文全集》本。
② 《全梁文》卷五三，第6524页。
③ 同上。

肯定。从南朝文学批评实际看，承认文学应该有变化，是大多数批评家的意见。但对如何变却有不同的观点，概括即为"新变"和"通变"。

"新变"的观点以萧子显《南齐书·文学传论》说得最明白彻底。他在回顾了汉魏以来作家作品各自擅雄的历史说："习玩为理，事久则渎，在乎文章，弥患凡旧。若无新变，不能代雄。"他认为历史上著名作家得名的原因，就在于他们能够不断创新以求变化。这个观点本身并不错，比如曹植、陆机、谢灵运，如果缺乏创新的精神，当然不能成为大作家。但是新变的"新"也得有个度，为新而新，不遵守文学创作规律，过分偏离时代、社会、生活，就会走上歧途。但也应该看到，在文学刚刚获得独立的南朝（具有文学意义的文、笔之辨刚刚开始），文学本身的特征还不是十分鲜明突出的时候，就想以不偏不倚的理想中的文学发展来指导写作，往往起到的是遏制文学发展的作用。事物发展规律表明，各种条件都符合理想规则的直线发展是不可能的，它总是呈螺旋式的发展形态。因此评价历史事实时，必须考虑到这一客观规律。

南朝主张新变的有沈约、张融、萧纲、萧绎、萧子显、徐陵等人。沈约是齐梁文学非常关键的人物，他既是永明体的主要作家，又是永明格律理论的奠基人之一。同时，由于他的社会地位和文学地位，对后进作家多所奖掖和指导，因此齐梁时期文学发展的成绩和不足，都与沈约有一定的关系。沈约比较系统的理论见于他的《宋书·谢灵运传论》，此文主要阐述他的声律理论，但在对文学史的叙述中，也强调了"变"的观点。如他叙述自汉至魏的文学发展，称："四百余年，辞人才子，文体三变。相如巧为形似之言，班固长于情理之说，子建、仲宣以气质为体，并标能擅美，独映当时。"可见这些作家"独映当时"的原因与他们的文体之"变"有关。而在建安之后的潘岳、陆机"律异班、贾，体变曹、王，缛旨星稠，繁文绮合。缀平台之逸响，采南皮之高韵，遗风余烈，事极江右"（《宋书·谢灵运传论》）。潘、陆特秀的原因，也是"律异班、贾，体变曹、王"。至于江左，玄风独振，虽说也是变，但"遒丽之辞，无闻焉尔"（同上），所以不值一提。值得重视的是以下对颜、谢的评价，沈约说："爰逮宋氏，颜、谢腾声。灵运之兴会标举，延年之体裁明密，并方轨前秀，垂范后昆。"（同上）这段话很高地评价了颜、谢在文学史上的地位，认为他们的作用是"方轨前秀，垂范后昆"。但就在这种评价之后，沈约笔锋一转，提出了自己的声律理论："夫五色相宜，八音协畅，由乎玄黄律吕，各适物宜。欲使宫羽相变，低昂互节，若前有浮声，则后须切响。一简之内，音韵尽殊；两句之中，轻重悉异。妙达此旨，始可言文。"（同上）这毫无疑问是沈约声律理论的核心内容，但他将这样的理论内容放在文学史的叙述中，又包含有什么样的用意呢？在写作中明确对一简之内、两句之中音韵进行规定，自是沈约的发现，所以他非常自得地说："自《骚》人以来，多历年代，虽文体稍精，而此秘未睹。"（同上）不唯"张、蔡、曹、王，曾无先觉"，即使"潘、陆、颜、谢"也"去之弥远"（同上）。结合沈约前文对"变"的肯定的论述，他的这种用意是比较清楚了：他以及他的同志，以自己声律理论为基础的新体诗创作，是谢灵运之后的又一次新变，这一次新变的意义将超过以前的历代诗人。这恐怕也是沈约在《谢灵运传》之后立论的一个用心。的确，永明诗人的创作，在当时是被作为"新变"看待的。《梁书·庾肩吾传》说："齐永明中，文士王融、谢朓、沈约，文章始用四声，以为新变。"可见同样是新变，不同的背景又具有不同的内容。比如曹植、王粲的以气质为体对于班固的长于情理之说是新变，而潘岳、陆机的"缛旨星稠，繁文绮合"对曹、王又是新变。同样，永明诗人对颜、谢是新变，而后之宫体诗人对沈约、谢朓也是新变。《梁书·徐摛传》说："（摛）属文好为新变，不拘旧体。……摛文体既别，春坊尽学之，'宫体'之号，自斯而起。"这里的"不拘旧体"也是包含了永明体在内的，因为本传明指他的"新变"即"宫体"，这当然不同于永明体。如果仅就"新变"的"新"而论，的确如沈约所叙述的，前代作家是有意识地进行的，而前代批评家对此也是认可并加以描述的。如陆机，他的写作被世人比作"江汉"①。其弟陆云在给他的信中说："张公昔亦云兄新声多之不同也。"②"张公"即张华，他对陆机兄弟的赏识和提携是很著名的故事。对此，南齐臧荣绪作《晋书》便说陆机"天才绮练，当时独绝。新声妙句，系踪张、蔡"（《文选·文赋》李善注）。张指张衡，蔡指蔡邕，都是晋人学习的典范作家。臧氏虽为南齐人，所作的评价实以晋人品评为基础。从这些记载看，陆机创作的"新"面貌是晋人交口称誉的，这实际也就是一种新变的观点。再看陆机本人，他在《文赋》中明确表示"谢朝华于已披，启夕秀于未振"，"虽杼轴于予怀，怵他人之我先"，可见自觉的创新是陆机写作的一个指导思想。

考察魏晋以来的诗歌，可以发现"新"的意识越来越受到重视。建安诗人已经很自觉地在一些应酬性诗作中使用"新诗""新曲"等词语。

---

① 《北堂书钞》卷一〇〇引《抱朴子》语，中国书店 1989 年影印本，第 380 页。
② 《全晋文》卷一〇二，第 4086 页。

如刘桢《赠五官中郎将诗》其二称"贻尔新诗文",这首诗的写作本是表达他对曹丕前来看望他的感激之情,因此,"新诗"一词恐还与创新求变没有什么联系。又比如曹丕《善哉行》"悲弦激新声"、《於谯作诗》"弦歌奏新曲",描述的都是音乐。不过,从曹丕的描述看,他对"新曲"的热爱还是显而易见的。繁钦在《与魏文帝笺》里向曹丕介绍了薛访车子善俗乐,称:"窃惟圣体,兼爱好奇。"① 由此可见曹丕对新声俗曲的喜爱。曹丕在《大墙上蒿行》一诗中也说:"女娥长歌,声协宫商。感心动耳,荡气回肠。"又《善哉行》其二更为细致地描述了他听俗乐的感受:"有美一人,婉如清扬。妍姿巧笑,和媚心肠。知音识曲,善为乐方。哀弦微妙,清气含芳。流郑激楚,度宫中商。感心动耳,绮丽难忘。"这种音乐上的体验,势必影响作者的审美观,从而表现出对"新变"的肯定。建安以后,对文辞新声的肯定和追求,已成时尚,前引陆机之例可证。在晋人的应酬性作品里,多有表达对"新"的肯定之词。如傅咸《答潘尼诗》说:"贻我妙文,繁春之荣。匪荣斯尚,乃新其声。"这里明以"新声"指文辞,在此诗的序里,傅咸曾表示"斐粲之辞,良可乐也",诗中又说"匪荣斯尚,乃新其声",这里的"新声"已寓有与旧体相对的意思。除了用"新声"指文辞外,还多有用"新诗"表达自己的感受。如张华《答何劭诗》其一说"良朋贻新诗",其三说"援翰属新诗",是指他读何劭赠诗劝他摆脱吏道的羁绊、放志纵娱后的感受。从以上诸例看,西晋以前的"新"观念,最有典型意义的还是时人对陆机作品的叹赏,从葛洪等人的描述中可见当时人对陆机如"江汉"一样的才气的惊服。陆机的这种"新"无疑是震人心魄的,这对"新变"意识的发展是起到了促进作用的。

与西晋人相比,东晋人对"新"的体验和理解更为深刻动人,不独他们自己,连读者也会为他们的感受感到惊奇、叹服。虽然东晋是玄风弥漫的时代,其诗歌缺乏艺术形象,但东晋诗人最大的贡献不在创作,而在于对艺术心灵、艺术感觉的培养。他们已不再投身于玄学理论的建设(玄学理论至西晋末年郭象手中已经完成),而更着重于对玄理的体悟和实践。正是在他们的玄学活动中,山水外物作为一种审美客体进入了人类的生活。从此,东晋人便生活在这样一个崭新的世界里,在他们眼里,自然外物无不充满了勃勃的生机和灵性,山水的每一种变化都能引起他们的惊喜和激动。郭璞有两句很具意味的诗:"林无静树,川无

---

① 《文选》卷四〇,第565页。

停流。"① 说明了自然事物运动变化的本质规律。但这两句诗并不仅局限于说明道理，而是反映了诗人对自然事物所蕴含生命力的揭发以及对这生命力的欣赏。因此阮孚读到后便说："泓峥萧瑟，实不可言，每读此文，辄觉神超形越。"② 又比如顾恺之从会稽回来，"人问山川之美，顾云：'千岩竞秀，万壑争流，草木蒙笼其上，若云兴霞蔚'"③。顾用"竞""争"等拟人化动词，生动地揭示了大自然旺盛的生机。生活在这样的世界里，东晋人的艺术感觉愈加细腻深微，他们会情不自禁地为每一种细小的发现而激动、喜悦。王羲之说："群籁虽参差，适我无非新。"④ 对新事物、新感觉的追寻，构成了东晋人精神生活中的重要内容。东晋人的最大贡献，是通过玄学活动发现了山水的审美特性，从而孕育、发展了山水诗⑤。对东晋人来说，山水自然是新事物，从他们的诗、文描述看，对山水事物的感觉非常新鲜、惊奇。如杨方《合欢诗》其四说："目为艳采回，心为奇色旋。"庾阐《观石鼓诗》："手澡春泉洁，目玩阳葩鲜。"都是对山水所有的声、色表示了惊喜的感觉。这事物是新，感觉也是新，正是王羲之的"适我无非新"的内容。

对"新"的描绘和使用，东晋诗人中自以陶渊明为最。在全部陶诗中，"新"字出现十八次。除"新"外，渊明还喜用"欣"字，诗中出现十六次，但若加上文和赋，则达二十四次。就其使用句来分析，"新"是对田园生活和景物的形容，"欣"是对"新"的赞赏。"新"的主要用句有"翼彼新苗"⑥ "漉我新熟酒"⑦ "新畴复应畬"⑧ "叩桅新秋月"⑨ "迢迢新秋夕"⑩ "翩翩新来燕"⑪ "鸟哢欢新节"⑫ "良苗亦怀新"⑬ 等。对"新"表示欣赏和热爱的有"迈迈迟景，载欣载瞩"⑭ "一欣侍温颜，

---

① 余嘉锡《世说新语笺疏》，第 257 页。
② 同上。
③ 余嘉锡《世说新语笺疏》，第 143 页。
④ 《兰亭诗》之二，逯钦立《先秦汉魏晋南北朝诗》，中华书局 1983 年版，第 895 页。
⑤ 关于这一观点详见拙著《魏晋南北朝诗歌史论》第七章第一节，商务印书馆 2017 年版。
⑥ 《时运》，逯钦立《陶渊明集》，中华书局 1979 年版。下引并同。
⑦ 《归园田居》其五。
⑧ 《和刘柴桑》。
⑨ 《辛丑岁七月赴假还江陵夜行途中》。
⑩ 《戊申岁六月中遇火》。
⑪ 《拟古》其三。
⑫ 《癸卯岁始春怀古田舍》其一。
⑬ 《癸卯岁始春怀古田舍》其二。
⑭ 《时运》。

再喜见友于"①"欣然方弹琴"②"众鸟欣有托,吾亦爱吾庐"③"泛清瑟以自欣"④"每有会意,便欣然忘食"⑤"偶爱闲静,开卷有得,便欣然忘食"⑥"欣以素牍,和以七弦"⑦等。从陶渊明的用句看,他的"新"与玄言诗人是不同的。玄言诗人体会的是玄理,观察的是山水,陶渊明则是生活常理和田园四时景物,但对他们来说无非是"新"。陶渊明生活在东晋末年,他又有自己独特的个性和生活经历,因此当他的时代都去搜寻奇峭的山水之美时,他却在自己身边的日常生活中发现了平淡的田园之美。不过,题材虽然变化了,感觉却还是一样的,对此,陶渊明也很高兴地称为"新诗""乃陈好言,乃著新诗"⑧"清歌散新声"⑨"登高赋新诗"⑩,这里的"新诗"主要是指与官场对立的田园生活和景物,当然也指他观察田园之美时所获得的新感觉。

从对魏晋关于"新"的体会和描述分析看,"新"是受到大多数人的理解和支持的,但具体的"新"的内容,一般是因时代不同、背景不同而有异,这也不能不说是"若无新变,不能代雄"的道理。由魏晋进入南朝,声色之变,带来了更新的感受和审美观,于是沈约公开提出"古情拙目,每伫新奇"(《梁书·王筠传》)。所谓"古情",当指宋以前的诗歌;所谓"新奇",也即他同篇所说的"声和被纸,光影盈字",以及他《报刘杳书》的"辞采研富,事义毕举。句韵之间,光影相照"(《梁书·刘杳传》),这正是南朝"声色大开"新诗的特征。因此,"新诗"到了南朝诗人手里,变得更为自觉地去追求。梁代诗人鲍泉《和湘东王春日》诗写道:"新燕始新归,新蝶复新飞。新花满新树,新月丽新晖。新光新气早,新望新盈抱。新水新绿浮,新禽新音好。新景自新还,新叶复新攀。新枝虽可结,新愁谁解颜。新思独氤氲,新知不可闻。新扇如新月,新盖学新云。新落连珠泪,新点石榴裙。"湘东王萧绎《春日诗》全以"春"字串连而成,而此诗则用"新"字,虽近于文字游戏,但诗人对"新"的体会和喜悦却是很明显的。与魏晋相比,南

---

① 《庚子岁五月中从都还阻风于规林》其一。
② 《咏贫士》其三。
③ 《读山海经》其一。
④ 《闲情赋》。
⑤ 《五柳先生传》。
⑥ 《与子俨等疏》。
⑦ 《自祭文》。
⑧ 《答庞参军》。
⑨ 《诸人共游周家墓柏下》。
⑩ 《移居》其二。

朝人的"新诗"观念具有了完全不同的内容，它表现了这一历史时期中新文学的新特征，包括南朝作家所具有的新艺术感受、新表现手段、新的文学观念，以及对新领域的开拓。正是在这一背景里，齐梁批评家展开了关于文学的"变"的讨论，而"新变"派的"新"由于具有这样的历史发展顺序，也就显得合理得多了。

早期的齐梁文坛，新变派作家除沈约外，还有张融。张融在南齐是非常有个性的人物，文风当如其人。永明年间张融作有《门律》，《自序》说："吾文章之体，多为世人所惊，汝可师耳以心，不可使耳为心师也。夫文岂有常体，但以有体为常，政当使常有其体。丈夫当删《诗》《书》，制礼乐，何至因循寄人篱下。且中代之文，道体阙变，尺寸相资，弥缝旧物。吾之文章，体亦何异，何尝颠温凉而错寒暑，综哀乐而横歌哭哉？政以属辞多出，比事不羁，不阡不陌，非途非路耳。然其传音振逸，鸣节竦韵，或当未极，亦已极其所矣。"① 他认为文章没有一定的常体，只有不因循守旧，以自己的特色创立新变，才能"极其所矣"。《南史·张邵传》附《张融传》又载他临终前诫子云："吾文体英变，变而屡奇，既不能远至汉魏，故无取嗟晋宋。岂吾天挺，盖不隤家声。""变而屡奇"反映了他不为常体的审美理想。张融追求变化是贯彻在他全部生活中的，《南史》本传记他书法也标新立异，并回答齐高帝说："非恨臣无二王法，亦恨二王无臣法。"（《南史·张融传》）在举止风度上，他亦异于常人，颇为时人所惊异，他却说："不恨我不见古人，所恨古人又不见我。"（同上）在写作上，他曾作有《海赋》，本传称："文辞诡激，独与众异。"（同上）这与他《自序》中所说"为世人所惊"合。自觉地以新异奇变为毕生追求目标，也许便代表了一种时代精神。张融永明末曾参与竟陵王萧子良的西邸文学活动，《南史·刘绘传》记："永明末，都下人士盛为文章谈义，皆凑竟陵西邸，绘为后进领袖。时张融以言辞辩捷，周颙弥为清绮，而绘音采赡丽，雅有风则。"由此知张融也是永明文学的参加者。史书称他以"言辞辩捷"与周颙、刘绘齐名，暗示了他在永明声律理论建设中所起的作用。所谓"言辞辩捷"主要指口谈中注重音韵与修辞的效果，这却是张氏家传。张氏重视音辞之美起自张融的伯父张敷，《南史·张邵传》附《张敷传》说他："善持音仪，尽详缓之致，与人别，执手曰：'念相闻。'余响久之不绝。张氏后进皆慕之，其源起自敷也。"张融父亲张畅，少与张敷

---

① 《全齐文》卷一五，第5749页。

齐名，亦擅音辞。同传记他与北魏李孝伯对言："孝伯辞辩亦北土之美，畅随宜应答，吐属如流，音韵详雅，风仪华润。孝伯及左右人并相视叹息。"（《南史·张邵传》附《张畅传》）张融生活在这样的大家庭里，自然也继承了这种传统，所以他说自己"不隤家声"。口谈与声律理论建设间的关系，南朝作家是有认识的。《颜氏家训·文章》引沈约说："文章当从三易：易见事，一也；易识字，二也；易读诵，三也。"这里的"易读诵"主要着眼于作文要明白晓畅，不用难字拗句，不用僻典，但这个提法实是得意于魏晋以来诵读中声律美感的体会。难字拗句自然难于诵读，佶曲聱牙，缺乏音调流丽的美感；而僻典也同样会影响声韵之美。《南史·任昉传》说他："晚节转好著诗，欲以倾沈，用事过多，属辞不得流便。"这里的"属辞不得流便"正是从声韵角度提出的批评。《文镜秘府论·天卷·四声论》引沈约《答甄公论》说："作五言诗者，善用四声，则讽咏而流靡。"说明了诵读与声律间具有很密切的关系。钟嵘《诗品序》更以为诗歌声律的本质即表现在诵读上，他说："文制本须讽读，不可蹇碍，但令清浊通流，口吻调利，斯为足矣。"当然，过分强调讽读而否定沈约声律理论的科学化，又是不可取的了。

　　从以上分析看，早期的新变派作家同时也是永明文学的中坚，他们的主张即是永明文学的思想基础。沈约、张融以后，以更为明确的态度提出"新变"主张的，就是萧纲、萧绎、萧子显和徐陵了。萧纲对文章的写作有一个很著名的看法，即《诫当阳公大心书》中所说："立身之道与文章异。立身先须谨重，文章且须放荡。"① 由于宫体诗的原因，这句话更受到了后人的误解。其实这里的"放荡"本与"谨重"对言，指文学写作不要太拘束了，与思想道德没有任何关系②。所谓不受拘束，即是要新变的意思。萧纲反对文学宗经的倾向，他说："未闻吟咏情性，反拟《内则》之篇；操笔写志，更摹《酒诰》之作；迟迟春日，翻学《归藏》；湛湛江水，遂同《大传》。"③ 不惟不须宗经，即前代优秀作家作品，也不可学而不能变化。他说："但以当世之作，历方古之才人，远则扬、马、曹、王，近则潘、陆、颜、谢，而观其遣辞用心，了不相似。若以今文为是，则古文为非；若昔贤可称，则今体宜弃。"④

---

① 《全梁文》卷一一，第6019页。
② 参见赵昌平《"文章且须放荡"辨》，载古代文学理论研究编委会编《古代文学理论研究丛刊（第9辑）》，上海古籍出版社1984年版，第92页。
③ 《全梁文》卷一一，第6021页。
④ 同上。

在最后的选择句中，作者对今体的肯定是很明显的。为什么呢？因为当世作家的学习前人，未能把握前人"遣辞用心"，就是说徒有其貌，而未能变化，正如张融所说，便会"因循寄人篱下"。案，"吟咏情性"，本是《诗大序》语，指变风变雅一类作品。《诗大序》说："国史明乎得失之迹，伤人伦之废，哀刑政之苛，吟咏情性，以讽其上。"《毛诗正义》说："国之史官，皆博闻强识之士，明晓于人君得失善恶之迹。礼义废，则人伦乱；政教失，则法令酷。国史伤此人伦之废弃，哀此刑政之苛虐，哀伤之志，郁积于内，乃吟咏己之情性，以风刺其上，觊其改恶为善，所以作变诗也。"① 很明显，这与萧纲的"吟咏情性"完全不同。萧纲将"吟咏情性"作为诗歌的主旨，他要求诗人必写眼前的生活，即如"迟迟春日""湛湛江水"，而不须翻拟经诰，这样才能创新。在《答张缵谢示集书》中，萧纲具体描绘了诗歌应表现的内容："至如春庭落景，转蕙承风；秋雨且晴，檐梧初下，浮云生野，明月入楼。时命亲宾，乍动严驾。车渠屡酌，鹦鹉骤倾。伊昔三边，久留四战，胡雾连天，征旗拂日。时闻坞笛，遥听塞笳。或乡思凄然，或雄心愤薄。是以沉吟短翰，补缀庸音。寓目写心，因事而作。"② 这些"寓目写心，因事而作"的内容，便是"吟咏情性"的诗歌所要表现的。观其所写，涉及自然与社会生活，但目的不在反映现实，而是"寓目写心"，表现感物而动的情性。从萧纲的创作实际看，他选择了宫体题材作为自己"寓目写心"说的表现内容，至如"时闻坞笛，遥听塞笳"的边塞题材，所占比重并不多。南朝文人基本生活于"杂花生树，群莺乱飞"（《文选》丘迟《与陈伯之书》）的江南水乡，但对边塞立功的向往确也为一些诗人所描绘，如鲍照、吴均等人的作品，又不仅仅是向往，有许多内容还是他们的亲身体验。因为南北朝对峙，他们都曾亲临前线，所以称为南朝的边塞诗也还是符合事实的。尽管南北朝对峙地带没有什么"坞笛""塞笳"，这些词语明显从汉人著述中抄来，但诗歌重在想象，边塞风物名词的加入，自然增添了粗犷、雄豪的气象。唐朝诗人虽然亲身经历了大漠边塞的风光，他们的边塞诗写作，却多少借鉴了南朝诗人的写法。萧纲此文对于边塞生活的描绘，其实并非虚言，他虽也称得上"生于深宫之中，长于妇人之手"，但内心深处还是对刻石立功极为想往的。《全梁文》卷一一录他《答湘东王庆州牧书》一篇，说："虽心慕子文，申威涿郡，意存士雅，慷慨临江，而不能遂封狼居之山，永空幕南之

---

① 《毛诗正义》卷第一，清嘉庆刊本。
② 《全梁文》卷一一，第6020页。

地,逐北聊城,追奔瀚海,必欲卷绥避贤,辞病收迹。"① 因为有这样的"雄心",所以才列入"寓目写心"的内容。

萧纲很重视"寓目写心",在《劝医论》中又加以强调。他认为作诗"则多须见意,或古或今,或雅或俗,皆须寓目,详其去取,然后丽辞方吐,逸韵乃生"②。"寓目写心"说的提出,反映了新变派对新鲜现世生活感受的重视。由此,我们便可了解沈约"古情拙目,每伫新奇"、郑铿"新歌自作曲,旧瑟不须调"③,以及刘缓的"不信巫山女,不信洛川神,何关别有物,还是倾城人"④ 的思想渊源了:他们的审美本是建筑在"寓目"和现实享受的基础之上的。在这一文学思想背景下,以萧纲为中心的宫体诗写作便完全贯彻了这一新变思想。这一集团中的徐陵又为此编辑了一部《玉台新咏》,在该书《序》中,徐陵屡屡使用"新曲""新声""新诗""新制"等词语,正如这部诗集名称一样,表现了对"新"的肯定和追求。

新变派的另一支持者萧绎,其理论和创作都与萧纲相近,他的新变观主要表现在对文学特点的认识上。在《金楼子·立言》中,他通过对文、笔的区分,提出了他对"文"的要求:"至如文者,惟须绮縠纷披,宫徵靡曼,唇吻遒会,情灵摇荡。"与在此之前的文、笔之分只以有韵、无韵为界定相比,萧绎对"文"的审美特征认识得更深刻了。在《内典碑铭集林序》中,萧绎具体提出了他对文学的审美要求:"夫世代亟改,论文之理非一;时事推移,属词之体或异。但繁则伤弱,率则恨省。存华则失体,从实则无味。或引事虽博,其意犹同;或新意虽奇,无所倚约;或首尾伦帖,事似牵课;或翻复博涉,体制不工。能使艳而不华,质而不野;博而不繁,省而不率;文而有质,约而能润;事随意转,理逐言深,所谓菁华,无以间也。"⑤ 萧绎首先论证了文辞新变的合理性,随着世代时事的发展变化,作为文学表现手段的文辞的运用,也必须有变化、创新。从"艳而不华"以下八对矛盾概念的排比看,萧绎的新变理想,又并非以新奇为宗,而与萧统的"丽而不浮,典而不野,文质彬彬,有君子之致"(萧统《答湘东王求文集及〈诗苑英华书〉》)的要求一致。就文学的审美要求讲,在萧统、萧纲、萧绎三兄弟中,萧绎与萧

---

① 《全梁文》卷一一,第 6021 页。
② 《全梁文》卷一一,第 6026 页。
③ 《和阴梁州杂怨》,《玉台新咏》卷八,文学古籍刊行社 1955 年影印明寒山赵氏覆宋本,第 111 页。
④ 《敬酬刘长史咏名士悦倾城》,上揭书,第 111 页。
⑤ 《全梁文》卷一七,第 6105—6106 页。

统倒很接近，而与萧纲略有区别。萧绎虽然写了很多宫体诗，《玉台新咏》收录也不少，但萧绎与萧纲的宫体诗集团还是有区别的。宫体诗的发生，据曹道衡先生考证，当在普通年间（520—527）萧纲在雍府之时，至中大通三年（531），萧纲继萧统之后被立为太子，宫体集团又从雍州移至京都①。在这段时间内，萧绎都在荆州等任上。他与萧纲等人多有唱和，但与该集团内徐、庾父子是不同的。并且萧绎对诗歌一直有自己的看法，比如他推重沈约、谢朓、何逊（《梁书·何逊传》），又主张声律对偶②，说明他对永明体是认可的，不像宫体诗人"好为新变，不拘旧体"，明白表示与永明体的区别。因此，虽说"新变"是这一派诗人的共同主张，但仔细分析，还是有分别的。萧绎的这种审美理想，大概受到了萧统的影响，因为萧统的那番话是在给他的信中表达的。关于这一点，刘孝绰在《昭明太子集序》中也有相同的表述，他说："能使典而不野，远而不放，丽而不淫，约而不俭，独擅众美，斯文在斯。"这都说明萧统的文学思想曾在天监（502—519）、普通年间很有影响。关于萧统，有批评史将他归入折中派，与刘勰的主张通变相论③，这主要是以他与比较激进的萧纲等人以及比较保守的裴子野比较的结果。如果就主张变的一派比较，萧统并不同于刘勰，而与萧绎较接近，也还是新变主张者，只不过又较萧纲保守些罢了。

与"新变"相对的是"通变"观，主要是刘勰的《文心雕龙》。《文心雕龙·通变》开篇便说"夫设文之体有常，变文之数无方"，首先便承认了"变"的合理性，这与新变派的出发点是一样的。但接下去关于"变"的论证，却产生了迥异的区别。刘勰主张"通变"，所谓"变则其久，通则不乏"，其源本于《易·系辞下》："穷则变，变则通，通则久。"刘勰将它具体运用到文学批评中，既是文学史的批评方法，又是文学创作的理论原则。对于"通变"观，学术界一致肯定它的合理与正确，以它作为"变"的标准，对与之相对的"新变"观却或全部、或部分地否定和批评。从"通变"的理论原则说，它注重在继承的基础上创新求全，反对竞今疏古的新奇之作。从这点看，"通变"观更具有历史性，这与刘勰反复阐明的考镜源流思想相一致。在本编第二章第一节中，我们指出考镜源流思想源于《七略》《汉志》，说明这一思想成果，

---

① 参见曹道衡《南北朝文学史》第十三章第一节，第237—241页。
② 王利器《文镜秘府论校注·南卷·论文意》引萧绎《诗评》云："作诗不对，本是吼文，不名为诗。"第308页。
③ 王运熙、杨明《魏晋南北朝文学批评史》，第186页。

本是历史学家对人类社会发展规律探索后的总结而获得，司马迁也曾以"通古今之变"作为他撰通史的指导思想。因此，"通变"观本是历史研究方法，刘勰以之用于文学批评，它的优点在于文学批评可以借鉴历史研究的优良传统。但是，文学批评毕竟不是历史批评，而六朝的文学也刚刚从历史的范围中挣脱出来，六朝的文学批评更需要的是加强对文学特点的研究，探讨文学自身的发展规律，而要防止将文学批评变为历史批评。所以对刘勰"通变"观的评价，应当立足于这一基点之上。刘勰是如何展开他的"通变"观的呢？

先看刘勰对文学史的评价。《通变》评述了从黄、唐以来诗歌的发展情况："是以九代咏歌，志合文则。黄歌《断竹》，质之至也；唐歌《在昔》，则广于黄世；虞歌《卿云》，则文于唐时；夏歌"雕墙"，缛于虞代；商周篇什，丽于夏年。至于序志述时，其揆一也。暨楚之骚文，矩式周人；汉之赋颂，影写楚世；魏之篇制，顾慕汉风；晋之辞章，瞻望魏采。榷而论之，则黄唐淳而质，虞夏质而辨，商周丽而雅，楚汉侈而艳，魏晋浅而绮，宋初讹而新。从质及讹，弥近弥淡。何则？竞今疏古，风末气衰也。"这里是黄、唐以来九代文学发展状况，从刘勰的评述看，只有商周作品，也即《诗经》才符合"丽雅"标准，在此之前是"淳质"，在此之后是"侈艳"。在中国文学批评史上，"淳质"的概念往往并未完全受到否定，但"侈""艳""讹""新""淡"，基本上是被否定的概念，这就是说刘勰对《诗经》以来的诗歌发展基本持否定的态度。是不是这样呢？

刘勰对文学有个基本的态度，即《征圣》篇所说"衔华而佩实"。他并不反对华丽，但要求华与实相配。这也就是《通变》中所说的"斟酌乎质文之间，而檃括乎雅俗之际"，其中的"质文""雅俗"，即"华实"。在《风骨》篇中，刘勰又说："若夫熔铸经典之范，翔集子史之术，洞晓情变，曲昭文体，然后能孚甲新意，雕画奇辞。昭体，故意新而不乱；晓变，故辞奇而不黩。"这里集中表明了他对"新""奇"的肯定态度。但是，这种肯定却是建立在"熔铸经典之范，翔集子史之术"的基础之上的。这就是"昭体"，是"晓变"。能"昭"能"晓"，便是"通"。不过显然上引《通变》中的"侈艳""浅奇""讹新"并非合于通变的"华实"。因为，起码在《通变》的叙述里，刘勰对《楚辞》以来的诗歌发展是持否定态度的。

值得注意的是，事实上刘勰对《楚辞》以来的历代文学并没有全部否定。他不仅充分肯定了《古诗》和建安文学，即使对晋代作家的评价也不错。《时序》说："晋虽不文，人才实盛。茂先摇笔而散珠，太冲动墨而横锦；岳、湛曜联璧之华，机、云标二俊之采。应、傅、三张之徒，孙、挚、成公之属，并结藻清英，流韵绮靡。"这段话肯定了晋代作家的创作，虽没有比对建安作家的评价高，如《明诗》所说"采缛于正始，力柔于建安"，但也并没有彻底否定，这与《通变》关于"魏晋浅而绮……从质及讹，弥近弥淡"的批评是矛盾的。于是我们不得不承认，《文心雕龙》体系内具有难以调和的自我矛盾。

不妨以《楚辞》为例，刘勰专写一篇《辨骚》，并列为"文之枢纽"（《文心雕龙·序志》），当然《离骚》在这里泛指屈、宋之作的《楚辞》，在这篇文章里，刘勰总结了汉以来对《离骚》评论的两种不同意见，他认为两种意见皆"褒贬任声，抑扬过实"，不为中肯。他自己的看法是《离骚》有四种"同于《风》《雅》"和四种"异乎经典"的特征，据此，他指出："固知《楚辞》者，体宪于三代，而风杂于战国，乃《雅》《颂》之博徒，而辞赋之英杰也。观其骨鲠所树，肌肤所附，虽取熔经意，亦自铸伟辞。"（《文心雕龙·辨骚》）这个评价是对《楚辞》的肯定，虽然肯定得并不高，只承认它是"《雅》《颂》之博徒"。但是，这一肯定并非源于对作品实际的分析，而是刘勰建立原则的结果。这原则就是：刘勰并非把《离骚》仅作为一篇作品，而是将它视为诗歌发展的典范对待，在对《离骚》的分析中，刘勰建立了诗歌正确发展的原则，也即"通变"的原则。他说："若能凭轼以倚《雅》《颂》，悬辔以驭楚篇；酌奇而不失其贞，玩华而不坠其实。则顾盼可以驱辞力，咳唾可以穷文致；亦不复乞灵于长卿，假宠于子渊矣。"（同上）这里的"倚《雅》《颂》"和"贞""实"即"通"，"驭楚篇"和"酌奇""玩华"即是"变"。这应该作为后世诗人学习的典范，这就是刘勰将《辨骚》列为枢纽的用意。这样我们就对刘勰本文中的评语表示怀疑了。因为出于一种理性原则的评价，并不能反映他真实的观点，当我们面向其他篇章时，便发现刘勰更多地表达了批评意见。除了《通变》外，又如《宗经》："是以楚艳汉侈，流弊不还。正末归本，不其懿欤？"《情采》："昔诗人什篇，为情而造文；辞人赋颂，为文而造情。……故为情者要约而写真，为文者淫丽而烦滥。而后之作者，采滥忽真，远弃《风》《雅》，近师辞赋，故体情之制日疏，逐文之篇愈盛。"《物色》："及《离骚》代兴，触类而长，物貌难尽，故重沓舒状。于是'嵯峨'之类聚，'葳蕤'之群积矣。及长卿之徒，诡势瑰声，模山范水，字必鱼贯，所谓诗人丽则而约言，辞人丽淫而繁句也。"

承认了这些是批评，又如何理解"酌奇而不失其贞，玩华而不坠其实"的赞誉呢？答案只能是，刘勰自身存在着矛盾。第一，他生于文学彻底自觉的齐梁时代，其审美态度不能不受时代理想的影响，因此他心理上承认并肯定文学的声色特征。但当他试图建立一种"体大精深"的文学批评系统，就要求他的批评对象都必须服从系统的理性原则。由于这个系统以"原道""征圣""宗经"为依据，这就先天带来了系统的缺陷。因为文学的自觉首先是摆脱了政治教化，而刘勰却又试图将其纳入政治教化，这就违背了文学的发展规律，所以他不得不在主观认识矛盾的情况下对文学史展开批评。以"衔华佩实"来说，原则本身是正确的，它要求作品的文质相符，与萧统、萧绎、刘孝绰等人"文质彬彬"的美学理想一致。但是刘勰的这个原则并不是独立的审美标准，它只是"原道""征圣""宗经"系统中的一部分。在这个系统里，"衔华佩实"的最高典范已经确定，后来的文学无论怎样发展变化，都不可能超越典范，这便决定了他对文学史的评价只能遵守系统的原则，也就是说，"从质及讹，弥近弥淡"结论的获得，是从原则出发的结果。

第二，"宗经"与"通变"间的矛盾。表面上看，这两者是统一的，"矫讹翻浅，还宗经诰"（《文心雕龙·通变》），"变"必须"通"于经书，才符合"衔华佩实"的标准。但是，从理论上讲，尽管要以"通"求"变"，这仍然是发展的文学史观，只要把握住"正""通"，就可以"驭奇"（《文心雕龙·定势》），就可以"晓变"（《文心雕龙·风骨》）。而按照"宗经"的观点，由于经书已被确定为"衔华佩实"的最高典范，以后的文学无论怎样"通变"，都不再能超越它，因此，"宗经"实际上是文学倒退观。这样，"宗经"与"通变"在理论上便构成了矛盾。《辨骚》即是出于"通变"理论的需要而建立的样板，也就是说，刘勰只是利用《离骚》建立"通变"的理论，因此他在《辨骚》中对《离骚》的评价，本出于"通变"理论的需要，所以便与从"宗经"出发的批评形成了矛盾。

那么在"宗经""通变"的矛盾里，刘勰是以谁为主要依据的呢？从《文心雕龙》对文学史的批评看，他是以"宗经"为主的。事实上，"通变"只是理论上的发展观。而在具体的批评中，刘勰始终注重"通"而轻视"变"。即是说，"通变"只是刘勰的理想，他认为这理想在以后的文学史上并没有完全实现。因为没有实现，所以他才对文学史进行了否定的批评。因此，就《文心雕龙》对文学的实际评价看，刘勰的"通变"观也是倒退的。

这里,我们就可以对"新变"与"通变"进行比较分析了。尽管两种理论都因"变"而立,但前者无疑是以发展的态度,肯定了"变"的合理性;而后者虽然理论上是发展观,但由于它强调"通"于经,又以经为最高典范,便在事实中以倒退的批评态度架空了理论上的发展观。古今学者之所以共赞"通变",正是被它虚假的外表迷惑。从对"诗"性质的认识上,也可以看出两派"发展"和"倒退"的区别。诗歌的传统定义是"言志",由于统治者对"志"的规范,它便成为统治阶级政治教化的口号。魏晋以来的思想解放和文学自觉,遂产生了"言志"的对立面"缘情"说,这很快就被当时的作家所接受。事实证明,"诗缘情"是符合诗歌审美特征和发展规律的认识。南朝新变派作家便是以此为依据而进行的创作。在主导思想上,这些作家也反复阐释了这个定义。如前引萧纲《与湘东王书》、萧绎《与刘孝绰书》《金楼子·立言》和萧子显《南齐书·文学传论》,都以"吟咏情性"为诗歌本质。"吟咏情性"就须以个人的喜怒哀乐为主,写眼前景,发心中情,这就与"经夫妇,成孝敬,厚人伦,美教化,移风俗"①的诗教发生了背离,从而表现了文学的真正自觉,显示了文学的进步和发展。与此相反,出生于南朝的刘勰,他对诗歌的认识仍然遵奉"言志"的教化说。《宗经》篇说"诗主言志",《明诗》篇说:"大舜云:'诗言志,歌永言。'圣谟所析,义已明矣。是以'在心为志,发言为诗',舒文载实,其在兹乎!"他引了《尚书·尧典》的说法,又引了《诗大序》的说法,已经说明了他的保守,他却还要据《齐诗》和纬书的"诗者,持也"的观点而又发挥为"持人情性,三百之弊,义归'无邪',持之为训,有符焉尔"。这样的保守和退步的确令人咋舌。这绝不是所谓的"注重思想内容"②。第一,诗歌的思想内容并不同于政治教化,而持人情性更将诗歌视作政治教化的工具。第二,这是和他宗经系统相统一的。由于以道、圣、经为归趋,势必将教化作用当作诗的基本功能,从而取消诗歌的独立价值。在《明诗》篇中,刘勰又说:"若夫四言正体,则雅润为本;五言流调,则清丽居宗。"这是因为四言体的《诗经》是最高典范,所以四言的地位也就高于五言,这样的观点与刘勰的批评体系有关。

以刘勰与钟嵘比较,也可见出刘勰文学思想的保守性。钟嵘没有明确表示对"变"的评价,但《诗品序》对五言诗发展的叙述,很明确地

---

① 《诗大序》,《十三经注疏》本,第270页。
② 周振甫《文心雕龙选译·明诗》,中华书局2013年版,第54页。

对汉魏以来的创作给予高度评价。在对五言诗的评价上，也高于四言，他说："夫四言文约意广，取效《风》《骚》便可多得，每苦文繁意少，故世罕习焉。五言居文辞之要，是众作之有滋味者也。故云会于流俗，岂不以指事造形，穷情写物，最为详切者邪？"这一评价显然与刘勰不同。再如对《楚辞》的评价，钟嵘以《楚辞》与《国风》作为五言诗的两大源头，刘勰却说："而后之作者……近师辞赋，故体情之制日疏，逐文之篇愈盛。"（《文心雕龙·情采》）将后世的作文之弊归咎于《楚辞》。同时，钟嵘以"风""骚"作为文学的源头，刘勰却以五经为源头，可见刘勰构筑的批评体系，立足点并不是文学。

根据以上的分析，我们说，备受后世批评的"新变"观却是关于文学的批评，它将文学作为独立的审美对象，研究它的形式特点和发展规律。而刘勰的"通变"观却带有许多非文学批评的内容，它常以非文学标准衡量、评价文学的价值。在批评的观念和方法上，受历史学影响较深，对此方法，不妨称为历史批评。历史批评有它的优点，如注重事物发展的逻辑顺序，关心事物内部的规律，宏观把握发展的趋向，考镜源流，探求得失等，这些都对作为历史科学之一种的文学史研究具有指导作用。但文学史又不同于一般的历史，它首先是文学的发展史，尤其在汉魏六朝时期，它是文学摆脱经、史之后的发展史，对它的批评，必须是在尊重文学特征、规律的前提之下开展。《文心雕龙》当然也注重文学的特征，如它对各文体的辨析，对创作中得失的分析，也都是文学批评范畴，但当它一旦将这些分析置入其"宗经"的体系中，就脱离了文学批评，这就是《文心雕龙》构筑的体系与具体批评间的矛盾所在。

以上是齐梁时期两种最基本的文学批评观，它构成了当时文学批评的总体背景。汉魏以来文学的发展，至此积累已很丰硕，文学创作的经验、教训都迫切需要予以清理、总结，南朝批评家之所以盛于往代，正是这个现实激发的结果。总的说来，新变派要求不断地创新、发展；通变派则要求总结经验，在通中求变。通变观者如果能够坚持文学特性，摆脱经、史的桎梏，就文学自身的特性、发展规律讨论通变，也许具有更积极的意义。从这一点说，《文选》虽为一部作品选，但编者在对通代文学作品的编选中，的确表现出了坚持文学特征，于通中求变的文学史观，这一点却被《文选》研究者和文学批评史研究者忽略了。

第二节　永明文学至宫体文学的嬗变与梁天监、普通年间文学实况

永明文学和宫体文学是齐梁时期两大文学现象。永明文学发生于齐武帝永明年间（483—493），宫体文学发生在梁普通年间（520—527）之后。齐梁时期作家、批评家基本便依托在这两大文学背景之下进行着创作和批评，因此要了解这一时期作家的文学思想、写作特点，必须对这两大文学现象以及它们之间的嬗变规律有十分清楚的认识。

《梁书·庾肩吾传》说："齐永明中，文士王融、谢朓、沈约文章始用四声，以为新变。"这是史书明确以永明文学为新变体的说明，其时间是永明年间，内容以四声限诗，代表作家有王融、谢朓、沈约等。《南齐书·陆厥传》的记载更为详细："永明末，盛为文章。吴兴沈约、陈郡谢朓、琅邪王融以气类相推毂。汝南周颙善识声韵。约等文皆用宫商，以平、上、去、入为四声。以此制韵，不可增减，世呼为'永明体'。"于此可见永明文学被称为"新变体"的原因就在于它的声律化，即自觉使用四声，以此制韵，因不同于汉魏以来的古诗，故称"新变"。除四声之外，永明体还有一个重要内容即"八病"。唐皎然《诗式》说："沈休文酷裁八病，碎用四声。"四声八病即是永明体的特征，标志着诗歌格律化的正式形成。四声之说，明确见于《南齐书》，但八病，仅《南史·陆厥传》中出现了"平头、上尾、蜂腰、鹤膝"四种，另四种是大韵、小韵、旁纽、正纽。合称八病，要晚至宋人李淑《诗苑类格》才见记载。其文是："沈约曰：'诗病有八，平头、上尾、蜂腰、鹤膝、大韵、小韵、旁纽、正纽。唯上尾、鹤膝最忌，余病亦通。"① 因此后人便怀疑沈约当时不一定建立了完整的八病说。但八病之名，确见载于隋唐以来的有关史料，如王通《中说·天地》记："李百药见子而论诗，子不答，百药退谓薛收曰：'吾上陈应、刘，下述沈、谢，分四声八病，刚柔清浊，各有端序，音若埙篪，而夫子不应，我其未达欤？'"② 此外初唐诗人卢照邻《南阳公集序》说："八病爰起，沈隐侯永作拘囚。"③ 皎然《诗式》说："沈休文酷裁八病，碎用四声。"封演《闻见记》说："周颙好为体语，因此切字皆有纽，纽有平、上、去、入之异。永明中，

---

① 王应麟《困学纪闻》卷一〇引，《四部丛刊》三编影元本。
② 王通《中说》卷一，《四部丛刊》影宋本。
③ 《全唐文》卷一六六，中华书局1983年影印本，第1692页。

沈约文词精拔，盛解音律，遂撰《四声谱》，文章八病，有平头、上尾、蜂腰、鹤膝。以为自灵均以来，此秘未睹。"① 更重要的是，沈约本人也已提到八病。《文镜秘府论·天卷·四声论》引沈约《与甄公论》说："作五言诗者，善用四声，则讽咏而流靡；能达八体，则陆离而华洁。"②"八体"又见于《文镜秘府论·西卷》，与十病、六犯、三疾并置，可见八体即八病。至于大韵、小韵、旁纽、正纽之名，《文镜秘府论·西卷·文二十八种病》中已记载，并录有齐梁时王斌、刘滔对八病的具体意见。此外，该文中提到的"沈氏"，应该就是沈约③。这样，八病之名，齐梁时已有，足证为沈约所创，非必如纪昀《沈氏四声考》所说："休文但言四声五音，不言八病，言八病自唐人始。"④ 四声八病的建立，使诗歌的声律探索，由"暗与理合"阶段走向皆由"思至"（《宋书·谢灵运传》）的自觉时期。

　　四声八病说的提出，为永明体创作奠定了理论基础，从永明体的代表诗人作品看，有意追求声律偶对，是一个主要倾向。由于永明声律理论主要是对句的规定，还没有专论篇的问题，因此对每篇有多少句并没有作出规定。但从创作实践看，永明作家一半以上的作品都采用了介于古、近体之间的新体短制。除四句的绝句形式外，其余有六句、八句、十句乃至十二句、十四句不等。即使十四句，也不同于古诗面貌，所以

---

① 封演《闻见录》卷二，文渊阁四库全书本。
② 卢盛江《文镜秘府论校笺》，第86页。
③ 王应麟《困学见闻》卷一〇引。《文镜秘府论·西卷》载有《文二十八种病》，前八病即平头、上尾、蜂腰、鹤膝、大韵、小韵、旁纽、正纽。文中常引王斌、刘滔、沈氏、刘氏、元兢、崔融论析八病，除沈氏外，确知王斌、刘滔为齐梁时人，刘氏即刘善经，为隋人（见王利器《文镜秘府论校注》）。第一，王斌所论有蜂腰、鹤膝、旁纽，刘滔所论有上尾、蜂腰、旁纽、正纽，刘善经所论有蜂腰、鹤膝、大韵、小韵、旁纽、正纽，由此可见此八病的确在齐梁时便已创立。第二，沈氏即是沈约，《文镜秘府论》称沈约为"沈氏"，多有其例，如《天卷·四声论》引沈约《宋书》《四声谱》《答甄公论》皆称"沈氏"。第三，王应麟引沈约语谓上尾、鹤膝最忌，此论即见于《文二十八种病》中"沈氏"所言。如"上尾"条中："沈氏亦云：'上尾者，文章之尤疾。自开辟迄今，多惧不免，悲夫。'""鹤膝"条中，则指明沈约说："沈东阳著辞曰：'若得其会者，则唇吻流易；失其要者，则喉舌蹇难。事同暗抚失调之琴，夜行坎壈之地。"罗根泽《中国文学批评史》（第233页）否定"沈氏"即沈约，因为"鹤膝"条引沈氏曰："人或谓鹤膝为蜂腰，蜂腰为鹤膝，疑未辨。"罗以为"沈约是八病的创始者，不会有这种疑问"。对此，王运熙、杨明《魏晋南北朝文学批评史》辩解说："其实声病之说当亦不全是沈约臆造，当时必有种种异说，有指鹤膝为蜂腰、蜂腰为鹤膝的同实异名情况，沈约'疑未辨'即指此而言。"案，王、杨说有理，故刘善经在此句之下说："然则孰谓公为该博乎！盖是多闻阙疑，慎言寡尤者欤。"刘善经之前既称公，又称该博，似仅有沈约符契，故定"沈氏"为沈约。
④ 罗根泽《中国文学批评史》引，上海书店出版社2003年版，第183页。

王闿运《八代诗选》在"新体诗"一目中,也选了一些十四句的诗。既然理论上没有自觉意识到建立"篇"的原则,永明诗人为什么会不约而同地大量写作这样的"新体诗"呢?笔者以为这是声病说引起的必然结果。四声八病的规则刚刚建立,不说别人,即使沈约本人也往往不能遵守,所以反对声律的人便举他之矛攻他之盾。其实新事物总有个不断完善的过程,何况八病之说并不很科学。随着文学创作的发展,此说还得不断地进行修订,出现错误,自属理之当然。不过这的确证明了人为趋避病犯的艰难,所以刘勰说"选和至难"①。观沈约的声病原则是"一简之内,音韵尽殊;两句之中,轻重悉异"(《宋书·谢灵运传论》),主要对两句十字而言。十字协配,已属艰难,何况长篇?因此短篇便是永明诗人的自然选择。但短篇短到什么程度呢?由于近体声律没有完成,句与句之间的关系(如"粘")尚未确定,八句律诗起、承、转、合的精巧结构就不能落实,永明诗人的写作只好依据于对声病的把握,选择篇幅便出现了六句到十四句不等的形式。但就永明诗人的写作实际看,八句、十句已大量出现,这说明他们已经逐渐体悟到八句律诗的精妙之处。而律诗的最终定于八句,也说明这一形式最能体现声律之美。

以上是永明体的基本特征,那么宫体文学又有怎样的特征呢?宫体之名见于当时,《梁书·简文帝本纪》记:"(简文帝)雅好题诗,其序云:'余七岁有诗癖,长而不倦。'然伤于轻艳,当时号曰'宫体'。"又《梁书·徐摛传》记:"(摛)属文好为新变,不拘旧体。……摛文体既别,春坊尽学之,'宫体'之号,自斯而起。"据曹道衡、沈玉成两位老师《南北朝文学史》考证,宫体诗的开创者是徐摛和庾肩吾,徐、庾在天监八年(509)入萧纲府,大概就以轻艳的诗风教导萧纲了。但宫体诗风的形成恐在普通四年(523)萧纲徙雍州刺史之后,至中大通三年(531)萧纲继萧统立为太子,由雍州入居东宫,才正式获得"宫体"这一名称。这一考证否定了唐人梁肃《大唐新语》所记宫体成于萧纲立为太子之后的说法。那么宫体诗的内涵是什么呢?《隋书·经籍志》说:"简文之在东宫,亦好篇什。清辞巧制,止乎衽席之间;雕琢蔓藻,思极闺闱之内。后生好事,递相放习,朝野纷纷,号为'宫体'。"按照《隋书》的说法,"衽席""闺闱"即是宫体诗的主要内容,而这内容又是以"清辞巧制""雕琢蔓藻"来表现,这也就是《梁书》所称"伤于轻艳"的诗风。其实唐人对六朝诗风一直持比较严厉的批判态度,《隋

---

① 詹锳《文心雕龙义证》,第1233页。

书》的这个定义,范围有些狭小了。以宫体诗的代表《玉台新咏》论,妇女以及与妇女有关的内容的确是宫体诗的表现对象,但其中也并非都是"伤于轻艳"。当然,唐人的说法是,《玉台新咏》本是奉萧纲之命而编,以张大其体的,这样,仅以《玉台新咏》还不能如实反映宫体诗的真实面貌。姑且不论唐人的这一说法是否正确,就是以萧纲等人的写作看,还是有许多清新可读的作品的,也并非全是"轻艳"。

宫体诗的产生是由齐到梁,也即由永明体而来的又一次新变。《梁书·庾肩吾传》说:"齐永明中,文士王融、谢朓、沈约文章始用四声,以为新变,至是(指萧纲立为太子)转拘声韵,弥尚丽靡,复逾于往时。"这指出了宫体与永明体的联系和区别。联系是宫体诗继承了永明体的诗歌声律化传统,区别是更加地"转拘声韵,弥尚丽靡"。《梁书》所论比较偏重声律特点,所以从这一方面论述宫体诗,与《隋书》所说不同,但宫体在永明体之后求新变的用心却是事实。宫体诗人对永明诗人的评价较高,如萧纲《与湘东王书》说:"至如近世谢朓、沈约之诗,任昉、陆倕之笔,斯实文章之冠冕,述作之楷模。"然而宫体诗人建立新诗的理想决不愿于永明体中求出入,事实上,他们明确要独立地开创新体。这从两个方面见出,第一,他们公开对当时流行文体展开批评,萧纲在《与湘东王书》中称:"比见京师文体懦钝殊常,竞学浮疏,争为阐缓。"萧子显则在《南齐书·文学传论》中称:"今之文章,作者虽众,总而为论,略有三体。"这分别是指谢灵运、颜延之、鲍照元嘉三家之体,看来元嘉体是他们树立的射靶,萧纲所说的"京师文体"也应指此,在后面他便指出:"学谢则不屆其精华,但得其冗长……谢故巧不可阶。"(《与湘东王书》)萧纲中大通三年(531)入京进东宫继为太子,此书当作于其时。萧子显卒于大同三年(537),《文学传论》自应成于此前,这个时候文坛上流行的绝不仅是元嘉体,实际上影响最大的还应是永明体。永明体自创立迄于此时已有三四十年历史了,在宫体诗人看来,该是新变的时候了,因此萧纲的"懦钝"也应含有针对永明体的意思。第二,明确提出树立新风的意愿。这是萧纲的意思,他在《与湘东王书》中说:"文章未坠,必有英绝领袖之者,非弟而谁?"推萧绎为领袖,自是萧纲谦辞,他在这里俨然以新诗风领袖自居了。也确实如此,从他到京师后不久就展开批评看,都见出他要进行一场新的文学革命了。萧纲此番举动,当然基于世运风会、生活趋向,但在宏观上也还是有其政治意图的。自建安以来,文学集团便带有政治性质,如曹丕、曹植在邺下文人中的各树党羽,贾谧的二十四友,乃至萧子良的竟陵八友，都是如此。那么萧纲的针对性何在呢？我以为当是对乃兄、刚刚去世的萧统而言。萧统天监元年（502）被立为太子，在他周围团聚了一大批文人学士，并且编成了著名的《文选》。《文选》一书贯穿了萧统的文学观点，在当时及其身后产生了极大的影响，因此在永明体至宫体之间，京师文坛上不能没有萧统及选楼诗人的影响。萧纲继萧统之位，必思摆脱甚至扫清这种影响，从而巩固自己的太子之位，而扫清影响的最好办法莫过于重新组织新的文学集团，创立新变体诗歌了。宫体诗正是产生于这样的背景之中。

从宫体诗人的言论中，可以看出他们建立新诗的基本标准。首先，在形式上，他们反对"懦钝""浮疏""阐缓"之作。谢灵运的一些传统在永明体中并未完全被除去，如谢朓的《游山》《游敬亭山》，沈约的《登玄畅楼》《游沈道士馆》等都是大谢风貌，而在宫体诗中，已经很少见到了。他们追求精致的结构、妍丽的声词，提倡"丽辞方吐，逸韵乃生"①"文同积玉，韵比风飞"②"风云吐于行间，珠玉生于字里"③。其次，情性与题材的特别要求。他们批评谢灵运是"典正可采，酷不入情"（《南齐书·贾渊传》），提出要写"性情卓绝"④"情灵摇荡"⑤的作品。以"摇荡"标情性，就与传统的抒情、缘情有了区别。抒情也好，缘情也好，都在于表达，而"情灵摇荡"却是品味，所以宫体诗人提出"吟咏情性"（《与湘东王书》）。抒情、缘情的手段并非纯审美的，吟咏情性却是纯粹的审美经验。因此吟咏情性便要求题材的非政治性，情感的通俗性。萧绎《序愁赋》对此作了明确的描述，他说："情无所治，志无所求，不怀伤而忽恨，无惊猜而自愁。玩飞花之入户，看斜晖之广寮。虽复玉觞浮椀，赵瑟含娇，未足以祛斯耿耿，息此长谣。"⑥ 所谓"情无所治，志无所求"，表明了对传统情志内容的否定。从以下描述看，他追求的完全是个人的闺愁别绪，倒与初期词的情绪一致。由此便可以知道宫体诗人"情"的基本内涵了。除此之外，萧纲在《答新渝侯和诗书》中解释他所谓的"性情卓绝"为："双鬟向光，风流已绝；九梁插花，步摇为古。高楼怀怨，结眉表色；长门下泣，破粉成痕。复有影里细腰，令与真类；镜中好面，还将画等。"与萧绎不同的是，萧纲

---

① 萧纲《劝医论》，《全梁文》卷一一，第 6026 页。
② 萧纲《临安公主集序》，上揭书，第 6033 页。
③ 萧纲《答新渝侯和诗书》，上揭书。第 6020 页。
④ 同上。
⑤ 萧绎《金楼子·立言》，《丛书集成初编》本，第 75 页。
⑥ 《全梁文》卷八，第 5989 页。

这里描述的全是与女性有关的情感，直可以看作是他对宫体诗题材的规定。这种限定应该说是合于宫体的实际和后人对它的理解的。此外，宫体诗人还有一部分写自己的日常生活，以及感怀节候、咏写风景风物等诗歌，其内容自然也是非社会政治性，情感也属于"不怀伤而忽恨，无惊猜而自愁"一类个人闲愁。在表现形式上，辞藻艳丽，构思精巧，声韵谐靡，风格轻艳，符合艳情诗特点，因此这部分诗歌也应划入宫体诗范围。

永明文学和宫体文学分别是齐和梁两个特定时期里的新变文学，都是既有理论又有实践，带有鲜明文学集团性质的活动。这是齐梁文坛上著名的文学现象，考察这一时期的文学发展，必须对这两种文学活动具有十分清楚的了解。而在了解了它们的特征之后，对于永明文学向宫体文学的嬗变历程，也同样必须有足够的认识。

如前所论，永明文学与宫体文学具有不同的特征，构成它们新变的历史条件不同，因此作家们的审美理想、采用的手段也都有明显不同。但是二者之间又具有必然的发展联系，后者是前者逻辑顺序的演绎结果。考察这种联系，沈约是一个关键人物。沈约在文学史上，主要被作为永明诗人评价的，而对他在宋、齐、梁文学的承前启后作用认识不足。曹道衡先生《江淹、沈约和南齐诗风》一文在以沈约与江淹比较过程中，对沈约转变诗风的作用做了极精确且非常有启发性的描述。文章认为，江淹成名于宋，代表了汉魏至刘宋的古诗风貌；沈约则成名于江淹"才尽"之时，代表了南齐对新体诗风的要求。同时在对沈约、谢朓等永明诗人艳体诗、咏物诗的写作分析之上，文章指出"从南齐初经过永明体到'宫体'诗实际上是诗歌发展中同一个潮流的不同发展阶段"[①]。这一论述十分准确地判定了宫体与永明体之间的关系，以及沈约在永明体向宫体嬗变中的作用。沈约一生仕历宋、齐、梁三代，于宋比较低微，而在齐、梁发迹。与此相似，他的文学创作也开始于齐永明年间。这样说的另一个意思是，沈约或许在齐永明之前已有创作，但由于他"新变"的文学主张和创作不合时宜，故不受人注意。《南齐书·谢朓传》说："世祖（齐武帝）尝问王俭：'当今谁能为五言诗？'俭对曰：'谢朓得父膏腴，江淹有意。'"这说明永明以前还没有注意到沈约。但是沈约诗风的形成又非全无依傍，事实上他的诗歌源流还是很清楚的。而搞清楚他的源流，便也把握住了齐梁诗风的嬗变轨迹。

---

① 曹道衡《中古文学史论文集续编》，文津出版社1994年版，第204页。

沈约诗歌之源，据钟嵘《诗品》说出于鲍照。《诗品》说："观休文众制，五言最优。详其文体，察其余论，固知宪章鲍明远也。所以不闲于经纶，而长于清怨。"据此，沈约应属于鲍照一派，并且是继承了鲍体中清怨一脉。许文雨《诗品讲疏》解释说："此谓休文终非经国才，亦如明远之才秀人微，而有清怨之词也。《诗纪别集》六引刘会孟曰：'沈休文《怀旧》九首，杜子美《八哀》之祖也。'"① 这里是以沈约的《怀旧》诗解释"清怨"。《怀旧》共九首，分别怀念九个朋友，如王融、谢朓等，对他们的死于非命，表示极大的悲愤和伤痛。说这样的诗是"清怨"之作，是有道理的。但沈约的"清怨"又不仅限于此，他的一些言志、抒怀之作，更能看出他的"清怨"之气。他的出身及经历实际是很坎坷的，他虽出生于江东世族，但其父沈璞因没有及时响应孝武帝刘骏的平定宫廷内乱而被害，是时沈约年仅十三，逃窜他乡，遇赦得免。以后他发愤读书，精通文史，受到当世注意。入齐以后，沈约渐始发迹。他做过太子家令，与萧齐关系密切，永明年间又成为竟陵王萧子良的"八友"之一。这是一个机会，由此与萧衍建立了友谊，诗酒唱和，甚为相得。由齐入梁，因拥戴之功，萧衍任他为尚书左仆射。但沈约自以为功高望重，有志台司，却未获萧衍同意，怨憾由是而生。写于其时的《郊居赋》便表达了这样的心情，如"伊吾人之褊志，无经世之大方"（《梁书·沈约传》），便是怨词。由于这样的经历，"清怨"之气便是他一部分作品中的特色，与鲍照诗风是接近的，钟嵘所讲的就是这一类作品。

宪章鲍照的内容，并不仅限于此。《南齐书·文学传论》说鲍照一体是"发唱惊挺，操调险急，雕藻淫艳，倾炫心魂。亦犹五色之有红紫，八音之有郑、卫"。这就是《诗品》所称："贵尚巧似，不避危仄，颇伤清雅之调。故言险俗者，多以附照。"所谓"险"，"应当是指能用新奇的想象和独特的语汇创造别开生面的意境"②，这一特色似乎未为沈约继承。在语言的使用上，沈约更强调"三易"（易见事，易识字，易读诵），而反对那种"险仄"的句法和用词。但是鲍照的"俗"的确为沈约所继承。鲍照的"俗"，包括了许多方面，如采用杂言乐府的形式，反映地位低微的人如思妇、游子的生活和思想感情等③。不过，与

---

① 曹旭《诗品集注》引，上海古籍出版社1994年版，第325页。
② 曹道衡、沈玉成《南北朝文学史》，第87页。
③ 参见曹道衡《论鲍照诗歌的几个问题》，载《中古文学史论文集》，中华书局1986年版，第231页。

这些内容相比，他那些"委巷中歌谣"①也还是主要的俗体，并且为沈约所继承、发展。比如鲍照的《白纻歌》之一："朱唇动，素腕举，洛阳少童邯郸女。古称渌水今白纻，催弦急管为君舞。穷秋九月荷叶黄，北风驱雁天雨霜，夜长酒多乐未央。"②鲍照这种作品，可以见出是对清商新乐的学习，"朱唇动，素腕举"与《子夜歌》③中的"朱口发艳歌，玉指弄娇弦"相近，写水乡女郎的婉媚，活泼可爱。沈约对此有继承，但更有发展。以《六忆》为例，宋人刘克庄《后村诗话》说："沈休文《六忆》之类，其亵慢有甚于《香奁》《花间》者。"④其实以《六忆》与乐府民歌相比，也未见怎样的"亵慢"。现以第一首和第四首为例："忆来时，的的上阶墀。勤勤叙离别，慊慊道相思。相看常不足，相见乃忘饥。"（其一）"忆眠时，人眠强未眠。解罗不待劝，就枕更须牵。复恐旁人见，娇羞在烛前。"⑤（其四）再看南朝乐府民歌《子夜四时歌》的《夏歌》之二："反复华簟上，屏帐了不施。郎君未可前，待我整容仪。"以及《秋歌》之四："开窗秋月光，灭烛解罗裳。含笑帷幌里，举体兰蕙香。"⑥两相比较，沈约的诗也并未见有特别的绮思。但是我们再看沈约这样的诗："洛阳大道中，佳丽实无比。燕裙傍日开，赵带随风靡。领上蒲桃乡，腰中合欢绮。佳人殊未来，薄暮空徙倚。"⑦（《洛阳道》）细心的读者已发现此诗采用了不同于《六忆》的写法，即贴近于美人身体衣物的工笔刻画。诗歌不仅写了裙和带，还写了领上的绣和腰中的合欢绮。前者也可以在乐府民歌中找到，后者却是新的表现，它对宫体诗所起的启发作用，超过了《六忆》的艳情内容。这种写法在沈约的《少年新婚为之咏》⑧中，又前进了一步。其中的两句是："裙开见玉趾，衫薄映凝肤。"这已经从美人的衣、饰进而写到肉体了，它远远超过了《六忆》一类诗的虚写，而具有肉感。在《乐将殚恩未已应诏诗》⑨中，沈约又写道："凄锵笙管道，参差舞行乱。轻肩既屡举，长巾亦徐换。云鬟垂宝花，轻妆染微汗。群臣醉又饱，圣恩犹未半。"

---

① 颜延之批评汤惠休语，见《南史·颜延之传》。
② 郭茂倩《乐府诗集》卷五五，《四部丛刊》影汲古阁本。
③ 《乐府诗集》卷四五。
④ 刘克庄《后村集》卷一七三，《四部丛刊》影旧抄本。
⑤ 《玉台新咏》卷五，《四部丛刊》影印本。
⑥ 《乐府诗集》卷四四。
⑦ 《乐府诗集》卷二三。
⑧ 冯惟讷《古诗纪》卷八三，文渊阁四库全书本。
⑨ 《古诗纪》卷八四。

至此，沈约已与萧纲等宫体诗无甚区别了。鲍照、汤惠休开创的艳诗传统，还不失清疏，落笔处惟在精神的愉悦；沈约则更重感官的享受，世俗化也更明显。在《梦见美人》一诗里，他甚至写出了"立望复横陈"①的艳语。因此，由鲍照、汤惠休至宫体，沈约起到的作用，不仅仅是继承一种诗风，更重要的是对这种诗风的加强和深化。

据上所论可知，鲍照"清怨"和"俗"的两种风貌都为沈约所继承，且同时组成了永明体的基本面貌。永明体在形式上是声律化，在内容上则主要由应酬性题材和言情抒怀的题材组成。应酬的作品除一般的公宴等外，还有许多是咏物内容，这其中便有不少合于宫体的作品，比如《玉台新咏》所选"听妓""杂咏"等题目，这表明宫体诗风在永明时已经酝酿其端了。至于言情抒怀的内容，永明诗人除沈约外，如谢朓、范云等都有不少"清怨"的作品传世。尤其是谢朓，他的"清怨"之作其实远远超过了沈约。谢朓一生都是在畏谗忧讥中度过的，而最后的被杀又是由于"畏祸"②，这种情绪便渲染出谢朓诗歌独有的风格。就永明体这两种面貌进行比较，"清怨"之作要占主流，也是赢得时人赞赏的主要原因。可惜谢朓在齐末被杀，永明体的传统主要由沈约、范云、任昉等人由齐而传至梁代了。

范云至梁后颇受梁武帝信任，可惜于天监二年（503）病卒，因此，他的文学创作主要还在齐时。任昉卒于天监八年（509），他前期主要以笔著称，写诗则是晚年的事。《南史·任昉传》说他"既以文才见知，时人云'任笔沈诗'。昉闻，甚以为病。晚节转好著诗，欲以倾沈，用事过多，属辞不得流便，自尔都下士子慕之，转为穿凿，于是有才尽之谈矣"。这说明任昉晚年写诗，本欲超过沈约，他的诗以用典使事为特色，在当时造成了很大的影响。这与钟嵘《诗品序》所批评的相符。钟嵘说："颜延、谢庄，尤为繁密，于时化之。故大明、泰始中，文章殆同书抄。近任昉、王元长等，辞不贵奇，竞须新事。"据此，上述任昉写诗之事似发生于齐末，与王融一起造成了用事之风。后来萧子显《南齐书·文学传论》在批评当日流行的三体时，对谢灵运体、鲍照体均直指其名，惟于用事一体，托名晋人应璩、傅玄。此体在南朝的开始者为颜延年、谢庄，继之者为王融、任昉，萧子显不知为何讳言其名？看来，任昉虽然诗写得并不好，但齐末至梁初由他造成了使事用典之风却是事实。萧子显将之列为三体之一，可见这一派的影响之深。由任昉诗

---

① 《古诗纪》卷八三。
② 张溥《谢宣城集题辞》，殷孟伦注，人民文学出版社1981年版，第196页。

名的崛起，引出了一个问题，"沈诗任笔"① 是世人对沈约、任昉的定评，任昉之不长于诗，在永明年间也是公认的，为什么到了齐末梁初，他突然要写诗，并想以此超过沈约呢？笔者以为这与永明诗风到齐末已开始发生变化有关，这就是使事用典之风的兴盛。

正如钟嵘所说，使事用典之风起于宋泰始、大明之时，至齐末梁初，这一风气又由王融、任昉的写作而弥漫于朝野。从史料看，这一时期的君臣都以博物博事自炫，沈约还因此得罪了萧衍（见《梁书·沈约传》）。同时，为使事用典的方便，编纂类书亦成风气。如刘孝标编《类苑》，梁武帝萧衍即命学士编《华林遍略》，以求压过刘书（见《南史·刘怀珍传》附《刘峻传》），这反映了当时对博事的看重。此风之行又不仅在南朝，北人也极重类书，因此南北朝时类书往往成为商贩们的货物。《北史·祖莹传》附《祖珽传》记有州客携《华林遍略》至北魏请卖，高澄集合抄书人，一日一夜写完，然后退还给州客。后祖珽又偷数帙拿去质钱赌博，被文襄帝杖之四十。这件事说明《华林遍略》部帙大，价格昂贵，连高澄都要做此不光明手脚。类书成为商贩的货物，反映了它受欢迎的程度，也从一个侧面反映了文人对使事用典的喜爱。从以上事实看，这股风气从齐末王融、任昉开始，一直延续了有梁一代。据《沈约传》，沈约与萧衍争知栗有几事，大概发生在沈约去世前不久，即天监十一年（512）至十二年间，又，刘孝标编《类苑》在天监七年之后，梁武帝招人编《华林遍略》在天监十五年，而州客贩卖《华林遍略》则在梁大同（535—546）之后了。然而沈约的博事还未显示在诗歌中，任昉却以此作为自己的特色，以图压倒沈约。在他影响下，梁代诗人有不少表现为"句无虚语，语无虚字"（《诗品序》）。比如王僧孺，《梁书》本传说他"其文丽逸，多用新事，人所未见者，世重其富"。而王僧孺的诗，在这一派中还算是比较好的呢！

使事用典之风以外，梁普通年间又有裴子野一派的"古体"。裴子野撰有《雕虫论》，文学思想比较保守，他的开体立派见于《梁书》本传。据记载，裴子野普通七年（526）受诏作《敕魏文》，深受高祖赏识，"自是凡诸符檄，皆令草创。子野为文典而速，不尚丽靡之词，其制作多法古，与今文体异。当时或有诋诃者，及其末皆翕然重之"（《梁书·裴子野传》）。据此，"古体"一派似流行于普通七年以后。《梁书·刘显传》又载："显与河东裴子野、南阳刘之遴、吴郡顾协，连职禁中，

---

① 《诗品中》云："彦升少年为诗不工，故世称'沈诗任笔'。"

递相师友，时人莫不慕之。"顾协普通六年经萧绎荐举入为通直散骑侍郎，兼中书通事舍人。他与裴子野等人"连职禁中"当于此时。萧纲在中大通三年（531）入居东宫后不久所写的《与湘东王书》中所批评的"京师文体"便有"效裴鸿胪文"一派，可以见出这一派在京师的活动和影响。据《梁书·裴子野传》，与子野同志者，有刘显、刘之遴、殷芸、阮孝绪、顾协、韦棱等人，又有萧励、张缵，每讨论坟籍，亦常折中于子野。古体派诸人有一个特点，即好古爱奇，如刘显识任昉所得之《古文尚书》，刘之遴能校古本《汉书》，这种特点与他们写作上的好古体有一定的相关性。

好古爱奇与使事用典的思想根源应该相同，即都注重博学，正是萧纲所批评的"未闻吟咏情性，反拟《内则》之篇，操笔写志，更摹《酒诰》之作；迟迟春日，翻学《归藏》；湛湛江水，遂同《大传》"（《与湘东王书》）。萧纲提倡的"性情卓绝"正是针对文坛上这一种风气而言。除使事用典及古体派外，齐梁文坛还流行着谢灵运体、鲍明远体、谢惠连体、吴均体等。其中恐以谢灵运与鲍照二体影响最大，也是萧子显所批评"三体"中的两体。谢灵运体于齐初即已流行，《南齐书·武陵昭王晔传》记萧晔学谢康乐体，受到高帝的批评。齐末伏挺为五言诗，亦善效谢康乐体。梁普通年中，他在《与徐勉书》中说："挺诚好属文，不会今世，不能促节局步，以应流俗。"（《梁书·伏挺传》）所谓"促节局步"即指永明体。入梁以后，谢灵运的影响仍然不小，这在萧纲和萧子显的批评中也可从反面见出。其实，即使萧纲在，也未必完全排斥大谢，他曾撰有《谢客文泾渭》一书（《南史·简文帝纪》），看来他对大谢还是下过功夫的。他的诗作中还有一首《和作谢惠连体十三韵》，则是学谢惠连体的明证。可见宫体诗人对京师文体的批评，最主要的还在于开创新体。创新自然要破旧体，于是刘宋以来的元嘉体和当世的古体便成为他们的批评对象。

在上述流行的各体之外，梁天监（502—519）、普通（520—527）年间能够取得成就的诗人，仍然属于永明体一派。就永明体的老一代诗人看，沈约、范云、任昉等也还有创作（任昉至晚年才主要从事诗歌创作，但以使事用典为特色，又与永明诗风略异），其中范云去世很早，卒于天监二年（503），似乎在梁代文坛上没有留下什么痕迹。不过范云对梁代诗人却有培育、提携之功。如他对何逊、刘孝绰、裴子野都多加推奖，这对永明体的发展是做出了贡献的。

梁代诗人深受永明诗风濡染，且取得了成就的有何逊、吴均等人。

何逊诗歌在当时赢得了很大的名声，沈约、范云对他都极为推赏。沈约说："吾每读卿诗，一日三复，犹不能已。"（《梁书·何逊传》）范云则说："顷观文人，质则过儒，丽则伤俗；其能含清浊，中今古，见之何生矣。"（同上）沈、范二人绝非虚誉，何逊诗歌的确合于永明新变体，其特色以"清巧""形似"① 为主，与永明诗人沈约、谢朓比较接近。梁元帝萧绎曾评论说："诗多而能者沈约，少而能者谢朓、何逊。"（《梁书·何逊传》）虽然仅在于赞美，但以三人并提，也多少表明了他们之间的联系。由于钟嵘《诗品》不录存者的体例，故没有指明何逊的诗歌渊源，如果要归类的话，恐与沈约、谢朓是一脉相承的。元人陈绎曾《诗谱》在"律体"一栏中列沈约、吴均、何逊、任昉、阴铿、徐陵、薛道衡、江总等人说："右诸家，律诗之源，而尤近古者，视唐律虽宽，而风度远矣。"② 这是就律体而论，若就风格论，何逊从小谢处出亦不少，他的许多诗句显然从小谢处化来。如"风光蕊上轻，日色花中乱"③ 和"草光天际合，霞影水中浮"④，即受谢朓"日华川上动，风光草际浮"⑤ 的影响；又如"水底见行云，天边看远树"⑥ 也与谢朓"天际识归舟，云中辨江树"⑦ 同一技法；而其"游鱼乱水叶，轻燕逐风花"⑧ 亦显从谢朓"鱼戏新荷动，鸟散余花落"⑨ 来。总的说来，何逊的写景明显带有永明体特色，即自然之中更见精思巧撰，而声韵谐和，字字珠玑，又是永明体的"圆美如弹丸"诗歌理想的表现。

与何逊的"清巧"不同，吴均以"清拔有古气"（《梁书·吴均传》）闻名于世，有学之者，称为"吴均体"。唐人段成式《酉阳杂俎》记庾信出使西魏，"作诗用《西京杂记》事，旋自追改，曰：'此吴均语，恐不足用也。'"⑩ 可见吴均体在当时的影响。《酉阳杂俎》的记载带有故事色彩，不知真实性如何，但梁人纪少瑜确有一首《拟吴均体应教诗》传世。既称"应教"，当为奉命倡和而作，说明吴均体的影响还不小。史书称吴均"清拔有古气"，"古气"在当时并不很受欢迎，又曾因得罪

---

① 王利器《颜氏家训集解》，上海古籍出版社1980年版，第276页。
② 丁福保《历代诗话续编》引，中华书局2006年版，第625页。
③ 《酬范记室云》，李伯齐《何逊集校注》，中华书局2010年版。下引并同。
④ 《春夕早泊和刘谘议落日望水诗》。
⑤ 《和徐都曹》，曹融南《谢宣城集校注》，上海古籍出版社1991年版。下引并同。
⑥ 《晓发诗》。
⑦ 《之宣城郡出新林浦向板桥》。
⑧ 《赠王左丞诗》。
⑨ 《游东田》。
⑩ 段成式《酉阳杂俎》前集卷一二，《四部丛刊》影印本。

梁武帝，所以终其一生也没有得意过。吴均的"古气"表现在他于题材的选择上，如游侠、戍边等以武事为特征的题材，以及通过这些题材表达的建功立业抱负和抱负不能实现的怨气，这都是当时人不欣赏的内容。但是在诗歌传统上，我们看到吴均仍属于永明体诗人，尽管他的诗歌内容及风格带有"古气"。但他所使用的形式，却是典型的永明体。在他的作品中，虽多为乐府以及题为"古意"的诗，也都以短篇居多。他有一些作品的平仄对仗已基本符合格律要求。如果说有区别的话，那就是吴均诗歌气势较强，他的对句不以精巧取胜，而偏重于气势的流动。如"一为别鹤弄，千里泪沾衣"①"高秋八九月，胡地早风霜"②、"报恩杀人竟，贤君赐锦衣"③，即使风格绮靡的《采莲曲》，也有"愿君早旋返，及此荷花鲜"的句子，这看出吴均喜欢使用流水对，取其气势而力避工巧。还有一些对句极高浑，已具唐人气象，如"白云间海树，秋日暗平原"④"白日辽川暗，黄尘陇坻惊"⑤。就某些山水诗看，吴均诗中偶有"轻云纫远岫，细雨沐山衣"⑥"青云叶上团，白露花中泫"⑦一类形似之作，但总的说来，像其他永明诗人"寻虚逐微"的细致写物诗并非很多，这与他喜用气语、壮语、善从大处落笔的写作态度有关。

何逊、吴均以外，属于永明诗风的还有柳恽、王籍等人。柳恽著名的作品有《捣衣》五首，其二为："行役滞风波，游人淹不归。亭皋木叶下，陇首秋云飞。寒园夕鸟集，思牖草虫悲。嗟矣当春服，安见御冬衣。"⑧其中"亭皋木叶下"两句为王融所嗟赏，而被书于斋壁（《梁书·柳恽传》），这说明此诗作于齐末。恽入梁之后，曾经奉和梁武帝《登景阳楼》诗，其中"太液沧波起，长杨高树秋。翠华承汉远，雕辇逐风游"四句深为武帝所美，一时咸共称传（同上）。柳恽同吴均交情颇深，诗风有相同的一面，恐也是一个原因。

王籍与何逊等人相比，生活的时代稍晚，卒于梁末。但他齐末就受到任昉和沈约的称赏。王籍诗学谢灵运，《南史》本传说"时人咸谓康

---

① 《与柳恽相赠答》其五，逯钦立《先秦汉魏晋南北朝诗·梁诗》卷十。下引并同。
② 《胡无人行》。
③ 《结客少年场行》。
④ 《酬别江主簿屯骑》。
⑤ 《酬郭临丞》。
⑥ 《同柳吴兴何山集送刘余杭诗》。
⑦ 《诣周丞不值因赠此诗》。
⑧ 《古诗纪》卷八十九。

乐之有王籍，如仲尼之有丘明，老聃之有严周"。他的名作是《入若邪溪》，作于天监（502—519）后期，全诗八句："艅艎何泛泛，空水共悠悠。阴霞生远岫，阳景逐回流。蝉噪林逾静，鸟鸣山更幽。此地动归念，长年悲倦游。"① 此诗当时影响甚大，以为是"文外独绝"（《梁书·王籍传》）。但这诗的风格很明显从永明体来，而非谢灵运体。

以上是梁天监、普通年间文坛的大致情况，就文学实绩说，既不如齐永明体的辉煌，也不如在此之后的宫体诗有影响。何逊、吴均等人虽取得了较好的成就，但在当时并没有特别引起人们的注意。他们甚至没有能够进入萧统东宫学士的队伍。应该说，太子东宫学士的选拔，都是在当时有盛誉的文人。其实，我们也注意到，即使沈约，他是齐梁时期的文宗，但在钟嵘的《诗品》里还是被置于中品。《南史》本传说钟嵘求誉于沈约，遭到拒绝，所以钟嵘将他置于中品，"盖追宿憾，以此报约也"。这记载恐怕是不实的。一者，《南齐书》不载此事；二者，钟嵘对齐梁诗人的评价都不高。谢朓在当时的声名不下于沈约，且与钟嵘也有交往，但钟嵘仍将他置于中品，可见并不是报复。应该说齐梁时人仍然有贵古贱今倾向，在他们的眼里，当代诗人无论如何还不能与谢灵运等大诗人相提并论。萧统《文选》选诗，也以晋、宋两朝所选诗人和作品为多，说明了齐梁时期总的评价就是如此。此外，永明体的辉煌时期在齐代，入梁之后，当年讨论声律的集团已经解散，主要代表诗人谢朓、王融已去世，接着范云、任昉也相继亡故，沈约坚持到了天监十二年（513），终于也带着遗憾的心情离开了人世。从沈约、任昉等人入梁以后的文学活动看，主要表现在奖掖新人上，他们的晚期创作再也没有掀起又一波永明体的高潮来。尽管天监、普通年间还感受着永明诗风的影响，但也正如萧子显所说"习玩为理，事久则渎，在乎文章，弥患凡旧。若无新变，不能代雄"（《南齐书·文学传论》）。求变创新一直是齐梁文人认可的观念。不独萧子显等人，即使萧统，在《文选序》中也主张要"随时变改"。因此，永明体开辟的新诗传统尽管还在继续，由新变体向格律化发展，但在题材以及手法上，新诗人又不断有所变新。天监十二年沈约的逝世，实际上标志了一个时代的结束。钟嵘《诗品》以他作为收束，或许表现有这样的意思。而萧统《文选》实际上也是以沈约为收录的下限，这似乎都表明当时人以沈约为上一时代文学的标志，而想做一个清楚的总结。说来也是历史的巧合，沈约天监十二年病逝，

---

① 《古诗纪》卷九六。

萧统天监十四年加元服,从此以他为中心组成了一个文学集团,开始了这一时期的文学活动。在这个集团里,主要的代表作家是刘孝绰、王筠等人,他们继承了永明体的传统,但更多地表现出他们自己的面貌,显示了与齐文学的区别。

第三节　萧统东宫学士的文学观及创作实绩

萧统天监元年(502)被立为皇太子,是年二岁,武帝为立官属,当时一些有名望的人如范云、王暕、褚球等都入东宫任职。其后东宫官属几经选择,如天监六年诏革选家令,天监七年诏革选中庶子①,名德之人多入东宫,如萧宏任太子太傅,沈约任太子少傅等皆是。南朝时东宫官属为四海瞻望(《宋书·王敬弘传》),与西晋已有不同②。《梁书·庾於陵传》载:"旧事,东宫官属,通为清选,洗马掌文翰,尤其清者。近世用人,皆取甲族有才望。"因此萧统东宫可谓汇聚一时名贤。至于学士,六朝时期无定员、无定品,萧统东宫何时设置,亦无明文。然《梁书·殷钧传》记:"东宫置学士,复以钧为之。"又《梁书·明山宾传》记:普通四年(523),"迁散骑常侍,领青、冀二州大中正。东宫新置学士,又以山宾居之,俄以本官兼国子祭酒"。据此,萧统东宫置学士似始于普通四年。又据《梁书·王规传》记:"敕与陈郡殷钧、琅邪王锡、范阳张缅同侍东宫,俱为昭明太子所礼。湘东王时为京尹,与朝士宴集,属规为酒令。规从容对曰:'自江左以来,未有兹举。'特进萧琛、金紫傅昭在坐,并谓为知言。"

这事发生在王规丁父忧之后,规父骞普通三年(522)卒,南朝服忧为二十七个月,则此事当为普通五、六年间事。这也与时为金紫光禄大夫的傅昭身份相合(昭普通五年为金紫光禄大夫)。但称萧琛为特进,恐是误记,因为萧琛至大通二年(528)才加特进。为什么不可能是大通年间的事呢?又因为湘东王萧绎在普通七年已解丹阳尹,此事只能在普通七年以前。如上所言,萧统东宫置学士,史书有记载者为普通四年以后事。

然而萧统置学士绝非如此之晚,《梁书·王筠传》记:"昭明太子爱文学士,常与筠及刘孝绰、陆倕、到洽、殷芸等游宴玄圃,太子独执筠袖抚孝绰肩而言曰:'所谓左把浮丘袖,右拍洪崖肩。'其见重如此。"

---

① 见《文献通考》卷六〇,商务印书馆《万有文库》本,第545—546页。
② 《晋书·阎缵传》记缵上表陈选择东宫师傅,宜选寒苦之士。

这里明以王筠、刘孝绰、陆倕等人作为学士看待。此事当发生在萧统加元服，即天监十四年（515）之后。其实南朝时学士无定品亦无定员，与唐以后不同。东宫官属以文义被引用，大概都可称为学士。不独太子，诸王亦可置学士，如《梁书·张率传》载："天监初，临川王已下并置友、学。"如是同于东宫也应置学士。又如萧纲在雍州以庾肩吾等十人为高斋学士，后人并由此附会为萧统的十学士，对此近人已经驳正①。但"十学士"之名颇有诱惑力，有的研究者还是愿意根据宋人邵思《姓解》重新确定萧统的十学士。但邵思《姓解》（《古逸丛书》本）所开列的十学士名单仅有七人：刘孝绰、张率、张缵、张缅、到洽、陆倕、王筠，另外的三人，据屈守元先生所说为王锡、谢举、王规②。其实邵思此说并不可信。他的根据是《南史·王锡传》："时昭明太子尚幼，武帝敕锡与秘书郎张缵使入宫，不限日数。与太子游狎，情兼师友。又敕陆倕、张率、谢举、王规、王筠、刘孝绰、到洽、张缅为学士，十人尽一时之选。"这一记载显然与《梁书》不一样，当是唐人的附会之辞。从十人的行履看，不存在一起出为萧统东宫学士的可能。因为从《梁书·王锡传》及《张缵传》看，此事应发生在天监十四年（515）。《梁书·王锡传》记："（锡）十四举清茂，除秘书郎，与范阳张伯绪（缵）齐名，俱为太子舍人。丁父忧，居丧尽礼。服阕，除太子洗马。时昭明尚幼，未与臣僚相接。高祖敕：'太子洗马王锡、秘书郎张缵，亲表英华，朝中髦俊，可以师友事之。'"王锡十四岁时是天监十一年，其后丁父忧到服阕要到天监十四年始被任太子洗马。但据《张缵传》记，缵起家秘书郎，时年十七，这时应是天监十四年。缵在秘书郎任上"数载"，才迁太子舍人，因此《梁书·王锡传》说锡天监十一年就与张缵俱为太子舍人的记载有误。实际上是王锡服阕后任太子洗马，与时为秘书郎的张缵同为萧统友。张缵转太子舍人还要在天监十四年"数载"之后。假使是三年的话，也得到天监十七年，张缵才迁为太子舍人。不管怎么说，天监十四年萧统加元服之后的确设置了学士，《梁书·王筠传》所记萧统执筠袖、抚孝绰肩的故事也发生在这一年。如果说萧统东宫设置了学士，并且开始了文学活动，如《梁书·昭明太子传》所说："引纳才学之士，赏爱无倦。恒自讨论篇籍，或与学士商榷古今；闲则继以文章著述，率以为常。"这当是事实，但如果一定要标出"十学士"之名，恐是附会。因为这十人之中张率天监十四年并不在

---

① 参见高步瀛《文选李注义疏》，中华书局1985年版，第5—6页。
② 参见屈守元《文选导读》，巴蜀书社1993年版，第22页。

京师。《梁书·张率传》记张率天监年间的仕履是：天监四年，丁父忧去职；至七年，敕召出；八年，晋安王萧纲成石头，以率为云麾中记室；天监十三年，王为荆州，复以率为宣惠谘议，领江陵令。自此以后，张率一直随萧纲在外，从天监八年张率为萧纲僚属，前后共十年。待其还都任太子仆时，已经是天监十八年了。因此"十学士"之说实际是不存在的。

"十学士"之名虽无，萧统与诸学士的文学活动却实际存在着，即上引《梁书》所说讨论篇籍、商榷古今和文章著述等事。《梁书·昭明太子传》又说："于时东宫有书几三万卷，名才并集。文学之盛，晋、宋以来未之有也。"在这样的背景里，萧统东宫学士实际上起到了领导文学创作潮流的作用。从史书的记载看，东宫学士的核心人物当是刘孝绰、王筠。据《梁书·刘孝绰传》记："孝绰辞藻为后进所宗，世重其文，每作一篇，朝成暮遍，好事者咸讽诵传写，流闻绝域。"又《梁书·王筠传》记筠"少擅才名，与刘孝绰见重当世"。东宫学士为天下瞩目，尤其是东宫学士的文学活动形成于天监十四年（515），即昭明太子加元服之后，其时老一代永明体诗人多已谢世，能够领导潮流的自然就是刘孝绰、王筠他们了。

刘孝绰父亲刘绘，曾预竟陵王萧子良西邸之游，为后进领袖，是永明体诗人，《南史·刘绘传》说他"音采赡丽，雅有风则"，刘绘对永明声律理论当很精通。不止于此，《诗品序》还说他曾想著当世《诗品》，以批评当时创作的混乱之风，可惜未能完成。刘绘的创作与批评意见应当影响到刘孝绰。除他父亲之外，其舅王融是竟陵八友之一，对声律更有造诣，钟嵘《诗品序》记录了王融对于声律的一些意见，并说王融想作《知音论》，"未就而卒"。王融对刘孝绰也极尽栽培之事，很小便同车载他以适亲友，多加提携。而刘绘、王融的诗歌同志沈约、任昉、范云也都对绰青睐有加，由此可以见出刘孝绰的文学思想及写作都与永明体有着密切的关系。刘孝绰算是出身将门，而王筠却是琅邪王氏，其从叔即是王融。王筠少有重誉，尤得沈约的称赏。《梁书·王筠传》记："尚书令沈约，当世辞宗，每见筠文，咨嗟吟咏，以为不逮也。尝谓筠：昔蔡伯喈见王仲宣称曰：'王公之孙也，吾家书籍，悉当相与。'仆虽不敏，请附斯言。自谢朓诸贤零落已后，平生意好，殆将都绝，不谓疲暮，复逢于君。"谢朓是沈约的知己，其创作才能深为约叹服，自谢朓、王融等人死后，沈约一直感受着寂寞与悲哀，他创作的《怀旧诗》九首就是这种情感的流露。当他于晚年得识王筠之后，竟能产生这样的兴奋,可见王筠确继承了永明体的诗脉。同传还记王筠读沈约《郊居赋》,音律正合沈约的要求,把这位老诗人激动得"抚掌欣抃"。他说:"知音者希,真赏殆绝,所以相要,正在此数句耳。"这都说明王筠深得永明声律的三昧了。然而天监年间的新诗人们,最终也没有像他们的父辈那样在文坛上制造出轰动的影响,甚至连永明诗人津津乐道的声律理论,也未见有特别的宣传。值得注意的是,永明诗人是一个很鲜明的文学集团,有诗歌理论,有创作实践,而在天监年间以后的宫体诗人也是一个很鲜明的集团,有理论,有实践,还编出一部代表宫体观点的诗歌总集——《玉台新咏》。那么萧统的东宫学士是否可以算得上文学集团呢?要说理论,似乎也有,要说集团,也能圈出人员,但与永明诗人和宫体诗人相比,总是不那么集中、鲜明。不过,他们的确编出了几部很不错的书,如《古今诗苑英华》《文章英华》和《文选》等。其中《文选》价值远远超过了《玉台新咏》。但是《文选》能否作为一个文学集团宣扬宗旨的文集呢?因此,与永明诗人和宫体诗人相比,这一时期的文学活动并不那么张扬和突出。从他们的文学主张看,也不像永明和宫体诸人那样强烈要求新变。相比之下,他们更要求文质彬彬的儒雅风格。

公开宣扬其文学主张的主要是刘孝绰《昭明太子集序》和萧统的《答湘东王求文集及〈诗苑英华〉书》。《昭明太子集序》当作于普通三年(522),因为文中有"粤我大梁之二十一载"的话。《梁书·刘孝绰传》记:"太子文章繁富,群才咸欲撰录,太子独使孝绰集而序之。"这一记载与刘孝绰的《序》是相符的。《序》中表达其文学主张的话是:"窃以属文之体,鲜能周备。长卿徒善,既累为迟;少孺虽疾,俳优而已。子渊淫(疑当作'浮')靡,若女工之蠹;子云侈靡,异诗人之则。孔璋词赋,曹祖劝其修今;伯喈笑赠,挚虞知其颇古。孟坚之颂,尚有似赞之讥;士衡之碑,犹闻类赋之贬。深乎义者,兼而善之:能使典而不野,远而不放,丽而不淫(浮),约而不俭。独擅众美,斯文在斯。"这段话前半部分表达了刘孝绰对辨体的认识,与曹丕《典论·论文》所说"唯通才能备其体"的观点相似。刘孝绰这里是赞扬萧统具有通才,诗、赋、书、铭、七、表等皆能曲尽文情。萧统是否通才暂置不论,刘孝绰这里提出了他的文学主张是"典而不野,远而不放,丽而不淫(浮),约而不俭"。典和野、远和放、丽和淫(浮)、约和俭,分别是四对相近的概念,刘孝绰强调前者,反对后者,表达了一种比较折中的文学观。以"典"和"野"说,"典"指典正,"野"指质朴,《论语·雍也》有"质胜文则野"的说法,说明"野"指质过于文。在六朝人眼里。典正不华丽，便容易流于野。钟嵘《诗品》评左思是"文典以怨……虽野于陆机，而深于潘岳"，可见左思的"野"是由"典"带来的。萧统《答湘东王求文集及〈诗苑英华〉书》中说"文典则累野"，正指出了"典"和"野"之间的关系。再以"远"和"放"为例，"远"应该指作文不能太拘谨，"放"则有"放荡"的意思，与萧纲提倡的"文章且须放荡"意思相近，刘孝绰这里提倡要"远"而不"放"，文学主张已与萧纲有了区别。根据刘孝绰的这个文学主张，可见他的理想与永明诗人和宫体诗人都有区别，而较趋近于折中。

和刘孝绰观点相同，萧统《答湘东王求文集及〈诗苑英华〉书》中也表达了同样的主张。他说："夫文典则累野，丽亦伤浮，能丽而不浮，典而不野，文质彬彬，有君子之致。"此文既称"答湘东王求文集"，则表明作于刘孝绰为他编集之后。在萧统的东宫学士中，刘孝绰算是追随他最紧密的人，文学主张也与他完全一致，所以萧统让绰为自己编文集，并且如《古今诗苑英华》《文选》等编辑工作也都让其主持，这表明二人的关系的确非同一般。

萧、刘之外，王筠在《昭明太子哀册文》① 中则表达了这样的文学观："吟咏性灵，岂惟薄伎；属词婉约，缘情绮靡。"这一观点与萧纲、萧绎、萧子显所说的"情性"相近。"情性"之说颇为南朝人所喜好，不仅提倡，还往往以此作为批评标准，如萧子显《南齐书·文学传论》就批评谢灵运一体"酷不入情"。至于"缘情绮靡"显是陆机《文赋》中语，陆机这一对于诗歌规定的要求，也为南朝人所接受。王筠之外，又如萧子范《求撰昭明太子集表》称赞萧统的撰述，也用了"缘情体物"之语。

萧统、刘孝绰的文学思想反映了天监、普通年间的美学观，即崇尚文质彬彬的温厚雍容风格。《颜氏家训·文章》以何逊与刘孝绰作比较，说明了当时的风尚："何逊诗实为清巧，多形似之言；扬都论者，恨其每病苦辛，饶贫寒气，不及刘孝绰之雍容也。"扬都即指建邺，这个议论反映了当时人不喜欢清巧、形似的风格，这恐与天监年间安康、祥和的政治环境有关。刘孝绰编《古今诗苑英华》仅收何逊两篇，一方面固然是他的猜忌心理，另一方面也因为何逊诗风不合当时的审美要求。从这一点也可见出天监年间的文坛与永明文学相比有了一些变化，这是值得我们注意的。

---

① 《全梁文》卷六五，第 6675 页。

在萧统东宫学士中，能够系统阐述文学批评观念的，当然是刘勰。但《文心雕龙》写作于齐末，而刘勰天监十七年（518）左右才入东宫为通事舍人，所以《文心雕龙》不能作为东宫学士的成果。此外，虽然史书说刘勰深受昭明太子的爱接，但并没有明确材料显示出他在东宫中的文学活动，他的文学思想是否对萧统、刘孝绰等人产生影响，还很难说。关于《文心雕龙》与《文选》间的关系，将留待下编第三章第二节讨论，此处不作评述。

就史料的记载看，萧统、刘孝绰的文学思想在天监、普通年间是产生了影响的。如萧统在给其弟湘东王萧绎的信中阐明了自己的文学思想，萧绎后来在《内典碑铭集林序》中显然也接受了萧统的说法。他说："夫世代亟改，论文之理非一；时事推移，属词之体或异。但繁则伤弱，率则恨省。存华则失体，从实则无味。或引事虽博，其意犹同；或新意虽奇，无所倚约。或首尾伦帖，事似牵课；或翻复博涉，体制不工。能使艳而不华，质而不野，博而不繁，省而不率，文而有质，约而能润，事随意转，理逐言深，所谓菁华，无以间也。""艳而不华"以下文学理想的阐述，与萧统的"丽而不浮，典而不野"正相一致。而"繁则伤弱"一段对几种文学风格的批评，也显示出萧绎并不是很激烈的变革者，这正与萧统、刘孝绰一样。

天监、普通年间的文学风尚在萧统的主持和影响下，还发生了一较为显著的变化，那就是对恬淡之心的赞扬，以及由此而来的对陶渊明的欣赏。萧统在《答晋安王书》①中说："知少行游，不动亦静。不出户庭，触地丘壑。天游不能隐，山林在目中。冷泉石镜，一见何必胜于传闻；松坞杏林，知之恐有逾吾就。静然终日，披古为事。"萧统的喜爱山林丘壑是经常形诸笔端的，如《钟山解讲诗》说"伊余爱丘壑"。在他的诗歌里也的确有不少写景清新的佳句，如"舒华匝长阪，好鸟鸣乔枝"（《和武帝游钟山大爱敬寺诗》），"落星埋远树，新雾起朝阳""涧斜日欲隐，烟生楼半藏"（《开善寺法会诗》），"暾出岩隐光，月落林余影"（《钟山解讲诗》），"霜流树条湿，林际素羽翾"（《玄圃讲诗》）等。但是萧统的爱丘壑与其他山水诗人不同。其他人可以踏山寻水，而萧统拘于身份，只能在宫内和京内活动。所以萧统一些写得较好的诗歌，不是一般的山水题目，而是与佛会有关的题材。这是外部条件对他的限制。主观上，萧统也主张以静为主，即上文所说"不动亦静。不出户庭，触地

---

① 《全梁文》卷二〇，第6127—6128页。

丘壑。天游不能隐，山林在目中。冷泉石镜，一见何必胜于传闻"。《梁书》本传说他"性爱山水，于玄圃穿筑，更立亭馆，与朝士名素者游其中"，他的山水天地主要集中在宫廷以内，并由此形成了他的审美观。与萧统的意愿相同，萧绎在《金楼子·立言》中称自己上愿是尽忠尽力以报国家，"次焉则清酒一壶，弹琴一曲，有志不遂，命也如何。脱略刑名，萧散怀抱，而未能为也"。恬淡之心，确然可见，但我们可以相信萧统，却绝不可以相信萧绎，他绝非恬淡之人。不过他既然表示了这样的意愿，表明恬淡的人生还是受到赞扬的。与这一思想相适应，陶渊明在这时开始受到了注意，并得到很高的评价。

　　陶渊明在晋宋之时，似乎并不受重视，后人往往为他鸣不平，然而实际考察当日的评价规则，陶渊明并非如后人所说的那样完全受到冷落。后人主要的依据是钟嵘《诗品》仅将他置于中品，《文选》仅收他八首诗和一篇文章，《文心雕龙》更是不置一词。的确，《诗品》将陶渊明置于中品，与他的成就和地位并不相称，但是魏晋南北朝时期的文学评价最推崇的是曹植、陆机、谢灵运，其次如刘桢、王粲、阮籍、潘岳、左思、张协等，这是公论。陶渊明在当时的影响不仅不如上述各人，甚至不如颜延之、沈约，因此，钟嵘将他置于中品，与沈约同列，在当时已经是不错的评价了。至于《文心雕龙》对陶渊明的不置一词，实际上是由该书的批评体例所决定的。《文心雕龙·才略》说："宋代逸才，辞翰鳞萃，世近易明，无劳甄序。"明确表示对刘宋诗人不作评价。事实上《明诗》一篇论到刘宋时，遂用"宋初文咏，体有因革，庄老告退而山水方滋；俪采百字之偶，争价一句之奇；情必极貌以写物，辞必穷力而追新：此近世之所竞也"一段概论带过，不涉及具体诗人。在南朝人眼里，陶渊明卒于宋元嘉四年（427），自然要算宋人，沈约《宋书》因此收入《隐逸传》。基于这个原因，《文心雕龙》自然不会对他加以评价。不过，《诗品》《文心雕龙》以及《宋书》都是齐梁人所作，在陶渊明生活的东晋和宋初，他所受到的冷落更要超过齐梁。陶渊明至齐梁（尤其是天监以后）受到关注和重视，当与萧统、萧纲、萧绎的赞扬有关。

　　萧统喜爱陶渊明，是人所共知的。他不仅亲为陶渊明编集、写序，又亲自写了一篇声情并茂的《陶渊明传》，对陶渊明的人和文都给予极高的评价。在萧统的作品中，他也一再使用陶渊明的典故，如《锦带书十二月启》[①]中的《夹钟二月》说"寻五柳之先生"，《南吕八月》说

---

① 《全梁文》卷一九，第6123—6126页。

"更泛陶公之酌",《中吕四月》说"并挂陶潜之柳"等,表示他对陶渊明人品的向往。案萧统《锦带书十二月启》,《四库全书总目》认为"不类齐梁文体",疑为伪作。然无确证,今姑置不论。萧统的两个弟弟萧纲和萧绎也同样喜爱陶渊明,萧绎在《金楼子·戒子》中特地引了陶渊明的《与子俨等疏》,表示赞赏,又在《全德志论》中说:"虽坐三槐,不妨家有三径;但接五侯,不妨门垂五柳。"① 也表示了对陶渊明人品的向往。至于萧纲,亦有过之。《颜氏家训·文章》记刘孝绰喜爱谢朓诗,"常以谢诗置几案间,动静辄讽味。简文爱陶渊明文,亦复如此"。这样看来,萧氏三兄弟都非常服膺陶渊明。其实在他们之前,他们的叔父安康王萧秀已经作出了表率。《梁书》本传记天监六年(507)萧秀出任江州刺史,"及至州,闻前刺史取征士陶潜曾孙为里司。秀叹曰:'陶潜之德,岂可不及后世!'即日辟为西曹"。萧统兄弟未必一定是受到乃叔的影响,但这表明陶渊明至梁时已经为人们所关注了,他的诗风也逐渐为人们所理解和接受。

  以上是天监、普通年间文学思想的大致情况。与此相适应,这一时期的文学创作也以雍容温和为追求。从现存诗歌的数量看,萧统东宫学士中仍以刘孝绰、王筠、张率等存诗较多,其余如到洽、王规、王锡、张缵等人均存数首,这在南朝诗人中是很少见的了。甚至陆倕,曾为"竟陵八友"之一,现存也仅四首,而且没有什么特色。萧统身为太子,自为领袖,不仅文学思想的倡导上是如此,创作上也完全符合他倡导的诗风。据逯钦立《先秦汉魏晋南北朝诗》收录,萧统现存二十五首,其中《林下作妓诗》《拟古诗》等,《玉台新咏》题作萧纲。徐陵是当时人,所说应当可信。而这两首又恰是萧统现存诗歌中仅有的艳体,这与他的立身行事和文学思想不相符合。当然,文学思想并不一定和创作实践一致,如刘孝绰与萧统文学思想一致,却写了不少艳体诗。不过以刘孝绰与萧统比较,刘孝绰的行为却不很检点。普通六年(525)他受到到洽的弹劾,就被史书评为"中冓之为尤,可谓人而无仪者矣"(《南史·刘勔传论》)。萧统的诗,规模较大,与新变体不同,显示了他作为储君的雍容风度。刘孝绰是东宫学士中最突出的诗人,《梁书》本传说他"辞藻为后进所宗,世重其文。每作一篇,朝成暮遍,好事者咸讽诵传写,流闻绝域",可见他是领导一时潮流的诗人。据《颜氏家训》,刘孝绰诗风以雍容为特色,与何逊的清巧不同。何逊除了清巧不合当时的审

---

① 《全梁文》卷一七,第 6098 页。

美思潮外，时人还批评他"每病苦辛，饶贫寒气"（《颜氏家训·文章》），应该说这是何逊不受当时人欢迎的主要原因。这是一个很奇怪的事，何逊诗歌受到沈约、范云以及萧绎的称赞和喜爱，却不受"扬都论者"的好评，他的遭遇说明了萧统、刘孝绰在天监年间倡导的诗风确与永明体有一定的区别。何逊的"贫寒气"与他本人的出身及遭遇有关，但"诗穷而后工"，何诗正因此而具有价值，可惜这一点却不被时人所接受。刘孝绰平生其实也有不少挫折，《梁书·刘孺传》说他与刘孺、刘苞齐名，但"孝绰数坐免黜，位并不高"，这一点在刘孝绰诗中也多有反映，并且构成了刘孝绰诗歌最有价值的内容。以这些诗歌与何逊的诗相较，其"病苦辛"处也不在少，而时人却没有读出"贫寒气"，恐还是与二人的出身背景不同有关。刘孝绰受昭明太子的器重，甚至后来虽经到洽弹劾，武帝萧衍、晋安王萧纲、湘东王萧绎，下至大臣如徐勉都亲加慰问，这种待遇，何逊自然享受不到，因此二人在遭受挫折时的感觉自然也就不一样。加之孝绰居东宫时日多，不病"苦辛"的作品多于病"苦辛"的作品，所谓"雍容"之评也就很容易产生了。与萧统不同的是，刘孝绰写有不少艳体诗，与他同时的张率、王筠等人也都作有艳诗，这说明自沈约以来的艳诗传统已得到了加强，为后来宫体诗的产生作了铺垫。

从以上所述萧统东宫学士的文学观和创作实绩看，天监、普通年间的文学在萧统、刘孝绰等人的倡导下，追求着雍容闲和的诗风，与以前的永明文学和后来的宫体文学都是既有联系，又有区别，表明了这一时期独有的面貌。

下 编

《文选》的编纂及文本研究

第 一 章
《文选》的编纂

第一节 《文选》的编者及编纂年代考论

《文选》的编者问题,自南朝以迄近代,基本没有疑问。在南朝时没有疑问,是因为没有人把它当作问题,即使萧统没有参加这一工作,但既然有他的衔名,又有他作的序,则称作萧统《文选》,并无不适。上编第一章第三节叙述当时编著衔名的情形可以说明这一点。南朝以后的没有疑问,则出自后人对史书记载的信从。萧统编辑《文选》,先见于《梁书》本传,其后见于《南史》和《隋书·经籍志》,再后来的史志无不遵从。但是,这个说法近年来遭到了质疑。日本学者清水凯夫教授于 1976 年在《〈文选〉编辑的周围》[①]一文中首先提出《文选》的实际编纂者是刘孝绰,1984 年他又在《〈文选〉撰(选)者考》[②]一文中强调了这一观点。在中国,曹道衡、沈玉成先生在 1988 年国际"文选学"讨论会上所提交的论文《有关〈文选〉编纂中几个问题的拟测》,也提出刘孝绰协助萧统编纂《文选》的观点。在清水先生的文章中,他主要是根据梁代抄书撰述的实际操作情况以及《文选》收录《广绝交论》来立论的。在关于梁代抄书撰述的分析中,清水凯夫教授指出:"记为撰者的皇帝、王公贵族不在担任实际撰录的文人之列。"以此类推,《文选》的编者昭明太子也不属于实际撰者。关于《文选》收录《广绝交论》的分析,作者认为是刘孝绰为报复到洽而为。因为刘孝标的《广绝交论》是痛斥受过任昉好处的到氏兄弟对任昉后人不愿赡恤的忘恩行为。这两种根据,在清水凯夫教授 1984 年发表的《〈文选〉撰(选)者考》一文中又得到了强调。其实,刘孝绰参加《文选》的编纂,史料是有记载的,最早见于日僧空海的《文镜秘府论·南卷·集论》:

[①] 载(日)清水凯夫《六朝文学论文集》,韩基国译,第 31—46 页。
[②] 载《六朝文学论文集》,第 1—18 页。

"或曰：晚代铨文者多矣。至如梁昭明太子萧统与刘孝绰等撰集《文选》，自谓毕乎天地，悬诸日月。然于取舍，非无舛谬。方因秀句，且以五言论之，至如王中书（王融）'霸气下孟津'及'游禽暮知返'，前篇则使气飞动，后篇则缘情宛密，可谓五言之警策，六义之眉首。弃而不纪，未见其得。"[①] 另一记载是宋王应麟《玉海》卷五四引《中兴书目》所说："《文选》，昭明太子萧统集子夏、屈原、宋玉、李斯及汉迄梁文人才士所著赋、诗、骚、七……行状等为三十卷。"文末注云："与何逊、刘孝绰等选集。"《文镜秘府论》引文下有"皇朝学士褚亮"的话，当是唐人无疑，王利器先生《校注》引铃木虎雄之说以为是元兢的《古今诗人秀句序》，唐人所距时代不远，其说值得考虑。至于南宋的《中兴书目》称何逊亦为编者，不知有何依据。普遍的意见是，《文选》下限止于普通七年（526），而何逊早已去世。所以对《中兴书目》的这一说法，学界一般持否定态度。那么《文选》的编者究竟是怎样的情形呢？这里先来讨论刘孝绰的作用。

清水凯夫教授的观点发表后（以1989年在中国翻译出版为准），遭到了国内学者的强烈反对，代表者为扬州师范学院的顾农先生和四川师范大学的屈守元先生。顾农先生的《与清水凯夫先生论〈文选〉编者问题》，发表在《齐鲁学刊》1993年第1期上，顾文针对清水教授论证的几个依据：《文选》不收何逊诗反映了刘孝绰对何逊的忌避；《文选》收录《头陀寺碑文》是刘孝绰借以慰藉不幸陷于恶名被杀的刘谊亡灵；《文选》收录《广绝交论》是刘孝绰借以报复到洽兄弟；《文选》收录徐悱的诗表现了刘孝绰的徇私情，因为刘孝绰是徐悱妻兄等，一一进行了批驳。屈守元先生的批评以《"新文选学"刍议》[②]为代表。屈文从八个方面向清水教授发难，围绕的问题与上述顾文的批评差不多。从顾文和屈文来看，他们都反对清水教授关于《文选》的实际编者是刘孝绰的观点。应该说这些批评有一定的道理，尤其是清水教授为证明自己的观点，又在全部《文选》的作品选目中费力地论证刘孝绰与它们的关系时，这种批评更显得是必要的。因为如果按照清水教授在后来的维护性研究论文中所说的那样，《文选》反映了刘孝绰强烈的个人倾向，那么《文选》就是一部十足的谤书了。但是，根据清水教授最初的研究，他所依据当时抄书撰述的实际情况以及刘孝标文章入选的可疑之处，又并

---

① 卢盛江《文镜秘府论校笺》，第457页。
② 载中国文选学研究会、郑州大学古籍整理研究所编《文选学新论》，中州古籍出版社1997年版，第51—60页。

非没有道理。关于前一问题，在上编第一章第三节也作了一个专门的研究，我们的结论是当时编著的实际撰人情况还是比较复杂的。以帝、王、太子这一身份而论，也并不完全是只由他们下达编辑的命令，而把实际编辑工作委任给臣下。但是不可否认的是，有许多署名的人并非实际编撰者。此外，当时人对有些书的称名往往也有不一的情况。我们认为研究汉魏六朝实际撰人的问题，萧绎是一个提供了解决问题的关键人物。萧绎一生著书极多，仅《隋书·经籍志》就著录了十五种，《梁书》本纪记载八种。据《梁书》本纪记载，萧绎"既长好学，博总群书，下笔成章，出言为论，才辩敏速，冠绝一时。……性不好声色，颇有高名，与裴子野、刘显、萧子云、张缵及当时才秀为布衣之交，著述辞章，多行于世"。在《金楼子·立言》一篇中，萧绎在借答裴子野问的机会，阐述了他不愿让宾客代笔的内衷，从这些记载看，萧绎著书可信程度是超过了萧统的。假使现在发现了萧统也有一篇类似《立言》的自白，那么关于《文选》的编者问题基本上就可以不要争论了。但是事实并非如此，因为，以萧绎为例可证，即使如萧绎所说他不愿让学士代为著书，《梁书》本纪和《金楼子》记载的著作中仍有许多不是他自己所作。根据《金楼子·著书》篇萧绎的编著目录，在《隋志》中著录为萧绎著作的有十五种，其中仅有七种是萧绎所著，在《梁书》本纪记载的八种书中，仅有一种萧绎明称自撰，这个实际情况与我们仅从《隋志》和《梁书》本纪所得到的结论相差还是很远的。以萧绎之例推论萧统，说《文选》有可能不完全是萧统手编，这一观点在当时的编撰背景中是可以成立的。

  史书所记萧统的著作，有的可能是刘孝绰所编，支持这一观点的最重要依据是《颜氏家训·文章篇》的一段记载。颜之推在叙述了刘孝绰忌何逊之后，说他"又撰《诗苑》"，对此，清水凯夫认为即萧统《古今诗苑英华》的省称。如果确然，则是史书明标萧统的作品而实为刘孝绰所撰的证据。对这一说法，屈守元先生批驳说："寻《南史》称萧统集五言诗之善者为《英华集》三十卷，《梁书》则称统撰《文章英华》三十卷。是《英华集》为两种，其省称皆宜称'英华'，不得云'诗苑'。统《答湘东王求文集及〈诗苑英华〉书》即云：'往年因暇，搜采《英华》。'未尝以'诗苑'为省称，此说明刘孝绰集《诗苑》，另是一书，不与萧统《诗苑英华》相干。《隋志》著录孔逭辑有《文苑》，安知孝绰不效之而辑《诗苑》乎？"[①] 屈先生的反驳多了些意气和推测，其实清

---

① 《文选学新论》，第58页。

水教授的判断是有道理的,今有一充分证据可以证明。唐人刘孝孙有《沙门慧净〈诗英华〉序》①,称慧净"自刘廷尉所撰《诗苑》之后,纂而续焉",刘孝绰作过廷尉卿,故称。此处的《诗英华》当与《颜氏家训》所说为同一书,也即《古今诗苑英华》。因为慧净的书既称《续古今诗苑英华》,则此处的《诗英华》只能是《古今诗苑英华》。对此,俞绍初先生又有不同意见,他说:"据宋以前书目著录,唐僧惠净撰有《续古今诗苑英华》十卷。《郡斋读书志》称此书上起于梁大同,下迄于唐贞观间,刘孝孙为之序。今检《全唐文》卷一四五(案,当为一五四)载刘孝孙《沙门慧净〈诗英华〉序》,其云:'自刘廷尉所撰《诗苑》之后,纂而续焉。'是知慧净为续刘廷尉《诗苑》而编是集。刘廷尉指刘孝绰,曾任廷尉卿,可见此《诗苑》亦即《颜氏家训》所谓刘孝绰所撰之《诗苑》。而慧净之续书既起于大同,则《诗苑》当止于中大通,不然,二者便不相衔接。由此推知,刘孝绰所撰《诗苑》必非昭明《诗苑英华》之旧,疑是孝绰在大同中遵昭明遗命在原书基础上续加修订而成者,故何逊诗二首始得以补入其间。"②俞先生的推论虽有道理,争奈慧净续书之名已明称"续诗苑英华",所以刘孝绰《诗苑》只能是《诗苑英华》一书。

关于慧净的《续古今诗苑英华》,两《唐志》并著录为二十卷,但《大唐新语》《郡斋读书志》《玉海》均以为十卷。《郡斋读书志》称其书"辑梁武帝大同年中《会三教编》至唐刘孝孙《成皋望河》之作,凡一百五十四人,歌诗五百四十八篇,孝孙为之序"③。《玉海》④的记载稍有不同,卷五四"唐续古今诗苑英华"条说:"书目十卷。唐僧惠净集梁大同至唐永徽合一百五十四人,诗五百四十八首,以续刘孝孙《古今类聚诗苑》。"这里将慧净的书作为刘孝孙《古今类聚诗苑》的续书,当是误记。因为刘孝孙的《序》,明称为续刘孝绰的《诗苑》。这两种记载都出自宋人,唐刘肃《大唐新语》卷九《著述》篇称:"贞观中,纪国寺僧慧静,撰《续英华诗》十卷,行于代。慧静尝言曰:'作之非难,鉴之为贵。吾所搜拣,亦《诗》三百篇之次矣。'慧静俗姓房,有藻识,今复有《诗编》十卷。与《英华》相似,起自梁代,迄于今朝,以类相

---

① 载《全唐文》卷一五四,清嘉庆内府刻本。
② 俞绍初《昭明太子萧统年谱稿》,1995年国际《文选》学讨论会论文,第39页。
③ 晁公武《郡斋读书志》卷四下,《四部丛刊》三编影印本。
④ 清光绪浙江书局刊本。

从。多于慧静所集，而不题撰集人名氏。"① 案，文中"与《英华》相似"的主语当指《续英华》，然文末又称"多于慧静所集"，主语显然不是《续英华》，疑中间有阙文，或者末二句所指为别一书。从刘孝孙、刘肃对《古今诗苑英华》的称呼看，此书或省称《诗苑》，或省称《英华》，并非如屈守元先生说，只能称《英华》，而不能称《诗苑》。

从以上分析见出，《颜氏家训》所说的《诗苑》，正是指的《古今诗苑英华》，这是标名萧统著作，而刘孝绰亦为编者的事实。不过，萧统编著的情况与那些由皇帝、诸王挂名，而实际是臣僚所编书的情况不同。以《古今诗苑英华》为例，他在《答湘东王求文集及〈诗苑英华〉书》中明确说到自己的工作："又往年因暇，搜采《英华》，上下数十年间，未易详悉，犹有遗恨，而其书已传，虽未为精核，亦粗足讽览。"在没有充分的证据时，我们还是不要随便否定萧统的这段话。就是说萧统在《古今诗苑英华》的编辑过程中，仍然是起到了主导的作用。《古今诗苑英华》的情况是这样，《文选》的情况也当如此。它既不像顾、屈所说的纯为萧统手编，也不像清水所强调的出自刘孝绰一人之手。看来，《文镜秘府论》关于"萧统与刘孝绰等撰集《文选》"的说法，应该引起我们的重视。

说刘孝绰参加了《文选》的编辑工作，不能不考虑清水教授的研究。在最初的研究中，他注意到了刘孝标、徐悱作品入选《文选》与刘孝绰之间的关系，这是值得称道的。但清水教授研究的视角由此从确立刘孝绰为《文选》的实际操作者切入，因此，他便以寻找刘孝绰与《文选》所录作品、作家间的关系为研究的方法，这样一来使他以后的研究带有了过多的主观臆测，而难免牵强附会以从己说。比如他认为王巾《头陀寺碑文》、任昉《刘先生夫人墓志》是为了照顾琅邪王氏和彭城刘氏，这未免太过牵强。而在其后的研究中，他还不断引入证据，如在《从〈文选〉选篇看编纂者的文学观》② 一文中举出东汉史岑的《出师颂》一文，认为本文涉及的史事实际是一次败仗，刘孝绰选录是为了讽刺，以寓其怀才不遇之感。在1995年郑州国际文选学讨论会上，清水教授又提出《文选》所收《七发》，其实是为了昭明太子祈祷的观点。这样一来，《文选》真的成为刘孝绰寄托寓意的比兴之书了。如果说对《七发》可以这样理解的话，那么《文选》所收《离骚》《过秦论》以及《挽歌》等，又该如何解释呢？清水教授注意到刘孝绰在《文选》编辑

---

① 刘肃《大唐新语》卷九，文渊阁四库全书本。
② 载赵福海主编《文选学论集》，第200—215页。

中的作用，这是十分有价值的研究，但以追踪刘孝绰的线索为工作方法，使他的研究陷入了死胡同。关于刘孝绰作用的研究，当以曹道衡先生的推论较为合理。早在1988年曹道衡先生在《有关〈文选〉编纂中几个问题的拟测》一文中根据《文镜秘府论》那段话论证了刘孝绰在《文选》编辑中的作用，在1995年《关于萧统和〈文选〉的几个问题》①一文中对这一问题又进一步进行了论定。曹道衡先生在以前研究的基础上，又仔细考察了《文选》收录作品的体例，提出："《文选》中所录作品，除刘（孝标）、徐（悱）、陆（倕）的五首诗文外，其他作品，都是天监十二年（513）沈约逝世以前死去的人所作。这就不能不使人怀疑《文选》的编纂，是否曾有一个过程，即此书在编纂之初，本限于选录天监十二年以前去世的人之作，而刘孝标等人之作，是后来在编定时加上去了。"这一问题揭发之后，为我们讨论刘孝绰的实际作用，提供了比较合理的基础。的确如此，沈约之后陆倕之前的梁代文人，应该入选的恐怕还轮不到刘孝标、徐悱、陆倕三人。即以何逊为例，他尽管受到了"扬都论者"的批评，但毕竟是当时与刘孝绰齐名的诗人，受到过沈约、范云以及萧绎的好评。尽管刘孝绰猜忌他，《古今诗苑英华》仍然选了他两首诗，而且刘孝绰的这一做法也还是受到了时论的批评："时人讥其不广。"②在这一背景中，《文选》不收何逊，是无论如何也说不过去的。但是假使《文选》的编纂，一开始便定下天监十二年为限的体例，它的不收何逊就解释得通了。晁公武《郡斋读书志》卷二○引窦常说："统著《文选》，以何逊在世，不录其文。盖其人既往，其文克定，然则所录者，前人作也。"对窦常的这段话，研究者多不以为然，因为《文选》所收以陆倕最晚，何逊早在天监末年就已去世，所以不能说何逊在世。但是假使对这段话作这样的理解：萧统编《文选》，最初以天监十二年为下限，那么，说何逊在世而不录其文，就可以说得通了。窦常是唐大历人，所说恐有根据。

《文选》如果本以天监十二年为下限的话，那么多出来的刘、徐、陆三位何以入选的情况就值得研究了。因此，笔者以为清水教授关于刘孝标、徐悱的研究如果能建立在这一基础之上，就显得更加合理和有价值了。关于刘孝标、徐悱的入选，笔者基本同意清水教授的意见，完全是刘孝绰的作用，这里不再赘述。关于陆倕的入选，我认为是这样的，《文选》共收陆倕两篇文章，《石阙铭》和《新刻漏铭》（《梁书》作《新

---

① 载《社会科学战线》1995年第5期。
② 王利器《颜氏家训集解》，第276页。

漏刻铭》),据《梁书·陆倕传》,《新漏刻铭》"其文甚美",受到梁武帝的赞扬。《石阙铭》则是歌颂梁武帝起兵代齐的,武帝敕曰:"太子中舍人陆倕所制《石阙铭》,辞义典雅,足为佳作。昔虞丘辨物,邯郸献赋,赏以金帛,前史美谈。可赐绢三十匹。"(《梁书·陆倕传》)可见武帝对这一篇歌颂文字极为满意。因此刘孝绰收录陆倕这两篇作品为经他最后定稿的《文选》下限,是有用意的。一者,他已经打破了《文选》本来的体例,多收了带有明显个人倾向的刘孝标、徐悱的作品,显然,以刘、徐作为《文选》的下限,很难令人接受,所以他又收录了陆倕的作品作为下限。陆倕曾是"竟陵八友"之一,也是永明文学的中坚人物,与沈约、任昉等应该算作一个文学集团中的作家,《文选》原以天监十二年沈约的逝世为下限,显示出萧统等人想为上一代文学做总结的思想,这大概是《文选》不同于《古今诗苑英华》体例的主要原因。刘孝绰打破了天监十二年的体例,也就破坏了这一思想,但是他将陆倕收为下限,这一破坏就得到了补偿。二者,诚如许多研究者指出的那样,收录刘孝标作品,要冒一些风险,因为梁武帝极不喜欢刘孝标,刘孝绰收录了他的作品之后,再收录歌颂梁武帝的《石阙铭》,也是取得一点平衡吧。关于刘孝标入选与刘孝绰的关系,这里再提供一个证据。《旧唐书·萧瑀传》载:"萧瑀……尝观刘孝标《辩命论》,恶其伤先王之教,迷性命之理,乃作《非辩命论》以释之。"萧瑀是萧统曾孙,如果《辩命论》确系萧统所选,他恐还不至作如此激烈的反应。他的这一举动是否含有某种动机呢?萧统的后代对《文选》极为维护,首先是萧统从子、隋时的萧该为之作注,其后萧统六世孙萧嵩唐开元中以《文选》为先代旧业,而欲领衔注解《文选》,这都说明萧氏后人对《文选》的看重,如果不出于某种原因,萧瑀怎么会公然批驳《文选》中的作品呢?因此,笔者怀疑这原因就在于刘孝标作品的入选,非出萧统本意,而是刘孝绰的自作主张,萧瑀或许有为而发。

但是,协助萧统编纂《文选》的又不仅限于刘孝绰一人,《文镜秘府论》所说的"萧统与刘孝绰等",说明还有别人,这从《文选》收列作家作品所表现出某些不一般的情况也可以看出。比如对王融的诗歌一篇不选,这连唐人也认为不恰当。上引《文镜秘府论》所举王融"霜气下孟津"和"游禽暮知返"两首,确是好诗,但《文选》弃选,说明《文选》并非如清水教授所说,全由刘孝绰的主观意见所决定。因为王融是刘孝绰的舅舅,很早就有意识地提携和扶植刘孝绰。《梁书·刘孝绰传》载:"孝绰幼聪敏,七岁能属文。舅齐中书郎王融深赏异之,常与同载适亲友，号曰神童。融每言曰：'天下文章，若无我当归阿士。'阿士，孝绰小字也。"王融既与孝绰有血缘关系，又对他有恩。假使如清水教授所说，《文选》是由缺乏公正思想的刘孝绰一手操作，王融诗的不入选是很难解释通的了。又如刘孝绰父亲刘绘是永明文学后进，文章为时人所称道，诗歌亦入钟嵘《诗品》，但《文选》竟不录其一篇文字，这些都表明了《文选》的编纂绝非全由刘孝绰一人决定。《文选》由多人参加编纂，在其作家作品排列的不同顺序中表现得非常清楚。以下对《文选》诗类中"公宴""咏史""招隐""哀伤""赠答""行旅""杂诗"小类中关于魏晋一些代表作家的排列顺序，通过列表统计（表1），可以发现各类中前后顺序的不同情况：

表 1

类　别	作家排列顺序
公宴	曹植、王粲、刘桢
咏史	王粲、曹植、左思
招隐	左思、陆机
哀伤	曹植、王粲
赠答	陆机、潘岳
行旅	潘岳、陆机
杂诗	王粲、刘桢、曹植、陆机、左思

从表中看出，关于建安诗人曹植、王粲、刘桢的排列顺序，"公宴""哀伤"与"咏史""杂诗"不同，前者顺序为曹、王、刘，后者则为王、刘、曹；关于西晋诗人陆机、潘岳的排列顺序，"赠答"与"行旅"不同，前者为陆、潘，后者为潘、陆；关于左思、陆机的排列，"招隐"与"杂诗"不同，前者为左、陆，后者为陆、左。《文选》中作者这种排列顺序上的矛盾情况，也引起了唐人的注意，如"公宴"类中曹植《公宴诗》下，李善注说："赠答、杂诗，子建在仲宣之后，而此在前，疑误。"又如"招隐"类中左思《招隐诗》下，李善注："杂诗，左居陆后，而此在前，误也。"再如"行旅"潘岳《河阳作》下，李善注："哀伤、赠答，皆潘居陆后，而此在前，疑误也。"（案，此处所说"哀伤"指赋类而非诗类。）按照萧统《文选序》规定的体例是："凡次文之体，各以汇聚，诗、赋体既不一，又以类分，类分之中，各以时代相次。"

根据这一体例，《文选》作家的排列应以年代相次，而不以爵位相次，那么"公宴""哀伤"关于曹、王的排列顺序，"赠答"关于陆、潘及"杂诗"关于陆、左的排列顺序都是错误的。但值得注意的是，李善的批评并不正确，因为潘岳、左思都比陆机年龄大，正确的排列顺序应是潘、左、陆，而非如李善所说的陆、潘和陆、左。不过李善的批评也说明了一个问题，即六朝人对魏晋作家的确切生卒年可能并不十分清楚，因此在保持时代不发生错误的前提下，对同一时代的作家，往往依据自己的判断而进行排列。事实上，日本所传古抄白文本《文选序》，"各以时代相次"作"略以时代相次"，这一点在另一古抄本九条家本中也得到了证实。这说明萧统在写序确定体例的时候，便已考虑到实际操作程序的困难，故用"略"字表示出某种灵活性。但不管怎么说，上述作家排列顺序的矛盾情况，说明了《文选》并非由一人编纂。至于具体参与编纂的人是谁，除了刘孝绰以外，有的研究者推测为王筠等东宫学士，不管这是否属实，都属于猜测了。

  关于《文选》的编纂时间，史无明文，但根据不录存者的常例，当完成于普通七年（526）以后，因为《文选》中收录最晚的作家陆倕卒于普通七年。由于萧统卒于中大通三年（531），所以研究者对《文选》完成于普通七年至中大通三年之间的结论，没有什么不同意见。但据《梁书》记载，萧统母亲丁贵嫔于普通七年十一月病逝，萧统丁忧。按照礼制，如父亲尚在，儿子遭母丧，应服孝一年，那么自普通七年十一月至大通元年（527）十一月间，萧统服丧，自然不能主持《文选》的编纂。又据《梁书》记载，刘孝绰在中大通元年底也丁母忧，至中大通四年初才能服阕，这样，普通七年以后，《文选》的实际编纂时间只能是大通元年末至中大通元年底这两年之间①。一部三十卷的《文选》，选录范围上起先秦，下至齐梁，要在存世的数千篇作品中选出具有代表性的五百十三篇诗、文、赋等佳作，短短的两年时间，的确不够宽裕。尤其是普通七年萧统丁母忧之后，心境再不如以前与东宫学士讨论篇籍、商榷古今时那样轻松和意气风发了。因此，很难设想《文选》的编纂从大通元年底才开始进行。那么《文选》编纂最有可能从什么时候开始呢？我以为应该在普通三年以后至普通六年以前这段时间。说普通三年，是因为这一年萧统在《答湘东王求文集及〈诗苑英华〉书》中仅提到自己编成的《古今诗苑英华》和刘孝绰为他编成的文集，可见在此之

---

① 参见曹道衡《关于萧统和〈文选〉的几个问题》。

前,《文选》编纂工作还未开始。普通六年,则因为此年刘孝绰遭到洽弹劾被免官。从这一段时间的历史环境看,也最符合编纂《文选》的条件。在上一节关于东宫学士的考辨中,已说明了萧统东宫新置学士在普通四年之后,这段时间王规、殷钧、王锡、张缅、明山宾,以及刘孝绰、到洽、王筠、殷芸等,都会聚东宫,正如饶宗颐先生说:"是时乃东宫全盛时期,《文选》之编纂,或始于此时。"① 大约在这段时间里,《文选》初步编成,但紧接着发生了一系列事件,如刘孝绰遭弹劾,萧统丁忧,直至大通元年末之后,《文选》才经刘孝绰最后编成。但毕竟时间短促,像体例上的一些问题也未来得及统一(如前述作家排列顺序问题),而绰所加录的刘孝标、徐悱、陆倕的作品,又使得《文选》渲染了一些个人主观意气色彩,这是很令人遗憾的。

第二节 《文选》与《古今诗苑英华》《文章英华》的关系

《古今诗苑英华》和《文章英华》都是萧统所编,但各史书的记载略有差异。《梁书》本传记萧统"所著文集二十卷;又撰古今典诰文言,为《正序》十卷;五言诗之善者,为《文章英华》二十卷;《文选》三十卷"。《南史》记载与此相同,只是《文章英华》记为《英华集》,亦称二十卷。《建康实录》又从《南史》。这几部史书都没有提到《古今诗苑英华》,然昭明太子实有其书,一者见于他的《答湘东王求文集及〈诗苑英华〉书》;二者,《隋书·经籍志》及两《唐志》均有著录。《隋志》著录为十九卷,当是佚失一卷,但两《唐志》又著录为二十卷,或为后来补齐。至于《文章英华》,《隋志》著录为三十卷,与《梁书》《南史》《建康实录》所载二十卷者不同。该书于隋唐时已亡佚,两《唐志》亦不著录。从以上记载看,是否有三十卷本的《文章英华》,颇令人怀疑。因为萧统在《答湘东王求文集及〈诗苑英华〉书》里只提到《古今诗苑英华》,而不及《文章英华》。这有两种可能:一是《文章英华》的编成在此之后,所以萧统还无从说起;二是在此之前编成,或已经赠给了萧绎,所以萧绎、萧统都不再提起此书。比如萧统曾编有《正序》十卷,在这封信中也未提及。如果据此都说是此时还未编成,那么在普通三年(522)以后至普通六年间,既要编《正序》,又要编《文章

---

① 《疑〈选〉序》,载饶宗颐《文辙:文学史论集》(上),台北学生书局1991年版,第319—336页。

英华》和《文选》，似乎也不大可能。萧统在天监十四年（515）加元服之后，组织东宫学士王筠、刘孝绰等开展文学活动，《正序》及《文章英华》很可能在其时编成。俞绍初先生《昭明太子萧统年谱稿》便系于天监十八年之上。但存在的疑问是，《梁书》等关于《文章英华》的记载，都说是二十卷，史传不是史志，所记应为原书卷数而不是现存的卷数。《梁书》的作者姚思廉实际是继承了其父姚察的未完成稿。姚察年十二因其学识而受到梁简文帝萧纲的礼接；入陈为秘书监、吏部尚书；陈灭入隋，诏授秘书丞，别敕撰梁、陈二史，颇受当世推重。因此《梁书》记载的二十卷不会有误。这样，与二十卷之说相合的，只有《古今诗苑英华》了。如果是这样的话，《隋志》著录的《文章英华》三十卷，的确令人怀疑。姚振宗《隋书经籍志考证》（《二十五史补编》本）便说："案，《正序》十卷，本志不见。《文章英华》即《诗苑英华》，别见于后，此似合《正序》《诗苑》为一编者。"但是，历史久远，资料散佚，轻易地否定《隋志》未免太主观。尤其在考察了萧绎著述的情形之后，更要求我们作判断时要分外慎重。比如萧绎的著述，史书本传以及《隋志》等著录，事实上与他自己在《金楼子·著书》篇中记录的著作以及撰著的具体情形差别甚大。因此，对《文章英华》的判断，在没有更确实的资料证伪下，还是应以《隋志》为依据。

依据《隋志》著录，《古今诗苑英华》和《文章英华》各是两部什么样的书呢？《隋志》在"诗"一类中先著录了《文章英华》，在"《诗英》九卷，谢灵运集"条下，《隋志》著："又有《文章英华》三十卷，梁昭明太子撰，亡。"此条之下著列"《今诗英》八卷"，不题撰者。姚振宗《隋书经籍志考证》说："案此类从于昭明太子诸文中，似即《文章英华》之佚存本。"① 这个推测恐怕没有道理，因为此条之前的正条目是谢灵运的《诗英》，昭明太子的《文章英华》只是该正条中的注文，所以不能说是"从于昭明太子诸文中"。其实与此书相近的倒是萧绎的《诗英》，据《金楼子·著书》篇记载有《诗英》一秩十卷，萧绎注称"付琅邪王孝祀撰"。此书《隋志》及两《唐志》均未著录，或许这八卷本就是萧绎的佚书。在《今诗英》八卷条后，《隋志》又著录了"《古今诗苑英华》十九卷"，题为"梁昭明太子撰"。按照《隋书·经籍志》"离其疏远，合其近密"的体例，《文章英华》既附于谢灵运《诗英》之下，当与谢书同类，而与《古今诗苑英华》不同。否则，此书应

---

① 姚振宗《隋书经籍志考证》，二十五史补编编委会编《隋唐五代五史补编》，第846页。

该列于《古今诗苑英华》之下，而不应列于谢灵运《诗英》之下。谢灵运编有《诗集》五十卷，注称"梁五十一卷"，据钟嵘《诗品序》说"至于谢客集诗，逢诗辄取"，似乎谢客此集为宋以前的全诗。但同条之下《隋志》注曰："又有宋侍中张敷、袁淑补谢灵运《诗集》一百卷。"据此看来，谢灵运《诗集》还是经过了一定的挑选的，否则不会仅五十卷。至于《诗英》十卷，大概是从《诗集》中精选而成，与《隋志》同时著录的谢灵运《诗集抄》《杂诗抄》相同。然谢灵运既已从《诗集》中重编了《诗集抄》十卷，为什么还会编《诗英》十卷呢？这两书肯定有区别。根据《文章英华》附于《诗英》条下的事实，我们怀疑《诗英》是一部五言诗选集，与《文章英华》一样。在没有确凿的证据情况下，这两部书只好互为证明了。因此，《隋志》将《文章英华》附注于《诗英》之下，表示出与《古今诗苑英华》的区别，说明了前者是一部五言诗集，这与《梁书》等记载"五言诗之善者，为《文章英华》二十卷"，在性质上相符。至于二十卷和三十卷的差别，姚振宗以为是《正序》十卷与《古今诗苑英华》二十卷合为一编的结果。这个推测没有道理，因为《正序》是"古今典诰文言"，两者相合就不是诗集了，《隋志》不可能列于"诗"类。今人俞绍初先生似从此处得到启发，提出《文章英华》即《古今诗苑英华》，与《正序》合编为三十卷，即朱彝尊《书〈玉台新咏〉后》所说"昭明《文选》初成，闻有千卷，既而略其芜秽，集其清英，存三十卷，择之可谓精矣"的那部三十卷书（《昭明太子萧统年谱稿》）。俞先生以为朱说可信，所谓"千卷"者为长编，三十卷者即《正序》与《文章英华》的合编本，这是萧统最后编成《文选》的中间环节。朱彝尊此说，本出于宋吴棫《韵补》，《韵补·书目》"类文"条说："此书本千卷，或云梁昭明太子作《文选》时所集，今存止三十卷。"但这一说法并没有详细的证据，因此对"千卷"之说，学界一般不予接受。且朱所说"三十卷"，即指《文选》，而俞先生将它指定为《正序》和《文章英华》的合编本，再辗转论定《文选》由此编成，所论推测成分太多，难以令人信服。尤其是俞先生此说，避开了《隋志》著录的《文章英华》三十卷与《梁书》记载二十卷不同的问题，难以让人满意。据《隋书·经籍志》序，《隋志》著录图书，参阅了阮孝绪的《七录》，《隋志》小注中称梁时有而今亡的书，即依据的《七录》，那么关于《文章英华》三十卷的著录就是出于阮孝绪《七录》，对阮孝绪的话，我们就不能不相信了。因此，尽管《隋志》著录的《文章英华》还有许多疑点，我们也还只能相信它与《古今诗苑英华》是两部不同的书，即《文章英华》是一部五言诗集，《古今诗苑英华》则是杂言诗集。

《文章英华》，限于材料，对它的了解仅如上述，对《古今诗苑英华》则了解得多一些。首先，我们知道刘孝绰也参加了编纂，由于他的工作，时人往往将此书归属于他，这一点，本书在上一节已经有过叙述。其次，此书编成于普通三年（522）以前，萧统在《答湘东王求文集及〈诗苑英华〉书》中说是"往年因暇"。我们认为，一两年之前恐不可称"往年"，细绎语气，似乎时间已经很长了，其书已在外面流传，因此《古今诗苑英华》应该在普通元年以前，很可能是在天监年间编成。对于此书，萧统并不十分满意，所以说是"犹有遗恨"，这是为后来编《文选》张本。再次，《古今诗苑英华》所选的作家，我们知道的有晋王康琚和梁何逊。《文选》卷二二王康琚《反招隐诗》题下李善注曰："《古今诗英华》题云晋王康琚，然爵里未详也。"五臣注也说："《今古诗英》题云晋王康琚，而不述其爵里才行也。"五臣所说的《今古诗英华》即《古今诗苑英华》。关于何逊，见于《颜氏家训·文章篇》。从李善和五臣注，我们对《古今诗苑英华》的体例稍有了解，即此书是于篇题下列有作者小传，说明其时代、爵里、才行等。如王康琚标出其为晋人，但由于编者对他了解不多，故不述其爵里才行。因为其他的作家都有爵里才行，所以李善及五臣才对此加以说明。《古今诗苑英华》的这一体例没有在《文选》中得到贯彻，是萧统、刘孝绰主动放弃，还是因为时间仓促没有来得及统一呢？笔者怀疑是后者，与上一节所述《文选》编者对作家排列顺序也未及统一的情形相同。

《古今诗苑英华》收录何逊两首诗，应该是一个值得研究的问题。依据颜之推的说法是刘孝绰忌嫌何逊，所以才仅选他两首诗，他的这一做法，受到了时人的批评。但《古今诗苑英华》还收了何逊两首诗，为什么《文选》一首也未收录呢？对此，清水凯夫教授以为刘孝绰在编《古今诗苑英华》时忌避何逊的方针仍沿用于编《文选》，是刘孝绰的爱憎感情在起作用。也就是说由于刘孝绰对何逊的猜忌，到了编《文选》时更变本加厉地一首也不予选录了。这样的话，刘孝绰确如清水教授所说的是缺乏公正思想、徇于私情的人了。反对清水教授这一观点的顾农先生，则强调《文选》不录何逊，主要是梁武帝嫌弃何逊，说过"吴均不均，何逊不逊"的话，作为《文选》编者的昭明太子体度父意，所以不录何逊[①]。可见立论和驳论的双方都从编著的个人感情上考虑，其

---

① 参见《与清水凯夫先生论〈文选〉编者问题》，载《齐鲁学刊》1993年第1期。

实，为什么不可以从《古今诗苑英华》和《文选》不同的编辑体例上考虑呢？

上文曾经说过，《古今诗苑英华》的编成大概在天监年间，而何逊的卒年，据曹道衡先生考证在天监十七年至十八年（518—519）①，因此，《古今诗苑英华》的编纂有可能在何逊去世以前，这样，该书收录何逊，说明它的体例是收录存者，这也与"古今"的"今"字相合。六朝时期的诗文总集有收录当代作家的体例，如萧绎的《西府新文》即是。《古今诗苑英华》收录存者的体例，还有一个旁证，据《郡斋读书志》卷二○"续古今诗苑英华"条说，该书"辑梁武帝大同年中《会三教编》至唐刘孝孙《成皋望河》之作，凡一百五十四人，歌诗五百四十八篇，孝孙为之序"。此书既是续《古今诗苑英华》，体例应当也一样。书中收录了刘孝孙的诗，而刘孝孙又为之作序，可见是收录当代生者的作品。那么《文选》的情况如何呢？《文选》的体例与此相反，不录存者，但若是下限定于普通七年（526）而不录何逊，也同样说不过去，因为这时何逊早已去世。但我们在前文中已有过分析，《文选》原来编纂的体例，下限是天监十二年（513），以沈约为标志，后来因为刘孝绰的原因，又加选了刘孝标、徐悱和陆倕三人。按照天监十二年为下限的体例，《文选》不收何逊，则是十分正常的了。

从以上分析见出，《古今诗苑英华》与《文选》在体例上就有许多不同，《文选》将收录存者改为不录存者，以使得它更有权威性，也就是《文镜秘府论》所说"自谓毕乎天地，悬诸日月"。当然，在《文选》编纂的过程中，《古今诗苑英华》《文章英华》已经做过的选篇工作，可能会被作为基础和参考，但若说《古今诗苑英华》和《文章英华》的编辑就是为了编纂《文选》作准备，这不仅夸大了这两本书的作用，恐怕也夸大了编撰之事在昭明太子政治生活中的作用。

---

① 《何逊生卒年试考》，曹道衡《中古文学史论文集》，中华书局1986年版。

第 二 章
《文选》的基本面貌

第一节 《文选》的编辑宗旨、体例

《文选》的编辑宗旨,与《文选》一书的性质有关,即《文选》是一部什么样的书。在上一章的分析中,我们指出《文选》于普通三年(522)以后才开始编辑,而在此之前编辑的《古今诗苑英华》,虽然在当时已产生了很大的影响(湘东王向萧统求书以及萧统所说"其书已传"可证),但萧统仍表示"犹有遗恨"。并且,关于此书,似未见萧统写序(当然也可能已经失传),这比起《文选》来,二书孰轻孰重,还是很清楚的。《文选》编成于《古今诗苑英华》等书之后,应该尽力弥补了前书编纂中的"遗恨",不过除了一篇《文选序》以外,萧统到底对此书有何评价,就不得而知了。这或许与萧统晚期的处境有关,《文选》虽然有可能在普通六年之前已大体编好(刘孝标、徐悱、陆倕三人为刘孝绰后来统稿时加上),但在其后的几年中,萧统、刘孝绰都曾丁忧一段时间,再就是萧统政治生活中的"埋鹅"事件①,因此《文选》的统稿和最后定稿,实际上并未完成,所以萧统还未来得及发表意见。不过,估计萧统对这部书是满意的,这可从他的序中见出。另外,从当时人及隋唐人的反应也可见出,如对《古今诗苑英华》,颜之推曾有过批评,但未见其对《文选》有批评。至于隋时,萧统从侄萧该专门作有《文选音义》,史称"为当时所贵"(《隋书·儒林·萧该传》),并由此奠定了"《文选》学"的基础。萧统著述颇丰,而萧该选择《文选》作注,反映了时人对此书的看重。又日僧空海《文镜秘府论·南卷·集论》引"或曰"说"萧统与刘孝绰等撰集《文选》,自谓毕乎天地,悬诸日月",似乎萧统正面表达了对此书编辑的意见,但仔细推敲,所谓"毕乎天

---

① 参见《南史》卷五三《梁武帝诸子传》,中华书局1975年版,第1312—1313页。

地，悬诸日月"的话，恐即源于《文选序》中"若夫姬公之籍，孔父之书，与日月俱悬"之语。其实此语明指周、孔之书，而非指《文选》。然细一想，唐人敢于把此语认定为萧统对《文选》的评价，其潜意识中一定接受了大量萧统看重这部书的信息，所以很自然地就把这一句话与《文选》联系起来了。另外，据王利器先生引铃木虎雄说，此"或曰"即元兢《古今诗人秀句》一书[①]，按其书专选五言诗佳句，因他独异的选录标准而对《文选》不选王融的两首诗提出批评。按照道理，在萧统的书中，《文章英华》是五言诗选集，元兢如要发表批评意见，首先应就《文章英华》而发，为什么他却专对《文选》而言呢？这说明《文选》当时影响大，不仅足以作为萧统的代表作，而且足以作为六朝时期选本的代表作，所以元兢首先以《文选》作为批评对象。

　　以上的种种迹象都说明萧统对《文选》一书的编成，是十分满意的。那么这种满意应该指《文选》的哪些方面呢？这当然与《文选》的最基本性质——作品选本有关。《文选序》说："自姬汉以来，眇焉悠邈，时更七代，数逾千祀，词人才子，则名溢于缥囊；飞文染翰，则卷盈乎缃帙。自非略其芜秽，集其清英，盖欲兼功太半，难矣。"很明显，《文选》不是一般的选本，而是从周秦以来将近千年的文章中选择出精华文萃，所谓"略其芜秽，集其清英"，这应该是萧统的满意所在，而后人也正是从这一点出发，对《文选》或赞扬，或批评。如苏轼《答刘沔都曹书》说："梁萧统《文选》，世以为工。以轼观之，拙于文而陋于识者，莫统若也。""李陵、苏武赠别长安，而诗有'江汉'之语。及陵与武书，辞句儇浅，正齐梁间小儿所拟作，决非西汉文。而统不悟。"[②]前于苏轼的唐人刘知几在《史通·杂说》篇中也有类似的批评。这种批评有一定道理，苏武、李陵赠答之诗及李陵《与苏武书》为后人拟作，现在已成公论，但这后人后到什么时候呢？还很难定论，但也绝非如苏轼所说为齐梁间人拟作，可见辨伪并不是一件很容易的事。苏轼自己的判断都难以做到准确，还要因此而去批评萧统，这就不很公正了。何况苏、李的作品在南朝时基本上为大家认可，萧统不能超越他的时代，那么，这个错误就不能让萧统一个人来承担责任了。总体说来，《文选》这部书在传统社会里受到的推崇要远远多于批评，所以"《文选》学"才成为当时一门影响极大的学问。

---

① 见王利器《文镜秘府论校注》，第354页。
② 孔凡礼点校《苏轼文集》，中华书局1986年版，第1429页。

据上所述，萧统满意的应该是这部书"略其芜秽，集其清英"的特色，如此说来，萧统的编辑宗旨就在于编选一部古今代表作家作品的精华文集，这样的理解或许有道理，但是并不全面。从选本的角度讲，萧统在此前编纂的《古今诗苑英华》和《文章英华》，也都是作品选，并且也应都是代表作家的代表作品，所以称为"精华"。如《文章英华》，《梁书》说是选"五言诗之善者"，当然是"集其清英"的意思。《古今诗苑英华》是各体诗选，情况也当如此。那么，为什么萧统还称"犹有遗恨"呢？对这句话可以有两种解释：第一，《古今诗苑英华》所选作品还不尽如人意，未能达到"集其清英"的目的。此书编成于普通年间以前，萧统还不满二十岁，文学观也未完全成熟，故所选作品有些不合于他后来的标准。此外，《古今诗苑英华》等书虽挂名萧统，实际上可能主要由刘孝绰操作，萧统或者没有成熟的意见，或者有意见却未能贯彻进去，所以在普通三年（522）时，再回过头来审查这些书，感觉并不如他意。第二，"犹有遗恨"还可从体例等方面寻找原因。如前章分析，《古今诗苑英华》是古今作品兼收的选本，其中有卒于天监末年的何逊，对这一体例，萧统可能不太满意，因为在表达了"犹有遗恨"之后而重新编选的《文选》便没有收录何逊，下限也定于天监十二年（513），以沈约卒年为标志了。前一种解释也有道理，可惜还没有确实的证据，而后一种解释确实有《文选》不收何逊的事实依据。

萧统在总结了《古今诗苑英华》等书编纂经验的基础之上，重新修改了体例，其中之一是将作家作品的下限定为天监十二年（513）。这一用意，上文也曾交代过，它反映了萧统企图对前人文学进行总结的愿望。所谓"前人文学"的上限，定自《楚辞》，这是清楚的事实，至于下限，定于天监十二年，则是因为永明文学最富于代表性，这一年也是最后一位作家沈约的卒年[①]。永明文学在南朝的影响是深巨的，它与梁天监、普通间作家有着直接的师承关系。比如萧统的老师有沈约、任昉；刘孝绰的父亲是刘绘，舅舅是王融；王筠则深受沈约的赏爱。可以说萧统及其东宫学士的文学渊源正自永明文学中来。但是自天监十四年萧统加元服之后，以他为代表的东宫作家群开始显示出自己的特色，开

---

① 陆倕也是永明作家，"竟陵八友"之一，但永明年间他仅十余岁，与萧衍、沈约、任昉等不可等埒。如建武三年（496）他与张率去见沈约。沈约对在座的任昉说："此二子后进才秀，皆南金也，卿可与定交。"（《梁书·张率传》）可见陆倕这时才可与沈、任交往。而萧衍对他的态度也完全不同于沈约、范云、任昉等人，完全把他作为后生小子看待。陆倕不仅不能与沈、范、任等相比，也不可与所谓永明后进的刘绘、张融等人相比，因此，《梁书》关于"竟陵八友"的记载实可怀疑。但这个问题，此处不拟讨论。

展了属于自己的文学活动,其所提倡的"雍容""文质彬彬"的文学观,表现出与永明文学的区别。这一切都表明新一代作家成熟了,正因为如此,编选一部以永明文学为下限的作品集,作为对从前文学成就的总结,也是势在必然。这种总结思想的产生,也并不是孤立的,从《文心雕龙》《诗品》旨在总结的主导思想看,《文选》的这一编辑思想与当时文学批评的大背景是相符的。

《文选》对《古今诗苑英华》体例加以修改的第二点,就是由单一的诗选变为赋、诗、文等符合文学内容的各体文选。既然是文学总结,当然不应限于诗,这样的总结就更全面而具有权威性。就此说来,萧统的"遗恨"或许也含有对诗和文分开编集的不满。集前人作品精华,编辑成集,自第一部总集《文章流别集》就开始了,《隋志》称"采摘孔翠,芟剪繁芜",与《文选》的"集其清英"相同。但就文学总结的意义上讲,《文章流别集》不如《文选》那样富于自觉的文学批评意识。据《隋志》所说,《文章流别集》一个非常突出的动机是"以建安以后,辞赋转繁,众家之集,日以滋广。晋代挚虞,苦览者之劳倦,于是采摘孔翠,芟剪繁芜,自诗赋下,各为条贯,合而编之,谓为《流别》"。这种居于主要地位的动机,到齐、梁时期已成为一个基本的事实。因为文学发展到了南朝时候,各体作品的数量更是溢囊盈帙,诚如《文选序》所说:"诗人才子,则名溢于缥囊;飞文染翰,则卷盈乎缃帙。"这时候,编选文章总集的第一个作用就是免除读者面对千赋万诗而不知从哪里读起的苦恼。不过,既然这个动机已为所有选集通有,那也就不再成为动机了。因此,我们分析《文选》编选宗旨时,对此就不需多论了。但是,《文章流别集》另一个动机,即辨别文体,以指导写作的目的,这个目的在南朝时成为编选家更迫切的任务。这是因为文体发展到这时候已非常完备,而同时各文体之间的界限则往往混淆不清,不仅学习写作的人,就连批评家自己也常常无所适从。这种情形引起了作家、批评家以及编选家的普遍关注,因此,辨体的著作、论文和选本纷纷问世,正是应这种历史要求而产生的。作为汇聚各体精华的《文选》,也同样具有这一目的。关于这一点,从《文选》的编辑体例就可以见出。

《文选》的编辑体例,见于《文选序》。萧统在《序》中对体例主要有两点说明,即:一、《文选》不收什么和收录什么;二、对所收作品如何编排。什么样的作品不入选呢?萧统说:"若夫姬公之籍,孔父之书,与日月俱悬,鬼神争奥;孝敬之准式,人伦之师友,岂可重以芟夷,加之剪截?老、庄之作,管、孟之流,盖以立意为宗,不以能文为本，今之所撰，又以略诸。若贤人之美辞，忠臣之抗直，谋夫之话，辩士之端，冰释泉涌，金相玉振。所谓坐狙丘，议稷下，仲连之却秦军，食其之下齐国，留侯之发八难，曲逆之吐六奇，盖乃事美一时、语流千载，概见坟籍，旁出子、史。若斯之流，又亦繁博。虽传之简牍，而事异篇章。今之所集，亦所不取。至于记事之史、系年之书，所以褒贬是非，纪别同异。方之篇翰，亦已不同。"（《文选序》）据此，《文选》不收经、子、史三类。这一种自觉以经、子、史与文学作品区分的思想，代表了南朝人对文学特点认识的高度，是值得称道的。经、子、史虽不入选，但其中的序、述、赞、论部分，因其具有"综辑辞采，错比文华，事出于沉思，义归乎翰藻"（同上）的特点，"故与夫篇什，杂而集之"（同上）。这还是从文辞等文学特征上去考虑的。关于这几句话，是不是《文选》的选录标准的问题，从阮元以来就展开了争论。其实萧统的意思很明白，这是针对为什么选录经、子、史中的序、述、赞、论而发的，认为这几种文体虽为经、子、史中文章，但由于具有文学特点，故予以收录，这与单独宣布选录标准还是有区别的。也许有人据此推论既然这些文体因此而入选，那么萧统的这些话就应该是《文选》的选录标准。笔者以为对此不能进行这样的反推，因为萧统主要论述的是这几种文体，而其他一些文体，如诗、骚、赋等，也许就不是这几句话所能包容的。也就是说，这几句话符合《文选》的选录标准是没有问题的，但绝不就是选录标准。有些研究者反复讨论"事""义"和"沉思""翰藻"的语义等，不管赞成者还是反对者，其实都与选录标准没有太大的关系。

除了经、子、史中的序、述等文体外，《文选》主要还是选录赋、诗等文学性体裁。在《文选序》中，萧统所论有赋、骚、诗、颂、箴、戒、论、铭、诔、赞、诏、诰、教、令、表、奏、笺、记、书、誓、符、檄、吊、祭、悲、哀、答客、指事、篇、辞、序、引、碑、碣、志、状等文体。照道理，这些文体都应见于《文选》，实则有些文体并未见收录，如"诰""戒""悲"等文体均未入选，这似乎表明实际操作者刘孝绰在文体的选录上与萧统小有差异。不管怎么说，《文选》选录了三十多种文体是事实，三十多种文体各自具有清楚的界限，又有表现文体特点的代表文章，编者用以辨析文体的用意也就十分明显了。萧统辨体思想的具体内容，将于本章第三节详细讨论，这里只在说明，《文选》以文体为依据收录作品，表现出编者十分明显的辨析文体的编辑宗旨。六朝时期，文体界限不清，常致混淆，刘孝绰《昭明太子集序》就说:"孟坚(班固)之颂,尚有似赞之讥;士衡(陆机)之碑,犹闻类赋之贬。"班固之颂类赞,陆机之碑类赋,已成为当时人共知的事实,如萧绎《内典碑铭集林序》也说:"班固硕学,尚云赞、颂相似;陆机钩深,犹闻碑、赋如一。"这句话中"尚云"和"犹闻"的主语,应是指批评的人。班固的颂和陆机的碑,具体是哪一篇,似无可指明。《文章流别论》曾经批评过班固的《安丰戴侯颂》,称与《鲁颂》体意相类,而《鲁颂》据徐师曾《文体明辨序说》:"若商之《那》、周之《清庙》诸什,皆以告神,乃颂之正体也。至于《鲁颂·駉》《閟》等篇,则用以颂僖公,而颂之体变矣。"① 这是说班固的《安丰戴侯颂》是颂的变体,与萧绎、刘孝绰的批评不合。又《文心雕龙·颂赞》篇批评班固的《北征颂》说:"至于班(固)、傅(毅)之《北征》《西巡》,变为序引,岂不褒过而谬体哉!"也与萧、刘所说不合。关于陆机的碑,《陆机集》仅载有一首《晋平西将军孝侯周处碑》,碑文中有"建武元年(317)"和"太兴二年(319)"字样,而陆机太安二年(303)被杀,显与陆机生平不符,故其真伪尚值一辨。这样,萧、刘所称陆机之碑,也不好落实。不过,作为大作家,班、陆这两种文体不符合要求,已是公认的。今观《文选》中颂、碑二体,颂中没有收录班固的作品,碑中没有收录陆机的作品,表现了编者对文体界限把握的严格。因此,面对"众制锋起,源流间出"(《文选序》)的文体,各为类聚区分,以为学习者的依据,也是《文选》的编辑宗旨之一。

我们知道,齐梁时期是文学批评和文学创作的高潮时期,其实,并不仅如此,齐梁时期还高涨着学习写作的热潮。《梁书·王承传》记普通年间"时膏腴贵游,咸以文学相尚,罕以经术为业,惟承独好之,发言吐论,造次儒者"。这个记载是符合事实的,如《诗品序》说:"故词人作者,罔不爱好。今之士俗,斯风炽矣。才能胜衣,甫就小学,必甘心而驰骛焉。于是庸音杂体,人各为容。至使膏腴子弟,耻文不逮,终朝点缀,分夜呻吟。"又如萧纲《与湘东王书》说时有学谢灵运、裴子野文体,以及萧子显《南齐书·文学传论》说当时流行三体的情形。然而学习者多,若无正确指引,必会造成混乱,所谓"庸音杂体",而妨害后生。正确的指引,一是指出各文体特点、规格,不要出现颂、赞相似的现象。《颜氏家训·文章篇》说"凡诗人之作,刺箴美颂,各有源流。未尝混杂,善恶同篇也",正是就文体而言;二是以代表作家代表

---

① 徐师曾《文体明辨序说》,人民文学出版社1962年版,第142页。

作品为榜样，学有楷模，不失正轨。《颜氏家训·文章篇》记邢子才、魏收对沈约、任昉的学习，虽近于偷，但也说明了代表作家对于学习者是起到了楷模的作用。而这两点，在《文选》体例中得到了充分的表现。

在《文选》三十多种文体的选录中，特别要注意的是"诗"类"杂拟"一体的收录情况。"杂拟"在《文选》诗二十四个类目中，与"游览""赠答""杂诗"等类一样，属于诗中的大类，共选录十位作家六十三首作品。萧统这样看重"杂拟"体，是有用意的。案，"杂拟"据五臣刘良注说："杂谓非一类。拟，比也，比古志以明今情。"这是说拟诗的用意本在于托古言志，对于有些拟作如鲍照的《拟古》说来是如此，但如陆机的《拟古》、江淹的《杂体诗》，目的却不在于托古言志。拟古诗是六朝诗歌创作中极为显目的一个现象，作者多，作品数量多，所模拟的对象也多。从拟诗的名称看，有称"拟"，也有称"代""效"。从种类看，大致为两类：一类是概称"拟古""效古"等；一类是具体地拟某篇，如傅玄、张载的《拟四愁诗》。清人汪师韩《诗学纂闻》[①]解释说："杂拟者，凡拟古、效古诸诗是也。拟古类取往古名篇，规摹其意调，其止一、二首者，既直题曰：拟某篇；而其拟作多者，则虽概题曰'拟古'，仍于每篇之前一一标题所拟者为何篇。"从六朝的杂拟作品看，主要的目的倒不在托古言志，大多数则在"规摹其意调"。在这一类作品中，江淹的《杂体诗三十首》是当之无愧的代表，他关于《杂体诗》写作的用意，可以作为我们考察拟体诗产生的参考。

江淹《杂体诗三十首》，前有总序，说："夫楚谣汉风，既非一骨；魏制晋造，固亦二体。譬犹蓝朱成彩，杂错之变无穷；宫商为音，靡曼之态不极。故蛾眉讵同貌而俱动于魄，芳草宁共气而皆悦于魂，不其然欤？至于世之诸贤，各滞所迷，莫不论甘而忌辛、好丹而非素。岂所谓通方广恕、好远兼爱者哉？及公干、仲宣之论，家有曲直；安仁、士衡之评，人立矫抗，况复殊于此者乎？又贵远贱近，人之常情；重耳轻目，俗之恒弊。是以邯郸托曲于李奇，士季假论于嗣宗，此其效也。然五言之兴，谅非复古。但关西邺下，既以罕同；河外江南，颇为异法。故玄黄经纬之辨，金碧沉浮之殊，仆以为亦合其美并善而已。今作三十首诗，学其文体，虽不足品藻渊流，庶亦无乖商榷云尔。"江淹此序对当世学习和批评的一些流弊展开了批评，所谓"世之诸贤，各滞所迷，

---

① 张潮、杨复吉、沈楙惪等《昭代丛书·己集广编》，上海古籍出版社1990年版，第1475—1484页。

莫不论甘而忌辛、好丹而非素"，与《诗品序》所说"观王公缙绅之士，每博论之余，何尝不以诗为口实。随其嗜欲，商榷不同，淄渑并泛，朱紫相夺，喧议竞起，准的无依"正相符契，这是批评家"随其嗜欲"的流弊。又六朝时期，诸体并行，学习、模拟的人很多，观史书及齐梁批评家言论可知。不同的学习者对不同的学习对象，难免"家有曲直""人立矫抗"，这又是学习者的流弊。江淹有鉴于此，选择了汉魏以来三十家诗人，对不同诗体均学作一首，目的是"品藻渊流"，为学习和批评树立典范。这一用意正合《文选》编辑宗旨，萧统不仅在"诗"类中专列"杂拟"一类，而且将江淹的拟作全数录入，表明他对辨体和拟体的重视。

在对入选的文体作出规定以后，《文选》的实际操作体例便据此定为"凡次文之体，各以汇聚。诗、赋体既不一，又以类分，类分之中，各（古抄本作"略"）以时代相次"。在上编第一章第二节中，我们曾就"类聚区分"体例的实际含义作过分析，认为是出于辨析文体的目的，这一体例对六朝文学总集的编纂，产生了极大的影响。《文选》也不例外，它在操作中采取的类聚区分的体例，也正是根据于按文体收录作品的实际情况。萧统不仅采取了前人的体例，也吸收了前人制作这一体例的用意。因此，根据以上的分析，笔者以为《文选》作为一部文章总集的编辑宗旨，既表现了对前人文学总结的意图，同时又以此作为辨析文体以指导学习写作的范文。

正是在这样的编辑宗旨指导下，我们看到，《文选》的选文及分类安排，偏重于应用文。以诗和文为例（赋一般不具有应用性，且《文选》中的赋，很可能依据的是梁武帝的《历代赋》，故此不论），在诗二十四个小类中，"公宴""祖饯""咏史""游览""哀伤""赠答""行旅""乐府""杂诗""杂拟"等类，所收作家、作品数量超过其他各类，是《文选》诗类中的大类。而这些类目除"咏史""哀伤"外，都是应用性极强的题材。文的情况更是如此，在三十五类文体中，大概除掉"辞"之外，都是应用文。这种情况很清楚地表明了《文选》所针对的读者对象。也难怪在隋唐以后的科举考试中，《文选》几被当作教科书了。

第二节　《文选序》对文体的认识

《文选序》反映了萧统的文学观和对文体的认识。关于文学观，萧统坚持进化论。他说："若夫椎轮为大辂之始，大辂宁有椎轮之质；增冰为积水所成，积水曾微增冰之凛。何哉？盖踵其事而增华，变其本而加厉。物既有之，文亦宜然。随时变改，难可详悉。"这是承认文学的发展进步，对后世文学表示了肯定。这一观念是萧统全部文学思想的基础。接下去所论及的各文体，也是建立在这一基础之上的。萧统认为《诗》有风、赋、比、兴、雅、颂六义，后世之赋、骚、诗、文诸体，都从此发展而来。对赋与骚，萧统都作了充分的肯定。至于诗和文，分体又细，故萧统详加论述。萧统说："自炎汉中叶，厥途渐异，退傅有在邹之作，降将著河梁之篇，四言、五言区以别矣。又少则三字，多则九言，各体互兴，分镳并驱。颂者所以游扬德业，褒赞成功。吉甫有'穆若'之谈，季子有'至矣'之叹。舒布为诗，既言如彼；总成为颂，又亦若此。次则箴兴于补阙，戒出于弼匡；论则析理精微，铭则序事清润；美终则诔发，图像则赞兴。又诏诰教令之流，表奏笺记之列，书誓符檄之品，吊祭悲哀之作，答客指事之制，三言八字之文，篇辞引序，碑碣志状，众制锋起，源流间出。譬陶匏异器，并为入耳之娱；黼黻不同，俱为悦目之玩。作者之致，盖云备矣。"（《文选序》）萧统认为自汉中叶以来，诗、文各体互兴，而与秦汉的骚、赋有了区别。这一认识符合文学发展的实际，与保守的论者以诸体都源于五经的观点不同。萧统认为四言诗起源于韦孟的《讽谏诗》，五言诗则起源于李陵的《与苏武诗》。关于苏、李诗的真伪，现在已经清楚了，但在南朝时期，却是相信其真的多，所以不能因此而责怪萧统。这里值得注意的不是苏、李诗的真伪问题，而是萧统提出的各种文体，以及他对这些文体的认识。

就对文体的认识而论，萧统基本上遵从魏晋以来的辨析文体成果，而又有所发展。如颂体，挚虞《文章流别论》说："颂之所美者，圣王之德也。"这是根据《诗大序》"颂者，美盛德之形容，以其成功告于神明者也"的解释。颂的正体本以颂王德以告神明，但后来则用以颂一般的人，挚虞曾批评班固、扬雄等人的颂为变体。不过随着时代的变化，颂体的发生变化是必然的，萧统所说"随时变改"也应包含文体的迁变在内。所以对于颂体的定义，萧统仅用"游扬德业，褒赞成功"来概括了。再如戒体，萧统的"戒出于弼匡"遵从李充《翰林论》所说"诫诰施于弼违"；论体的"析理精微"源于陆机的《文赋》"论精微而朗畅"；诔体的"美终则诔发"源于挚虞的《文章流别论》"嘉美终而诔集"。总起来说，萧统目的不在于给文体下定义，而在于利用前人的辨体成果，根据齐梁时期文体成立的事实，分体收录作品，从而达到辨析文体、指导写作的目的。

萧统在《文选序》中提到的文体有赋、骚、诗、颂、箴、戒、论、铭、诔、赞、诏、诰、教、令、表、奏、笺、记、书、誓、符、檄、吊、祭、悲、哀、答客、指事、篇、辞、序、引、碑、碣、志、状共三十六类,其中有的为《文选》所不收,而有的为《文选》所收,又不入此《序》。《文选》不收的有戒、诰、誓、悲、引、碣等,《文选》实有其体而此《序》未加论及的有七、册、文、上书、启、弹事、难、对问等。其中考虑到萧统序文用骈体写作的原因,为求简洁,可能书已包括了上书,论包括了史论,赞包括了史述赞,故此处未予统计。又有名异而实同的,如答客,吕延济注说是指东方朔《答客难》,又说指事是指《解嘲》之类。《文选》中这两类均入"对问"体。又篇体,高步瀛《文选李注义疏》引方廷珪《文选集成》谓指曹子建《美女》《白马》《名都》等篇,又引体谓指《箜篌引》。方氏为清代人,所解也未必正确,今引其说以为参考。《文选》未收的六种文体,据五臣注,确为当时所流行,如"悲",张铣注说:"盖伤痛之文也。"任昉《文章缘起》列有悲文,以蔡邕《悲温舒文》当之,可证萧统所说不误。

萧统《文选序》所举文体与《文选》实际收录文体不符的现象,应该值得注意。考虑到刘孝绰协助萧统编纂的事实,这种不符可以理解为萧统大概只在确定指导思想、制定体例等方面总体把握了此书的编纂,实际上的操作或由刘孝绰执行。如果这是事实的话,就又否定了《文选序》也由刘孝绰代笔的可能(日本白文古抄本《文选序》上有标注"太子令刘孝绰作之云云")。实际上,萧统已说得很清楚了:"余监抚余闲,居多暇日,历观文囿,泛览辞林,未尝不心游目想,移晷忘倦。"这样的话,只能由身为太子的萧统说出来,如果连一篇序文也要由人代笔的话,那史书及时人的赞美也就不好理解了。

由汉魏至于齐梁,文体的发展确实大备了,以任昉《文章缘起》为例,该书共收文体八十四类,可以见出当时各种文体活跃的情形。我们不妨从任昉的《文章缘起》与萧统的《文选序》和《文选》实际收录的文体作一比较。《文章缘起》所分文体分别是:三言诗、四言诗、五言诗、六言诗、七言诗、九言诗、赋、歌、离骚、诏、策文、表、让表、上书、书、对贤良策、上疏、启、奏记、笺、谢恩、令、奏、驳、论、议、反骚、弹文、荐、教、封事、白事、移书、铭、箴、封禅书、赞、颂、序、引、志录、记、碑、碣、诰、誓、露布、檄、明文、乐府、对问、传、上章、解嘲、训、辞、旨、劝进、喻难、诫、吊文、告、传赞、谒文、祈文、祝文、行状、哀策、哀颂、墓志、谏、悲文、祭文、哀词、挽词、七发、离合诗、连珠、篇、歌诗、遗、图、势、约。从任昉所收的文体看，基本上包括了萧统《文选序》和《文选》所收录的文体。特别是《文选序》提到而《文选》未收的六种文体，全部见于《文章缘起》。还有一些是名异而实同的，如《文章缘起》中的"解嘲""封禅文"，分别是《文选》中的"设论""符命"。从以上的事实看，说萧统文体观受到任昉的影响，应该是有根据的。以《文选序》为例，萧统多依据于任昉。如说："又少则三字，多则九言，各体互兴，分镳并驱。"五臣吕向注引《文始》说："三字起夏侯湛，九言出高贵乡公。"《文始》即《文章始》，也即《文章缘起》，《隋志》著录称《文章始》，宋人称《文章缘起》[①]。可见萧统对三言、九言的理解与任昉相合。又如对四言、五言的认识，萧统说："退傅有《在邹》之作，降将著'河梁'之篇，四言五言区以别矣。"在《文章缘起》中，任昉也正是以韦孟《谏楚夷王戊诗》作为四言的起源，以李陵《与苏武诗》作为五言的起源。任昉此书，前人多讥其琐碎，引据不当，尤以篇名立体，而不知归类。但任昉意在追溯每体的起源，每一体中只能列举一篇文章。假使以一体包含数篇相近但不相同的文章，又只能列举一篇，就很难做到源流清楚了。以诗为例，任昉细分为三言、四言、五言、七言等，如果将这四种诗体合为一类，那三、四、五、七各言的第一篇起始就不知道了。因此，选本如《文选》，评论如《文心雕龙》，都可以做归类的工作，《文章始》却不可以，这也是体例所限。

《文选序》对文体的认识，以及全文的结构顺序，可以见出辨析文体的确是《文选》的一个主要编辑思想。《文选序》开门见山提出了编者的文学观，即"踵其事而增华，变其本而加厉"的进化论。观点提出后，萧统即叙述了《诗经》之后各文体的发展，然后总括一句"众制锋起，源流间出"，点出了"众制"和"源流"是他考虑的要点。其后作者称自己"历观文囿，泛览辞林"，所观、所览是各文体的"文囿""辞林"。在这之后所论述的体例，不选经、子、史，但选其中的论、赞等，只是对前文的补充说明。也即是说，《文选》主要选录赋、诗、骚、文等各体"精英"文章，不录经、子、史等，但选其论、赞。为什么呢？"若夫姬公之籍"以后全是补充说明这个的理由。这就是《文选序》的结构，在这结构中，各文体的叙述，无疑是全文的主要内容，而"众制锋起，源流间出"是编者主要的着眼点。

---

① 见北宋王得臣《麈史》，《丛书集成初编》本。

第三节 《文选》的分类

《文选》是按文体分类的，一共分多少类呢？根据现在的版本，如李善注系统的尤刻本，六家本系统的明州本，明袁褧覆宋本，六臣注系统的赣州本、建州本（《四部丛刊》影宋本），都是三十七类，所以便有人认为《文选》分类应该是三十七类[①]。近世以来，学者往往持三十八类说，骆鸿凯《文选学·义例第二》说："《文选》次文之体凡三十有八，曰赋，曰诗，曰骚，曰七，曰诏，曰册，曰令，曰教，曰策文，曰表，曰上书，曰启，曰弹事，曰笺，曰奏记，曰书，曰移，曰檄，曰对问，曰设问，曰辞，曰序，曰颂，曰赞，曰符命，曰史论，曰史述赞，曰论，曰连珠，曰箴，曰铭，曰诔，曰哀，曰碑文，曰墓志，曰行状，曰吊文，曰祭文。"[②] 从骆氏的统计看出，较上述各版本多增了"移"一体。据现存各版本，《文选》卷四十三是"书"体，收录有嵇叔夜《与山巨源绝交书》、孙子荆《为石仲容与孙皓书》、赵景真《与嵇茂齐书》、丘希范《与陈伯之书》、刘孝标《重答刘秣陵沼书》、刘子骏《移书让太常博士》、孔德璋《北山移文》等共七篇文章。骆氏既标"移"体，说明最后两篇应与前五篇"书"体分开，单列一类。骆氏的根据当来自他的老师黄季刚（侃）先生，而黄氏又是根据清人的成说。清胡克家《文选考异》卷八在"移书让太常博士"条下说："陈云题前脱'移'字一行，是也。各本皆脱，又卷首子目亦然。"陈即陈景云，长洲（今江苏吴县市）人，精通选学，为何焯门人。著有《文选举正》六卷，已失传，幸得胡克家《文选考异》和梁章钜《文选旁证》多所征引而保存其说。陈氏的意思是说在刘子骏《移书让太常博士》一文之前，脱掉了表明文类的"移"字。卷首的目录也是如此。这个说法为黄季刚先生所接受，在他《文选平点》的《目录校记》和卷五正文平点中，他都以"移"单独标类，并注明："题前以意补'移'字一行。"[③] 他的门人骆鸿凯继承师说即以"移"列为一体，统计下来称三十八类。值得注意的是，陈景云断《移书让太常博士》文前脱"移"字，以及黄氏所说"以意补"的"移"，都没有说出具体的根据。细加揣测，估计他们的根据

---

① 参见穆克宏《萧统〈文选〉三题》，载赵福海等编《昭明文选研究论文集》，第142—143页。
② 骆鸿凯《文选学》，第24页。
③ 黄侃《文选平点》，第248页。

即是《文选序》所说:"凡次文体,各以汇聚。诗、赋体既不一,又以类分,类分之中,各以时代相次。"就是说,《文选》编排体例是每一类中文章各以时代先后为顺序排列,而据现存各版本,如尤刻本(中华书局1974年影印)、《四部丛刊》本(中华书局1987年影印),刘子骏《移书让太常博士》一文居然排列在刘孝标《重答刘秣陵沼书》之后。刘歆(子骏)是西汉人,刘孝标是梁人,时代相差这么远,编者不可能不知道,可见此处的确是脱了一个标明类目的"移"字。这就是陈、黄的依据。

这一依据是有道理的,胡克家又据以去考证欧阳坚石的《临终诗》。案,欧阳建的《临终诗》在卷二三,尤刻本、明州本、《四部丛刊》本均以之列于诗类"咏怀"中。"咏怀"共选三位作家作品:阮籍《咏怀》十七首、谢惠连《秋怀》一首、欧阳建《临终诗》一首。显然,按照萧统《文选序》体例,欧阳建不应排列在谢惠连之后。因为欧阳建是西晋人,永康元年(300)被杀;谢惠连是刘宋时人,元嘉十年(433)卒,现存版本的排列肯定有误。胡克家《文选考异》卷四说:"案,此不得在谢惠连下,当是《临终》自为一类。尤、袁、茶陵各本皆不分,盖传写有误。又案,俗行汲古阁本反不误,乃毛自改之耳,非别有本也。"这里所说的尤即南宋尤袤刻本,袁即明袁褧覆宋本,茶陵即元陈仁子刻本。

依据于《文选序》,对《文选》分类作出判断,这是前人的研究成果,这一成果应该是正确的。对此,我们找到了版本依据。一是日本古抄白文二十一卷本,一是南宋绍兴三十一年(1161)陈八郎刻五臣注本。这两个本子既证实了"临终"是诗中的小类,与"咏怀"相同;也证实了"移"确为独立的文体,与"书""檄"相同:陈、黄等人的判断不误。这样,《文选》的分类就不是三十七,而是三十八类。

但是,问题并没有结束。因为依据同样的理由,《文选》卷四四"檄"类中司马长卿(相如)《难蜀父老》一文,无论如何不应排列在钟士季(会)的《檄蜀文》之后。司马相如是西汉人,而钟会却是曹魏时人,这两人都是名人,照理是不应出错的。因此,《难蜀父老》一文也应单独标类,即"难"与"移"一样,都是《文选》中单独的文体。这样,《文选》实际文体类目就应该是三十九类了。

最先提出这一观点的,是台湾的游志诚博士[①],他的主要依据是陈八郎本《文选》。该本是国内现存最完整的五臣注本。它不仅在卷四四

---

① 参见游志诚《论〈文选〉之难体》,台湾成功大学魏晋南北朝文学与思想学术研讨会论文。

中标出了"难"体,也在卷四三中标出了"移"体,在卷二三中标出了"临终"子目,后两种——都与清人推断相合。其实,在现存的版本中,并不是没有这样著录的,比如明末毛晋所刻汲古阁本《文选》,也都标出了"移""难"和"临终"。但为什么没有引起人们的注意呢?我们从胡克家对汲古阁本的态度可以了解其原因。前引胡氏《文选考异》称汲古阁本为"俗行",原来,自清初以来,学者并不注重汲古阁本,认为毛氏臆改处太多,故其本不足为据。比如章学诚《文史通义》对《文选》有过批评,其中提到司马相如的《难蜀父老》文,说:"《难蜀父老》,亦设问也。今以篇题为难,而别为难体,则《客难》当与同编,而《解嘲》当别为嘲体,《宾戏》当别为戏体矣。"① 章实斋此处在批评《文选》分体不当,"淆乱芜秽"。暂不论章氏的批评有无道理,值得注意的是,在他的批评中知道他所依据的本子中,"难"是作为一体的。那么章氏依据的是哪一种版本呢?根据清代《文选》版本的递藏情况,能够将"难"标为文体的,大概只有汲古阁本。对于章学诚将"难"作为文体论述的话,骆鸿凯《文选学》并没有用心揣测黄季刚先生"意"的来源,进一步思考"难"是否可以立体,就简单地予以否认说:"《难蜀父老》,《文选》本入檄类。章氏谓别为难体,语失检。"简单地说汲古阁本不可相信,未免过于生硬。汲古阁本虽然臆改较多,但并非没有依据。从毛氏藏书来看,他收藏的宋版《文选》有李善注、五臣注、六臣注等多种版本,他标"移""难"二目,应该是有版本依据的。尤其这种标目完全符合《文选序》所述编辑体例,又有什么可怀疑的呢?

除了汲古阁本以外,正德年间(1506—1521)朝鲜所刻五臣注《文选》(今藏韩国成均馆及日本东京大学),也与陈八郎本一样标出"移""难"二体。此本经校核,与陈八郎本不是同一系统,而与现存杭州猫儿桥钟家刻本两残卷(今藏中国国家图书馆和北京大学图书馆)相同,证明其底本即是杭州本。这样,宋代两种五臣注本都将"移""难"作为独立的文体著录,这是值得我们重视的。

更有力的证据来自《文选集注》。《文选集注》是清末董康在日本称名寺发现的写本,一共二十三卷,1918年罗振玉曾据以影写十六卷行世,题称"唐写文选集注残本"。这是国内学者所见较多的本子,但罗氏影写本并不完整,与日本京都大学影印本相比,不仅没有印足二十三卷,即使同一卷中也脱漏甚多。如卷八五罗本仅有嵇叔夜《与山巨源绝

---

① 叶瑛《文史通义校注》,中华书局1985年版,第81页。

交书》和孙子荆《为石仲容与孙皓书》，而卷八十五下全脱。又如卷七三，罗本仅有曹子建《求自试表》和《求通亲亲表》，日本影印本却自诸葛孔明《出师表》起。最能够说明问题的卷八八所载的司马长卿《难蜀父老文》，罗本中此篇脱漏了题目，因而不可考查"难"是否单独列类。同时在罗本所拟总目录中，罗振玉根据现行刻本《难蜀父老文》列于"檄"类的事实，也想当然地在卷八八目录下题写"檄"字，使人误以为《文选集注》中的《难蜀父老文》也是置于"檄"类的。这其实是罗氏未见全本所引起的错误。事实是在此文之前还有陈孔璋《檄吴将校部曲文》（脱题目）和钟会的《檄蜀文》，恰恰就在《檄蜀文》的末句"各具宣布，咸使知闻"下，连写一"难"字。在"难"字下《集注》引陆善经注说："难，诘问之。"然后换行，题写《难蜀父文》，再换行，题"司马长卿"，这分明表示"难"体的确单独列类。

值得说明的是，《文选集注》所集为李善注、五臣注以及《文选钞》《文选音决》和陆善经注，但以李善注为底本。这个事实说明唐代的李善注本也是以"难"作为独立的文体的。至此，"移""难"二体是否单独列类，应该不再有争议了吧。至于有的人根据现存各种宋版李善注本、六臣本、六家本，如尤袤刻本、明州本、赣州本、建州本等都列三十七类的事实，来否定"移""难"单独立体，那其实是不了解这几种版本的实际面貌所造成的。简单地说，尤袤刻本并不能如实反映李善本原貌，其可靠性还有待于查明它出自何种底本而定。至于六臣本和六家本，其实它们出自同一种底本，即北宋元祐九年（1094）二月秀州州学本，这是第一个五臣与李善合并注本。其后的六家本（即五臣在前李善在后）如广都裴氏刻本、明州本，即据其重雕。又其后，六臣本（即李善在前五臣在后）如赣州本、建州本，又据六家本重雕，只不过是将五臣与李善的前后次序调换了一下。由此可知，是六家和六臣的底本即秀州本在合并时漏掉了"移""难"二体，因此其后依其重雕的各刻本也同样漏掉了这两类，这就是为什么现在所见各宋本都标三十七类的原因[①]。

除了上述现存各版本所提供的证据外，我们还可以根据宋人的记载来证实这个问题。其一是南宋晁公武《郡斋读书志》卷二○著录李善注《文选》六十卷，说："右梁昭明太子萧统纂。前有序，述其所以作之意。盖选汉迄梁诸家所著赋、诗、骚、七、诏、册、令、教、策秀才

[①] 关于这一问题可参见拙作《文选版本叙录》，载袁行霈主编《国学研究（第五卷）》，北京大学出版社1998年版，第173—236页。

文、表、上书、启、弹事、笺、记、书、移、檄、难、对问、议论、序、颂、赞、符命、史论、连珠、铭、箴、诔、哀策、碑、志、行状、吊、祭文，类之为三十卷。"① 其二是南宋王应麟《玉海》卷五四引《中兴书目》曰："《文选》，昭明太子萧统集子夏、屈原、宋玉、李斯及汉迄梁文人才士所著赋、诗、骚、七、诏、册、令、教、表、书、启、笺、记、檄、难、问、议论、序、颂、赞、铭、诔、碑、志、行状等为三十卷（与何逊、刘孝绰等选集）。李善注析为六十卷。"② 其三是宋章如愚《群书考索》前集卷一九《类书门》说："《文选》，梁昭明太子萧统集子夏、屈原、宋玉、李斯及汉迄梁文人才士所著诗、赋、骚经、诏、册、令、教、表、书、启、笺、记、檄、难、问、议论、序、颂、赞、铭、箴、策、碑、志、行状等为三十卷。唐李善注析为六十卷。"③ 章氏所记全同《中兴书目》，当从其抄出。从宋人的记载看，"难"的确是作为独立文体。尤其值得注意的是，《郡斋读书志》著录的是李善注本，它证明了在陈八郎的五臣注之外，当时流传的李善单注本也有"难"体。其次，《郡斋读书志》著录较详细，只漏掉了"辞""史述赞"和"论"三类。它著录的顺序也基本与今本《文选》相符，除"箴""铭"颠倒以及个别文类名称略有出入（如"文"类写为"策秀才文"，"奏记"省略为"记"，"设论"误为"议论"，"哀"类写为"哀策"，"吊文"省略为"吊"）外，应该就是照原文抄下来的目录。

以上是宋人所见《文选》著录"移""难"二体的证据，这样，我们可以说《文选》的文体分类，既不是三十七类，也不是三十八类，而应该是三十九类。

那么，《文选》著录难体有什么历史依据呢？就汉魏六朝文体发展的历史看，"难"作为一种文体，是有著录的。以《后汉书》《三国志》《晋书》《世说新语》为例，大概有这样一些记载：

1.《后汉书·贾逵传》："逵所著经传义诂及论难百余万言，又作诗、颂、诔、书、连珠、酒令凡九篇。"
2.《三国志·吴书·薛综传》："（综）凡所著诗赋难论数万言。"
3.《晋书·卢钦传》："（钦）所著诗赋论难数十篇。"
4.《晋书·皇甫谧传》："（谧）所著诗赋诔颂论难甚多。"
5.《晋书·王接传》："（接）撰……杂论议、诗赋、碑颂、驳难十

---

① 刘锋、王翠红主编《文选资料汇编》引，中华书局2019年版，第251页。
② 上揭书，第254页。
③ 上揭书，第45页。

余万言。"

6.《晋书·虞预传》:"(预)所著诗赋碑诔论难数十篇。"

7.《晋书·孙盛传》:"(盛)并造诗赋论难复数十篇。"

8.《世说新语·文学》注引《中兴书》说阮裕:"甚精论难。"

以上史书的记载说明,"难"从东汉以来就已作为独立文体被著录。其中多与"论"并列而称"论难",但也有一例称"难论",一例称"驳难"。这说明"难"并非依靠"论"而存在。

史书之外,在魏晋六朝一些文章总集中,"难"也被当作单独的文体。这主要是李充的《翰林论》和任昉的《文章缘起》,其他一些专书如《文章流别论》等因失传而难以考察。李充《翰林论》佚文有一条关于"难"的评论:"研核名理而论难生焉。"这表明《翰林论》收录了"难"体文章。任昉的《文章缘起》共收八十四类文体,其中有"喻难"一体,以司马相如《喻巴蜀檄》和《难蜀父老》两文为代表。

从以上所论,可以说明《文选》著录"难"体是有非常充分的版本依据和文献依据的,因此,《文选》的文体分类,应该是三十九类①。

---

① 关于"难"体的具体讨论,参见拙文《论〈文选〉难体》,载《浙江学刊》1996年第6期。

第 三 章
《文选》的比较研究

第一节 《文选》收录标准与齐梁作家作品评赏间的异同

《文选》的选录标准，一般以为是《文选序》中"若夫姬公之籍"句以下的一段文字，阮元《书昭明太子〈文选序〉后》说："昭明所选，名之曰文，盖必文而后选也……经也，子也，史也，皆不可专名之为文也。故昭明《文选序》后三段特明其不选之故。必'沉思''翰藻'，始名之为'文'，始以入选也。"① 朱自清先生据此说："这样看来，'沉思''翰藻'可以说是昭明选录的标准了。"② 将"沉思""翰藻"理解为《文选》的选录标准，我们认为是偏颇的。在前一章中已有分析，这两句话本来是针对史书中的赞论序述等文体而言，若说它是《文选》选录标准的内容之一，是正确的，但绝不就是这标准的全部内容。关于《文选》的选录标准，萧统并没有在《序》中专门论述，所以如何落实这标准，才引起后人的争论。其实细心地阅读《文选序》，还是可以大致地归纳出其主要内容的。首先，萧统阐述了他对文学的基本看法，即文学之义远矣，自伏羲画八卦，造书契，文籍已生。从此以后，由质及文的发展，是文学的基本规律。萧统的这个叙述，与前人相比，并没有什么新内容，但他肯定文学由质及文的发展，表明了他进步的文学史观。"踵其事而增华，变其本而加厉。物既有之，文亦宜然。随时变改，难可详悉"（《文选序》），这是他的基本态度。由此，我们知道了他对汉魏以来文学的声律、辞藻等特点，应该是肯定的。在叙述了对文学的基本态度以后，萧统有一句话"尝试论之"，这一句话很重要，它表明了

---

① 《揅经室三集》卷二，《四部丛刊》本。
② 朱自清《〈文选序〉"事出于沉思，义归乎翰藻"说》，《大家国学·朱自清卷》，天津人民出版社 2008 年版，第 322 页。

其后各文体论述与这基本态度间的关系。也即是说，萧统"踵事增华"的文学观如何具体体现在对各文体的评述中的。其一是赋。萧统指出它是"古诗之体"，荀卿、宋玉为首，而贾谊、司马相如继其后。萧统以荀、宋为赋首的看法，与当时一般以屈原为赋首的提法不同①，显示了他对文体特点的准确把握。对汉赋创作，萧统是肯定的，他说："述邑居则有凭虚、亡是之作；戒畋游则有《长杨》《羽猎》之制。若其纪一事，咏一物，风云草木之兴，鱼虫禽兽之流，推而广之，不可胜载矣。"（《文选序》）从《文选·赋》的分类看，不仅有京都、田猎、纪行等类，也有物色、鸟兽等类，这与扬雄将赋分为诗人之赋、词人之赋两类，而否定词人之赋的观点有异。其二是楚辞。我们知道，关于屈原的评价，在两汉争论颇为激烈，至于南北朝，屈原及其作品基本上得到了统一的认识，《楚辞》与《诗经》并称为"风骚"，而被公认为文学的源头。但就《文心雕龙·辨骚》看，刘勰对它的评价仍有保留。他称《楚辞》有同于经典者四事，异于经典者四事，"固知《楚辞》者，体宪于三代，而风杂于战国，乃《雅》《颂》之博徒，而辞赋之英杰也"（《文心雕龙·辨骚》）。对这评价，许学夷《诗源辨体》说："淮南王、宣帝、扬雄、王逸皆举以方经，而班固独深贬之，勰始折中，为千古定论。盖屈子本辞赋之宗，不必以圣经列之也。"② 以当今的评价标准看，《楚辞》正因为不是"经"，而是优秀的文学作品，才能照耀千秋，影响后人。但在刘勰的评价系统里，经是评文的标准，辞赋则是被批评的对象。他称《楚辞》是《雅》《颂》之博徒、辞赋之英杰已含有贬义了。在其他的篇章里，刘勰对《楚辞》还是多有批评的，如《宗经》说："是以楚艳汉侈，流弊不还。"《通变》说："楚、汉侈而艳，魏、晋浅而绮，宋初讹而新。从质及讹，弥近弥淡。"可见刘勰的实际评价并不高。但在萧统这里，他没有提及历史上的那场争论，直接对屈原作出了正面评价："又楚人屈原，含忠履洁，君匪从流，臣进逆耳，深思远虑，遂放湘南。耿介之意既伤，壹郁之怀靡愬。临渊有怀沙之志，吟泽有憔悴之容。骚人之文，自兹而作。"其三是诗。关于诗的定义，自先秦以迄齐梁，已有很多种解释，传统的如《尚书·尧典》的"诗言志"、《诗大序》的"诗者志之所之也"。反传统的如《典论·论文》的"诗赋欲

---

① 《汉书·艺文志》："大儒孙卿及楚臣屈原离谗忧国，皆作赋以风，咸有恻隐古诗之义。其后宋玉、唐勒，汉兴枚乘、司马相如，下及扬子云。竞为侈丽闳衍之词，没其风谕之义。"
② 许学夷《诗源辨体》卷二，明崇祯陈所学刻本。

丽"、《文赋》的"诗缘情而绮靡"。又有纬书所说"诗者,持也"①。齐梁各批评家对诗的理解也不一样。钟嵘称:"诗有三义焉:一曰兴,二曰比,三曰赋。文已尽而意有余,兴也;因物喻志,比也;直书其事,寓言写物,赋也。弘斯三义,酌而用之,干之以风力,润之以丹彩,使味之者无极,闻之者动心,是诗之至也。"(《诗品上》)萧纲、萧绎、萧子显则主张"吟咏情性"之说。刘勰最为保守,采用了纬书"诗者,持也"的观点并发挥成"持人情性"。与他们都不同,萧统采用了《诗大序》的说法:"诗者盖志之所之也,情动于中而形于言。《关雎》《麟趾》,正始之道著;桑间、濮上,亡国之音表。故风雅之道,粲然可观。"(《文选序》)看来在诗歌观上,萧统并不像乃弟那样先进,而更愿意坚持"风雅之道"。赋、骚、诗之后,萧统对一些散文文体,也表明了态度。如颂是"游扬德业",箴"兴于补阙",戒"出于弼匡",论需"析理精微",铭要"序事清润"(同上)。这既是萧统对文体特点的认识,又规定了各体入选的标准。因此讨论《文选》的选录标准,必须考虑上述内容。

除此之外,我们还要特别注意萧统在《与湘东王书》中所表达的对文学的看法。他说:"夫文典则累野,丽亦伤浮。能丽而不浮,典而不野,文质彬彬,有君子之致。"这段话之所以引起我们的注意,在于它产生的背景。我们知道,萧统这封信写于普通三年(522),在信中他明确表示对《古今诗苑英华》的不满意,称"犹有遗恨"。这就是说,萧统在编成了"犹有遗恨"的《古今诗苑英华》之后,提出了"文质彬彬,有君子之致"的文学理想,而这时《文选》还没有开始编纂。于是就不能不让人把这两者联系起来考虑:萧统在普通三年给湘东王萧绎信中所提出的文学观,会不会成为他将要编纂的《文选》的选录标准呢?我想这一种推测应该是合乎情理的。以这封信与《文选序》比较,两者的文学观还是很接近的。比如《文选序》在论诗时提出的"风雅之道,粲然可观",与"文质彬彬,有君子之致",是较一致的。

从以上分析可见,《文选》的选录标准在齐梁时期是较有自己的特色的,它不像新变派那样激进,也不像保守派那样落后,而是显示出宽容、中和的君子风度。它既肯定文学的发展、进步,又强调传统的要求;既追求形式上的美文特征,也坚持思想内容的雅正风范。这一选录标准与萧统的思想、行为,以及由他倡导起来的"雍容"诗风是相统

---

① 《诗纬含神雾》,孔颖达《毛诗正义》注《诗谱序》引,《十三经注疏》本,中华书局1979年版,第262页。

一的。

关于《文选》的选录标准，自阮元以来，基本便集中在对"沉思""翰藻"的争论之上，近来日本学者清水凯夫教授在《〈文选〉的编辑目的和撰（选）录标准》一文中提出了沈约《宋书·谢灵运传论》实际是《文选》选录标准的观点。支持清水教授这一观点的重要依据是沈约关于汉魏晋宋的文学史评价，被认为是《文选》编辑所采用的标准。例如汉代作家，沈约《传论》说："自汉至魏，四百余年，辞人才子，文体三变。相如巧为形似之言，班固长于情理之说，子建、仲宣以气质为体，并标能擅美，独映当时。"清水教授认为《文选》的确是按照《传论》的主张收录作品，其中前汉司马相如，后汉班固，魏曹植、王粲的作品为多数，并分别给予其时代最高文人的待遇。《文选》是以这三极的汉魏文人为中心，配合王褒、扬雄、张衡等人的作品，对其他各种文体选录其中有定评的名作而编辑的。又如两晋及刘宋的诗歌史，《传论》说："降及元康，潘、陆特秀。律异班、贾，体变曹、王。缛旨星稠，繁文绮合。缀平台之逸响，采南皮之高韵。遗风余烈，事极江右。在晋中兴，玄风独振，为学穷于柱下，博物止乎七篇，驰骋文辞，义殚乎此。……仲文始革孙、许之风，叔源大变太元之气。爰逮宋氏，颜、谢腾声。灵运之兴会标举，延年之体裁明密，并方轨前秀，垂范后昆。"清水教授认为，《传论》所高度评价的潘岳、陆机、颜延之、谢灵运，也正是《文选》收录作品最多的作家，于是他得出《文选》撰录诗的主要标准是《宋书·谢灵运传论》的结论①。清水教授试图在南朝文学批评背景中寻找《文选》选录标准的想法，对我们的研究不无启发，不过他这一工作的结论，却没有说服力。因为《文选》的选录标准研究与萧统的文学思想研究不一样。对于后者，可以通过背景的描绘，寻找出影响其思想形成的各因素。但对于前者，跨出《文选》及其编者的范围之外，另寻一种与《文选》没有直接关系的标准，这在理论上站不住脚。我们不能设想编辑一本文选，编者自己没有标准而使用另外一套标准，却又不作任何说明，这在历史上的确没有先例。那么对清水教授所引以为据的《宋书·谢灵运传论》如何看待呢？

其实，沈约所论述的汉魏晋宋代表作家，并不是沈约一己私见，而

---

① 清水教授认为，《文选》是根据《传论》所论诗歌发展史的前半部分选择齐梁以前有代表性的文人为支柱，根据后半部分声调和谐和创作理论选择齐梁时代有代表性的文人为中心。对清水教授关于《文选》根据《传论》的声律理论选择齐梁作家作品的观点，限于篇幅，此处不论。

是当时公论。他所提到的汉代作家司马相如、班固，是当时公认的优秀作家。司马相如，《史记》《汉书》均列有专传，他的作品一直为人们传诵。至于班固，《后汉书》亦为之列传，他不仅有史名，其《两都赋》也被后世作家奉为楷模。范晔《后汉书·班彪传赞》说："二班怀文，裁成帝坟。比良迁、董，兼丽卿、云。""迁、董"指司马迁、董狐，是夸班氏父子的良史之才；"卿、云"指司马长卿（相如）、扬子云（雄），是赞班固的文才。范晔是刘宋时人，较沈约为早，他以班固与司马相如、扬雄并提，自然不是受沈约的影响。其实，早在东汉末年，王逸已经开出了先秦两汉代表作家的名单。《北堂书钞》卷一〇〇《叹赏》引王逸《正部》说："屈原、宋玉、枚乘、相如、王褒、扬雄、班固、傅毅，灼以扬其藻，斐以敷其艳。"王逸所提到的这些作家，《文选》均作为重要作家予以收录。又如《三国志·蜀书·郤正传》记郤正"性澹于荣利，而尤耽意文章，自司马、王、扬、班、傅、张、蔡之俦遗文篇赋，及当世美书善论，益部有者，则钻凿推求，略皆寓目"。这个文人名单与沈约、萧统所录汉代代表作家基本相同。可见对代表作家的认定，并不是沈约的专利。设想《文选》编录两汉作家作品，必要根据沈约提供的名单，才能定其主次和去取，也未免太低估了编者的水平。再如魏晋作家曹植、王粲、潘岳、陆机，更是在当时享有盛誉的，除他们之外，魏晋时期还未见有谁可以取代。如果一定要以《文选》与《谢灵运传论》作比较的话，二者倒是在潘岳、陆机的评价上有差别。西晋作家，潘、陆齐名，然孰优孰劣，当时已有争论。钟嵘《诗品》上说："晋黄门郎潘岳诗，其源出于仲宣。《翰林》叹其翩翩然如翔禽之有羽毛，衣服之有绡縠，犹浅于陆机。谢混云：'潘诗烂若舒锦，无处不佳。陆文如披沙简金，往往见宝。'嵘谓益寿轻华，故以潘为胜；《翰林》笃论，故叹陆为深。余常言：陆才如海，潘才如江。"钟嵘这里交代了关于潘、陆争胜的事实。文中所说的《翰林》，即李充的《翰林论》，《太平御览》卷五九九引其文说："潘安仁为文也，犹翔禽之羽毛，衣被之绡縠。"益寿，谢混小字。轻华，有两解：一是轻丽，意思是谢混风格轻丽，近于潘岳，故以潘岳为胜。二是姚振宗《隋志考证》认为"华"指张华，即是说谢混不同意张华的意见。因为陆机赴洛之后，极受张华的推赏，称"伐吴之役，利获二俊"（时称陆机、陆云兄弟为"二俊"）。又曾说过："人之为文，常恨才少，而子更患其多。"（《晋书·陆机传》）陆云在《与兄平原书》中也说过此事。依姚振宗解释，谢混不同意张华对陆机的评价，他认为潘胜于陆。以上两解都可通，但以前解为优。因为"轻华"与"笃论"相对,形容词对形容词,比较合于一般的语言表达习惯。谢混的意见应当来自东晋的孙绰,孙绰说:"潘文烂若舒锦,无处不善;陆文若排沙简金,往往见宝。"① 称潘岳是"无处不善",评价当然高于陆机的"往往见宝"。似乎意犹未尽,孙绰又说"潘文浅而净,陆文深而芜",这一来,扬潘抑陆的意思就十分明白了。钟嵘引谢混的评价其实只是重复了孙绰的话,不过说明谢混是同意孙绰的意见的。谢混的意见肯定影响了谢灵运,因为谢混是灵运族叔,东晋末年在谢氏子弟中充当领袖,灵运也曾受到过他的批评。受了谢混的影响,谢灵运也是扬潘抑陆派,他曾含有深意地说过:"左太冲诗,潘安仁诗,古今难比。"(《诗品上》)在他的评价里,干脆抛开了陆机。从以上事实看,潘、陆之争不仅在两晋,至南朝时更加公开化,如钟嵘就是扬陆抑潘派。再看《文选》,仅诗歌类就录陆机五十二首,而潘岳仅录九首,编者崇陆抑潘的倾向是很明显的。当然,沈约《宋书·谢灵运传论》称"潘、陆"而不称"陆、潘",未必就含褒贬之义,那么以上的分析论述也就与清水教授的结论一样,都不可以牵强地将《文选》与《谢灵运传论》联系在一起②。不过,本文之所以比较细致地对潘、陆之争进行论述,目的并不仅在反驳清水教授的结论,主要还是就此讨论《文选》的选录标准与当时作家作品实际品评间的异同。

能够代表南朝文学批评成果的,主要有檀道鸾《续晋阳秋》、沈约《宋书·谢灵运传论》、萧子显《南齐书·文学传论》、萧纲《与湘东王书》,以及钟嵘《诗品》、刘勰《文心雕龙》等。钟、刘两书,留待下节详论,此处从略。先就作家评价看,檀道鸾《续晋阳秋》说:"自司马相如、王褒、扬雄诸贤,世尚赋颂,皆体则《诗》《骚》,傍综百家之言。及至建安,而诗章大盛。逮乎西朝之末,潘、陆之徒虽时有质文,而宗归不异也。正始中,王弼、何晏好《庄》《老》玄胜之谈,而世遂贵焉。至江左李充尤盛③。故郭璞五言始会合道家之言而韵之。(许)询及太原孙绰转相祖尚,又加以三世之辞,而《诗》《骚》之体尽矣。询、绰并为一时文宗,自此作者悉体之。至义熙中,谢混始改。"④ 从檀道鸾的叙述看,他所肯定的作家是司马相如、王褒、扬雄、潘岳、陆

---

① 余嘉锡《世说新语笺疏》,第261页。
② 排名的先后,其实也有讲究,如初唐四杰的"王、杨、卢、骆"排名顺序,杨炯就不满意。
③ 他本作"至过江,佛理尤盛",此据余嘉锡《世说新语笺疏》。
④ 余嘉锡《世说新语笺疏》,第262页。

机、谢混。这个叙述应该说较为粗疏，于建安作家未加评论，大概檀道鸾主要目的在对东晋的玄谈展开批评，因为这一段话是接在介绍东晋作家许询之后的，所以对建安便不多论。另外一种可能是，注者刘孝标对引文有所删节，这也是古代注文常有的情形。不管怎么说，他肯定的这几位作家，除谢混外，都是公认的优秀作家。即使谢混，在对玄言诗风的革除上，也是得到当时及后世的承认的。应该说汉魏六朝的代表作家，檀道鸾、沈约所论已基本包括，以后如萧纲、萧子显等论，也都不出这一范围。萧纲《与湘东王书》中所列作家有司马相如、扬雄、曹植、王粲、潘岳、陆机、颜延之、谢灵运；萧子显《南齐书·文学传论》所列则有司马相如、李陵、扬雄、张衡、傅毅、阮籍、潘岳、陆机、左思、颜延之、谢灵运等。将以上这个名单与江淹《杂体诗》所列作家，以及钟嵘《诗品》、刘勰《文心雕龙·明诗》比较，也都基本相合，由此可见，关于汉魏六朝的代表作家，当时已有公论，这不仅表现在进步的批评言论中，即使是保守的批评家如裴子野，当他对《诗》《骚》之后的文学展开批评时，所列举的作家也基本是这些人（见裴子野《雕虫论》），这一切都表明这些代表作家是得到了不同批评派别的认可的。这个现象说明了一个事实，不能仅以是否列举这些代表作家作为评判批评家文学思想（包括编辑家评选标准）的依据。不过，由这一现象我们又得到了另外一种启示：既然对代表作家认可的相同不能判别各家的思想。那么除此之外有没有相异的评价呢？于是我们注意到了各家对东晋文学评判的不一致处。

东晋文学的一大现象是玄言诗，对此，南朝各家似乎均有批评，但对于玄言诗的代表作者却有不同的意见。依檀道鸾的意见，自王弼、何晏开创玄学风气之后，至江左尤盛，郭璞乃以玄理写入五言诗，许询、孙绰又转相祖尚，玄言诗便兴盛于一时。孙绰、许询是玄言诗人，这是大家公认的，至于郭璞，则有异议。萧子显《南齐书·文学传论》在这一点上同意檀说，称"江左风味，盛道家之言，郭璞举其灵变，许询极其名理"，也是将郭璞当作玄言诗的开创人。对此，钟嵘评价恰恰相反，《诗品序》说："永嘉时，贵黄、老，稍尚虚谈，于时篇什，理过其辞，淡乎寡味。爰及江表，微波尚传，孙绰、许询、桓、庾诸公诗，皆平典似《道德论》，建安风力尽矣。先是郭景纯用俊上之才，变创其体；刘越石仗清刚之气，赞成厥美。然彼众我寡，未能动俗。逮义熙中，谢益寿斐然继作。"钟嵘以为西晋时作品已"理过其辞，淡乎寡味"了，郭璞变创其体，企图改变风气，而没有成功。这是把郭璞的创作视作有意识地要反对玄言诗风了。刘勰的态度与钟嵘相近，但有不同，他说："江左篇制，溺乎玄风，嗤笑徇务之志，崇盛忘机之谈，袁（宏）、孙（绰）已下，虽各有雕采，而辞趣一揆，莫与争雄。所以景纯《仙篇》，挺拔而为俊矣。"（《文心雕龙·明诗》）刘勰对郭璞的创作也是肯定的，但却没有说郭璞有意识地反对玄言诗风。檀、萧与钟、刘对郭璞评价的不同，反映了他们对郭璞《游仙诗》的理解不一样。那么萧统的态度如何呢？我们看到《文选》诗类专门列有"游仙"一类，所收为西晋何劭和郭璞两人，共八首诗，其中郭璞一人占有七首。这表明萧统对郭璞诗的充分肯定。但是《文选》以郭璞与何劭同选，其对郭诗的态度又与钟、刘二人不同了。按照钟、刘二人的意思，郭璞题虽为《游仙》，而实与前人不同，李善解释说："凡游仙之篇，皆所以滓秽尘网，锱铢缨绂，餐霞倒景，饵玉玄都；而璞之制，文多自叙，虽志狭中区，而辞无俗累，见非前识，良有以哉！"（《文选》郭璞《游仙诗》注）而何劭的诗呢？五臣张铣注说何劭"以处乱朝，思游仙去世"（《文选》何劭《游仙诗》注），只是一般的游仙之作，既然是这样，郭璞《游仙诗》就不应该与何劭诗混同一类，这会影响读者对郭璞诗意义的认识。可见萧统与钟、刘立足于破玄风立场去认识郭璞，还是有所不同的。按照《文选》的这一安排，萧统仍然将郭璞视为游仙诗人，只是这一类中的优秀者而已。看来萧统编《文选》的目的还在于辨体，在于树立每一体中的模范作品，以指导当时的写作。

第二节　《文选》与《诗品》《文心雕龙》及《文章缘起》的比较

萧统与钟嵘，似乎没有直接的关系。钟嵘在天监年间曾做过临川王萧宏的行参军和衡阳王萧元简的记室，最后迁西中郎晋安王萧纲的记室，但未参加过与昭明太子有关的文学或政事活动。《诗品》的写作，据钟嵘《诗品序》说是"近彭城刘士章，俊赏之士，疾其淆乱，欲为当世诗品，口陈标榜，其文未遂，感而作焉"，看来他是受到刘绘的启发。刘绘是刘孝绰父亲，永明文学的后进。文中所说的"疾其淆乱"，指的是"王公缙绅之士，每博论之余，何尝不以诗为口实。随其嗜欲，商榷不同，淄渑并泛，朱紫相夺，喧议竞起，准的无依"。这是指当时批评界的混乱状态，各自根据自己的好恶，随意品评作家作品，而缺乏标准和依据。刘绘有感于此，本想著文作《诗品》，惜未成书。不过，这件事启发了钟嵘，这说明钟嵘《诗品》起码在这时便已酝酿写作了。至于其书写成则要在沈约卒后（513）了。一者《诗品序》明言："其人既往，其文克定；今所寓言，不录存者。"在《诗品》所录一百二十多人中，沈约是最后一人。二者《南史·钟嵘传》称："及（沈）约卒，嵘品古今诗为评，言其优劣。"钟嵘卒于天监十七年（518）左右，就是说《诗品》是天监十二年至十七年之间写成的。以上是钟嵘《诗品》写作的背景和时间，他虽未与萧统有过交往，但《诗品》与《文选》成书的背景却大致相同，尤其天监十四年以后，萧统东宫的文学活动十分活跃，估计像《正序》《古今诗苑英华》等书也是在这一段时间里开始编纂，因此，《文选》与《诗品》，二书之间是有比较的可能性的。

《诗品》与《文选》有许多相同的地方，首先是体例上的一致性。第一，就不录存者而言，两书是一样的；不过，对这一点，《诗品》明确写在《序》里，《文选》却没有说明。第二，以世代为序的安排方法，《诗品序》说："一品之中，略以世代为先后，不以优劣为诠次。"《文选序》说："凡次文之体，各以汇聚。诗赋体既不一，又以类分，类分之中，略以时代相次。"①《诗品》分三品评人，故于每一品中再按时代先后安排作者；《文选》以文体分类，在各文体类别中根据作者生活的时代先后为序，这大概是出于操作方便的考虑。这当然是就大体的情形而言，实际执行起来，可能略有出入。比如我们在前文所提到《文选》中曹植与王粲的例子，有的类别曹居王前（如"公宴"），有的类别王居曹前（如"咏史"），这样的失误，是由实际编辑者非一人造成的，与评骘高下无关。但是，对于钟嵘来说，《诗品》成于他一人之手，若出现明显的时代颠错，应该是有意的。清人张锡瑜《钟记室诗评》对《诗品序》所述"以世代为先后"的体例作按语说："此亦大判言之，检勘全书，殊不尽尔。如中品晋谢混在宋谢瞻下，下品魏应场在晋欧阳建下，魏缪袭在晋张载、二傅等下，盖亦微存优劣之意也。"对此，今人张伯伟先生称"此言得之"②。假如《诗品》底本的确如此面貌，张氏之说应该是有道理的。不过，对张氏所检《诗品》中时代颠错的数例看，钟嵘是否故意以魏人置于晋人之下，表达优劣之意，恐还可商榷。即以谢混、应场、缪袭为例，谢混卒于晋义熙八年（412），当然是晋人，但《诗品》各版本并作"宋仆射谢混"，这说明是钟嵘本人的错误，误将晋

---

① 现行各版本并作"各以时代相次"，但日本古抄本上野精一氏藏《文选序》和九条家本《文选》均作"略以时代相次"。

② 张伯伟《钟嵘诗品研究》，南京大学出版社1999年版，第24页。

谢混写作了宋谢混。钟嵘将谢混当作宋人，自然会置于宋人之中了。再就谢混所处的位置看，在他之前的宋人有谢世基、顾迈、戴凯、陶潜、颜延之、谢瞻六人，其中谢、顾、戴三人是与晋人郭泰机、顾恺之合为一条，陶、颜各占一条，谢瞻与谢混、袁淑、王微、王僧达五人占一条，钟嵘无论如何不应在隔了六个人、三条的情况下安排晋人在内，而目的只是为了"微存优劣之意"。以一点点微意，损害这么大的体例，这才真是得不偿失了。以之对照缪袭的情况，也是如此。缪袭正始六年（245）卒，应是魏人，但据吕德申先生《钟嵘诗品校释》说，《山堂先生群书考索》本"缪袭"之前无"魏"字，而《夷门广牍》本、《津逮秘书》本、《四库全书》本、《砚北偶抄》本、《学津讨源》本、《谈艺珠丛》本、《玉鸡苗馆丛书》本、《古今图书集成》本、《历代诗话》本均作"晋侍中缪袭"，其他版本则同《群书考索》本，无"魏"字①。也就是说，从版本上看，从来只有作"晋"字和无"魏"字两种区别，绝无作"魏"字的版本。今人的一些注本（如吕氏《校释》本）根据缪袭的卒年，更"晋"为"魏"，这与张锡瑜的做法相同，这样的校注径改，值得商榷。因为径改的前提是流传的版本有误，但如果版本自身并没有错，而是钟嵘的错误呢？实际上也正是如此，张锡瑜氏将钟嵘的原文改动之后，再据而猜测其"微意"，这不是辗转以自己证明自己吗？其实南朝时对正始年间人，往往有作为晋人看待的。如《诗品》上中的阮籍，卒年是魏元帝曹奂景元四年（263），应是魏人无疑，但钟嵘却题为"晋步兵"。再如嵇康，也是景元四年被杀，但钟嵘却题"晋中散"。这样的例子，在《诗品》中还有不少，如下品中的"齐征北将军张永""齐朝请吴迈远"，其实都是宋人，这说明钟嵘对一些作家的生平并不十分熟悉，今人注本往往径改原文，这不仅破坏了《诗品》的原貌，也影响到对《诗品》体例的判断和分析。实际上研究者往往忽略了钟嵘论述这一体例时所用的措辞"略以世代为先后"的"略"字，大概钟嵘在安排作家的顺序时，已经考虑到具体操作的难度，所以用"略"字表明这一体例的某些不严谨之处。与《诗品》极其相似，《文选序》在论述该体例时，也使用了"略以时代相次"的话。在具体的作家安排上，《文选》确也有同时代作家颠错的现象，如曹植和王粲、陆机和潘岳，前者比后者年辈晚，但在有的类目中却排在前面，这也是"略"的实际用处吧。

---

① 《钟嵘诗品校释》，北京大学出版社1986年版。

《诗品》与《文选》在体例上的第三个相同处，是二书都将下限定于天监十二年（513），以沈约去世为标志。按照钟嵘的解释"其人既往，其文克定"，就是说只有等人死之后，才易于评定。那么他的定于天监十二年，是因为正好这一年沈约卒后，他才决定撰述此书，还是与沈约本身并没有太大的直接联系呢？如前文所述，事实上钟嵘决定撰《诗品》是受到了刘绘的启发，刘绘卒于齐末梁初，那时沈约等人还正在文坛上称雄。虽然撰写是有过程的，但这体例的确定，开始于什么时候呢？比较合理的推测是齐末梁初钟嵘已开始搜集材料，至沈约死后遂确定体例，撰写成书。那么他的定沈约为下限，仍然是有深刻的考虑的。我们在上文中分析《文选》以沈约为下限的用意，推测是编者企图对包括永明文学在内的前人文学进行总结，《诗品》也应该如此。这样，在梁时，一部诗学著作、一部文章总集都不约而同选择了天监十二年为下限，其用意，在当时的文学背景里肯定具有相通之处。

　　《诗品》与《文选》不仅具有上述体例上的相同点，更重要的是表现在对作家、作品的品评上。首先，从代表作家的认可上，两书基本一致。《诗品》上共录十二人，《古诗》属无主名者除外，汉代作家有李陵和班姬，二人作品自属伪托，但在汉魏六朝时多数人还是相信的。《诗品》品评，《文选》选录，表明了钟、萧二人的态度。尤其班姬，是《文选》仅录的一个女诗人，这也反映了萧统对她的评价。魏晋和刘宋的作家，《诗品》列为上品的有曹植、刘桢、王粲、阮籍、陆机、潘岳、张协、左思、谢灵运九人。其中又分别以曹植、陆机、谢灵运为魏、晋、宋三个时期的主要代表。他说："故知陈思为建安之杰，公干、仲宣为辅；陆机为太康之英，安仁、景阳为辅；谢客为元嘉之雄，颜延年为辅。"（《诗品序》）这一评价基本也反映在《文选》里。《文选》诗类于建安录七位作家、五十八首诗，其中曹植二十五首，王粲十三首，刘桢十首，是七人中最多的三位；正始诗人有三，诗歌二十五首，其中阮籍一人占十七首；西晋诗人二十四人，诗一百二十六首，其中陆机五十二首、潘岳九首、张协十一首、左思十一首，也是西晋诗人中最多的四位；刘宋诗人十人，诗九十七首，其中谢灵运四十首、颜延年二十一首，是刘宋诗人中最多的两位。在这些代表各时期的诗人中，分别以曹植、陆机、谢灵运录诗最多，的确与钟嵘所说"杰""英""雄"符合。其次，从作品的评价看，《诗品》上品明确论述的作品共有六目，《文选》选入者五目；中品所论共十九目，《文选》选入十二目；下品所论共八目，《文选》选入一目。再如《诗品序》，明确提到的作品共二十九目（班固《咏史》除外，因为钟嵘是以批评的口吻提到的），《文选》选入二十一目。从以上的统计数字看，《诗品》与《文选》在对代表作家以及优秀作品的确定上，是十分接近的。在前文中，笔者曾提到一个观点，即主要的代表作家认定，尚不能据以判断两个批评家的文学思想和批评标准，但像《诗品》这样数量如此多，而且在一些具体作品评价上的一致性，还是能够说明，钟嵘与萧统文学品评标准是相似的。

但《诗品》也有与《文选》不太相近的地方，这反映在对当代作品的评价上。二书都以沈约为下限，都涉及了齐梁作家作品，从《诗品》看，它的上品至谢灵运而止，齐梁时期的优秀作家谢朓、沈约都置于中品。此外，在《诗品》所赞扬的全部作品中，包括《诗品序》所论的警句、名篇，没有一首是齐梁人所作。看来这与钟嵘不赞成声律的观点有关。钟嵘反对平上去入的声律化，见于《诗品序》。他的这种态度在当时恐怕较为人知，因此隋刘善经著《四声指归》就很不客气地批评了他。刘氏说："颍川钟嵘之作《诗评》，料简次第，议其工拙。乃以谢朓之诗末句多蹇，降为中品，侏儒一节，可谓有心哉！"① 我们知道《南史》记钟嵘曾求誉于沈约，遭到拒绝，于是钟嵘将沈约置于中品，以示报复。刘善经这里又暗示他将谢朓也降为中品，可见当时对钟嵘的传言还不少。不过，今人一般不相信"报复"的话，主要还是钟嵘诗歌观与永明作家有距离的原因。反观《文选》，于齐作家选三人，共二十四首，谢朓一人占二十一首；于梁选五人（徐悱除外），共五十三首，其中沈约十三首，江淹三十二首。但江淹《杂体诗》三十首，应当别论，这并不代表编者对他作品成就的评价，而是与辨体有关，因此最多者还应为沈约。从《文选》看，谢朓、沈约二人虽不如《诗品》列于上品的曹植、陆机、谢灵运，但较其他上品诗人，数量也还是可观的。这个现象说明《文选》对当代作家的重视，是强于钟嵘的。但也不得不说明，在汉、魏、两晋、齐、梁的诗歌选录上，《文选》收录最多的仍是魏、西晋和刘宋，而不是齐、梁。日本学者冈村繁教授在《〈文选〉编纂的实际情况与成书初期对该书的评价》② 一文中，提出《文选》更着重于当代作品，尤其是宋齐以来华丽而清新的诗文范本的观点，其实并不符合《文选》的实际收录情况。冈村繁教授这一观点，骆鸿凯氏《文选学》提出在先，他说："按登选之文，虽甄录《楚辞》与子夏《诗序》，上起成周，其实偏详近代。由近代视两汉略已，先秦又略之略已。何以知

---

① 《文镜秘府论·天卷·四声论》引，王利器《文镜秘府论校注》，第92页。
② 俞绍初、许逸民主编《中外学者〈文选〉学论集》，中华书局1998年版。

之？试观令载任彦升《宣德皇后令》一首，教载傅季友《为宋公修张良庙教》《修楚元王庙教》二首，策秀才文则只有王元长与彦升两家，以及启类、弹事类、墓志、行状、祭文诸类，彦升为多，其余则沈约、颜延之、谢惠连、王僧达数人之文，岂非以近代为主乎？不然，自启以下，古人讵无此体者。是知昭明选文，详近略远，又其所悬之准的矣。"① 若就《文选》文类的收录情况看，这个观点有其道理，但若以之概括赋、诗二类，就不准确了。

《文心雕龙》与《文选》的关系，是《文选》学研究中的一个重要问题，研究的结论基本上肯定《文心雕龙》对《文选》的影响。骆鸿凯氏《文选学·纂集第一》说："昭明选文，或相商榷。而《刘勰传》载其兼东宫通事舍人，深被昭明爱接；《雕龙》论文之言，又若为《文选》印证，笙磬同音。是岂不谋而合，抑尝共讨论，故宗旨如一耶？"② 由此考察这一结论的依据主要有两点：一是刘勰曾任萧统东宫通事舍人，深受昭明爱接，其论文主张不能不影响到昭明太子；二是《文心雕龙》与《文选》在许多问题上（如文体分类、作家作品评价）十分相近，可证《文选》受到了《文心雕龙》的影响。

关于第一点，刘勰任东宫通事舍人是在天监十三年（514）左右③，这时正是萧统与东宫学士的文学与学术活动最兴盛的时候，刘勰的加入，照道理会参与一些文学活动。《梁书·文学·刘勰传》记："昭明太子好文学，深爱接之。"这似乎是刘勰参与东宫文学活动的证明，但也只是唯一的证明，除此之外，迄今再也不见有刘勰与萧统以及其他学士之间的文学交往的材料了。关于刘勰的身世，学者有比较详尽的研究，我们知道他幼孤贫，从小就依当时著名僧人僧祐达十余年，因此他极为精通佛学，本传说他"博通经论，因区别部类，录而序之"。也正是因为他的精研佛理，才使他在梁代受到重视。本传说"京师寺塔及名僧碑志，必请勰制文"，看来他的名扬当时，与这是有关系的。加之他的老师僧祐，是齐梁时期高僧，在笃信佛教的南朝，拥有极高地位，因此，我总以为刘勰入仕，与僧祐有极大的关系，而他入仕之后有一定名声也与其精通佛理有关。也就是说，在别人的眼里，他是一个深通佛理的人，而不是文学之士。本传记他写完了《文心雕龙》以后，当时的反应

---

① 骆鸿凯《文选学》，第34—35页。
② 上揭书，第10页。
③ 此据牟世金说。参见山东大学文史哲研究所主编《中国历代著名文学家评传（第一卷）》，山东教育出版社1983年版，第554页。

是"未为时流所称",可见《文心雕龙》在写完之后,刘勰曾经拿到社会上宣传过,却没有受到重视,他这才想到要去找文坛领袖沈约。沈约不仅是文坛领袖,又极喜推荐、提携年轻人,读了《文心雕龙》之后,"大重之,认为深得文理,常陈诸几案"(《梁书·刘勰传》)。看来,沈约欣赏《文心雕龙》是真,但同时也看到,沈约的欣赏也只限于此,他似乎并未对刘勰及其书有过推荐,甚或是在公开场合赞扬的举动,这与刘勰送书的动机是完全不符的。因此,沈约对他的欣赏达到什么程度还是很难推测的。事实上,刘勰天监初年踏入仕途,以奉朝请起家,兼中军临川王萧宏记室,是因为萧宏在僧祐处出入时认识了刘勰,才加以聘用的,我想这中间或许便是僧祐的推荐①。刘勰入仕以后,与佛学界仍然保持着紧密的联系,道宣《续高僧传》卷一《宝唱传》说:"天监七年(508),帝以法海浩汗,浅识难寻,敕庄严僧旻于定林上寺缵《众经要抄》八十八卷。"② 同书卷五《僧旻传》记刘勰参加了这一工作:"仍选才学道俗释僧智、僧晃、临川王记室东莞刘勰等三十人,同集上定林寺抄一切经论,以类相从,凡八十卷,皆令取衷于旻。"③ 据此可见刘勰在当时的名声与佛学有关。从当时的记载看,也都是关于刘勰参加佛学活动的材料,没有人提到过他在东宫中的文学活动。在这种情况下,仅根据他是东宫官属,就断定《文选》的编纂受到过他的影响,恐怕证据还太单薄。就《文心雕龙》在当时的影响看,据《梁书》本传记载,并不为时流所接纳,沈约"陈诸几案"的话,有多少可信性,也还值得怀疑。虽然史书的记载比较慎重,但在列传中,也还常有夸张。如史书中常有某人作文呈某人,受到赞赏的记载,其实也未必然。此例甚多,举一例以概其余。《晋书·文六王传》记齐王司马攸曾献箴于太子,传称"世以为工",事实上,只是内容的雅正而已。刘勰的《文心雕龙》当然与此不同,就后人看来,的确是一部体大思精的著作,尤其对文体的分析在齐梁时本应该能够引起注意的,但它的确又没有引起当时文坛的注意。钟嵘《诗品序》曾列举了魏晋以来多部文学批评的论著,内中就没有《文心雕龙》。当然,这或许因为刘勰与钟嵘年代太近的缘故,但这也仍然说明刘勰著作的影响并没有大到钟嵘必须提及的地步。这是值得我们思考的:《文心雕龙》影响到底有多大,是否大到影响《文选》

---

① 参见杨明照《梁书刘勰传笺注》,朱东润、李俊民、罗竹风主编《中华文史论丛(总第 9 辑)》,上海古籍出版社,1979 年第 1 辑,第 165 页。
② 郭绍林点校《续高僧传》,中华书局 2014 年版,第 8 页。
③ 上揭书,第 156 页。

的编纂？这是其一。其二，我们的文学史研究者，往往喜欢从文学角度思考问题，不觉中会夸大文学的作用和影响。比如对萧统，他虽然与东宫学士开展了不少文学活动，也编辑了几部诗、文总集，但他毕竟是太子，一国之储君，文学并不是他主要关心的内容，他身为太子，主要还是要锻炼自己的治国才能。《梁书》本传记："太子明于庶事，纤毫必晓，每所奏有谬误及巧妄，皆即就辩析，示其可否，徐令改正，未尝弹纠一人。平断法狱，多所全宥，天下皆称仁。"这些才是太子在东宫期间所要做的。现在有些研究者，往往夸大了《文选》的编纂在萧统一生中的比重，认为萧统自加元服以来，就围绕着编辑《文选》开始工作；他编《正言》《古今诗苑英华》都是为编《文选》而作准备；为此，东宫的选择官属，以及官属的变动，都与《文选》有关。我以为这样理解萧统以及萧统的工作，是有些偏颇的。按照前面对刘勰出身的叙述，他进入东宫，与其说是因为文学才能，不如说是因为他的佛学知识。梁武帝溺于佛是众所周知的，在他的带动下，上至太子，下至百官、庶民，无不尊崇释教，顶礼佛典。在这样的背景里，于东宫配置精研佛理的人，应该是必要，也是正常的。因此，我认为刘勰的进入东宫与他的佛学知识有关。当然，由于刘勰著有《文心雕龙》，对文体的辩析极为精通，可能在萧统与刘孝绰等编选诗文时，参与提过一些意见。事实上，《梁书·刘勰传》对《文心雕龙》的介绍并不是称它为评论之书，而是定义为"论古今文体"，这就是当时人对《文心雕龙》的看法。

关于第二点，支持《文心雕龙》对《文选》有影响这一观点的人，主要依据二书在文体分类和代表作家作品评价上的基本一致来判断的。在文体分类上，《文选》分三十九类，而《文心雕龙》分三十三类，两者大体相当，所以骆鸿凯先生《文选学》说："《文选》分体凡三十有八，七代文体，甄录略备，而持校《文心》，篇目虽小有出入，大体实相符合。"[①] 如果仅就分类的数目看，两书的确相近，但具体的文体名称、内容，却有很大的差异。以《文心雕龙》与《文选》相较，二书基本相同的文体有诗、赋、骚、乐府、铭、箴、诔、碑、哀、吊、论、檄、移、表、书等。有的属于名同而实异的，如赞，《文心雕龙》说："至相如属笔，始赞荆轲。及迁《史》固《书》，托赞褒贬。约文以总录，颂体以论辞；又纪传后评，亦同其名。而仲洽《流别》，谬称为述，失之远矣。"（《文心雕龙·颂赞》）刘勰这里所举例，《文选》立为"史

---

① 骆鸿凯《文选学》，第124页。

述赞",当遵从挚虞的《文章流别集》。在"史述赞"之外,《文选》另立"赞"体,以夏侯湛《东方朔画赞》、袁宏《三国名臣序赞》充当。这两篇作品,刘勰未提,大概属于他慨叹的"颂家之细条"范围。詹锳先生《文心雕龙义证》引刘师培《左庵文论》说:"三国之时,颂赞虽已混淆,然尚以篇之长短分之。大抵自八句以迄十六句者为赞,长篇者为颂。其体之区别,至为谨严。彦和所谓'促而不广'云云,正与斯时赞体相合。及西晋以后,此界域遂泯。如夏侯湛之《东方朔画(像)赞》,篇幅增恢,为前代所无。袁弘(案,应为宏)《三国名臣赞》,与陆机《高祖功臣颂》实无别致,而分标二体。可知自西汉以下,颂赞已渐合为一矣。"① 据此看来,《文心雕龙》的"赞"体实际包括了《文选》中"赞"与"史述赞"两体。刘勰不赞成"史述赞"的提法,但以此为"赞"之正,而以《东方朔画赞》等为"赞"之变。萧统却将它们作为两种文体,以变体充当正体,而为正体另立一名。且不讨论萧、刘二人孰是孰非,其区别却是非常明显的。

  《文心雕龙》与《文选》还各自拥有完全不同的文体。《文心雕龙》与《文选》相异的文体有:祝盟、杂文、谐隐、史传、诸子;《文选》有而《文心雕龙》没有单立的文体名称:七、册、教、上书、启、弹事、笺、难、设论、辞、序、符命、史论、史述赞、连珠、墓志、行状、祭文。在《文心雕龙》著录的文体中,史传和诸子是《文选序》公开声明不入选的。祝盟和杂文,《文选》未予立体,但《文心雕龙·祝盟》中提到了潘岳的《祭庾妇文》,是祝文包含了祭文,明徐师曾《文体明辨序说》据此认为祭文是祝文的变体。再就杂文看,刘勰称为"文章之枝派,暇豫之末造"(《文心雕龙·杂文》),是于诗、赋、乐府等文体之外所立能概括其余的总杂之类。当然,虽然"杂",也还有个规则,从刘勰的叙述看,主要是对问、七、连珠三种,此外还有典诰、誓问、览、略、篇、章、曲、操、弄、引、吟、讽、谣、咏等。这其中,对问、七、连珠三体,《文选》单独立体。由此可见,二书的差别主要是立体分类不同。再考察《文选》不同于《文心雕龙》的文体,大多数也可以在《文心雕龙》的不同类别中找到对应地位。用对应符号表示如下:七—杂文、册—诏、上书—说、难—移、对问—杂文、设问—杂文、连珠—杂文、符命—封禅文、祭—祝。从以上叙述的事实看,刘勰与萧统在文体的立体分类上是有十分大的差异的,因此,仅据二书都是

---

① 詹锳《文心雕龙义证》,第 349 页。

三十多类的感觉上的判断，便下断语说萧统的区分文体受到过刘勰的影响，是不太慎重的。

认为《文选》受《文心雕龙》影响的第二个根据，是二书"选文定篇"的大致相同。以《文心雕龙·诠赋》篇为例，刘勰说："观夫荀结隐语，事数自环；宋发巧谈，实始淫丽。枚乘《菟园》，举要以会新；相如《上林》，繁类以成艳；贾谊《鵩鸟》，致辨于情理；子渊《洞箫》，穷变于声貌；孟坚《两都》，明绚以雅赡；张衡《二京》，迅发以宏富；子云《甘泉》，构深玮之风；延寿《灵光》，含飞动之势：凡此十家，并辞赋之英杰也。"于是论者据此立论：《文选》于此十家选录了八家，并且是"这十家除荀卿赋，因属子书，枚乘《菟园》可能是后人伪托，未选入《文选》之外，其他八家之代表作皆一一入选。如此巧合，这可能与这些作家作品在文学史上有定评有关，但也不能排除《文心雕龙》'选文以定篇'（《序志》）的影响。"① 为了说明"一一入选"，而强去解释荀卿赋和《菟园赋》不入选的原因是一属子书、一属伪作，这就有些勉强了。因为《汉书·艺文志》分明以荀卿赋置于《诗赋略》，作为四类赋之一，而萧统《文选序》也说："古诗之体，今则全取赋名，荀、宋表之于前，贾、马继之于后。"明以荀卿为赋家，怎么说是子书呢？至于《菟园》可能是伪作，是否南朝人也这样认为？刘勰就不认为《菟园》是伪作，萧统是否也如此认为呢？比如苏武、李陵之诗，当时已有争论，萧统不也是选入《文选》吗？其实，即使《诠赋》篇十家都被《文选》所收录，也仍然说明不了问题，因为这并不能证实在其他的文体里，刘勰所肯定的作家作品与萧统所收录的一样。这正如前文反驳清水凯夫教授根据《文选》收录的代表作家与沈约《宋书·谢灵运传论》相近，因而判定《文选》是以沈约此论为标准的观点一样。汉魏六朝时期，对一些最基本的代表作家作品的肯定，并不能作为用以判定某个批评家文学思想的主要依据。我们感到很奇怪，很多反对清水教授观点的学者，在批评清水这一依据（即萧统与沈约的相近）不可靠的同时，却使用同一方法来证明萧统与刘勰的相近；同样，清水教授也曾提出过《文选》与《文心雕龙》表面上的相似，"也是在两书各自所作的评价与历史上的定评（《文心雕龙》叫作"旧谈"或"前谈"）相同的情况下发生的现象，不能成为判断两书有无影响关系的根据"②。这就是说历史上成为定评的作家作品不能成为判断的依据，这规则不仅适用于《文

---

① 穆克宏《文选学研究的几个问题》。
② （日）清水凯夫《〈文心雕龙〉对〈文选〉的影响》。

选》和《文心雕龙》,也应该适用于其他批评家。既然如此,清水教授关于沈约《宋书·谢灵运传论》与《文选》关系的研究,恰恰是违反了他自己提出的原则。

《文选》与《文心雕龙》在"选文定篇"上,除了一些有历史定评的作家作品之外,二者间的差异的确不小。关于此点,清水教授做过两个研究工作:一是《〈文心雕龙〉对〈文选〉的影响——关于散文的研讨》,一是《〈文选〉与〈文心雕龙〉的关系——关于韵文的研讨》[①]。除了在韵文的研究中,清水凯夫教授有意要往《宋书·谢灵运传论》上靠以外,对他的工作以及结论,我们基本表示同意,因此这里不拟作进一步的论述。

《文选》与《文心雕龙》除了上述的区别外,还有一个最根本的差异,即二者的文学思想以及对文的看法的差异。《文心雕龙》的文学思想,笔者在上编第三章第一节中曾经分析过,指出刘勰构筑的体系,导致了他倒退的文学史观。与他相反,萧统在《文选序》中明确表现出对"踵事增华"的肯定。这一根本分歧决定了萧统和刘勰对文的不同看法。萧统《文选》明确不收经、子、史,表明了他对文学独立的态度;刘勰不仅以经、子、史入文,而且以经作为衡文的标准,这样势必导致他轻视文学特征,对文学的发展评价偏低的缺陷。而这种缺陷是他面对具体作家作品无论怎样努力地肯定,都不能有所弥补的。

仔细研究《文选》的文体安排,发现编者是怀有特定的用意的。韵文部分是赋、诗、骚、七,这个排列顺序的用意,将于以后讨论。就散文部分看,《文选》显然是从朝廷文书开始,反映了上对下的关系,如诏、册、令、教;其后是下对上,如策文、表、上书、启、弹事、笺、奏记;再以后是反映一般关系的文体,如书、序、论、赞等;最后是与亡人有关的文体,如诔、哀、碑、吊、祭等。《文选》大体上是按照这一规则安排的文体,当然也并不是十分准确,如第二部分中檄、移等代帝王立言的文体,都被放在书体之下。看来在具体的安排中,大概存在着某些难度而未能全然遵从规则。

就齐梁时期几部有关文体辨析的著作比较看,《文选》更接近于《文章缘起》,而不是《文心雕龙》。首先,就文体的分类而言,《文章缘起》共分八十四类,《文选》分三十九类,相差四十五类,但《文章缘起》仅"诗"一类就分三言、四言、五言、六言、七言、九言六类,其

---

① (日)清水凯夫《六朝文学论文集》,韩基国译,第124—142页。

中《文选》选了四、五、七言三类，而在《文选序》中，三言至九言，萧统都曾论列过，这样，实际上《文选》中诗歌一类已包括了《文章缘起》的六类。又比如乐府、挽歌、杂歌，《文章缘起》都单列一类，《文选》则一并入于诗类。因此，如果就《文章缘起》著录的文体名称看，同于《文选》及《文选序》的多达五十七种，其中《文选序》提到但《文选》没有收录的有八种。这五十七种相同的文体，包括了《文选》三十九类中的三十七类，仅史论、史述赞二体未著录于《文章缘起》；又有两种文体名异而实同，即设论—解嘲、符命—封禅书。《文选》与《文章缘起》文体相同如此之多，还是可以说明一些问题的。其次，从文体的名目看，《文选》与《文章缘起》对一些特别文体的确定，名称基本相同，这不能看作是巧合。我们知道，汉魏六朝时期是文体发生发展最活跃、也最丰富多变的时期，这就给辨体工作带来了难度。什么样的文章可以立体，什么样的文章不可以立体，往往存在着不同意见。比如司马相如的《封禅书》，《文选》入于"符命"一类，《文心雕龙》与《文章缘起》则单独列类。又比如七体、连珠，《文选》及《文章缘起》单独列类，但《文心雕龙》入于"杂文"一类。当然这主要指那些文体特征还不十分明确的体类，像诗、赋、楚辞等韵文及一些主要的应用文，如书、启、铭、诔等的特征和界限，从南朝的史书、目录学著作及批评家的意见看，基本上是很清楚的了。不能不看到这一时期许多文体都仍在讨论之中，作家、批评家对文体的确立和分类，往往就人各一说，相互间很难一致。如前文所举《文选》与《文心雕龙》之例，尽管二家所设文体种类差不多，但实质上差别很大。在这种情况下，分析两个批评家文体观的同异时，更要注意对一些种类小、使用范围不广的文体进行比较，从这一点论，《文选序》显示出非常近于《文章缘起》的特点。先看《文选序》，萧统说："自炎汉中叶，厥途渐异，退傅有在邹之作，降将著河梁之篇，四言、五言区以别矣。又少则三字，多则九言，各体互兴，分镳并驱。颂者所以游扬德业，褒赞成功。吉甫有'穆若'之谈，季子有'至矣'之叹。舒布为诗，既言如彼；总成为颂，又亦若此。次则箴兴于补阙，戒出于弼匡，论则析理精微，铭则序事清润，美终则诔发，图像则赞兴。又诏诰教令之流，表奏笺记之列，书誓符檄之品，吊祭悲哀之作，答客指事之制，三言八字之文，篇辞引序，碑碣志状：众制锋起，源流间出。"从这段话看，萧统提到的文体有赋、骚、诗、颂、箴、戒、论、铭、诔、赞、诏、诰、教、令、表、奏、笺、记、书、誓、符、檄、吊、祭、悲、哀、答客、指事、篇、辞、引、序、碑、碣、志、状共三十六类，可以确定合于《文章缘起》的有三十五类，不可确定的只有"符"一类。据《文选序》五臣张铣注："符，孚也，征召防伪，事资中孚。"这个注义全用《文心雕龙·书记》中关于"符"的定义，到底是不是萧统原意，也很难断定，焉知萧统不是以"符"代指《文选》中的"符命"一体呢？因为序文是用骈体写的，为了偶对而简称"符"也是可能的。萧统所论列三十六类文体，《文选》没有收录的戒、诰、奏、记、誓、悲、引、碣八类，的确是应用范围不广的文体，而这八种文体全部见于《文章缘起》。尤其明显的是，悲、碣两体，除了《文章缘起》外，也不见于其他批评家的论述，连论及文体总数多达一百二十多种的《文心雕龙》，也未见著录，这很充分地说明了萧统文体观所受到的任昉《文章缘起》的影响。

值得注意的是，《文选序》论列的文体与《文选》实际收录的文体并不一致，这大概是《文选序》由萧统所作，《文选》一书则主要由刘孝绰操作的原因①。但是这个现象却要引起我们的思考，即萧统论列三十六类文体的依据是什么？从《文选序》不尽同于《文选》的情况看，萧统的依据显然不是从《文选》而来。当一个编者在序言中叙述文体的时候，他既然不依据自己编的书，也就表明了不是他本人经过长期考辨的文体观，如果是这样的话，他在写序时可以随意引用的多达三十多种的文体类别，应该是根据现有的讨论文体的著作。比较说来，任昉《文章缘起》是最符合这个条件的。一者，因为任昉是齐梁时期文坛领袖，写应用文的专家，在当时的影响没有谁可以比拟；二者，他又专门写了辨析文体的著作，以他的地位和影响，这本书的传播和受重视应是没有问题的。

再次，从选文定篇看，《文章缘起》所列八十余篇诗、文，《文选》收录了二十一篇，约占四分之一，这个比例是不小了。因为《文章缘起》不同于一般的选本，它只选被作者认为是该体起源的文章，而不论这文章的优劣，在这种情况下，《文选》还收录了占它四分之一的篇目，是很可观的了。除了这个现象以外，我们还发现对一些有争议的作家作品，《文选》也与《文章缘起》一致，最明显的是李陵与苏武的诗。苏、李的诗，《文章缘起》与《文选》都加收录，《文章缘起》作为五言诗之始，《文选》则收入"杂诗"，这说明任昉与萧统都承认李陵、苏武的诗是真作。李陵的诗，南朝人有所怀疑，但基本上都还认可。如刘宋颜延

---

① 参见拙文《〈文选〉的编者及编纂年代考论》，《中国社会科学院研究生院学报》1997年第1期。

之《庭诰》说："逮李陵众作，总杂不类，元是假托，非尽陵制；至其善篇，有足悲者。"① 这是对相传为李陵的作品表示怀疑，但并未全数否定，所以称"非尽陵制"，仍认为还有一些作品是李陵所写，所以又说"至其善篇，有足悲者"。颜延之以外，其他如江淹《杂体诗》三十首、钟嵘《诗品》、萧子显《南齐书·文学传论》，都承认了李陵的诗，并且评价非常高。至于苏武的诗，宋齐以来，似乎未见记载。据逯钦立先生说，苏武诗出于李陵集，本为李陵诗，好事者以其总杂，故妄增苏武名字②。从现存史料看，提及并著录苏武的诗，要到梁代了。首先有萧衍的《代苏属国妇》，其次则有任昉的《文章缘起》、萧统《文选》、萧纲《玉台新咏》，以及裴子野的《雕虫论》，这都是梁人的意见。但即使是梁人，如钟嵘、刘勰，仍都没有提及苏武，这说明苏武的诗在梁代也是很有争议的。萧统《文选》收录苏武诗，当然很可能受到他父亲萧衍的影响，但作为一部有系统地以区分文体为体例的《文选》，我们毋宁看作是受《文章缘起》的影响更有理论依据。

除了苏、李诗外，还有一些文体的确立也显示出《文选》受《文章缘起》的影响。比如赋，《文章缘起》以宋玉作为起源者，这与《文选》是一致的。萧统在《文选序》中说："古诗之体，今则全取赋名，荀、宋表之于前，贾、马继之于末。"这是以荀况、宋玉为赋的始作者。但在《文选》中，萧统却仅选了宋玉的三首赋，而未选荀赋。我们知道，关于赋的起源和赋与楚辞的关系，汉魏时期有一个基本的看法，即都将辞、赋混淆起来。比如班固《汉书·艺文志》就以屈原作品称为赋，并且作为四种赋的第一种。他在《汉书·贾谊传》中说屈原"被谗放逐，作《离骚赋》"，这是明以《离骚》称赋了。所以汉魏以来，基本是将屈原作为赋的始祖。刘勰《文心雕龙》虽然将赋与骚作为两种文体，但他显然是从后世骚、赋已截然分为两种文体立论的。事实上，他在追溯赋的起源时，仍然说："然赋也者，受命于诗人，拓宇于《楚辞》也。"（《文心雕龙·诠赋》）这个看法与萧统不同。在萧统的论述里，他只说赋本是古诗之体，即来源于诗，却不曾提到《楚辞》，这与任昉的径以宋玉作为赋的始祖是一致的。从文体的排列顺序看，《文选》和《文章缘起》都以赋、诗、骚开始，但《文选》以赋居首，《文章缘起》以诗居首。关于这一差别，可能与《文选》中赋的特殊性有关。曹道衡先生认为《文选》赋的编纂，可能依据的是萧衍的《历代赋》，如果是这样

---

① 《太平御览》卷五八六。
② 见逯钦立《汉诗别录》，《汉魏六朝文学论集》，陕西人民出版社1984年版，第6页。

的话，萧统《文选》只能以赋居首位了。在赋、诗、骚诸体之后，我们看到《文选》和《文章缘起》都相同地转入散文文体著录。这个顺序与南朝文笔区分的文体观念并不一致。按照南朝的文笔概念，有韵为文，无韵为笔，但《文选》《文章缘起》除了以有韵的赋、诗、骚居前外，在其后的各文体中，无韵之笔和有韵之文交杂著录，并无区分，这与同时的刘勰《文心雕龙》是不一样的。《文心雕龙序》对文体的排列顺序是"论文叙笔，则囿别区分"，说明它的前半部分是文，后半部分是笔。文的部分有明诗、乐府、诠赋、颂赞、祝盟、铭箴、诔碑、哀吊、杂文、谐隐，笔的部分有史传、诸子、论说、诏策、檄移、封禅、章表、奏启、议对、书记，这是非常清楚的文笔区分。反观《文选》和《文章缘起》，则完全打乱了这个区分。这就告诉我们，《文选》和《文章缘起》不是以文笔区分为依据来著录文体的。那么它的依据是什么呢？这里不妨将这两本书的文体著录顺序迻录于下，以便讨论：

《文选》的三十九类文体：赋、诗、骚、七、诏、册、令、教、文、表、上书、启、弹事、笺、奏记、书、移、檄、难、对问、设论、辞、序、颂、赞、符命、史论、史述赞、论、连珠、箴、铭、诔、哀、碑文、墓志、行状、吊文、祭文。

《文章缘起》的八十四类文体：三言诗、四言诗、五言诗、六言诗、七言诗、九言诗、赋、歌、离骚、诏、策文、表、让表、上书、书、对贤良策、上疏、启、奏记、笺、谢恩、令、奏、驳、论、议、反骚、弹文、荐、教、封事、白事、移书、铭、箴、封禅书、赞、颂、序、引、志录、记、碑、碣、诰、誓、露布、檄、明文、乐府、对问、传、上章、解嘲、训、辞、旨、劝进、喻难、诫、吊文、告、传赞、谒文、祈文、祝文、行状、哀策、哀颂、墓志、诔、悲文、祭文、哀词、挽词、七发、离合诗、连珠、篇、歌诗、遗、图、势、约。

仔细研究这两本书的文体，我们发现从诏以下，排列的顺序是根据文体应用性质来确定的。以《文选》为例，诏、册、令、教是朝廷文书，反映了上对下的关系；从文到奏记，是臣子的上书，反映了下对上的关系；从书到铭，是一般的应用文体；最后的诔、哀、碑、吊、祭文等，是与亡人有关的文体。再看《文章缘起》，也基本上是这种安排方法。开始的诏、策文、表等，无疑是与皇帝有关的文体，反映了上对下的关系；从上书至诫，基本是臣下写给皇帝看的文书，但也杂有一些其他文体，如乐府等；再自吊文以下至挽词，则是纪念亡者的文体。以上三部分顺序基本与《文选》相同，但是，我们也看到，在挽词之后，又有七发等九种文体缀于篇末，使人感到有些莫名其妙。除此之外，《文章缘起》还有一些文体的排列也并不十分严格，如第二部分臣下给皇帝的上书与一般日常应用的文体混淆在一起，不像《文选》表现得那样清楚。出现这样的现象，或许与任昉的辨体思想不太清晰有关，因为有许多文体在开始时确定的性质、使用的范围，随着时代的发展已发生了变化。比如碑，据刘勰《文心雕龙·诔碑》说："上古帝皇，纪号封禅，树石埤岳，故曰碑。"可见碑体本是用于皇帝封石纪功的。但东汉以后，碑的施用范围扩大，像山川、城池、桥道等都可用碑，已与帝王无关了。任昉以汉惠帝《四皓碑》作为碑体的开始，还是取的古义，但既然东汉以来碑体已施用于民间，所以也只好将它安排在一般的应用文体中。除了这些原因外，恐怕还与任昉《文章缘起》在流传过程中，经过后人的整理订补有关，这就改变了它原来的排列顺序。如七发以下九种文体缀于篇末，大概是这个原因造成的。不过，这些个别舛误并不影响《文章缘起》的总体安排顺序，我们仍然能够十分清楚地看出它与《文选》的相同之处，看出二者之间的内在联系。

从以上比较的结果看，《文选》的编纂在文体分类上可能受到任昉《文章缘起》的影响，与《文心雕龙》似乎没有什么关系。但是《文心雕龙》和《诗品》一样，都是与《文选》产生于同一时期的著作，具有相同的文学背景，所面临的问题和所要解决的问题也大致相同，因此这三书在批评观上的某些相同之处，实际是由相同的文学背景构成的，这正是我们进行比较的基本依据。文中所论《诗品》与《文选》的几个相同点，也正是从此出发所作的考虑。至于对《文心雕龙》的论述，主要是针对学术界认为《文选》受其影响而作的考辨，并不是否定了《文心雕龙》而肯定了《诗品》对《文选》有影响，这一点是要说明清楚的。

第 四 章
《文选》文体论析

第一节 赋 论

一

《文选》开篇以赋为首，显示了赋在萧统心目中的地位。按照文学发展的历史看，《楚辞》应在赋之前，而诗歌的发生更在《楚辞》之前，因此对《文选》这种排列，后人颇有异议。章学诚《文史通义·诗教下》说："赋先于诗，骚别于赋，赋有问答发端，误为赋序，前人之议《文选》，犹其显然者也。"① 章学诚氏以《文选》将赋列于诗前，又将《离骚》与赋区别，看成是萧统文体淆乱芜秽的表现②。对章氏的观点，今人徐复观先生发挥说："对西汉文学的误解实始于《昭明文选》。萧统以统治者的地位，主持文章铨衡，他会不知不觉地以统治者对文章的要求，作铨衡的尺度，而偏向于汉赋两大系列中表现'材知深美'的系列，即他所标举的'义归乎翰藻'。同时，他把赋与骚完全分开，一开始是由'赋甲'到'赋癸'，分赋为十类。接着便是由'诗甲'到'诗庚'，分诗为七类。再接着才是'骚上'与'骚下'。这样一来，不仅时代错乱，文章发展的流变不明；并且很显明地是重赋而轻骚，贬损了楚辞对西汉文学家所发生的感召作用，因而隐没了楚辞这一系列在汉代文学中的实质的意义。"③ 徐复观先生认为《文选》先赋、诗后骚的排列，在文体发展的时代上产生了错乱。如果从时代先后的顺序考虑，《楚辞》的确在赋之前，但《文选》是否以时代先后来安排文体呢？据《文选

---

① 叶瑛《文史通义校注》，第81页。
② 章学诚"骚别于赋"的观点来自宋人吴子良。吴氏《林下偶谈》卷二"《离骚》名义"条说："梁昭明集《文选》，不并归赋门，而别名之骚，后人沿袭，皆以骚称，可谓无义。"
③ 徐复观《中国文学论集·西汉文学论略》之七《〈文选〉对西汉文学把握的障蔽》，《徐复观全集》，第347页。

序》，在各文体的小类中，是以时代为次，而在各文体安排上未必就是按时代编排了。比如在赋中，班固列为第一人，实际上"畋猎"类里的司马相如远在班固之前。如果萧统考虑时代先后的话，本应该以"畋猎"置于"赋甲"，而让司马相如排列第一的。另外，汉魏六朝时期，诗、骚、赋三种文体的排列，以谁居先，的确是一件颇费思量的事。《楚辞》虽然产生的时代早，但更早的却是诗歌。《文选》中所录的汉以后诗歌，尽管与《诗经》不同，但实质仍然是诗，若以诗排在骚前，也是有足够理由的。事实上，自汉魏以来的文体著录顺序，一般都以诗排在首位。以《后汉书》《三国志》为例，如：

《后汉书·班固传》："固所著《典引》《宾戏》《应讥》、诗、赋、铭、诔、颂……在者凡四十一篇。"

《后汉书·蔡邕传》："（邕）所著诗、赋、碑、诔、铭、赞……凡百四篇传于世。"

《后汉书·崔骃传》："所著诗、赋、铭、颂……合二十一篇。"

《后汉书·张衡传》："（衡）所著诗、赋、铭、七言……凡三十二篇。"

《后汉书·王隆传》："（隆）所著诗、赋、铭、书，凡二十六篇。"

《后汉书·傅毅传》："（毅）著诗、赋、诔、颂……凡二十八篇。"

《后汉书·李尤传》："（尤）所著诗、赋、铭、诔、颂……凡二十八篇。"

《后汉书·胡广传》："……其余所著诗、赋、铭、颂、箴、吊及诸解诂，凡二十二篇。"

以上是《后汉书》中凡作有诗、赋两体传主的记录情况，都是以诗居赋前。例外的有两例：

《后汉书·杨修传》："修所著赋、颂、碑、赞、诗、哀辞、表、记、书，凡十五篇。"

《后汉书·夏恭传》："（恭）著赋、颂、诗、励学，凡二十篇。"

这两例都是将赋与诗隔开后的著录情形，但总的说来，《后汉书》中诗、赋并提时，诗居赋前。再以《三国志》为例：

《魏书·文帝纪》注引胡冲《吴历》："帝以素书所著《典论》及诗、赋饷孙权，又以纸写一通与张昭。"

《魏书·王粲传》："（粲）著诗、赋、论、议垂六十篇。"

同传注引《典略》："（繁钦）既长于书记，又善为诗、赋。"

《蜀书·谯周传》注引《华阳国志》称文立："章、奏、诗、赋、论、颂，凡数十篇。"

《蜀书·郤正传》："凡所著诗、论、赋之属垂百篇。"

《吴书·张纮传》："纮著诗、赋、铭、诔十余篇。"

《三国志》作者陈寿是晋人，《后汉书》作者范晔是南朝人，他们关于诗、赋排列的顺序，应该代表了当时人一般的看法。除二书之外，又如曹丕《典论·论文》称"诗赋欲丽"，陆机《文赋》说"诗缘情以绮靡，赋体物而浏亮"，可见汉魏六朝时期人对诗赋顺序的看法是比较固定的了。以上的记载说明当时人们的文体观念是先诗后赋的。后人如章实斋对《文选》的批评，显然对这种历史背景并不了解。

至于骚后于赋，我们也必须注意到，《文选序》与《文选》的实际安排是有差异的。在《文选序》中，萧统是将骚置于赋后诗前的，而《文选》却将骚置于赋和诗之后，这一差别，似乎表明萧统并没有参加《文选》的实际编辑工作。对于《文选》骚后于赋的现象，徐复观先生评论说是萧统重赋轻骚。要说萧统主观上一定轻视《楚辞》，恐怕也难令人接受，因为在《文选序》中萧统对骚人之作给予十分肯定的评价。并且若按徐先生所言推论，《文选》也将诗置于赋后，难道说萧统也是重赋轻诗吗？不过，徐复观先生此话还是提醒了我们，屈原及《楚辞》，在汉魏六朝时期，一直受到人们的关注，对其安排的是否妥当，往往可能牵涉到评价问题。

首先，关于《楚辞》，汉人有一种看法，将它与赋等同起来。班固《汉书·艺文志》就以屈原作品称为"赋"，而作为四种赋的第一种。他在《汉书·贾谊传》中说屈原"被逸放逐，作《离骚赋》"，这是明以《离骚》称赋了。在他之前司马迁在《史记·屈原列传》中说宋玉等人"皆好辞而以赋见称"，这句话比较含混，是说宋玉等人喜欢辞体，但以写赋闻名呢，还是这里使用了互文呢？恐怕是后者居多，因为他又称屈原《怀沙》为《怀沙赋》，可见汉人是将辞称为赋的。对于这种混淆，南北朝时已经辨析开来，如任昉《文章缘起》、刘勰《文心雕龙》就以赋和《离骚》区分开来，而阮孝绪《七录》也将《楚辞》单独列为一类。因此萧统以《离骚》与赋分别，反映了他对辞、赋二体的辨析，这是正确的见解，不知徐复观先生为什么对此却要提出批评。钱穆先生说："宋玉与荀卿并举，列之在前，顾独以骚体归屈子，不与荀宋为伍，此一分辨，直探文心，有阐微导正之功矣。"[①] 以此探讨萧统骚别于赋

---

① 钱穆《中国学术思想史论丛》（三），九州出版社 2011 年版，第 170 页。

的用心，可谓卓识。

其次，关于屈原及其作品的评价。两汉时，对屈原及《离骚》的评价，先是淮南王刘安称："《国风》好色而不淫，《小雅》怨悱而不乱，若《离骚》者，可谓兼之。蝉蜕浊秽之中，浮游尘埃之外，皭然泥而不滓。推此志，与日月争光可也。"[①] 其后司马迁采入《史记·屈原列传》。西汉时对屈原和《离骚》的评价，当以刘安、司马迁为代表，极备推崇之辞了。但到了东汉，班固则表示了不同的意见，他认为刘安的评价过高，而指责屈原"露才扬己""责数怀王"，以至"忿怼不容，沉江而死"，是"贬洁狂狷景行之士"（班固《离骚序》）。对班固的指责，王逸又不同意，他称《离骚》是依经立义，故称《离骚》为经。两汉人对屈原的不同评价，反映了不同时代、不同思想倾向间的差异，既与时代背景有关，也与文学发展过程中对文学特质、地位、作用的认识局限有关。不管怎么说，屈原及其作品在两汉有争议却是事实，这一争议也延续到六朝时期，所以刘勰《文心雕龙》在《辨骚》篇里专门讨论了争论双方的得与失。正是因为有这样的历史背景，《文选》将骚置于赋、诗之后，很容易使人想到这一场争论，而对萧统的用意有所猜测。但从《文选》以《离骚》代称《楚辞》作品，且将《离骚》称为"经"看，萧统是接受了王逸的观点的，这就是说，萧统不独不轻骚，反而是尊骚派。至于他将骚列于赋、诗之后，并不与评价本身发生直接关系（事实是《文选序》中骚还列于诗前），而是与《楚辞》的特殊性有关。

关于《楚辞》的作用和影响，到南北朝时已经有了比较清楚的认识，刘勰《文心雕龙·辨骚》篇曾说过："然赋也者，受命于诗人，拓宇于《楚辞》也。"是说《楚辞》直接孕育了赋体文学。但如前文所言，赋虽与辞有极密切的关系，二者仍非一物，所以刘勰也以骚别于赋。《楚辞》在汉魏六朝其他文体的发展中，逐渐成为一化石式文体，它既不能归于赋，也不能归于诗，于是到南朝阮孝绪《七录》中，《楚辞》成为特别的一类被编于别集、总集之前，《隋书·经籍志》亦照搬这一体例，后来的史志也因之而不改。为什么会出现这一种特别的体例呢？《四库全书总目》说："盖汉魏以下，赋体既变，无全集皆作此体者。他集不与《楚辞》类，《楚辞》亦不与他集类。体例既异，理不得不分著也。"这是说《楚辞》已成为独立的文体了，不可与其他文体并列，所以才独立成类，别为一门。阮孝绪是梁人，他的观点代表了当时人对

---

① 班固《离骚序》，《全后汉文》卷二五，第1221页。

《楚辞》与赋、诗关系的认识。《楚辞》既然独立于诸体之外,那么它与诗、赋之间的关系就不存在先后的顺序了。但阮孝绪可以在"文集录"中将《楚辞》列于别集、总集之前,萧统却不可列于《文选》之首,为什么呢?这与当时的编辑习惯以及《文选·赋》的取材来源有关。

那么,萧统以赋为首的依据有哪一些呢?先看他自己的解释。《文选序》说:"《诗序》云,诗有六义焉,一曰风,二曰赋,三曰比,四曰兴,五曰雅,六曰颂。至于今之作者,异乎古昔。古诗之体,今则全取赋名。荀、宋表之于前,贾、马继之于末。"原来萧统以文体之赋与六诗之赋联系起来,这就使得赋取得了《诗经》的直接继承身份。如果是根据这样的理解而安排的话,萧统以赋居首,表达了他的文学史观。

除了萧统理论见解的原因外,我们还注意到汉魏以来的目录学分类,也都是以赋居诗前。比如《汉书·艺文志》的《诗赋略》,先列屈原、陆贾、孙卿、客主四类赋,然后才是歌诗。班固《诗赋略序》说:"春秋之后,周道浸坏。聘问歌咏不行于列国,学《诗》之士逸在布衣,而贤人失志之赋作矣。"这一解释也是以赋产生于《诗经》之后。在叙述了赋的产生和发展之后,班固再叙述歌诗的产生说:"自孝武立乐府而采歌谣,于是有代、赵之讴,秦、楚之风,皆感于哀乐,缘事而发,亦可观风俗、知薄厚云。"从《诗赋略序》看,班固仍然是依据时代先后的规则进行的排列。除了《汉书·艺文志》外,班固在《两都赋序》中对赋的产生和性质也有过议论,他说:"赋者,古诗之流也。"这是对赋出于《诗》的明确表述。萧统《文选序》所说"古诗之体,今则全取赋名",看来是受到了班固的影响。而《文选》将班固《两都赋》置于第一篇,又以《两都赋序》的这句话置于篇首,如果不是有意的话,也是非常巧合地暗合了萧统将赋置于篇首的用意。从班固以后,目录学基本便沿用此例,如《隋书·经籍志》,集部总集之后就是赋,然后才是诗。在本书上编第二章第一节,笔者已经指出,《汉志》的基础是《七略》,而《七略》《汉志》在汉魏六朝的学术界有着非常广泛的影响,因此,班固先赋后诗的安排,不仅对目录学著作,同时对总集、别集的编辑,也有很大的影响。由于历史的原因,中国第一部诗文总集《文章流别集》已不知原貌如何了,它是否以赋居先也无从考察,但从流传下来的一些别集,还可以看出当时的编例。据严可均《全上古三代秦汉三国六朝文·凡例》说:"唐以前旧集,见存今世者,仅阮籍、嵇康、陆云、陶潜、鲍照、江淹六家。"今从这六家别集看,除《陶渊明集》以外,都是以赋列于篇首,这证明当时编集的确多以先赋后诗为体例。也许有人对严可均之说持怀疑态度，因为这六家集并不一定是旧集。如《陆云集》，今存最早为南宋庆元六年（1200）刻本，此本未必就是唐以前旧集。《四库全书总目》"《陆士龙集》十卷"条说："考史称云所著文词凡三百四十九篇，此仅录二百余篇，似非足本。盖宋以前相传旧集，久已亡佚，此特裒合散亡重加编辑，故叙次颇为丛杂。"如果这些别集都不可靠的话，似乎不足以证明我们的观点。但是笔者以为即使是宋以后重加编辑的本子，也并不是毫无根据的。何况六家别集编辑非成于一人之手，怎么都遵从赋居篇首的编例呢？所以对于汉魏六朝别集（甚至是总集）以赋为首的编例，我们仍然不表示怀疑。这里还有一比较有力的旁证，根据《三国志·魏书·曹植传》记载，曹植死后，明帝曾为他编集，该传载明帝诏曰："撰录植前后所著赋、颂、诗、铭、杂论百余篇，副藏内外。"这应该是《曹植集》的原貌，正是以赋居篇首。

从以上的讨论看，尽管汉魏六朝时期的文体观念在诗赋连称的时候，诗居赋先，但目录学和编集体例却以赋居篇首，这已成为一个习惯。其中的原因可能与《七略》、班《志》的影响有关，也可能与赋在当时的地位有关。一般说来，当时人认为能写赋才是大才，也是检验人们是否有才能的一个标志[1]。除了这些原因之外，曹道衡先生提出《文选》赋的部分可能依据了萧衍的《历代赋》[2]。又，俞绍初先生亦提出类似观点，见其《昭明太子萧统年谱稿》。案，萧衍的《历代赋》，《隋志》著录十卷，当时曾由周舍和周兴嗣加注，梁武帝对此书也很看重，萧统编《文选》很可能参据了他父亲的这部书。我们在本编第一章第一节"《文选》的编者及编纂年代考论"中曾经分析过，由于《文选》事实上编撰时间很短，它应该是在萧统早期编著的《正序》和《古今诗苑英华》《文章英华》等基础上进行的。《正序》是"古今典诰文言"，大概是一些应用性文章；《古今诗苑英华》及《文章英华》则是各体诗选；这对于《文选》诗、文两部分编纂，应是十分便利的借鉴。但除此之外，尚无材料说明萧统编过赋选，假使《文选》有所借鉴的话，《历代赋》自然是现成的一部书了。如果这个推论属实，萧统编《文选》自然会以他父亲编的《历代赋》置于篇首，这既符合当时的编辑习惯，也照顾了《历代赋》的特殊性，对萧统来说，不失为一较理想的安排。

---

[1] 参见《北史·魏收传》。
[2] 参见曹道衡《〈文选〉和辞赋》，载《文选学新论》，第 102—116 页。

二

《文选》所选之赋是按类分别,共分15类,收录先秦、两汉、魏、两晋、宋、梁31家52首作品,见下表(表1):

表1 各朝代作家及作品数量

分类	朝代							
	先秦	西汉	东汉	魏	西晋	东晋	宋	梁
京都			班固(1) 张衡(2)		左思(1)			
郊祀		扬雄(1)						
耕藉					潘岳(1)			
畋猎		司马相如(2) 扬雄(2)			潘岳(1)			
纪行			班彪(1) 曹大家(1)		潘岳(1)			
游览				王粲(1)		孙绰(1)	鲍照(1)	
宫殿			王延寿(1)	何晏(1)				
江海					木华(1)	郭璞(1)		
物色	宋玉(1)				潘岳(1)		谢惠连(1) 谢庄(1)	
鸟兽		贾谊(1)	祢衡(1)		张华(1)		颜延年(1) 鲍照(1)	
志			班固(1) 张衡(2)		潘岳(1)			
哀伤		司马相如(1)			向秀(1) 陆机(1) 潘岳(2)			江淹(2)
论文					陆机(1)			
音乐		王褒(1)	傅毅(1) 马融(1)	嵇康(1)	潘岳(1) 成公绥(1)			
情	宋玉(3)			曹植(1)				

(注:表中作品数量类,同一题目作一首计算。如班固《两都》、左思《三都》皆算作一首。)

从上表可以见出《文选》对赋作家作品选录的详细情况。第一，我们看到《文选》收录了先秦作家1人，作品4首；西汉作家4人，作品8首；东汉作家8人，作品12首；魏作家4人，作品4首；西晋作家7人，作品15首；东晋作家2人，作品2首；宋作家4人，作品5首；梁作家1人，作品2首。其中先秦和东晋、梁最少，而以两汉和西晋最多。这似乎反映了萧统对赋的总体评价，这一评价与当时其他人的意见基本相同，但也略有区别。赋作为汉代文学的主要样式，其所取得的成就是受到了魏晋六朝人的一致肯定的，同时，对汉赋代表作家的认定，六朝人也基本一致。如《文选》对刘勰《文心雕龙·诠赋》篇中所指出"辞赋之英杰"的十家，除枚乘的《莬园》不取外，其余九家并皆录入。《文选》与时评略有不同的是对西晋赋作的选录。从表中可以看出，西晋的作家作品超过了西汉和东汉，是先秦以来所占比重最多的，这的确令人感到惊异，看来汉、晋两代赋文学创作，是《文选》评价的重点。汉赋的成就是后人所公认的，但对西晋赋的评价如此之高，是我们没有想到的。

第二，汉、晋之外，在先秦赋家中，《文选》仅录宋玉一人，而不录屈原，这表示了编者关于屈原作品与赋具有区别的观点。然而不录屈原又不录荀卿，也值得我们重视，因为萧统《文选序》明明说过"荀、宋表之于前"的话，这说明实际操作者与萧统还有不一致的地方。假如《文选·赋》的确是以萧衍的《历代赋》为底本，这一差异又可理解了。在曹魏赋家中，《文选》仅录四人四首作品，其中属于建安作家的有王粲、曹植二人，正始作家有何晏、嵇康二人。这样，建安作家竟然只有两人两首作品入选，可见《文选》对建安赋创作评价的一般化了。在东晋作家中，《文选》收录二人，孙绰虽以玄言诗写作受到后人的批评，但他的《游天台山赋》的确是优秀作品，在当时及南朝均受到好评[①]。郭璞不仅以《游仙诗》著称，他的《江赋》也同样为时人所推重。《晋书·郭璞传》说："璞著《江赋》，其辞甚伟，为世所称。"又《文选》郭璞《江赋》注引《晋中兴书》说："璞以中兴，王宅江外，乃著《江赋》，述川渎之美。"北朝郦道元注《水经》，常常称引《江赋》，说明这篇作品的影响深远。东晋作家入选人数与建安作家相同，说明《文选》编者的赋文学观与后人并不一致。在刘宋作家中，《文选》收录四人五首作品，这个数字次于两汉和西晋，超过建安和正始，表明编者对刘宋

---

① 参见《晋书·孙绰传》《世说新语·文学》篇注及《南齐书·乐志》。

的创作是很重视的。值得我们注意的是,《文选》不收齐代作品,于梁代仅录江淹二首,且江淹的《别》《恨》二赋均作于刘宋末被黜为建安吴兴令时,这样的话,《文选》录赋实际只到刘宋为止,这一体例与"诗"和"文"明显不同,因此,在指导思想上,《文选》赋类似乎表现出详远略近的特点①。

第三,从作家作品入选数量看,最多的是西晋作家潘岳,共有八首,分布在七类中;其次是宋玉、张衡各有四首,各占两个类别;第三位是司马相如、扬雄,各有三首,各占两个类别;排在第四位的是班固、陆机、鲍照、江淹,各有两首,除江淹集中在"哀伤"一类中,其余并占两个类别。入选的数量并不能完全反映出编者对作家的评价,比如一二首之差,并不能说明多少问题。但是像潘岳一人录入八首,且占了七个类别,还是表明了编者对他赋创作的肯定。起码在西晋作家中,编者以为潘岳在赋创作中的地位要比陆机高,这与编者在诗歌评价中对潘、陆的态度不一样。在《文选·诗》中,潘岳入选九首,而陆机却入选五十二首,表明陆机在诗歌中的地位远远高过潘岳。由此想到潘、陆的评价问题,潘、陆二人孰高孰下在当时已有争论,如《抱朴子》引欧阳生说:"张茂先、潘正叔、潘安仁文远过二陆。又曰:张、潘与二陆为比,不徒骤步之间也。"欧阳是贬陆一派,认为二陆远远不如张华和潘岳。至如拥陆一派则有葛洪等人,认为二陆之文"犹玄圃之积玉,无非夜光也。吾生之不别陆文,犹侏儒测海,非所长也。"② 这个争论一直延续到南朝。其实,就争论的双方看,与各人的写作风格和欣赏习惯有一定的关系。钟嵘《诗品》曾评论李充和谢混对潘、陆的批评说:"嵘谓益寿轻华,故以潘为胜;《翰林》笃论,故叹陆为深。"姚振宗《隋书经籍志考证》认为"轻华"的"华"指张华,即指谢混反对张华赞扬二陆的意见,今人亦多从其说。但考虑到古人写作讲究对偶的习惯,"轻华"或许用来与"笃论"对,则此处的意思在于说谢混诗风轻华,近于潘岳,故以潘岳为优。如果从这个角度理解,则潘、陆之争,实际上与争论者个人的写作风格、欣赏习惯有关。这是关于潘、陆优劣之争的最基本的理解。但是,如果将这一争论置入《文选》的评价系统中,便可以看出在不同的文体中存在着不同的评价的事实。原来潘、陆的优劣分别表现在不同的文体中。在诗歌中是陆优于潘,而在赋中则是潘优于陆。潘岳的优秀之处,除了当时人就有的"浅净""轻敏"评价

---

① 参见曹道衡先生《〈文选〉和辞赋》。
② 均见《太平御览》卷五九九《文部十五》。

外,还在于他在赋这一领域中所占有的地位。在上表中可以看到,潘岳的赋不仅入选数量多,更重要的是分布的类别广。在《文选》所收赋的十五个类别中,他分别占有"耕藉""畋猎""纪行""物色""志""哀伤""音乐"七个类别。其中有的类别如"耕藉"就是因他的作品而立类①,这表明潘岳赋的写作范围大,表现领域广,正是大家的手笔。再者,潘岳在文学史上向以善写哀词著名,这与他的才力稍弱有关,但他的《藉田赋》《射雉赋》《西征赋》等大赋作品都是很具气象的力作,这也说明潘岳在赋写作中突破了自己在诗歌写作中形成的风格,取得了引人注目的成就。《文选》对潘岳在赋文学史上地位的肯定,至目前仍未引起我们足够的重视。这大概与我们囿于传统的评价,而未能认真审视文学史事实有关。

第四,《文选》将赋分为十五类,尽管所分类别不尽合理,也因此受到后人的批评,但在汉魏以后将赋按题材进行分类,从而使得赋类目比较清楚,《文选》之功不可没。当然,《文选》之前已有许多赋集,或许已经分类在先,但毕竟没有流传下来,我们也就无从讨论了。从《文选》分类看,前四类"京都""郊祀""耕藉""畋猎"均与天子事物有关,联系到诗、文的体例,与天子有关的题材和文体列于前面,赋的这一排列,大概也是出于同一体例。不过第七类的"宫殿"似乎违反这一安排,王延寿的《鲁灵光殿赋》虽然所赋为鲁恭王的宫殿,与天子无关,但何晏所赋的景福殿却是魏明帝所建,因此,"宫殿"类起码也该排在"京都"之后,今置于"纪行"和"游览"之后,似乎显得突兀。除去这一类有乖体例外,其余大约可以看出安排的依据:前四类与天子事物有关;五、六两类"纪行""游览"是行历作品;八、九、十类的"江海""物色""鸟兽"则与自然事物有关;余下五类"志""哀伤""论文""音乐""情"与人的情志有关。以上是大概的安排顺序,与《文心雕龙·诠赋》所说"京殿苑猎,述行叙志"大体符合,其有不合的地方,如"论文"和"音乐"夹在情志题材之间,就不太合理。总的说来,《文选》对赋类目的安排应该是有考虑的,《文选》卷一九"情"类下李善注说:"《易》曰:'利贞者,性情也。'性者本质也,情者外染也,于是最末,故居于癸也。"李善对"情"类排列末位的这一解释,大概符合萧统的用意。

李善既称"情者外染也,于是最末,故居于癸",那么以"京都"

---

① 骆鸿凯《文选学·征故》引张鹭《龙筋凤髓判》说:"潘岳创赋,备陈执末之端。"骆氏注说:"案,言创则岳以前无藉田赋。"

列于首位又是什么原因呢？可惜李善对此没有解释。这个问题引起了后人的注意，今人林聪明教授说："按文学发展之次序，先诗后骚，而后为赋。然《文选》以赋为首者，良以时人视赋为文学大宗之故。若专就赋言，则荀、宋在前，贾、马次之，而'京都'一类，褎然居首；班固《两都》，开卷第一。窥萧统之意，盖取班氏言赋者'雅颂之亚'，故以《两都》《两京》为冠冕也。"① 林氏此言，与钱穆先生意见一致②，以为"京都"居首与班固所说赋为雅颂之亚有关。案，班固《两都赋序》开篇称："或曰，赋者，古诗之流也。……或以抒下情而通讽谕，或以宣上德而尽忠孝，雍容揄扬，著于后嗣，抑亦雅颂之亚也。"此即赋为雅颂之亚的意思。但是这个意思只能用以解释萧统以赋列《文选》之首，却未必可以解释何以"京都"居赋之首。因此，林氏之意恐还在于指出班固《两都赋序》开篇所说"赋者古诗之流"的话，故此萧统以《两都》列于篇首。这一个解释有一定的道理，我们在前章也曾经提过。不过若说它是唯一的依据，还有些薄弱，但若说它暗合了萧统的某种依据也许更妥当些。那么，萧统的依据是什么呢？我想这与"京都"赋在赋文学史上的地位有关。

汉赋自司马相如奠定格局以来，题材主要限于苑猎祭祀等类，京都题材，似未见有人写作。东汉初年，因迁都洛邑，朝廷上下一时议论纷纷，不少人怀念西京旧都，不愿意东迁。《后汉书·文苑传》载杜笃一篇《论都赋》，说："笃以关中表里山河，先帝旧京，不宜改营洛邑，乃上奏《论都赋》。"杜笃在这篇赋里代表了不愿迁都人的主张。这篇作品与班固《两都赋》一样，都可算是京都题材的最早作品，但仔细阅读《论都赋》，发现论的成分远远超过了以往赋家"控引天地，错综古今"（《西京杂记》卷二）的铺叙风物特征，这与《论都赋》本身具有政论性质有关。值得注意的是，这一新的特点与班固的《东都赋》极相吻合，大概都是产生于关于迁都之争的论战背景中的原因。因为班固的《两都赋》也是讨论迁都一事的，不过他与杜笃意见相反，认为应该迁都洛邑。《两都赋序》说："臣窃见海内清平，朝廷无事，京师修宫室、浚城隍而起苑囿，以备制度。西土耆老，咸（五臣本作"感"）怀怨思，冀上之眷顾，而盛称长安旧制，有陋洛邑之议。故臣作《两都赋》，以极众人之所眩曜，折以今之法度。"就《两都赋》的写法说，《西都赋》更近于传统，控引天地，罗列事物，渲染长安古都的盛丽；《东都赋》却

---

① 林聪明《昭明文选研究初稿》，台北文史哲出版社1986年版，第35页。
② 见钱穆《中国学术思想史论丛·读文选》。

一改此貌，全篇几近一政论文字，论说道理成为赋的中心。后者写法与《论都赋》极相似，之所以要采取这一写法，与班固的指导思想有关。因为班固不赞成西都的奢丽，故《西都赋》描写的事物，也是他将在《东都赋》中批评的事物。相反，他称赞东都主要集中在法度上，这样，《东都赋》的核心只能是关于法度的称赞，因此，《东都赋》就变为说理的论文，而非描摹、铺叙的大赋了。从以上的事实看，京都题材的产生与当时迁都的政治事件有关。而自《两都赋》写作以后，大赋的面貌便发生了变化，西汉赋家擅长于夸张、幻想的赋法，渐渐趋向于写实。班固以后，张衡的《西京赋》也是如此。至于左思的《三都赋》，更是批评前人的"侈言无验，虽丽非经"，而主张"其山川城邑则稽之地图，其鸟兽草木则验之方志。风谣歌舞，各附其俗；魁梧长者，莫非其旧"（《文选·三都赋序》），大赋风貌至此便完全改变，同时也渐渐失去了文学的欣赏作用，纯粹成为博物之书了。

京都题材中的《两都赋》《二京赋》《三都赋》这几篇代表作，自产生以后，一直受到后人极高的赞扬，甚至比以五经。如《晋书·孙绰传》说绰"绝重张衡、左思之赋，每云'《三都》《二京》，五经之鼓吹也'"。《世说新语·文学》篇记载略同，刘孝标注说："言此五赋是经典之羽翼。"这样的推重，可说是其他赋所没有的。这反映了魏晋南北朝人对京都题材作品的重视，《文选》将它们置于赋首，大概依据于这样的观点。此外，从《隋书·经籍志》看，在赋总集之后，列于首位的正是张衡与左思的《五都赋》六卷，这证明我们以上的推测并不错。

第五，在《文选》所列十五类赋目中，"情"类的设置是一个很有意义的文学事件。我们知道，在中国文学批评史中，一直存在着情与志的对抗。魏晋以前，统治思想只承认志与文学的关系，所谓"诗言志"，而不愿承认情的作用。两汉时期，又以阴阳比性情，称性阳情阴、性善情恶，主张禁情扬性。《白虎通》（《四部丛刊》本）卷八《情性》篇说："情性者何谓也？性者阳之施，情者阴之化也。人禀阴阳气而生，故内怀五性六情。情者静也，性者生也，此人所禀六气以生者也。……情生于阴，欲以时念也；性生于阳，以理也。阳气者仁，阴气者贪。故情有利欲，性有仁也。"《白虎通》关于性情的解释当来自董仲舒的《春秋繁露》。《春秋繁露·深察名号》（武英殿丛书本）说："天两有阴阳之施，身亦两有贪仁之性。天有阴阳禁，身有情欲栣，与天道一也。是故阴之行不得干春夏，而月之魄常厌于日光，乍全乍伤，天之禁阴如此，安得不损其欲而辍其情以应天！"这里都是将情视为恶，认为应该禁止。这便是汉代的统治思想。在这个基础上，许慎《说文解字》便准此说法："性，人之阳气，性善者也。""情，人之阴气，有欲者。"而张衡在上书陈事时也说："夫情胜其性，流遁忘返。"（《后汉书·张衡传》）因此，当陆机在《文赋》中公开提出"诗缘情而绮靡"的口号时，这不仅是文学界，也同样是思想界的重大事件。朱自清先生对此评价说："陆机《文赋》第一次铸成'诗缘情而绮靡'这个新语。"① 对于陆机提出的这个口号，始终让人感觉惊奇，因为史书记载的他是一个"伏膺儒术，非礼勿动"（《晋书·陆机传》）的人。他又出身于《易》学世家，经学思想比较浓厚，却敢于这样宣扬一个令人惊异的口号，我想当时很可能有不少关于情与诗歌关系的讨论，所以陆机才敢于提出来，而且提出以后，并未在当时造成恐慌。这说明当时的确形成了比较宽松的环境。魏晋时期文学中关于"情"的讨论尚不多见，到了南朝，提倡情性之说已是很常见的了（见上编第三章）。正是在这个环境中，《文选》在赋类中特立"情"目，又因与"志"相对，更显得编者的有意。这个分类起码在现存的文献中尚为首见，因此是值得我们充分重视的。

从"志"与"情"两类所选作品看，编者对"情""志"的分别很清楚。"志"类所选作品有班固《幽通赋》，张衡《思玄赋》《归田赋》，潘岳《闲居赋》；"情"类作品有宋玉《高唐赋》《神女赋》《登徒子好色赋》，曹植《洛神赋》。这两类作品的界限还是很鲜明的。"志"类主要抒发作者未遂之志，如班固《幽通赋》，五臣注说："是时多用不肖，而贤良路塞，而固赋《幽通》，述古者得失神明之理，以为精诚信惠，是所为政也。"（《文选》）赋中所表达的志意都与作者在现实中的穷通有关。"情"类则不同，多与男女之情有关。如宋玉《高唐赋》，李善注说："此赋盖假设其事，风谏淫惑也。"（同上）其实纵观全文，讽谏只是曲终奏雅，主要的却是描绘巫山神女故事，表达人物的欢娱之情。宋玉的作品如此看，似不足为奇，《文选》却将曹植的《洛神赋》也置入"情"类，以我们现在的话说，这未免冲淡了曹植作品的思想意义。《洛神赋》在后世影响很大，后人赋予它各种各样的政治寓意，这当中当然有许多属于牵强，不过它的具有寄托应该是不错的。但从《文选》将它置于"情"类的事实看，南朝人似乎并未将它当作有寓意的作品看。在萧统之前的顾恺之作《洛神赋图》，也是从此着笔。由此见出魏晋南北

---

① 《诗言志辨》，《朱自清全集》第六卷，江苏教育出版社1990年版。第164页。

朝人对《洛神赋》的看法基本相同,这是今人研究《洛神赋》时应该注意的。

三

《文选》选录的五十二篇赋,基本上都是在当时获得了定评的名篇。这自然增强了《文选》的权威性,但我们也看到,还有一些有定评的作品,《文选》却不予收录。研究这一现象,可以考察编者的赋文学观。

首先是荀卿赋。萧统在《文选序》中明确说"荀、宋表之于前",但《文选》却不选荀赋。对此,有研究者以为荀赋是子书的原因①。这个说法恐不一定确当,因为荀赋历来都是被作为赋看待的。如班固《汉志》说:"大儒孙卿及楚臣屈原离谗忧国,皆作赋以风。"挚虞《文章流别论》说:"前世为赋者,有孙卿、屈原,有古诗之义。"刘勰《文心雕龙·诠赋》说:"然赋也者,受命于诗人,拓宇于《楚辞》也。于是荀况《礼》《智》,宋玉《风》《钓》;爰锡名号,与诗画境;六义附庸,蔚成大国。"即使萧统《文选序》也称:"古诗之体,今则全取赋名。荀、宋表之于前,贾、马继之于后。"当然,荀卿五赋由于载于《荀子》一书,并且他在赋中所表达的思想与子书接近,可以说五赋具有子书之意。章学诚在《文史通义·诗教下》中曾泛论屈、荀等赋家说:"然而赋家者流,犹有诸子之遗意,居然自命一家之言者,其中又各有其宗旨焉。殆非后世诗赋之流,拘于文而无其质,茫然不可辨其流别也。"②这是从早期赋家(即班固《汉志》所列屈、荀、陆诸家)作品所具有的思想内容而言。台湾李曰刚教授也据此论荀子说:"其所作之诗赋若论文,完全本于学术思想之立场而表现,与战国诸子无二致。"③这些言论只是说荀卿赋具有子书的某些性质,甚至可以当成子书读。但它毕竟不是子书,它的形式仍然是赋,这是不能混淆的。《文选》不录荀卿赋,肯定与此无关。然而荀赋在文学史上确属影响颇大的作品,前引汉魏六朝评论家的话可见后人都是十分肯定的。那么《文选》为什么不予录取呢?笔者以为这或许与荀赋本身的类型与《文选》的要求不符有关。荀赋是什么样的类型呢?案,荀卿《礼》《知》《云》《蚕》《箴》五赋,据唐人杨倞注,《礼》:"言礼之功用甚大,时人莫知,故荀卿假为隐语,

---

① 参见穆克宏《文选学研究的几个问题》。
② 叶瑛《文史通义校注》,第80页。
③ 李曰刚《辞赋流变史》,台北文津出版社1987年版。

问于先王云：臣但见其功，亦不识其名，唯先王能知，敢请解之。先王因重演其义而告之。"《知》："此论君子之智明，小人之智不然也。"《云》："云所以润万物，人莫之知，故于此具明也。"《蚕》："蚕之功至大，时人鲜知其本。……战国时此俗尤甚，故荀卿感而赋之。"《箴》："末世不修妇功，故论辞于箴，明其为物微而用至重，以讥当世也。"（以上《荀子·赋篇》注）从杨倞此注可知荀赋类型实近隐语。如《礼赋》说："爰有大物，非丝非帛，文理成章，非日非月，为天下明；生者以寿，死者以葬，城郭以固，三军以强；粹而王，驳而伯，一无焉而亡。臣愚不识，敢请之王。王曰：此夫文而不采者欤？简然易知而致有理者欤？君子所敬而小人所不者欤？性不得则若禽兽，性得之则甚雅似者欤？匹夫隆之则为圣人，诸侯隆之则一四海者欤？致明而约，甚顺而体，请归之礼。"（《荀子·赋篇》）从这篇作品可以概见其余四赋。梁启雄《荀子简释》说："荀子《赋篇》的体例是：先敛藏起谜底，用隐语说出谜面，随后指出谜底。"[①] 这便是荀赋的基本类型，所以刘勰《文心雕龙·诠赋》说"观夫荀结隐语，事数自环"，这个隐语类型是为后人所公认的。荀赋的这一类型在全部赋文学中，应当是非常独特的，所以班固《汉书·艺文志》将荀赋单列一类，与屈原、陆贾等并列。班固于赋分别四家的用意，没有作交代，这引起了后人的猜测。我想这大概有两种可能：一种是班固祖述刘歆《七略》，刘歆没有交代，所以班固也不十分清楚；另一种可能是事实很清楚，这四类的划分，当时人一看就明白，所以便无须交代。如果是第二种可能的话，荀赋的隐语类型的确与屈、陆等不同。在《汉志》中，荀赋类共二十五家，一百三十六篇，可惜除荀赋十篇之外，并皆亡佚，因此不可推测其类型。但荀赋之后有"秦时杂赋九篇"，《文心雕龙·诠赋》篇说"秦世不文，颇有杂赋"，语气似是肯定，或者表示的意思是秦世虽无文，但有些杂赋还是值得肯定的。如果这些赋继承了荀赋的传统，也还可以说是有意义的。但问题不在这里，班固《汉志·诗赋略》所列第四类是"客主赋"，共十二家，二百多篇，班固称为"杂赋"。既然同为杂赋，为何"秦时杂赋"不入此类呢？可见二者类型并不相同。到底有什么不同，限于材料（这两类赋中仅存荀赋一家），就不好进一步推测了。对这两类赋，汉魏六朝的作家、批评家似乎也仅提到过荀赋，这便说明这两类赋的价值（类型和内容）的确不大，不可与屈原赋和陆贾赋两类相比。因此，对

[①] 梁启雄《荀子简释》，中华书局 1983 年版，第 355 页。

于建立了隐语类型的荀赋，《文选》可能认为不合其"文"的要求而弃取了。

其次是司马相如的《大人赋》。这篇赋因刘勰《文心雕龙》的称赞而出名。在《风骨》篇中刘勰说："相如赋仙，气号凌云，蔚为辞宗，乃其风力遒也。"将《大人赋》作为有风骨的代表作品。显然，萧统与刘勰的看法不一样。其实司马相如的《大人赋》，在汉代是受到批评的。《史记·司马相如列传》记："相如见上好仙道，因曰：'上林之事未足美也，尚有靡者。臣尝为《大人赋》，未就，请具而奏之。'相如以为列仙之传居山泽间，形容甚臞，此非帝王之仙意也，乃遂就《大人赋》。……相如既奏《大人之颂》，天子大悦，飘飘有凌云之气，似游天地之间意。"这是本意与效果之间的矛盾之处，后人由此得出大赋实际是"劝百讽一"的功能。《汉书·扬雄传》载扬雄批评说："往时武帝好神仙，相如上《大人赋》欲以风，帝反缥缈有凌云之志。由是言之，赋劝而不止明矣。"既从相如的作品中得出了经验，也从自己的实践中总结了教训，因此，扬雄在完成了他的大赋创作之后，陷入了深深苦恼中。于是最终他说"壮夫不为"，似乎幡然省悟而挂笔。扬雄的观点，王充也欣然接受，《论衡·谴告篇》说："孝武皇帝好仙，司马长卿献《大人赋》，上乃仙仙有凌云之气。……长卿之赋如言仙无实效。"看来，《大人赋》在这方面是受到批评的，但《文选》是否因此而不予收录呢？与《大人赋》的效果相似的还有扬雄的《甘泉赋》，据王充《论衡·谴告篇》说："孝成皇帝好广宫室，扬子云上《甘泉颂》，妙称神怪，若曰非人力所能为，鬼神力乃可成。皇帝不觉，为之不止。"《甘泉赋》既与《大人赋》一样的效果，也受到王充的批评，为什么《文选》反而收《甘泉》而弃《大人》呢？这表明《文选》并非依据汉人的批评，其关于思想内容的理解，也并不很简单。这里涉及萧统的赋文学观。简单地说，萧统对赋的看法与其他人稍有不同。

关于赋的来源、发展，我们知道，汉人一般认为是屈原、荀卿导源于前，宋玉等人蹈迹于后。对于屈原，汉人虽有争论，仍然肯定他在辞赋发展中所做的贡献，但对宋玉，往往批评的多。先看班固的说法，《汉书·艺文志·诗赋略序》说："春秋之后，周道浸坏。聘问歌咏不行于列国，学《诗》之士逸在布衣，而贤人失志之赋作矣。大儒孙卿及楚臣屈原，离谗忧国，皆作赋以风，咸有恻隐古诗之义。其后宋玉、唐勒，汉兴，枚乘、司马相如，下及扬子云，竞为侈丽闳衍之词，没其风谕之意。"班固这里叙述了赋的产生及发展，认为屈原、荀卿是创始人，他们的作品都合于古诗之义。很明显,班固关于赋起源于屈原的观点是萧统所不同意的。《文选》以屈原作品单独分类,说明了这一点。在《文选序》中,萧统则以荀卿、宋玉为起源者,这是第一点不同。第二,关于宋玉的评价,班固是持批评态度的。又不独班固,他之前的司马迁在《史记·屈贾列传》中说:"屈原死后,楚有宋玉、唐勒、景差之徒者,皆好辞而以赋见称;然皆祖屈原之从容辞令,终莫敢直谏。"司马迁对宋玉等人专好辞赋,而不如屈原敢于直谏,显然是批评的。又如扬雄《法言·吾子》说:"或问:'景差、唐勒、宋玉、枚乘之赋也益乎?'曰:'必也淫。'"这是批评宋玉等人的赋烦滥放荡,是辞人之赋。至如晋人皇甫谧《三都赋序》说:"贤人失志,词赋作焉。是以孙卿、屈原之属,遗文炳然,辞义可观,存其所感,咸有古诗之意。皆因文以寄其心,托理以全其制,赋之首也。及宋玉之徒,淫文放发,言过于实,夸竞之兴,体失之渐,风雅之则于是乎乖。"(《文选》)这些意见都肯定了荀、屈的创作,而对宋玉等人提出了严厉的批评。按照以上的批评,《文选》如坚持内容的雅正的话,是不该选录宋玉作品的。但事实上,《文选》不仅一气选了四篇,而且还专门为宋玉立了"情"类目,可见萧统对赋的评价与汉人有些区别。据此说来,《文选》不录《大人赋》,并不一定与它的"劝百讽一"有关。考虑到《大人赋》所写是神仙之事,这样的内容恐不符合萧统的思想①,所以不入选也就是正常的了。

两汉时期,还有一篇很有名的作品,即东汉冯衍的《显志赋》。冯衍字敬通,幼有奇才,然生不得志,有功而不被封。晚年困窘,栖迟于故郡,郁郁无欢而作《显志赋》。冯衍的遭遇及其作品,很能引起后世不得志知识分子的共鸣。江淹《恨赋》即以他作为一典型,称:"至乃敬通见抵,罢归田里。"(《文选》)又晋人陆机作《遂志赋》,序中说:"昔崔篆作诗,以明道述志;而冯衍又作《显志赋》,班固作《幽通赋》,皆相依倣焉。……《显志》壮而泛滥……衍抑扬顿挫,怨之徒也。岂亦穷达异事,而声为情变乎!余备托作者之末,聊复用心焉。"② 陆机对冯衍及其《显志赋》的肯定、赞扬之意很明显。这一篇作品,《文选》却未收。《文选》赋有"志"一类,收录了班固的《幽通》、张衡的《思玄》,冯衍比他们二人都早,他的入选应该是无可非议的,而萧统却忽

---

① 假使《文选》编选赋依据的底本出自萧衍的《历代赋》的话,情形也一样,因为萧衍中年信佛,对神仙道教之事持否定态度。
② 《陆士衡文集》卷二,清宛委别藏本。

视了他，恐怕与《显志赋》中太多的牢骚不平有关，这不符合萧统"君子之致"的思想。此外，政治上冯衍忠于"更始"，没有及早归降光武帝，故不得任用。这样的人物，在梁武帝代齐之后不久，自不宜表彰，因此，这也可能是他不入选的原因之一。

两汉以外，魏晋六朝赋作受到时人好评的也不少。如曹丕《典论·论文》说："王粲长于辞赋，徐干时有齐气，然粲之匹也。如粲之《初征》《登楼》《槐赋》《征思》，干之《玄猿》《漏卮》《圆扇》《橘赋》，虽张、蔡不过也。"《文选》于其中仅收《登楼》一篇。王粲《登楼赋》的确是一篇优秀作品，其名声当超过其余作品，陆云在给他哥哥陆机的信中就说过"《登楼》名高"的话，这样，《文选》便选录了最著名的一首。不过，徐干也受到刘勰的称赞，说"伟长博通，时逢壮采"（《文心雕龙·诠赋》），他的赋与王粲一样都被称为魏之"赋首"；萧统却不予录选，看法与刘勰不同。

六朝时期在当时博得好评的赋如袁宏的《北征赋》《东征赋》，庾阐的《扬都赋》等①，《文选》也都摒弃不录，不过更值得讨论的却是沈约的《郊居赋》。《梁书·沈约传》记："约性不饮酒，少嗜欲，虽时遇隆重，而居处俭素。立宅东田，瞩望郊皋。尝为《郊居赋》……"《郊居赋》是描绘庄园之美和郊居之乐的作品，体制巨大，很像谢灵运的《山居赋》。沈约是一个十分自负的人，对这篇作品非常重视，《梁书·王筠传》记："约制《郊居赋》，构思积时，犹未都毕，乃要筠示其草。筠读至'雌霓（五激反）连蜷'，约抚掌欣抃曰：'仆尝恐人呼为霓（五鸡反）。'次至'坠石硍星'，及'冰悬埳而带坻'，筠皆击节称赞。约曰：'知音者稀，真赏殆绝，所以相要，政在此数句耳。'"由此可见沈约对《郊居赋》的看重。《郊居赋》在当时是受到好评的。《梁书·刘杳传》载："（杳）因著《林庭赋》，王僧孺见之叹曰：'《郊居》以后，无复此作。'"说明《郊居赋》为士人所赞赏。在以前的论述中，我们曾叙述过沈约与萧统、刘孝绰间的关系，他做过萧统的老师，又以刘孝绰父执身份对刘大加奖饰，对于沈约如此看重的《郊居赋》，《文选》竟不予录选，这似乎有两种可能：一是限于体例，《文选》所收赋只至刘宋，江淹虽为梁人，但其作品都写于宋时。由于这一体例，《文选》于齐梁赋并皆不收，所以沈约《郊居赋》见弃。二是《文选》赋的底本是萧衍的《历代赋》，按照"历代"的体例，萧衍不收当代作品是可以理解的。

---

① 见《世说新语·文学》。

另外，沈约与萧衍的关系又不像萧统与刘孝绰的关系，尤其沈约晚年与萧衍之间产生了矛盾，萧衍对沈约的一些作品如郊庙歌词，大加指责（见《梁书·萧子显传》），因此，萧衍编《历代赋》，不收沈约，也是有原因的。

从上述《文选》不收一些有定评的作品看，萧统的赋文学观与时人有一些不一致的地方，有些与学术界对萧统的评价并不太符合，这是值得我们重视的。同时，这一问题也有必要进一步研究。

四

《文选》是中国历史上最早的一部文学作品总集，而《文选·赋》也是现存最早的一部赋集。如果它的确是源自梁武帝萧衍的《历代赋》的话，作为专门的赋集，其价值自不待言。汉魏六朝时期，赋具有独特的地位，人们特别看重它，把它视作鉴别一个人是否有才能的标志。因此，几乎每一个作家都写过赋，以证明自己的才力。在这样的背景里，编辑赋集，为学习者提供方便，自然是十分必要的。从《隋志》著录的赋总集看，大约有二十余部，其中，总括各类的赋集有七部，即谢灵运《赋集》九十二卷、宋新渝惠侯《赋集》五十卷、宋明帝《赋集》四十卷、佚名《赋集钞》一卷、崔浩《赋集》八十六卷、佚名《续赋集》十九卷、梁武帝《历代赋》十卷。从这些赋集的卷帙规模约略可以推测，除梁武帝《历代赋》外，大概都是全集性质，至于九十多卷与四十卷的差别，或许因为搜辑不全，或许因为编者对赋范畴理解的大小有异。比如谢灵运的九十二卷，很可能将与赋有关联的辞、七、颂等体都列入；而宋明帝的四十卷则如梁武帝一样，只录纯以赋名的作品。否则，宋明帝只比谢灵运晚三四十年，数量不应相差如此之大。赋总集之外，是各专类题材的总集，如佚名《杂都赋》十一卷、傅玄等《相风赋》七卷、佚名《遂志赋》十卷等。此外，列在谢灵运《赋集》条之下的《乐器赋》十卷、《伎艺赋》六卷，从题目看，也应该是专类题材的总集。但奇怪的是，《隋志》的体例是"离其疏远，合其近密"（《隋书·经籍志总叙》），为什么会将上叙各条列在属于赋全集性质的谢灵运《赋集》之下呢？不合这一体例的还有《杂都赋》条下李轨、綦毋邃的《二京赋音》二卷，此书似应该著录在《隋志》赋类最末的李轨《二都赋音》或佚名《百赋音》十卷条目之下。由于这些作品均已经亡佚，仅从题目似难理测了，所以有人便打乱了《隋志》的著录门类，随意加以区分统计①。但《隋志》体例一般不错,它这样系目肯定有它的理由。根据谢灵运《赋集》具有赋全集的性质,笔者认为《乐器赋》《伎艺赋》也是该题材的全集,它的性质与专类题材集《杂都赋》并不一样,后者或为该题材的选集。至于李轨、綦毋邃的《二京赋音》与排在赋类最后的《二都赋音》《百赋音》也不同,颇以为前者是原文与注音俱存的集子,比如《二京赋音》之下著录的"《齐都赋》二卷并音",表明它是有原文的音注本;而李轨的《二都赋音》一卷应该只有音注而无原文,所以《两都赋》加上音注才仅一卷,如果附有原文,这卷数断不止如此。仅有音注的体例是存在的,敦煌卷子中就有《文选音》的残卷,只具卷数和音注。又日本细川家永青文库和天津艺术博物馆所藏《文选集注》残卷,也仅有注而无原文。根据以上分析,《隋志》赋类的排列规则大致是全集性质的总集(包括《历代赋》这种通代的赋集)、专类题材的总集、别集、注本、音注本。以此衡量诗类的排列,也基本相同,看来我们这个推测是不错的。从《隋志》著录的有主名赋作品看,产生时代都在《文选》之前,时《文选》编赋,尽可以参照取例。至于一定要以《隋志》著录的赋篇与《文选》分类相比较,恐无此必要,因为《隋志》不是以分类进行排列,所著录之赋,也根据王俭《七志》、阮孝绪《七录》及唐时所存数目登记,与《文选》赋的分类不存在可比性。令人注意的倒是无论《隋志》,还是《文选》所收赋,都见不出对班固《汉志·诗赋略》所分四类赋的反映。而纵观汉魏六朝的有关评论,也不见有人对此提出意见。这或许说明魏晋以后对《班志》的分类也不甚了解,或者是不以为然;同时对发生在西汉末年扬雄对大赋职能的批评,也漠然视之。这也是魏晋六朝人与汉人对赋的态度不同之处。这两种态度似乎表明了赋在两个不同时期中身份的变化。扬雄对大赋的批评,是赋文学史中引人注目的事件,从前引王充《论衡》的反映可知。那么,扬雄批评的意义在哪里呢?与今人对赋的看法不同,汉代赋家虽然被统治者视与倡优同类,但他们仍然坚持赋为古诗之流,虽体物却旨在写志,用以充当规劝统治者的一种文体。以司马相如为例,他写作的大赋,其主旨都在于讽谏;可是由于赋体的外在形式所表现的功能是"劝",结果影响了作者主旨"讽"的表达,这就造成了"劝百讽一"的后果。对这一后果,司马相如等人虽不满意,但似乎并没有像扬雄那样痛心疾首。这是因为当汉武帝之时,国力强盛,社会政治基本稳

---

① 见程章灿《魏晋南北朝赋史》第七章第二节,江苏古籍出版社1992年版。

定,各种矛盾尚未激化,因此,虽然赋的主旨与其形式间存在着矛盾,作家也还不至于对之进行反省。社会发展至扬雄的时代,情况发生了极大的变化,社会的各种矛盾已经激化,有识之士深为担忧,扬雄正是这样一位大赋作家。大赋主体意识与表现形式间的矛盾在司马相如时尚可以调和,至此时已难以维持了。比如说,司马相如的《子虚》《上林》本意在强调节俭,结果却更引起了天子的豪奢之心。司马相如对此或有不满,但赋主体部分的渲染与汉帝国的声威基本相符,司马相如对这个"劝"私下恐也还是满意的。至扬雄之时,情况已经不同了,扬雄再也不能对《长杨》《羽猎》的主体部分感到心安理得了。于是他开始对大赋的职能进行全面的反省,结果除了否定之外再无改造的良策。

扬雄由于本身的局限(善摹拟,缺乏创造性),最终没能解决这一矛盾。大赋至此似乎便应结束它的生命。但随着汉王朝的中兴,大赋也开始了新的转变,这便是班固的《两都赋》。班固以《东都赋》全面说理的形式对大赋"劝而不止"的职能进行了改造,至此,令扬雄深感苦恼的矛盾似乎已得到了解决,汉大赋的主体意识得到了恢复。如果从汉赋"表志"的政治功能说,这一改造是成功的,但事实上汉赋并不是政治教化的代言物,它的本质仍是文学作品,文学作品最基本的特点是形象性,而这一点正是《东都赋》所缺乏的。因此,班固貌似成功的改造,恰恰葬送了大赋的生命力。大赋最终走向毁灭,是它的必然结果。然而,汉代赋史上这样一场重大事件,似乎并未对魏晋南北朝造成影响。被扬雄批评过的西汉大赋,六朝人反而更加推赏。为什么呢?我们认为这与汉大赋已由汉人期望的表达政治意见的身份转为可供欣赏的文学作品有关。六朝人对大赋的肯定,更多的是看重它的文学价值。因此,这一时期的赋评论,以及赋集的编辑,都以此为宗旨。《文选》选赋也是如此,所以对发生在汉代对大赋职能的反省这一事件,几乎不见有反映。虽然这是文学的发展和进步,但扬雄的反省并非没有意义,研究赋史,必须指出这一点。

第二节 诗 论

一

《文选》诗类共分二十四小类(含"临终"),所收作家、作品数量列表如下(表2):

表 2

类别	补亡	述德	劝励	献诗	公宴	祖饯	咏史	百一	游仙	招隐	反招隐	游览	咏怀	临终	哀伤	赠答	行旅	军戎	郊庙	乐府	挽歌	杂歌	杂诗	杂拟
人数	1	1	2	2	13	7	9	1	2	2	1	11	2	1	9	24	11	1	1	10	3	4	27	10
作品数	6	2	2	3	14	8	21	1	8	3	1	23	18	1	13	72	36	1	1	40	5	4	93	63

从表中可以看出，二十四类又以"公宴""祖饯""咏史""游览""哀伤""赠答""行旅""乐府""杂诗""杂拟"为大类，说明萧统是将这些题材视作诗歌史中的主流。以下我们考察这几类收列作家作品的实际情况。

公宴 所收诗人为：曹植、王粲、刘桢、应场、陆机、陆云、应贞、谢瞻、范晔、谢灵运、颜延之、丘迟、沈约。其中除颜延之收入两首外，余皆一首。

祖饯 所收诗人为：曹植、孙楚、潘岳、谢瞻、谢灵运、谢朓、沈约。以曹植为最，入选两首，余皆一首。

咏史 所收诗人为：王粲、曹植、左思、张协、卢谌、谢瞻、颜延之、鲍照、虞羲。其中左思八首，颜延之六首，余皆一首。

游览 所收诗人为：曹丕、殷仲文、谢混、谢惠连、谢灵运、颜延之、鲍照、谢朓、江淹、沈约、徐悱。其中谢灵运九首，颜、沈各三首，余皆一首。

哀伤 所收诗人为：嵇康、曹植、王粲、张载、潘岳、谢灵运、颜延之、谢朓、任昉。其中潘岳三首，王粲、张载各两首，余皆一首。

赠答 所收诗人为：王粲、刘桢、曹植、嵇康、司马彪、张华、何劭、陆机、潘岳、潘尼、傅咸、郭泰机、陆云、刘琨、卢谌、谢瞻、谢惠连、谢灵运、颜延之、王僧达、谢朓、陆厥、范云、任昉。其中陆机十二首，刘桢八首，曹植六首，嵇康五首，陆云、颜延之、谢朓各四首，王粲、潘尼、卢谌、谢灵运各三首，余一二首不等。

行旅 所收诗人为：潘岳、潘尼、陆机、陶渊明、谢灵运、颜延之、鲍照、谢朓、江淹、丘迟、沈约。其中谢灵运十首，陆机、谢朓各五首，潘岳、颜延之各三首，陶渊明、沈约各两首，余皆一首。

乐府 所收诗人为：古乐府（三首）、班婕妤、曹操、曹丕、曹植、石崇、陆机、谢灵运、鲍照、谢朓。其中陆机十七首，鲍照八首，曹植四首，曹操、曹丕各两首，余皆一首。

杂诗 所收诗人为：古诗（十九首）、李陵、苏武、张衡、刘桢、曹丕、曹植、嵇康、傅玄、张华、陆机、曹摅、何劭、王赞、枣据、左思、张翰、张协、卢谌、陶渊明、谢惠连、谢灵运、王微、鲍照、谢朓、沈约。其中张协十首，曹植、谢朓各八首，沈约六首，苏武、张衡、陶渊明、谢灵运各四首，李陵、张华各三首，余一二首不等。

杂拟 所收诗人为：陆机、张载、陶渊明、谢灵运、袁淑、刘铄、王僧达、鲍照、范云、江淹。其中江淹三十首，陆机十二首，谢灵运八首，鲍照五首，余一二首不等。

从这样的排比可以看出，"公宴"类以颜延之为首；"祖饯"类以曹植为首；"咏史"类以左思为首，颜延之为副；"游览"类以谢灵运为首，颜延之、沈约为副；"哀伤"类以潘岳为首，王粲、张载为副；"赠答"类以陆机为首，刘桢、曹植为副；"行旅"类以谢灵运为首，陆机、谢朓为副；"乐府"类以陆机为首，鲍照为副；"杂诗"类以张协为首，曹植、谢朓为副；"杂拟"类以江淹为首，陆机为副。这样便得出在这几类题材中占首选的诗人分别是陆机（2类）、谢灵运（2类）、曹植（1类）、左思（1类）、潘岳（1类）、张协（1类）、颜延之（1类）、江淹（1类）。其次则有王粲、刘桢、张载、鲍照、沈约、谢朓。这张名单就是萧统对汉魏以来诗人的评价。

以上是根据《文选》诗歌大类所作的统计，它具有一定的道理，但也许还不全面，以下是进一步从三个方面对全部《选》诗作出的统计结果：

1. 以列类首为据：（1）陆机、谢灵运（均2类），（2）曹植、阮籍、左思、潘岳、张协、郭璞、颜延之、鲍照（均1类）。需要说明的是，每类中作家作品均一首及只有一位作家入选者除外。

2. 以入选作品数量为据：陆机（52首），谢灵运（40首），江淹（32首），曹植（25首），颜延之、谢朓（均21首），鲍照（18首），阮籍（17首），王粲、沈约（均13首），张协、左思（均11首），刘桢（10首），潘岳（10首），陶渊明（8首），嵇康、郭璞（均7首），张华（6首），曹丕、陆云、谢瞻、谢惠连（均5首）。余置不论。

3. 以作家的类别分布为据：谢灵运（10类），陆机、曹植（均8类），颜延之、谢朓（均7类），王粲、鲍照（均6类），潘岳、沈约（均5类），陶渊明（4类），曹丕、刘桢、嵇康、左思、江淹（均3类）。余置不论。

在上述作家中有两个人的情况值得说明：一是阮籍，尽管他的诗仅入"咏怀"一类，但据史书他似乎只有这一类创作。钟嵘《诗品》即就此而论，也没有提及其他的作品。阮籍的《咏怀诗》，《晋书》本传称"为世所重"，刘宋时颜延之、沈约并为之作注，可见其影响。因此，文选虽以一类录之，并不说明对他的不重视。二是江淹，除了作品的数量外，在其他两类统计中，他均处于末座。事实上，《文选》录其杂体三十首，仅说明萧统对拟体的重视。而江淹的三十首诗与其他人的"拟古"体又不同，他是对历代不同诗人不同风格、题材的摹拟，显示了一种辨体思想，这正是萧统《文选》的编辑目的。因此，尽管江淹作品的数量居于前列，也仍然不能表明萧统对他的高度评价。

通过三个方面的综合考察，得出序列为：（1）陆机，（2）谢灵运，（3）曹植，（4）颜延之，（5）鲍照，（6）潘岳、左思。以上为三类皆有名录者。名列两类的有：（7）谢朓，（8）王粲，（9）沈约，（10）陶渊明，（11）嵇康，（12）曹丕。应该说从三个方面综合考察，还是能够说明一定的事实的，而且这一结果总的说来与南北朝时期的公论还是比较符合的。当然，《文选》的编辑，并不一定要按照严格的排名顺序来收录作家作品，有许多实际存在的问题会影响到这个序列。如上举阮籍之例，他仅有一类作品可供选择，这便超越了我们的考察规则。此外，汉魏作家的数量，由于历史条件的限制，在五言诗刚刚得到发展的初期，创作不丰也是可以理解的；又由于社会的动荡，流传过程中部分作品散佚也是事实，这都使得后来的编选者择录不多。尽管如此，仍然不能不承认萧统在数量、分类及类首的排列、选择上是有用心的。比如王粲，《隋书·经籍志》著录有集十一卷，比起鲍照的十卷[1]并不算少，但《文选》录王粲十三首，录鲍照十八首。又如曹植，《隋志》著录三十卷，而谢灵运为十九卷[2]，《文选》录曹植诗二十五首，录谢灵运诗四十首。因此，我们有理由将以上的统计结果作为分析萧统诗歌观的一个重要参考依据。

二

作品入选的数量，大致上反映出萧统对作家作用、地位的评价。上节统计结果所排出的名单基本上是魏晋南北朝时期公认的优秀诗人，而前三位陆机、谢灵运、曹植正是钟嵘《诗品》所说的"太康之英""元嘉之雄"和"建安之杰"。但是，仔细考察《文选》的分类，我们发现

---

[1] 梁仅有六卷，恐即齐虞炎所编本，《隋志》的十卷，则为后人续增。见《四库全书总目》，中华书局1983年版，第1274页。

[2] 《隋志》又记梁二十卷，《录》一卷。

萧统对诗人的评价并非笼而统之，所谓"英""雄""杰"，只是反映在某些类别之中，并非贯穿于全部诗歌创作领域，而有些诗人又往往不合我们一贯的评价。这是一个很有意义的现象，将有助于我们改变一些看法和提法。

二十四类诗题中，有些诗人的地位是无可争议的，比如每类只有一人入选的，像"补亡""述德""百一""反招隐""临终""军戎""郊庙"等，毫无疑问，萧统认为这些类别中的诗人是本题材的最优秀代表。这些当然是小类，入选一人，也说明其影响不大。以下重点分析入选两人以上的类别（人各一首的类别亦不作分析），附论每一类别的源流演变，以全面观察萧统诗歌观。

献诗：共三首，曹植两首，潘岳一首。曹植为《责躬诗》《应诏诗》及《上诗表》，《三国志》本传著录。这是黄初四年（223）曹植朝京都之作。前此，监国使者希旨，奏诬曹植，有司请治罪，故贬爵、改封，所谓"连遇瘠土，衣食不继"①。此次入京朝见，曹丕仍然衔恨不见，《上诗表》中说"僻处西馆，未奉阙庭"（《文选》）即指此。因此，这样的献诗很难写，既要表明心迹，又要抒写自己的冤屈，《三国志》全文著录，是有用意的。清人何焯《义门读书记》说："二篇词义之美，汉、魏以来不可多见。"②昭明录入《文选》，自有依据。潘岳的一首是《关中诗》。李周翰注："晋惠帝元康六年（296），氐贼齐万年与杨茂于关中反乱，人多疲敝，既定，帝命诸臣作关中诗。"（《文选》潘岳《关中诗》注）李善注引潘岳《上诗表》称："诏臣作《关中诗》，辄奉诏竭愚作诗一篇。"（同上）则此诗属于"应诏诗"，且系群臣赋诗，非止一篇。汉魏以来，帝王于各种场合诏群臣作诗已成风气，史书也多有记载。这一类"应诏"实与"公宴"相同，而与曹植的"应诏命而来，于道路所见对诏而作"（《文选》曹植《应诏诗》注）的《应诏诗》不同。《文选·公宴》中如范晔《乐游应诏》、颜延之《应诏曲水宴诗》、丘迟《侍宴乐游苑送张徐州应诏》、沈约《应诏乐游饯吕僧珍》便是以"应诏"为名。萧统以《关中诗》入于"献诗"，似与体例不符。

公宴：共收十三人，十四首，以颜延之为首。建安以来，帝王颇为留心文艺，设公宴召群臣赋诗观志的雅会成常例。《文选》所录诸诗确为一时之选。如曹植《公宴》，极为唐人所赏。韦庄《又玄集序》称：

---

① 曹植《迁都赋》，《全三国文》卷一三，第2246页。
② 何焯《义门读书记》卷二，清乾隆刻本。

"曹子建诗名冠古,唯吟'清夜'之篇。"① 应贞《晋武帝华林园集诗》,《晋书》本传称:"帝于华林园宴射,贞赋诗最美。"谢瞻《九日从宋公戏马台集送孔令诗》李注引《宋书》说:"高祖游戏马台,命僚佐赋诗,瞻之所作,冠于一时。"(《文选》注)然《文选》此类独录颜延之两首,显示了萧统对颜延之在"公宴"一类"廊庙"之作中的地位。清刘熙载《艺概·诗概》说"延年长于廊庙之体"②,正指的这种创作。

祖饯:共收七人,八首,以曹植为首。所谓"祖饯",即道路送别。魏晋南北朝是一个重友情、多感伤的时代,朋友送别是一个特别受看重的活动。《世说新语·言语》记谢安对王羲之说:"中年伤于哀乐,与亲友别,辄作数日恶。"这种感受是共同的,钟嵘《诗品序》以之作为写诗的一个重要动因,所谓"嘉会寄诗以亲,离群托诗以怨……凡斯种种,感荡心灵,非陈诗何以展其义?非长歌何以骋其情?"梁江淹更利用这种题材写成《别赋》,从而大获成功。《隋书·经籍志》称"梁有魏、晋、宋《杂祖饯宴会诗集》二十一部,一百四十三卷",可见这一题材创作之盛。但这种时代性很强的特征在《文选·祖饯》中并没有如人们所期望的那样得到强调。萧统所选当然都是名作,但与其他大类相比,数量太少,反映了萧统对这一类题材的有限的肯定。

咏史:共收九人,二十一首。明胡应麟《诗薮》说:"《咏史》之名,起自孟坚,但指一事。魏杜挚《赠毌丘俭》,叠用八古人名,堆垛寡变。太冲题实因班,体亦本杜,而造语奇伟,创格新特,错综震荡,逸气干云,遂为古今绝唱。"③ 班固《咏史》为叙写缇萦救父之事,《诗品序》称之为"质木无文",《文选》不录,大概是这个原因。但班固《咏史》并非铺叙史实,据钟嵘说它"有感叹之词"(《诗品下》),如是,班诗对后来"咏史"题材的写作还是有影响的。借史实抒发个人怀抱,也便成为"咏史"诗的主旨。《文选》收左思八首,位列第一,这一安排与当时对左思诗歌成就的肯定是一致的。的确如胡应麟所说,"咏史"诗到了左思而"创格新特",卓成大家。《文选》收颜延之六首,列为其次,反映了萧统对颜延之在"廊庙"诗外创作的肯定和重视,这一评价与当时的舆论不同。

游仙:共收二人,八首。"游仙"诗的起源很早,如相传屈原的《远游》便是游仙之作。魏晋以来诗人又多用五言诗去表现,如曹操、

---

① 董诰等编《全唐文》,中华书局1983年版,第9288页。
② 刘熙载《艺概》卷二,清同治刻古桐书屋六种本。
③ 胡应麟《诗薮》外编二,明刻本。

曹丕、曹植、阮籍、嵇康、何劭、张华等，都写过"游仙"诗。《文心雕龙·明诗》说："及正始明道，诗杂仙心。"可见正始前后已成风气。在这些诗中，纯粹写"游仙"也有一些，如魏武、魏文父子，他们与曹植不同，不在于借游仙写精神苦闷。其题疑从乐府《相和歌》中来，如《相和歌辞·王子乔》一类。至于曹植，本人并不相信此事，他的《游仙》则只是借仙境来抒发自己现实中的苦闷，寻求思想上的自由、解脱而已。阮籍所作也是如此。在"游仙"诗人中，郭璞无疑是最突出的一个，他一是写得多，二是有思想意义，这是那个时代的共同评价。钟嵘《诗品》说李充《翰林》以郭璞为诗首，钟嵘亦列他为"中兴第一"，称其"辞多慷慨，乖远玄宗。……乃是坎壈咏怀，非列仙之趣"（《诗品下》）。《文选》收郭璞七首，正是表达了对郭璞在"游仙"诗史上地位的肯定。

招隐：共收二人，三首。左思两首，陆机一首。"招隐"源于汉淮南小山的《招隐士》，据王逸说："小山之徒，闵伤屈原，又怪其文升天乘云，役使百神，似若仙者。虽身沈没，名德显闻，与隐处山泽无异。故作招隐士之赋，以章其志也。"① 这是把屈原作为隐士看了，而所"招"即"招回"，也正是"王孙兮归来，山中兮不可以久留"（《楚辞补注》卷一二）的意思。但魏晋以来的"招隐"却与此相反，不再是"招回"而是"招寻"了。从历史原因看，因社会政治环境的混浊，知识分子希望逃隐于深山，全身保真；从美学上看，对自然美的欣赏意识在这时也逐渐萌醒，因此一反淮南小山用意的《招隐诗》便产生了。左思的《招隐诗》起码对萧统有影响，《梁书·昭明太子传》记："（统）性爱山水，于玄圃穿筑，更立亭馆，与朝士名素者游其中。尝泛舟后池，番禺侯轨盛称'此中宜奏女乐'。太子不答，咏左思《招隐诗》曰：'何必丝与竹，山水有清音。'侯惭而止。"因此，萧统列左思为"招隐"之首，也是比较自然的。"招隐"之外，萧统又别立"反招隐"一类，似乎也应归属于"招隐"。所谓反招隐从意义上说与"招隐"相反，劝人不要到林薮山泽去隐居，并称其为"小隐"，"大隐"是要隐于"朝市"的。《反招隐》作者是晋人王康琚，吕向注说："康琚以为混俗自处，足以免患，何必山林然后为道，故作《反招隐》之诗，其情与隐者相反。"（《文选》注）案，"大隐隐朝市"思想起于两晋之间，向秀、郭象玄学理论是基础。向、郭注《庄子·逍遥游》"藐姑射之山有神人居焉，肌

---

① 洪兴祖《楚辞补注》卷一二《招隐士章句》，《四部丛刊》影印本。

肤若冰雪，淖约若处子"，说："夫神人即今所谓圣人也。夫圣人虽在庙堂之上，然其心无异于山林之中。世岂识之哉？徒见其戴黄屋、佩玉玺，便谓足以缨绂其心矣。见其历山川、同民事，便谓足以憔悴其神矣。岂知至至者之不亏哉！今言王德之人而寄之此山，将明世所无由识，故乃托之于绝垠之外，而推之于视听之表耳。处子者不以外伤内。"① 这是很典型的"大隐"思想。说到这种思想，正始年间的嵇喜很值得注意，他在《答嵇康诗》中说："达人与物化，世俗安可论。都邑可优游，何必栖山原。孔父策良驷，不云世路难。出处因时资，潜跃无常端。保心守道居，视变安能迁。"② 所谓"都邑可优游，何必栖山原"，正是"大隐隐朝市"的意思。由此看来，嵇喜之所以受到嵇康朋友们（如阮籍、吕安等）的冷遇，是由于思想上的分歧。如果说这种思想在正始时期尚未引起注意的话，从西晋以后，便越来越受到欢迎了。《晋书·嵇含传》记："时弘农王粹以贵公子尚主，馆宇甚盛，图庄周于室，广集朝士，使含为之赞，含援笔为吊文。"将庄周像置于豪华馆宇中，表达了王粹们的"大隐"愿望。东晋以后，这种思想便公开转化为行动了。《世说新语·言语》记："竺法深在简文坐，刘尹问：'道人何以游朱门？'答曰：'君自见其朱门，贫道如游蓬户。'"③ 又记："刘真长为丹阳尹"，许询悦其"床帷新丽"，曰："若保全此处，殊胜东山。"④ 这都说明了"大隐"思想的影响。东晋末年陶渊明在《饮酒》诗中写道："结庐在人境，而无车马喧。问君何能尔，心远地自偏。"不也是有"大隐"的意思吗？清人杭世骏《订讹类编》卷一说："结庐在人境则有车马喧，而乃曰'无喧'。故作问词，而答以心远之故，地不偏而如在偏僻处矣，与《归鸟》诗云'众声每谐，悠然其怀'同一高旷心胸。大隐在市朝，不必深山穷谷、绝人逃世也。"⑤ 当然，陶渊明的"结庐在人境"思想与东晋名士有很大不同，东晋名士更着重于形迹上的体验，陶渊明则是从玄学底蕴上去体验。总之，"大隐"思想是东晋时期重要的事件，并不仅仅是"招隐"题材的对立，因此立此一类，作为一个时代思想的印迹，还是有意义的。

游览：共收十一人，二十三首。谢灵运独占九首，说明萧统对谢灵

---

① 郭象注《南华真经》卷一，《四部丛刊》影印本。
② 冯惟讷《古诗纪》卷二八。
③ 余嘉锡《世说新语笺疏》，第269页。
④ 上揭书，第150页。
⑤ 杭世骏《订讹类编》，中华书局1997年版，第27页。

运在这一题材创作中地位的肯定。其次是颜延之和沈约,均三首。在《文选》诗二十四类中,"游览"是最符合山水诗定义的。因此以谢灵运为该类之首,表明萧统将他视为山水诗人的代表,这没有什么值得多说的。但是,令人奇怪的是,同样作为山水诗人代表的谢朓,仅有一首入选,还不如颜延之和沈约。这就说明,萧统并没有将谢朓视为山水诗人。那么萧统是如何评价谢朓的呢?谢朓在《文选》中入选的诗有二十一首,排列第五,与颜延之相同,但他没有在任何一类中领先,入选最多的类别是"杂诗"(8)和"行旅"(5),"杂诗"与山水题材关系较远,"行旅"却与山水关系较大,因此有必要将"游览"与"行旅"联合起来考察:建立这两类的依据是什么?萧统为什么不合并为一类?我们不妨以谢灵运为例,分析"游览"和"行旅"的异同。先看"游览"。"游览"所收谢灵运诗为:

1. 《从游京口北固应诏》
2. 《晚出西射堂》
3. 《登池上楼》
4. 《游南亭》
5. 《游赤石进帆海》
6. 《石壁精舍还湖中》
7. 《登石门最高顶》
8. 《于南山往北山经湖中瞻眺》
9. 《从斤竹涧越岭溪行》

以上诗中以"游"命名的有三首。在全类二十三首中以"游"名诗的还有五首:

1. 谢混《游西池》
2. 颜延之《车驾幸京口侍游蒜山作》
3. 颜延之《车驾幸京口三月三日侍游曲阿后湖诗》
4. 谢朓《游东田》
5. 沈约《游沈道士馆》

在"游"的题目下,可以看到这样几种情形:
(一)侍游,体现出以帝王为中心的活动;
(二)个人活动;
(三)朋友群游。

应该说,魏晋南北朝的游览性诗歌活动,也即山水诗的产生方式,大致不出这三种情形。举行这样的诗歌集会,似乎是从邺下开始的,并以曹丕、曹植为中心形成了中国历史上最早的文人集团。谢灵运《拟邺中集序》说："天下良辰、美景、赏心、乐事四者难并，今昆弟友朋二三诸彦共尽之矣。古来此娱，书籍未见，何者？楚襄王时有宋玉、唐勒、景差也，梁孝王时有邹、枚、严、马，游者美矣，而其主不文。汉武帝时（案'时'字据五臣本添）徐乐诸才备应对之能，而雄猜多忌，岂获晤言之适。"（《文选》卷三〇）这里代表了南朝人的看法，认定了邺下文人集团作为最早的文学团体事实。邺下文人以丕、植兄弟为中心举行了一系列文学活动，"游览"所选曹丕《芙蓉池作》就是那些活动的产物。萧统以此作为本类的开篇，表明了山水诗源头的意思，同时也表明了宴游活动与山水诗产生间的关系。山水诗的产生是一种历史过程。它有一个根本的标志，即山水必须作为独立的审美对象进入人类的审美活动之后，才具有山水诗性质，而不是以某首诗里写了一点山水作为判定的依据，因此山水诗的产生只能是东晋以后的事情[①]。不过在进入这一过程时，魏晋的文人集团活动是一个很重要的推动因素，山水诗的溯源从曹丕开始，是有一定道理的。自邺下起，具有文学集团性质的活动越来越多，如西晋常例举行的三月三日华林园诗会、张华等游洛池、石崇等的金谷诗会、王羲之等的兰亭集会等都是著名的活动。到了南朝，这种活动更是达到了高潮，类似记载比比皆是。帝王的、诸王的、朋友的、个人的，侍游、群游等不一而足。这大概便是萧统以"游览"收录山水诗的原因，同时也便是萧统"游览"诗题的界定。再看"行旅"，其收谢灵运诗为：

1.《初发郡》
2.《过始宁墅》
3.《富春渚》
4.《七里濑》
5.《发江中孤屿》
6.《初去郡》
7.《初发石首城》
8.《道路忆山中》
9.《入彭蠡湖》
10.《入华子冈是麻源第三谷》

案 1—4 为赴永嘉途中作，6 为离开永嘉郡作，7—9 为离京赴临川

[①] 详见拙著《魏晋南北朝诗歌史论》第七章，吉林教育出版社1995年版。

作，5为永嘉任上游览所作，10为临川任上游览所作。除5、10两首外，有八首是宦旅之作。该类的其他诗如潘岳、潘尼、陆机、陶渊明、颜延之、鲍照、谢朓、江淹、丘迟、沈约，也都是如此。可知萧统的"行旅"与宦途行役有关。李周翰注曰："旅，舍也，言行客多忧，故作诗自慰。"（《文选》潘岳《河阳县作》注）考是类作品，确为叹行役之苦之作，这便是它与"游览"的最大区别。行役之苦是常见于封建社会知识分子笔端的题材，汉魏六朝亦为诗歌创作的重要内容，因此固当独列而不可与"游览"混一。但行旅也必须记山水风物，这也是二者的共同之处。萧统"游览"列谢灵运为首，又列其为"行旅"之首，说明萧统不仅仅将谢灵运视为山水诗人。而在"行旅"中萧统录谢朓五首诗，居第二（陆机亦为五首），说明萧统更多的是把谢朓视为行旅诗人，也即通过记叙宦旅风物抒写个人忧思的诗人。也许这个评价更符合谢朓的实际。谢朓继承了谢灵运的山水诗传统，然更多地在山水中渗入了自己的感情，而使得山水之景与诗人之情交融一起，开辟了新的天地，这也是古今所共认的。然而今人仅着眼于从谢朓是山水诗人的身份界定上来分析他的成就，其实在萧统这里，本来就不是将他看作山水诗人的。应该说萧统对谢灵运的评价很高，而对谢朓的评价则低一些。这个情形与萧纲、萧子显等人不同。谢灵运诗对齐梁的一些学诗者很有影响，很多人竞相学习谢诗，称为"谢体"。如《梁书·伏挺传》载挺"为五言诗，善效谢灵运体"。又《全梁诗》载何子朗《学谢体》一诗，《全陈诗》载孔范有《赋得白云抱幽石》诗。但自这时也已有不少人对他进行了批评。《南齐书·武陵昭王晔传》记萧晔诗学谢灵运体，呈报齐高帝，高帝说："见汝二十字，诸儿作中最为优者。但康乐放荡，作体不辨有首尾，安仁、士衡深可宗尚，颜延之抑其次也。"所谓"放荡"即指其诗体繁富，无法规可循。至梁时，批评谢灵运的更多了，如萧纲称其"巧不可阶"（《与湘东王书》），萧子显称其"典正可采，酷不入情"（《南齐书·文学传论》）。而同时几乎一致地推奖谢朓，如沈约说："二百年来无此诗也。"（《南齐书·谢朓传》）萧纲说："至如近世谢朓、沈约之诗，任昉、陆倕之笔，斯实文章之冠冕，述作之楷模。"（《与湘东王书》）由此可见出萧统诗歌观不同于时俗的地方。

咏怀：共选二人，十八首。阮籍十七首，谢惠连一首。史传阮籍《咏怀》为世所重，宋颜延之、沈约为之作注，《文选》又录十七首，可证。阮籍《咏怀》诗的风格是独特的，魏晋南北朝可说是无可与相并。《文选》于其后录谢惠连《秋怀》，其实很难相等。因此钟嵘《诗品》单独为阮籍列一类,其后无承袭者。或许出于这些原因,"咏怀"类只好列此二人,尽管如此,今天评价萧统诗歌观的时候,也不得不注意到,将"咏怀"这一种今人认为极有思想意义的诗歌作小类处理,还是反映萧统对它有一定的保留态度的。

哀伤:共收九人,十三首。潘岳三首,王粲、张载各二首。潘岳是六朝公认的写哀情能手,《悼亡》三首是他的代表作品,并由此开创了"悼亡体"。唯《文选》以此作为潘岳这一风格的代表作,稍让人感到意外。《悼亡》是潘岳纪念亡妻之作,虽一往情深,哀婉动人,终与传统礼教不符。《礼记》说"君子礼以饰情",封建士大夫能临丧节哀,何况妇人之丧呢。晋人重情,如荀粲、孙楚都有悼亡妇的哀婉故事,且孙楚的悼亡妇之诗还受到时人的好评①。但萧统笃于礼义,不乐声色,曾经批评陶渊明的《闲情赋》,称其"白璧微瑕"②,又《文选》诗类除班婕好外,几乎不选女诗人作品,于此都可见出他的正统态度。所以兹选《悼亡》还是值得注意的。其他如王粲,《诗品》评其"发愀怆之词",选作"哀伤"的代表,自无可言。张载,《诗品》列为下品,太康时"三张"之一,然其诗给后人的印象不深;《文选》以其为"哀伤"代表,地位同于王粲,倒也提供了一点张载创作的情况。

赠答:共收二十四人,七十二首。在《文选》中,它与"杂诗"都是最大的类别,说明萧统对这一题材的重视。赠答之义远矣,《诗经·小雅·伐木》说:"嘤其鸣矣,求其友声。"《史记·孔子世家》载老子送孔子说:"吾闻富贵者送人以财,仁人者送人以言。"《荀子·非相》说:"故赠人以言,重于金石珠玉。"诗歌中的赠答似乎到魏晋才成为主要的表达感情的方式。这已经超越了"赠人以言"的道德内容,更带有抒情的文学意义。《文选》以王粲为"赠答"的开始,当是表示这样的诗歌史思想。其实李陵、苏武之诗也是赠答诗,萧统既然相信苏、李诗的可靠性,当置入兹类,不知为何反入于"杂诗"。"赠答"录陆机十二首,列第一。其次刘桢八首,再次曹植六首。案,曹植存诗远超刘桢,而兹录刘八首,录曹六首,证明萧统录诗的多少与其评价是有关的。这一类排比的情况是,除以上三人外,以下逐次为嵇康(5首)、陆云、颜延之、谢朓(各4首)、王粲、潘尼、卢谌、谢灵运(各3首)、张华、刘琨、谢瞻、范云(各2首),余皆一首。在这类诗题中,萧统以陆机、刘桢、曹植为代表。

---

① 见余嘉锡《世说新语笺疏》,第 254 页。
② 《陶渊明集序》,《全梁文》卷二〇,第 6133 页。

乐府：共选十人，四十首，其中《古乐府》四首。案"乐府"本度曲的机关，据《汉书·礼乐志》说："至武帝定郊祀之礼……乃立乐府，采诗夜诵，有赵、代、秦、楚之讴。"① 《尔雅·释乐》说："徒歌谓之谣。"说明汉代是将民间徒歌采入乐府配乐，后因此将配乐之词称为乐府。隋唐以后，乐府与文人徒诗间的区别很清楚，宋郭茂倩编《乐府诗集》，将乐府民歌与文人拟乐府、合乐的和不合乐的统统编为一集。后人论到乐府和诗时，绝不会混淆。但魏晋六朝似不同，乐府与诗还常常混同。应该说乐府与文人徒诗不同，《文选》本应于"诗"之外别立"乐府"类，而不应归属于"诗"。这当然不是萧统的无知，而是齐梁时期正徘徊于"乐府"与"诗"的辨析之间。当时将"乐府"与"诗"分列的，有刘勰，其《文心雕龙》第六为《明诗》，第七即《乐府》。将"乐府"与"诗"相混的除《文选》外，还有钟嵘和任昉。《诗品下》评曹操说："曹公古直，甚有悲凉之句。"曹操所作尽为乐府，钟嵘仍将他置于《诗品》。又《诗品序》称王粲《七哀》为"五言之警策者也"。为什么会有这种情况呢？原来魏晋以来乐府歌辞也称为"诗"，古乐府歌辞则称"古诗"。任昉《文章缘起》就说："乐府，古诗也。"这就牵涉到古乐府与古诗之间的关系问题。《文选》"杂诗"类收汉以来无名氏作品十九首，称"古诗十九首"，它到底是什么来历，与乐府有什么关系？这个问题似乎没有人深入探讨过，这里不妨一并说一下。

首先，汉魏时并未将乐府声曲与歌辞相混，当称曲调时，或用"声歌"，或用"乐章"，或用"韵逗曲折"。《晋书·乐志》说："魏武挟天子而令诸侯，思一戎而匡九服，时逢吞灭，宪章咸荡。及削平刘表，始获杜夔，扬鼙总干，式遵前记。三祖纷纶，咸工篇什，声歌虽有损益，爱玩在乎雕章。"这里的"声歌"即指乐调，"雕章"指乐词。又载："汉自东京大乱，绝无金石之乐，乐章亡缺，不可复知。……泰始二年，诏郊祀明堂礼乐权用魏仪，遵周室肇称殷礼之义，但改乐章而已，使傅玄为之词云。"这里的"乐章亡缺"似非指"乐书的篇章"②，而应指雅乐的乐理、乐典等。"改乐章"则应指乐调，与同篇所说"黄初中柴玉、左延年之徒，复以新声被宠，改其声韵"的"声韵"相同。至于"韵逗曲折"，《汉书·艺文志》已有。《艺文志·诗赋略》著录《河南周歌诗七篇》，又有《河南周歌声曲折七篇》；有《周谣歌诗七十五篇》，又有《周谣歌诗声曲折七十五篇》。陈国庆《〈汉书·艺文志〉注释汇编》引

---

① 1977年陕西出土秦错金甬钟，足柄上刻有"乐府"二字，证明秦时已置乐府。
② 见《辞源》，商务印书馆1984年版，第1628页。

王先谦《汉书补正》说:"此上诗声、篇数并同。声曲折,即歌声之谱,唐曰乐句,今曰板眼。"① "韵逗曲折"的提法为晋人所承袭,《宋书·乐志》记张华说:"二代三京,袭而不变,虽诗章词异,兴废随时,至其韵逗曲折,皆系于旧,有由然也。"这是指的声调。以"诗"称乐词,在《汉书·艺文志》中已经开始,除上述外,其他如《高祖歌诗》《燕代讴雁门云中陇西歌诗》《邯郸河间歌诗》等皆是。由此亦想到,东汉王逸编有《汉诗》百二十三篇,尝疑汉人没有这么多的诗歌,现在看来,很可能即是《艺文志》所载的入乐之词(包括未合乐的徒歌)。魏晋以后则如《晋书·乐志》所说:"是以王粲等各造新诗,抽其藻思,吟咏神灵,赞扬来飨。"此例极多,兹引泰始五年荀勖造乐诗之例说明。《宋书·乐志》记:"荀勖则曰:'魏氏歌诗,或二言、或三言、或四言、或五言,与古诗不类。'以问司律中郎将陈颃。颃曰:'被之金石,未必皆当。'故勖造晋歌,皆为四言,唯王公上寿酒一篇为三言、五言焉。"这里的"诗"均指为雅乐改制新词。因为汉末大乱,雅乐乐器并乐章、乐人皆散亡,魏建,不能循行,只好改制,而所制词与古乐府词不类,荀勖将古乐词称为"古诗",主要指雅乐而言。将俗乐乐词称为"古诗"也见于六朝人作品。郦道元《水经注》说:"余至长城,其下往往有泉窟,可饮马。古诗《饮马长城窟行》,信不虚也。"② 《饮马长城窟行》,《文选》《玉台新咏》并作"古乐府",郭茂倩《乐府诗集》列为《相和歌辞·瑟调曲》,是汉魏时期的俗乐。又者,班婕妤《怨歌行》属相和歌,江淹《杂体诗三十首》有《班婕妤咏扇》一首,亦将俗乐词视作"古诗"。这就说明魏晋迄南北朝,"诗"的概念仍然包含了乐府歌词。即使将乐府和诗分类论述的刘勰,也还袭用这一说法,《文心雕龙·乐府》说"凡乐辞曰诗",看来这一概念是为六朝人所共同接受的。

其次,讨论古诗与古乐府间的关系。我们现在所说的"古诗"概念,一般是指汉魏间所产生的无名氏五言诗,以《古诗十九首》为代表。其实,"古诗"在魏晋南北朝时期并不专指这些,它有指汉代作品(齐梁人多相信西汉有五言诗,《文选》即以《十九首》置于李陵、苏武之前),有指建安作品,也有指古乐词。指古乐词已如上述,这里引指汉代和建安之例:

(一)"古诗"指汉代作品

1. 陆云《与兄平原书》:"一日见正叔与兄读古五言诗,此生叹息

---

① 陈国庆《〈汉书·艺文志〉注释汇编》,中华书局1983年版,第181页。
② 郦道元《水经注》卷三,文渊阁《四库全书》本。

欲得之。"① 正叔即潘尼。此处"古五言诗"未明指何时，但陆云是太康时人，还不应将建安作品称"古五言诗"。且陆机有《拟古十四首》，机、云兄弟常相研讨文艺，其论文观点对陆机有影响。此处所说对"古五言诗"的欣赏，应与陆机《拟古》有一定的关系。

2.《世说新语·文学》记："王孝伯在京行散，至其弟王睹户前，问：'古诗中何句为最？'睹思未答。孝伯咏：'所遇无故物，焉得不速老？'此句为佳。"② 案，此诗即《古诗十九首》中"回车驾言迈"首。

此外，又有标题《拟古》而实拟汉五言诗的如陆机有十四首、刘铄三十首③、谢惠连一首（拟"客从远方来"），还有一些不能确知所拟对象的如陶渊明的《拟古》④。

（二）"古诗"指建安作品

1. 梁元帝《金楼子·捷对》说："宋武帝登霸陵，乃眺西京。使傅亮等各咏古诗名句。亮诵王仲宣诗曰：'南登霸陵岸，回首望长安。'"⑤

2. 鲍照有《拟古》八首，其三是"幽并重骑射"，即曹植《白马篇》。案，鲍照《拟古》其二"十五讽诗书"所拟为左思《咏史》其一"弱冠弄柔翰"，如此，亦见南朝人已隐以太康作品为"古诗"了。从南朝人称建安作品为"古诗"之例看，可以想见当日对"古诗"的界定的确很宽泛，而《诗品上》所说："'去者日已疏'四十五首……旧疑是建安中曹、王所制。"这种怀疑便是根据建安作品已被称为"古诗"的事实。

从以上举例看，古乐府可以称为"古诗"，那么，"古诗"是否也可以称为"古乐府"呢？应该说这两者是相通的，试以李善注为例说明。《文选》卷二刘桢《公宴诗》注引《古诗》："日出东南行，观者满路旁。"又卷二二徐敬业《古意酬到长史溉登琅邪城》注引《古乐府·日出东南隅行》曰：兄弟两三人，中子侍中郎。黄金络马头，观者满路旁。"很明显这两个引文是一首作品。前一引文不全，恐为刻书者所删，这种情况在《文选》中很多。胡克家《文选考异》卷四说："此当作

---

① 《全晋文》卷一〇二，第4082页。
② 余嘉锡《世说新语笺疏》，第327页。
③ 此据《南史》。《文选》录二首，《玉台新咏》录五首，都是拟《十九首》中的诗，不知三十首是否都如此。
④ 《玉台新咏》还载有一些径题"拟××"之作，如荀昶、鲍令晖等所拟《十九首》中诗，但未明题"拟古"，暂置不论。
⑤ 许逸民《金楼子校笺》，第1115页。

'古日出东南隅行曰'，各本皆误。"此是刻书者误将诗题当作诗句了，所以将"隅"字削去，以成五字。案，此诗全文载《初学记》卷一八，题为《古乐府诗》，而《太平御览》卷一八三又称作《古诗》，这是同一首作品互称的情况，在《文选》卷三〇谢朓《和王主簿怨情》中，李善注引《古乐府》："相去万余里，故人心尚尔。"此句明明出自《古诗十九首》中的"客从远方来"，这是将"古诗"称为"古乐府"之例。此外，在《文选》卷二《西京赋》、卷二七谢朓《休沐重还道中》、卷三〇陆机《拟兰若生春阳》、卷三四曹植《七启》、卷四七袁宏《三国名臣序赞》中，李善注引枚乘乐府诗："美人在云端，天路隔无期。"此诗载《玉台新咏》卷一，题《杂诗九首》，引注之多，当不致有误。李善注《文选》，称引皆有所据，他不可能将非乐府的"古诗"称为"古乐府"，也不可能将非古诗的"古乐府"称为"古诗"，他所见到的材料中必有这样的记载。比如敦煌本古类书《语对·兄弟》"堂燕"条载："古诗曰：'翩翩堂前燕，冬藏夏来见。兄弟两三人，分居在他县。'"此本是汉乐府《相和歌辞·艳歌行》之句，而被称为"古诗"。又同书《闺情》类"秦楼"条称《陌上桑》为"古诗"。《语对》，据《隋书·经籍志》记载，为梁朱淡远所撰，但台湾王三庆先生考定为唐中宗神龙年间（705—707）至睿宗（710—711）时编①。此说尚待考证。以上这些事实说明了古诗与古乐府是相通的，它们原本就是一个东西。马茂元先生在《古诗十九首初探·前言》中说："班固《汉书·艺文志》记录的采诗地区，北极燕、代、雁门、云中，南至吴、楚，西到陇西，东至齐、郑，可是所采的诗歌，仅有一百三十八篇。这个数字，固然是东汉时的记录，难免有散失遗亡；但另一方面也说明了各地丰富的民间诗歌，绝非当时政府所能尽采。这些未被采录的诗歌，无疑地单独在社会上流传；再加上一部分原已入乐而失了标题、脱离了音乐的歌辞，后人无以名之，只得泛称之为古诗。古诗和乐府除了在音乐音义上有所区别而外，实际是二而一的东西。"② 这一推断是合理的。

古诗入乐的记载可以证明以上的推论，如《乐府诗集·相和歌辞·西门行》，为晋乐所奏，其第四解为："人生不满百，常怀千岁忧。昼短而夜长，何不秉烛游。"第五解为："自非仙人王子乔，计会寿命难与期。"第六解为："人寿非金石，年命安可期。贪财爱惜费，但为后世嗤。"三解均出自《古诗十九首》。我们知道，乐工度曲演奏时，对本辞

---

① 参见王三庆《敦煌本古类书〈语对〉研究》，台北文史哲出版社1985年版。
② 马茂元《古诗十九首初探》，陕西人民出版社1981年版，第2页。

或增或删。这一首便增出五、六两解。其实增删古诗入乐并非仅晋乐所有，观《西门行》本辞，也是乐工拼凑演奏的形式。本辞是："出西门，步念之，今日不作乐，当待何时？逮为乐，逮为乐，当及时。何能愁怫郁，当复待来兹。酿美酒，炙肥牛，请呼心所欢，可用解忧愁。人生不满百，常怀千岁忧。昼短苦夜长，何不秉烛游。游行去去如云除，弊车羸马自为储。"这种杂言错变及反复重叠的句式，都看出是乐工演奏的脚本。这就说明，所谓"本辞"其实也是汉代的乐词，是汉代乐工对采诗进行加工的结果。除《西门行》外，逯钦立《全汉诗》卷十还载有一首《古歌》："秋风萧萧愁杀人。出亦愁，入亦愁。座中何人谁不怀忧？令我白头。胡地多飚风，树木何修修。离家日趋远，衣带日趋缓。心思不能言，肠中车轮转。"这首《古歌》纯为剪裁古诗而成。其中"离家日趋远，衣带日趋缓"，本于《古诗十九首·行行重行行》的"相去日已远，衣带日已缓"。有意思的是，李善引《古乐府》"离家日趋远，衣带日趋缓"来注《古诗》。这也看出时间久远，源流已经不清楚了。朱彝尊《曝书亭集·书〈玉台新咏〉后》以为现存"古诗"为《文选》楼学士剪裁长短句而作五言，他的意思是说乐府古辞在前，《古诗》产生在后，恰是本末倒置了，因为《世说新语》记王孝伯所咏《古诗》即为整齐之五言，又陆所拟十四首也是整齐之五言诗，朱说不可取。

  古诗既与古乐府在本源上是二而一的东西，魏晋乐工又常常删减入乐演奏，而对魏晋的乐词，南朝人也可呼为"古诗"，则"古诗"与"古乐府"在南朝容易引起淆乱也是正常的了。本来，乐府与诗的主要区别在入乐与否，但自魏晋以后，许多文人拟乐府并不入乐，甚至一些古乐府也不入乐，如《饮马长城窟行》，陈释智匠《古今乐录》引王僧虔《技录》说："《饮马行》，今不歌。"这样诗与乐府的区别更不清楚了，萧统《文选》将"乐府"入于"诗"，大概便是根据以上所说的事实。但乐府与诗毕竟是两大不同类别，随着诗歌的发展，辨体观念的进步，对之进行区分，是十分必要的了。刘勰于诗外别立乐府，反映了他文体辨析观念的进步，而萧统则稍有保守，但他毕竟进行了分类，这仍是值得肯定的进步。以"乐府"代称乐词，大概产生于齐梁时期。沈约《宋书》卷一〇〇《自序》说沈林子"所著诗、赋、赞、三言、箴、祭文、乐府、表、笺、书记、白事、启事、论、老子一百二十一首"，沈约这里已将乐府作为一种文体而与诗、赋等区别开来。萧统对乐府的认识与刘勰稍有不同。刘勰对乐府的定义是："乐府者，声依永，律和声也。"（《文心雕龙·乐府》）此承《尚书·舜典》之说，按此定义，凡入乐者均称乐府。所以《文心雕龙·乐府》包括雅乐与俗乐。《文选》则不同，它所选的乐府主要是相和歌辞和杂曲歌辞两类（此外还有一首鼓吹曲辞），都是俗乐。同样属于乐府内容的郊庙歌辞以及挽歌、杂歌，《文选》却另外单独列类。这个根据是什么呢？不妨以郊庙歌辞为例作一分析。首先，郊庙歌辞是雅乐，其来源甚早，《周易·豫》大象曰："先王以作乐崇德，殷荐之上帝以配祖考。"《礼记·乐记》曰："乐之施于金石，越于声音，用于宗庙社稷，事乎山川鬼神。"所以它是王者之乐，自与一般俗乐不同，历来极为统治者看重。班固《汉书·艺文志》将其置于"六艺略"中，而与"诗赋略"中俗乐有别。于是遂成定例，后世的目录学便以此排列。从音乐制度看，雅乐与俗乐分别隶属于不同的音乐机关，雅乐属太乐（东汉改称太予乐）掌管，俗乐则属乐府掌管，《文选》所列"乐府"与"郊庙"，正类官署中的"乐府"与"太乐"。其次，"乐府"一名，据文献记载起于汉惠帝时，汉武帝始建乐府机关，而雅乐则早自周秦即有制度。因此，以后起之义的"乐府"代指乐府机关用以配乐的歌辞，只能包容汉武帝以后所采自民间的俗乐乐词。如此看来，《文选》将"郊庙"与"乐府"分列，正表现了其区分流别、辨体清源的用心。至于挽歌与杂歌，《文选》亦将其排除于乐府之外。挽歌属于相和歌，崔豹《古今注》说："《薤露》《蒿里》，并丧歌也，本出田横门人。横自杀，门人伤之，为作悲歌，言人命奄忽，如薤上之露，易晞灭也。亦谓人死魂精归于蒿里；"至汉武帝时，"李延年分二章为二曲，《薤露》送王公贵人，《蒿里》送士夫庶人，使挽柩者歌之，亦谓之《挽歌》"①。这是以为《挽歌》起源于田横门人，然《世说新语·任诞》"张骧酒后挽歌甚凄苦"条注引《左传》称："鲁哀公会吴伐齐，其将公孙夏命歌《虞殡》。"杜预注说："《虞殡》，送葬歌，示必死也。"② 则《挽歌》并不起于田横。又《文选》卷四五宋玉《对楚王问》称："其为《阳阿》《薤露》，国中属而和者数百人。"明见《挽歌》其来已久③。《文选》录缪袭、陆机、陶渊明诸人诗，名为《挽歌》，恐与乐府中的《薤露》《蒿里》也有区别。《颜氏家训·文章》说《挽歌》"皆为生者悼往告哀之意，陆平原多为死人自叹之言，诗格既无此例，又乖制作本意"。又据《世说新语》记载，晋人好唱《挽歌》，如《任

---

① 《乐府诗集》卷二七《相和歌辞·薤露》解题引，文学古籍刊行社1955年影宋本。
② 余嘉锡《世说新语笺疏》，第892页。
③ 参见梁章钜《文选旁证》，清光绪八年（1882）吴下重刻本。

诞》篇所记："时袁山松出游，每好令左右作《挽歌》。"① 似乎当时《挽歌》只是徒歌，不入乐府。抑此是《文选》别立"挽歌"的原因？再如《杂歌》，《文选》所录有《荆轲歌》《汉高祖歌》，《扶风歌》（刘琨），《中山王孺子妾歌》（陆厥）。《乐府诗集》以前两首入《琴曲歌辞》（一称《渡易水》，一称《大风起》），后两首入《杂歌谣辞》。案琴曲是雅乐，《汉书·艺文志·诗赋略》"歌诗"类第一篇，即《高祖歌诗》，它当与"杂歌"不同。《汉书·艺文志》列"杂歌诗"九篇，所谓"杂"应该与赋类中的"杂赋"意义相同。但"杂赋"主要指作者、时代不明②，而"杂歌"可能与歌诗产地有关。观《汉志》所录，皆著明出于某人或某地，则所谓"杂歌诗"应指那些出处不明的作品。那么《高祖歌诗》与《荆轲歌》似乎与此无关，为什么《文选》会入于"杂歌"一类呢？这大概是齐梁时期琴曲制度已失传的原因。《颜氏家训·杂艺》说："洎于梁初，衣冠子孙不知琴者，号有所缺；大同以来，斯风顿尽。然而此乐愔愔雅致，有深味哉！今世曲解虽变于古，犹足以畅神情也。"音乐制度既失，当然也难以入乐，故萧统于乐府之外别立"杂歌"，一如其于二十三类诗体之外别立"杂诗"一样。

在"乐府"这一类中，萧统收陆机十七首，鲍照八首，说明他认为陆、鲍二人是代表作家。除此之外，他还选录曹操二首、曹丕二首、曹植四首，反映他对三曹乐府诗创作的肯定。

杂诗：共收二十七人，九十三首。"杂诗"，李善解释说："杂者，不拘流例，遇物即言，故云杂也。"（《文选》注）所谓"不拘流例"，即是说它不像其他二十三类那样有一定的体例。至于《文镜秘府论·论文意》说："杂诗者，古人所作，元有题目，撰入《文选》，《文选》失其题目，古人不详，名曰杂诗。"③ 恐不一定正确，这一说法可能受李善《古诗十九首》注的影响，将"古诗"与"杂诗"混淆了。《文选》收有主名《杂诗》的诗人共十五位，不能说是"古人不详"。《文选》所收，除题名"杂诗"外，还有情诗、思友人诗、感旧诗、咏贫诗、读书诗、咏家园诗、酬和诗，甚至赠答诗等，不像有什么深意。"杂"在魏晋南北朝已被用来辨体。《隋书·经籍志》著录有"杂文""杂赋""杂诗"等多种文集，几乎每一体裁都有以"杂"名者。如文类，有《杂文》六十卷（注称"为妇人作"），《杂封禅文》八卷，《杂诫箴》二十四卷，

---

① 余嘉锡《世说新语笺疏》，第890页。
② 参见程千帆《〈汉志〉杂赋义例说臆》，《闲堂文薮》，齐鲁书社1984年版，第258页。
③ 卢盛江《文镜秘府论校笺》，第398页。

《佛像杂铭》十三卷，《箴器杂铭》五卷，《杂家诫》七卷，《杂碑集》二十九卷、又二十二卷，《杂祭文》六卷，《杂九锡文》十四卷，《杂表奏驳》三十五卷，《杂檄文》十七卷，《杂露布》十二卷，《杂荐文》十二卷，等等。这种分类方法应当是受《汉书·艺文志》的影响，《诗赋略》中便列有"杂赋""杂歌诗"等类。刘勰《文心雕龙》亦辟设"杂文"一篇，专论"对问""七""连珠"三体，除此之外，还包括许多未及详论的文本，他说："详夫汉来杂文，名号多品。或典诰誓问，或览略篇章，或曲操弄引，或吟讽谣咏。总括其名，并归杂文之区。"依刘勰的意思，是将许多不能详论的小类文体统归一类。张立斋《文心雕龙注订》说："杂文者，于诗、赋、箴、诔诸体以外之别裁，以其用不宏，因文生义，引义立体，而统归斯类者也。"① 这个解释是合乎原义的。萧统使用"杂"的意义也应是如此。据《隋书·经籍志》，"杂诗"一类也存有不少书目，如江邃撰《杂诗》七十九卷，宋太子洗马刘和注《杂诗》二十卷、又有《二晋杂诗》二十卷，谢灵运撰《杂诗钞》十卷、《魏晋宋杂祖饯宴会诗集》二十一部一百四十三卷。以上诸书都已佚失，不能详知其所收篇目的具体情况，也不能据《文选》断其为二十三类之外的题材。因为当时的辨体还没有统一的标准，各家认识并不一致。如"七""对问""连珠"，刘勰称之为"杂文"，萧统却各为立体。诗也应如此，别人视为"杂"，萧统可能别为立体。不过，总的说来，魏晋南北朝用来辨体的"杂"，意思还是一样的。"杂诗"类中，除《古诗十九首》外，最多的是张协，十首；其次为曹植、谢朓，各八首；再其次沈约，六首。张协《杂诗》为当时重视，并因之而被钟嵘评为上品。曹植《杂诗》六首，同样是其代表作，后人或比之《离骚》②，或比之《古诗十九首》③，萧统将二人《杂诗》尽数收录，表明了对他们这一题材创作的肯定。然谢朓八首，无一以"杂诗"题名，萧统所选谢朓诗，又以此类最多，可见萧统对谢朓的评价也就在"杂诗"之上，这是一个值得让人注意的事实。

杂拟：共收十人，六十三首。江淹独占三十首，其次陆机十二首，再次谢灵运八首。"拟"体是魏晋南北朝至为重要的诗歌创作现象，作品多，作者众，摹拟面广，这是了解魏晋六朝诗歌创作至为重要的关启。"拟"体不仅仅是学习的需要，它是当日辨体总背景中的产物。《文

---

① 詹锳《文心雕龙义证》引，第488页。
② 吴淇《六朝选诗定论》卷五，清康熙九年雨蕉斋刻本
③ 胡应麟《诗薮》内编卷二，上海古籍出版社1979年版，第30页。

选》是一部文章辨体选集,因此自然对这一体裁极为重视。"杂拟"一类实与前二十三类不同,它不在于表现作家的创作成就,而在于表现如何学习、如何写作的指导目的。"拟"是摹拟,《文选》"杂拟"所收诗有"拟""效""代""学",都是摹拟的意思。据逯钦立《先秦汉魏晋南北朝诗》所载诗看,"拟"体产生较早,其他三种似到刘宋以后才出现。(嵇康有《代秋胡歌诗》七章,并非拟体。魏晋南北朝对古乐府的模拟,有几种形式:一是与原词曲名、本事相符;二是袭用旧曲曲名,但不局限于本事;三是袭用旧曲曲名,但只是因题成咏,与旧曲的思想内容已完全失去关系①。但是凡用"拟""代"等题者,基本都要与题目本事有关。嵇康《代秋胡行》属于使用旧曲名,但属于因题成咏一类,它与"拟体"不同。)在"拟"题诗中,当以晋傅玄、张华为最早。傅玄有《拟楚篇》,系残句,似乎是模拟楚辞。又有一首《拟马防诗》,也是残句,不知原貌的情形如何。张华有《拟古诗》一首,但亦载《鲍照集》,因此也不好据以发论。看来可靠的、完整的拟诗,只能是陆机的《拟古》十四首(今存十二首)。《文选》首列陆诗,亦见陆机在"拟体"中的作用和贡献。"杂拟"中选录最多的是江淹,江淹不仅所拟作家多,还在于他最早对诗歌进行分类,并显示出诗人与某种题材间的对应关系。这一方式可能对萧统产生了影响,《文选》诗类的编纂的确与江淹《杂体》的构思相近。在江淹所拟三十位诗人中,《文选》录入二十六人。江淹三十首诗可明确推定所拟的原作有二十二首,《文选》录入二十首。其余四首如《王侍中怀德》《殷东阳兴瞩》《陶征君田居》《谢临川游山》,除殷仲文原作不详外,都是总括诗人该题材的若干首而成。这些也都被《文选》录入。至于江淹所拟三十类题材,《文选》归纳为十类:杂诗(《古离别》《李都尉从军》《张司空离情》《张黄门苦雨》《陶征君田居》),乐府(《班婕妤咏扇》《鲍参军戎行》),游览(《魏文帝游宴》《殷东阳兴瞩》《谢仆射游览》),赠答(《陈思王赠友》《刘文学感遇》《刘太尉伤乱》《卢郎中感交》《谢法曹赠别》),咏怀(《阮步兵咏怀》)、哀伤(《嵇中散言志》《潘黄门述哀》),行旅(《陆平原羁宦》《谢临川游山》),咏史(《左记室咏史》),游仙(《郭弘农游仙》)、公宴(《颜特进侍宴》)。此外,拟王粲的《王侍中怀德》,是以王粲口吻叙其平生之诗,张铣注说:"怀德,谓怀魏武帝之德。"据此当指王粲《从军诗》,《文选》录入"军戎"。又拟袁淑的《袁太尉从驾》,《文选》只选

---

① 参见褚斌杰《中国古代文体概论》,北京大学出版社1990年版。

其《拟古》二首,"从驾"之诗未录。吕向注说:"为御史中丞时从宋高祖拜庙并祭南郊之作。"《文选》将此题材录入"公宴"。从上叙述看,江淹所确定的作为作家的代表题材、作品,《文选》与之基本一致,由此可见出江淹辨体思想对萧统的影响。

从以上几种类别的分析看,萧统对作家的评价,首先是根据题材的类别,说明在不同的题材中,作家的地位、作用并不相同;其次,通过各类作家作品数量及内容的安排,显示出题材的发展演变;最后,通过类别的分置,揭明诗歌各体的区别,达到辨体的目的。以这样方式表达的诗歌观,虽不如理论著作清楚明白,但却避免了笼而统之的缺点。更由于它包含着统计依据而更具有说服力。这样的比较,令人想起曹丕《典论·论文》所说的话:"夫文本同而末异,盖奏议宜雅,书论宜理,铭诔尚实,诗赋欲丽。此四科不同,故能之者偏也;唯通才能备其体。"曹丕这里是论文,说的是奏议等八类文体各有不同的特点和风格,作家大都是偏才,不可能通于每一体,因此有的人擅诗,有的人擅赋。萧统《文选》似乎也在表明这样的诗歌观:虽然是诗,但诗的题材不同,诗人也不能遍通各体。即使如曹植、陆机、谢灵运这样的大家也不例外。这一诗歌观的学术渊源当来自曹丕。

三

除了表示出对作家作品的评价外,《文选》还反映出对汉魏六朝诗歌发展史的评价。以下是《文选》西汉至齐梁不同阶段所收作家作品情况。

汉代 《文选》共收七位诗人(《古诗十九首》除外)、三十四首作品。其中一首四言、一首五言乐府、两首"杂歌"、三十首"杂诗"。在七位诗人中有三位被后人所证伪,即班婕妤和李陵、苏武。班、李之诗误传已久,并非至梁时才开始。关于班姬《怨歌行》,陆机《班婕妤》、傅玄《怨歌行》都有摹拟,可见西晋时已广为流传。其后江淹《杂体诗三十首》有《班婕妤咏扇》,钟嵘《诗品》亦置于上品。关于李陵诗,颜延之《庭诰》说:"逮陵众作,总杂不类,元是假托,非尽陵制。"说明宋以前也已流传。其后江淹《杂体三十首》有《李都尉从军》,钟嵘《诗品》亦以李陵为上品。对班、李表示怀疑的见于刘勰《文心雕龙·明诗》:"所以李陵、班婕妤见疑于后代。"在此之前,据上文,颜延之已对李陵表示了怀疑。至于苏武,据逯钦立先生《汉诗别录》说,宋迄于齐末,仅有李陵诗之见称以及模拟,而无所谓苏武诗。又说苏诗乃出于李集,因为据《隋书·经籍志》,梁只有《李陵集》,无《苏武集》。至于《诗品序》所说"子卿"双凫句,逯氏认为乃"少卿"之误,因为《诗品序》所举名篇,皆属上、中二品中人,《双凫》作者如为苏武,则上、中品不得独无其名。其次,庾信《哀江南赋》云:李陵之双凫永去,苏武之一雁空飞。仍作李陵,不作苏武。逯氏考订精详,的属确论①。南朝以来如颜延之、江淹、刘勰、钟嵘均未提及苏武,因此苏武的出现确在梁时,当以《文选》及《玉台新咏》为最早。《文选》录苏、李诗,并以《古诗十九首》置于苏、李之前,表达了编者关于五言诗起源于西汉的观点。如果仅限于此,萧统这一观点仍值得肯定。因为,对于五言的起源,许多人(包括刘勰)都追溯至《诗经》。这一以文体皆出于五经的封建正统观,直至清代仍有不少人在坚持,相比之下,在梁时,萧统便主张源于西汉,且其所定之诗又确为五言,这当然是很大的进步了。不过,必须考虑到,《文选》体例不收经书,他是否真的认为五言起于西汉,还不能得到完全的证明,所以对此结论还须慎重。

建安 收七人,五十八首,曹植为首,王粲、刘桢为副。这与钟嵘的评价相等。(《诗品序》说:"陈思为建安之杰,公干、仲宣为辅。")

正始 收三人,共二十五首,以阮籍、嵇康为代表,另一人是应璩,这与刘勰、钟嵘所论也皆相符。(《文心雕龙·明诗》:"乃正始明道,诗杂仙心,何晏之徒,率多浮浅。唯嵇志清峻,阮旨遥深,故能标焉。若乃应璩《百一》,独立不惧,辞谲义贞,亦魏之遗直也。"钟嵘《诗品》以阮籍为上品,嵇康为中品。)

西晋 收二十四人,一百二十六首,以陆机为首,张协、左思、潘岳为副。与钟嵘评价相符。(《诗品序》:"陆机为太康之英,安仁、景阳为辅。"又左思亦列为上品。)

东晋 收四人,十首,以郭璞为首,其他三人为谢混、殷仲文、王康琚。此与刘勰、钟嵘不同。(《文心雕龙·明诗》:"江左篇制,溺乎玄风,嗤笑徇务之志,崇盛忘机之谈。袁、孙以下,虽各有雕采;而辞趣一揆,莫与争雄。所以景纯《仙篇》,挺拔而为俊矣。"《诗品》列郭璞为中品,又称为"中兴第一"。总论未及东晋诗坛。)

宋 收十一人。一○五首②,以谢灵运为首,颜延年、鲍照为副。此与钟嵘一致,而与刘勰不同。(《诗品序》:"谢客为元嘉之雄,颜延年

---

① 参见逯钦立《汉魏六朝文学论集》,陕西人民出版社1984年版。
② 本文以陶渊明为宋人,因为这是南朝人(包括萧统在内)的共同看法。

为辅。"《文心雕龙·明诗》对宋诗颇有批评,称:"宋初文咏,体有因革,庄老告退,而山水方滋。俪采百字之偶,争价一句之奇,情必极貌以写物,辞必穷力而追新。此近世之所竞也。")

齐 收三人,二十四首,以谢朓为首。

梁 收六人,五十三首,以江淹为首,沈约为副。案,江淹入选作品超过沈约,但由于其"拟体"的特殊性,所以他的作品数量其实并不代表他的成就。《诗品中》说:"约于时谢朓未遒,江淹才尽,范云名级故微,故约称独步。"可见沈约在当时的呼声还是挺高的。今仅纯以数量为依据,暂列江淹为梁诗人之首。

从以上排列可见出萧统的诗歌史观,他收西晋作家作品最多,其次为刘宋,再其次为建安。这一种排列顺序与三个阶段的代表诗人陆机、谢灵运、曹植的排列顺序一样,不能说是巧合。萧统对晋、宋诗歌的高度评价确与同时代人不同,这一评价对于我们研究魏晋南北朝诗歌史,具有重要的参考价值。当我们调整自己的以思想内容为第一评判依据后,也许不得不承认萧统的诗歌史观更符合历史发展的实际。

从以上几节作品的统计情况看,萧统偏重于典雅的作品,这可从他不收录的范围来反证。如他基本不收汉乐府民歌及南朝乐府民歌(《文选》所收四首《古乐府》,更近于古诗,而与"感于哀乐,缘事而发"的乐府民歌不同),不收弥漫于南北朝诗坛的咏物诗,不收艳情诗,甚至基本不收女诗人作品(仅班婕妤一首)。此外,齐梁以来的"新体诗",在《文选》中也没有得到明确的反映。这些都可以看出他坚持"丽而不淫,典而不野,文质彬彬,有君子之致"的文学原则。萧统的诗歌观,就是这样在《文选》中表现出来的。

第三节 文 论

一

《文选·文》共收录三十五种文体,七十六位作者,一百六十一篇文章(陆机《演连珠》五十首按一篇计算)。在三十五种文体中,有的仅收录一篇,有的多达二十余篇。现将三十五体收录作家作品情况列表如下(表3):

表3

文体	作家及作品数量	作品总计
诏	刘彻（2）	2
册	潘勖（1）	1
令	任昉（1）	1
教	傅亮（2）	2
文	王融（2）、任昉（1）	3
表	孔融（1）、诸葛亮（1）、曹植（2）、羊祜（1）、李密（1）、陆机（1）、刘琨（1）、张骏（1）、庾亮（1）、桓温（1）、殷仲文（1）、傅亮（2）、任昉（5）	19
上书	李斯（1）、邹阳（2）、司马相如（1）、枚乘（2）、江淹（1）	7
启	任昉（3）	3
弹事	任昉（2）、沈约（1）	3
笺	杨修（1）、繁钦（1）、陈琳（1）、吴质（2）、阮籍（1）、谢朓（1）、任昉（2）	9
奏记	阮籍（1）	1
书	李陵（1）、司马迁（1）、杨恽（1）、孔融（1）、朱浮（1）、陈琳（1）、阮瑀（1）、曹丕（3）、曹植（2）、吴质（1）、应璩（4）、嵇康（1）、孙楚（1）、赵至（1）、丘迟（1）、刘峻（1）	22
移	刘歆（1）、孔稚珪（1）	2
檄	司马相如（1）、陈琳（2）、钟会（1）	4
难	司马相如（1）	1
对问	宋玉（1）	1
设论	东方朔（1）、扬雄（1）、班固（1）	3
辞	刘彻（1）、陶渊明（1）	2
序	卜商（1）、孔安国（1）、杜预（1）、皇甫谧（1）、石崇（1）、陆机（1）、颜延之（1）、王融（1）、任昉（1）	9
颂	王褒（1）、扬雄（1）、史岑（1）、刘伶（1）、陆机（1）	5
赞	夏侯湛（1）、袁宏（1）	2

续表

文体	作家及作品数量	作品总计
符命	司马相如（1）、扬雄（1）、班固（1）	3
史论	班固（1）、干宝（2）、范晔（4）、沈约（2）	9
史述赞	班固（3）、范晔（1）	4
论	贾谊（1）、东方朔（1）、王褒（1）、班彪（1）、曹丕（1）、曹冏（1）、韦曜（1）、嵇康（1）、李康（1）、陆机（2）、刘峻（2）	13
连珠	陆机（1）	1
箴	张华（1）	1
铭	班固（1）、崔瑗（1）、张载（1）、陆倕（2）	5
诔	曹植（1）、潘岳（4）、颜延之（2）、谢庄（1）	8
哀	潘岳（1）、颜延之（1）、谢朓（1）	3
碑文	蔡邕（2）、王俭（1）、王巾（1）、沈约（1）	5
墓志	任昉（1）	1
行状	任昉（1）	1
吊文	贾谊（1）、陆机（1）	2
祭文	谢惠连（1）、颜延之（1）、王僧达（1）	3

正如我们在前文所说，三十五种文体中，前五种，即从诏至文，是天子文书，反映了上对下的关系。这五种文体共收录五位作家、九篇作品。从表至奏记的六种文体，也是朝廷文字，但反映的则是下对上的关系，共收录二十五位作家、四十二篇作品。以下从书至铭是社会生活中各种实际应用的文体，共十七种，收五十位作家、八十七篇作品。从诔至祭文，是悼念死者的文体，共七种，收录十四位作家、二十三篇作品。一般说来，天子文书要求典雅，反对华靡，这与《文选》的选文标准有异，因此关于这一类文体，《文选》仅录九篇作品，其中任昉的《宣德皇后令》，还被徐师曾批评为"其词华靡，不可法式"①。但《文选》既然"必文而后选"②，又不能选太过典雅的作品，因为昭明太子

---

① 徐师曾《文体明辨序说》，人民文学出版社1962年版，第120页。
② 阮元《书昭明太子〈文选〉序后》，《揅经室三集》卷二，《四部丛刊》本。

《答湘东王求文集及〈诗苑英华〉书》中公开反对"典"的作品"夫文典则累野",所以虽是天子文书也选取后世者多。五位作家,仅汉武帝刘彻是汉人,潘勖是汉末人,傅亮、王融、任昉并是南朝作者,由此反映出萧统对文学标准的坚持。在以下的文体里,由于可以比较自由地表现作者的个人情感,文学性较强,所以萧统选录得比较多。其中,以表、书、笺、史论、论、诔、碑文、序为大类。表,共收十九篇,任昉五篇、曹植二篇、傅亮二篇,余皆一篇;书,共收二十二篇,应璩四篇、曹丕三篇、曹植二篇,余皆一篇;笺,共收九篇,吴质二篇、任昉二篇,余皆一篇;序,共收九篇,人各一篇;史论,共收九篇,范晔四篇、干宝二篇、沈约二篇、班固一篇;论,共收十四篇,陆机三篇、刘峻二篇,余皆一篇;诔,共收八篇,潘岳四篇、颜延之二篇,余皆一篇;碑文,共收五篇,蔡邕二篇,余皆一篇。除史论之外,若表、笺、书、序、论、诔、碑文等,都是当时应用极广的文体。

　　《文选》所分文体,一般说来,界限比较清楚,能够代表当时文体辨析的最高成就。但其中有些文体的确立名目,则受到了后人的批评。这以章学诚的《文史通义·诗教》篇为代表。章学诚说:"赋先于诗,骚别于赋,赋有问答发端,误为赋序,前人之议《文选》,犹其显然者也。若夫《封禅》《美新》《典引》,皆颂也。称符命以颂功德;而别类其体为符命,则王子渊以圣主得贤臣而颂嘉会,亦当别类其体为主臣矣。班固次韵,乃《汉书》之自序也,其云'述《高帝纪》第一''述《陈项传》第一'者,所以自序撰书之本意,史迁有作于先,故己退居于述尔。今于史论之外,别出一体为史述赞,则迁书《自序》,所谓'作《五帝纪》第一''作《伯夷传》第一'者,又当别出一体为史作赞矣。汉武《诏策贤良》,即策问也;今以出于帝制,遂于策问之外别名曰诏,然则制策之对,当离诸策而别名为表矣。贾谊《过秦》,盖《贾子》之篇目也。因陆机《辨亡》之论,规仿《过秦》,遂援左思'著论准《过秦》'之说,而标体为论矣;魏文《典论》,盖犹桓子《新论》、王充《论衡》之以论名书耳。《论文》,其篇目也。今与《六代》《辨亡》诸篇同次于论,然则昭明自序所谓'老、庄之作,管、孟之流,立意为宗,不以能文为本',其例不收诸子篇次者。岂以有取斯文,即可裁篇题论而改子为集乎?《七林》之文皆设问也。今以枚生发问有七,而遂标为七,则《九歌》《九章》《九辨》亦可标为九乎?《难蜀父老》亦设问也,今以篇题为难,而别为难体,则《客难》当与同编,而《解嘲》

当别为嘲体,《宾戏》当别为戏体矣。《文选》者,辞章之圭臬,集部之准绳,而淆乱芜秽,不可殚诘。则古人流别,作者意指,流览诸集,孰是深窥而有得者乎?"① 章学诚的批评,有的具有一定道理,如曹丕《典论》既属子书,《文选》若严其体例就不该收录《论文》。不过,由于《典论·论文》是专论文学的文章,在魏晋南北朝时期很有影响,而《文选》又是专收文学作品的总集,所以收录了《典论·论文》,也是可以理解的。这是在坚持体例下的一个变通。魏晋时期,专门论文的单篇文章,以《典论·论文》和《文赋》最有影响,时代也早,《文选》若不收录,反而令人觉得遗憾。所以在赋类中,《文选》专门为《文赋》立了一个"论文"的子目,这反映了编者对讨论文学文章的注意和重视。章学诚的其他批评意见,有些就没有什么道理了,如对七体的批评。如果说章学诚受历史条件的限制,对《文选》一些文体分类的批评并不公允,那么今人若还重复章氏意见,就不应该了。以七体为例,自枚乘创《七发》以来,后世摹仿的作者很多,遂使得"七"独立成为一种文体。这在史书中均有著录,如《后汉书·崔瑗传》《崔骃传》《张衡传》《傅毅传》《李尤传》等,均以他们的七体作品作为单独的文体著录。另外,当时的目录学家也都以"七"为独立的文体,如《隋书·经籍志》著录了谢灵运《七集》十卷、卞景《七林》十卷、颜之推《七悟》一卷。《七悟》当为颜之推一人所作,《七集》《七林》则显为七体文的总集。又据《隋志》,梁时又有"《七林》三十卷,《音》一卷",这大概出自阮孝绪《七录》的记载。姚振宗《隋书经籍志考证》说:"案《太平御览》文部引傅玄《七谟序》末云:'傅子集古今七篇品之,署曰《七林》。'是傅子有《七林》之集,在谢客之前,疑即是书。其《音》一卷,不知何人作。"② 这说明汉魏以来,史家均以"七"为文体而加以著录。史家之外,文学批评家也持相同的观点,如任昉《文章缘起》,著列文体八十四种,其中即有七体。即使刘勰《文心雕龙》,虽将七体列入"杂文"之中,也仍是作为独立的文体,而非当作一般作品看待。因此,《文选》著录七体,不论是功是过,都不是一己之私见。根据章学诚的意见,七体是设问体,应当与"答客难"一类合为一体。这个意见,徐师曾《文体明辨序说》也表达过:"则七者,问对之别名,而《楚辞·七谏》之流也。"假使按照章学诚的意见,将七体归入问对,招来的批评也许更多。因为许多人更以为七体应属于赋,如宋姚铉《唐文

---

① 叶瑛《文史通义校注》,第81—82页。
② 姚振宗《隋书经籍志考证》卷四〇,民国师石山房丛书本。

粹》就以七与骚、辞、连珠并入于赋。由此看来，文体的分类是一件十分复杂困难的工作，它只能随着历史的不断发展、进步，而逐步臻于合理。即使在今天，对一些文体的分类，也未必很科学。因此，在评价古人的文体及其分类工作时，应该根据当时的历史条件进行判断。萧统将"七"独立著录，有他的历史依据。事实上，《文选》将"七"列于赋、诗、骚之后，而独立于文之外，反映了萧统对"七"与赋、骚之间关系的认识。的确，七体与骚、赋间的关系，比与问答一类文章间的关系更密切，更有传承性。这比刘勰的以"七"入于杂文，要合理得多了。

再以章学诚批评的符命类为例，依章学诚的意思，司马相如的《封禅文》、扬雄的《剧秦美新》、班固的《典引》都是颂体，而《文选》别类其体为"符命"，是不知归属。其实，这一类文章实与普通的颂体有别。以《封禅文》为例，这种体裁在汉魏六朝时期极受推重，因为它与封禅的大典有关。班固《汉书·艺文志》即以"封禅"一类入于《六艺略·礼略》。纪昀说："自唐以前，不知封禅之非，故封禅为大典礼，而封禅文为大著作。特出一门，盖郑重之。"① 正因为如此，司马相如《封禅文》在当时极受推重。《南齐书·王俭传》记："上（齐高帝）曲宴群臣数人，各使效伎艺，褚渊弹琵琶，王僧虔弹琴，沈文季歌《子夜》，张敬儿舞，王敬则拍张。俭曰：'臣无所解，唯知诵书。'因跪上前诵相如《封禅书》。上笑曰：'此盛德之事，吾何以堪之。'"这个记载见出司马相如《封禅文》的地位，固与普通的颂体不同。不独《文选》，任昉的《文章缘起》、刘勰的《文心雕龙》都将封禅别立一类，《隋志》亦然。这表明了时人的共识。至于班固的《典引》，《后汉书》本传也是将其独立为一类，与颂分立。《文选》正是依据这个事实，将《封禅文》等三篇合为"符命"一类。符命的意思，"就是说天降瑞应，以为帝王受天之命的一种符信"②。刘勰也是将这三篇文章归为一体，但不取"符命"之名，而以"封禅"代之。

关于难体，本编第一章第二节中已经指出它作为独立文体的历史事实，举出了《后汉书》《三国志》《晋书》《世说新语》等书对这一文体著录的实例加以证明。《文选》虽然仅选一篇文章，但难体在汉魏六朝时期却是应用极广的文体。首先，难体产生于西汉论辩的风气中。西汉初年承战国余风，论辩诘难的风气仍然弥漫于朝野。这一点，可以参看

---

① 周勋初《文心雕龙解析》，凤凰出版社2015年版，第340页。
② 詹锳《文心雕龙义证》，第794页。

《史记》的记载,如《史记·平津侯主父列传》记:"(公孙)弘奏事,有不可,不庭辩之。"公孙弘曲学阿世,极得汉武帝宠幸,所以对他的奏事,即有不可,也不允许别人当庭辩诘。这条材料说明当时朝廷中公开辩论蔚成风气。同传又记:"元朔三年(前126),张欧免,以弘为御史大夫。是时通西南夷,东置沧海,北筑朔方之郡。弘数谏,以为罢敝中国以奉无用之地,愿罢之。于是天子使朱买臣等难弘置朔方之便。发十策,弘不得一。"由此可见当时辩难的情形。公孙弘擅长辩论,这里的"十不得一",恐怕是不敢拂武帝意的缘故。《史记·袁盎晁错列传》又记:(错)迁御史大夫,"上令公卿列侯宗室集议,莫敢难,独窦婴争之"。从以上两条材料可看出,朝廷辩难,似已形成制度,政府的决策、群臣的奏议,都可以展开质疑、辩论。难体文章就是产生于这样的背景中的。其次,自西汉以后,难体文章有了很大的发展,大致有三个高潮,一是东汉的《五经》辩难①,一是魏晋时期的玄学论难②,再一是南朝关于"神灭""神不灭"的辩难③。这三个高潮,其内容依次是经、玄、佛,在当时都是引人注目的大事件,因此,难体文章的性质、特点、作用,当时人都有十分深刻的认识。《文选》收录难体,并无不妥④。

从以上所举数例,可以见出,《文选》收录的文体,基本上都有其历史依据。后人的批评首先要立足于对历史依据的研究,否则便难免是无的放矢。

二

《文选》全部收录的文体是三十九种,比《文心雕龙》的三十三种多出六种。但《文心雕龙》的某些文体中又附若干个小类,如杂文附有对问、七、连珠,这三种在《文选》中都独立成类。三种之外,还有典、诰、誓、问等十六种之多,又如诏策一类又附有戒、教、命等,因此,《文心雕龙》实际论到的文体有五十多种。从文体的安排上看,《文心雕龙》也不同于《文选》,像《文选》中列于最末的诔、碑、哀、吊等文体,《文心雕龙》都放在前面;而又将《文选》中列于前面的诏、策、表、启等列于后面。这是因为《文选》按照文体题材性质,采取由高而下、由生及死的顺序,《文心雕龙》却根据文、笔区分的规则,采

---

① 参见《后汉书·儒林传》等记载。
② 参见《世说新语》等记载。
③ 参见《弘明集》等记载。
④ 参见拙作《论〈文选〉难体》,《浙江学刊》1996年第6期。

取了先文后笔的顺序。这两种安排都有自己的依据。萧统是皇太子，所以在文体的安排上就将朝廷文书放在前面；刘勰是以文学批评家的身份写作《文心雕龙》，所以就采取了依文、笔区分的体例。从文学批评的角度考察，《文心雕龙》无疑更能反映南朝的文学风尚，这是它在体例上胜于《文选》的地方。《文选》和《文心雕龙》大致产生于同时，所以它们对文体的著录、区分，大体上也相同。二书著录的文体完全相同的有十八类，名异而实同的如《文选》中的"符命"即同《文心雕龙》中的"封禅"。另外则是归类的不同，这是《文选》与《文心雕龙》之间较大的分歧，列表如下（表4），以见其异同。

表 4　《文选》与《文心雕龙》文体异同对照表

《文选》文体	《文心雕龙》文体						
	杂文	诏策	论说	书记	檄移	颂赞	祝盟
七	○						
册		○					
教		○					
上书				○			
笺				○			
难					○		
对问	○						
设论	○						
序			○				
史论			○				
史述赞						○	
连珠	○						
祭文							○

注：○，《文选》文体对应《文心雕龙》文体内容。

从表中看出，《文心雕龙》的归类较《文选》更为概括。《文选》分为十三类，《文心雕龙》仅归纳为七类，似乎《文选》较注重题材内容的性质，《文心雕龙》则注重文体的外延。如史论，《文选》以其为史书之论而与普通的论区别开来，但《文心雕龙·论说》则依据"弥纶群言，而研精一理"的定义。从文体分类学角度讲，《文心雕龙》更为合理。但是《文选》和《文心雕龙》的这种区别，又是由二书的不同性质所决定的。《文心雕龙》是理论分析专著，在总的归类之后，还可以逐一分析，如它解释论体说："详观论体，条流多品；陈政，则与议说合契；释经，则与传注参体；辨史，则与赞评齐行；铨文，则与叙引共纪。故议者宜言，说者说语，传者转师，注者主解，赞者明意，评者平理，序者次事，引者胤辞。八名区分，一揆宗论。"（《文心雕龙·论说》）不同论体间的区别，于此条分缕析，至为明白。而作为选本的《文选》却办不到，它必须通过不同类别的设立，方可表达编者的文体辨析观点。同时，"史论""史述赞"的入选，本出于特例（《文选》体例是不选史书），为表明这一点而不得不单列。如同任昉的《文章缘起》，论者每每讥刺它的分体破碎，却未考虑该书性质在于揭发文体的缘起，所以它不得不细分各体，溯其源头。对它的批评，只能集中在它所追溯的源头是否有道理，而不应该讥刺其分体细碎。以任昉的学识，且又生活于文体辨析已比较科学的齐梁时期，还不至于不会将三言诗、四言诗等总归为诗类吧！这个道理，同样也可以移来说明《文选》与《文心雕龙》二书的同异。

《文选》和《文心雕龙》有两类文体具有明显不同的意见，即乐府和七体。《文选》将乐府归入诗类，《文心雕龙》则独立于诗外。关于这一分歧，本书上一节《诗论》已作过分析，这里讨论七体。在《文选》中，七体排在骚后诏前，说明萧统不把七视为文类。但在《文心雕龙》中，七与对问、连珠合并入杂文一类，这就取消了七体的独立地位。从文学史的发展事实看，将七列入杂文，看不出七与骚、赋间的关系了，同时也抹杀了七体在文学史中的地位。这一安排似不如萧统更有道理。刘勰以《七发》与宋玉《对问》、扬雄《连珠》并称为"文章之枝派，暇豫之末造"，因而列入杂文。这个观点对七体的价值和地位认识有些不足。

三

《文选》所选文体三十五类，时代从先秦至齐梁，这个体例与赋不同，而与诗相近。但诗虽选齐梁，齐梁所占比重并不大，明显带有详远略近倾向。文却不同，即齐梁占有很大的比重，有一点详近的倾向。列表如下（表5、表6），以见一斑。

表 5

朝代	文 体 类 目	文体总计	作品总计
先秦	对问（1）、序（1）	2	2
西汉	诏（2）、上书（6）、书（3）、移（1）、檄（1）、难（1）、设论（2）、辞（1）、序（1）、颂（2）、符命（2）、论（3）、吊文（1）	13	26
东汉	书（1）、设论（1）、颂（1）、符命（1）、史论（1）、史述赞（3）、论（1）、铭（2）、碑文（2）	9	13
三国	册（1）、表（4）、笺（6）、书（14）、檄（3）、奏记（1）、论（4）、诔（1）	8	34
西晋	表（5）、书（2）、序（4）、颂（2）、赞（1）、论（3）、连珠（50）、箴（1）、铭（1）、诔（4）、哀（1）、吊文（1）	12	26①
东晋	表（3）、赞（1）、史论（2）	3	6
宋	教（2）、表（2）、辞（1）、序（1）、史论（4）、史述赞（1）、诔（3）、哀（1）、祭文（3）	9	18
齐	文（2）、笺（1）、移（1）、序（1）、哀（1）、碑文（1）	6	7
梁	令（1）、策文（1）、表（5）、上书（1）、启（3）、弹事（3）、笺（1）、书（2）、序（1）、史论（1）、论（2）、铭（2）、碑文（2）、墓志（1）、行状（1）	15	29

需要说明的是，表 6 中朝代的划分，是根据今人的文学史观，未必尽与萧统相合。比如三国中的孔融等人，可能应归入东汉②，而阮籍、嵇康也可以入晋③；还有一些身跨两朝的人，作品写于旧朝，卒年却在新朝，如王巾，梁天监四年（505）卒，《头陀寺碑文》却写于齐代。萧统收录作品时，是按梁人收，还是按齐人收，已不可得知。为统一体例，这里均按卒年划分朝代。这样划分也是有道理的，比如陶渊明，卒年在宋代，南朝人一般都以他为宋人，如《诗品》称他为"宋征士"，《文心雕龙》以其为宋人而不加批评。沈约《宋书》收他入《隐逸传》。萧统也当是这一观点，他作《陶渊明传》，基本抄自沈约《宋书》，并记渊明卒年为宋元嘉四年（427）。根据以上事实，本文将他列入宋代。从上表的统

---

① 陆机《演连珠》50 篇，此处按 1 篇统计。后表均同。
② 《后汉书》卷七〇有《孔融传》。
③ 见《晋书》卷四九。

计看,西汉、东汉、三国、西晋、宋、梁入选作品都不少,所占文体种类也最多。相比之下,先秦、东晋、齐所占比例过小。这一结果与我们在赋、诗中统计的情况一样。先秦因为是文学的起源时期,文体的发展不完备,作家的作品数量少,《文选》收录不多是可以理解的。东晋的文学,价值不大,一直受到南朝人的批评,看来这是公论。南齐则时间短暂,仅二十三年,许多齐作家多又入梁,故作品数量不多。在其余的朝代里,收录作品数量最多的是三国时期,共三十四篇。从文学史的角度看,三国其实应该分为建安和正始时期,因为这两个时期的文学有着十分不同的面貌,后人的评价,也往往加以区别。如果这样划分的话,则建安时期共有文体七种,作品二十九篇;正始有文体五种,作品五篇。如此一来,梁代作品数量和所占文体类别就排在第一位了。现在的学者基本上都认为《文选》是详近略远,大概是根据这样的事实。其实,这个结论,顶多只能适合文类,赋、诗并不如此。即使是文类,说"详近"是可以的,若说"略远"就不正确了。像西汉入选十三类、二十六篇作品(若两汉加起来则达十七类、三十九篇作品),无论如何也不能说"略"吧。再从各朝代收录的作家作品看,情况也是如此,参见表6。

表 6

朝代	作家及文体	作家总计
先秦	宋玉1(对问1)、卜商1(序1)	2
西汉	汉武帝3(诏2、辞1)、李斯1(上书1)、邹阳2(上书2)、枚乘2(上书2)、司马相如4(上书1、檄1、难1、符命1)、李陵1(书1)、司马迁1(书1)、杨恽1(书1)、刘歆1(移1)、东方朔2(设论1、论1)、扬雄3(设论1、颂1、符命1)、孔安国1(序1)、王褒2(颂1、论1)、贾谊2(论1、吊1)	14
东汉	朱浮1(书1)、班固7(设论1、符命1、史论1、史述赞3、铭1)、史岑1(颂1)、班彪1(论1)、崔瑗1(铭1)、蔡邕2(碑文2)	6
三国	潘勖1(册1)、孔融2(表1、书1)、诸葛亮1(表1)、曹植5(表2、书2、诔1)、杨修1(笺1)、繁钦1(笺1)、陈琳4(笺1、书1、檄2)、吴质3(笺2、书1)、阮瑀1(书1)、曹丕4(书3、论1)、应璩4(书4)、曹冏1(论1)、韦曜1(论1)、阮籍2(奏记1、笺1)、嵇康2(书1、论1)、钟会1(檄1)	16

续表

朝代	作家及文体	作家总计
西晋	羊祜1（表1）、李密1（表1）、陆机7（表1、序1、颂1、论2、连珠50、吊文1）、刘琨1（表1）、张俊1（表1）、孙楚1（书1）、赵至1（书1）、杜预1（序1）、皇甫谧1（序1）、石崇1（序1）、夏侯湛1（赞1）、李康1（论1）、张华1（箴1）、张载1（铭1）、潘岳5（诔4、哀1）	15
东晋	庾亮1（表1）、桓温1（表1）、殷仲文1（表1）、袁宏1（赞1）、干宝2（史论2）	5
宋	傅亮4（教2、表2）、颜延之5（序1、诔2、哀1、吊1）、范晔5（史论4、史述赞1）、谢庄1（诔1）、谢惠连1（祭1）、王僧达1（祭1）	6
齐	王融3（策秀才文2、序1）、谢朓2（笺1、哀1）、孔稚珪1（移1）、王俭1（碑1）	4
梁	任昉17（令1、策秀才文1、表5、启3、弹事2、笺2、序1、墓志1、行状1）、江淹1（上书1）、沈约4（弹事1、史论2、碑文1）、丘迟1（书1）、刘孝标3（书1、论2）、陆倕2（铭2）、王巾1（碑文1）	7

很明显，如果按《文选》文类所收作家来衡量，梁代并不多。倒是两汉总计有二十位，其中西汉占十四位。此外三国有十六位，西晋十五位。这个数字表明萧统对汉、三国、晋三代作家是相当重视的。但是，就《文选》文类对个体作家作品收录的情况看，入选最多的是任昉，共收录他十七篇作品，分占九类。这个数字远远超过了《文选》诗类中对沈约诗歌的收录。在诗类中，沈约共入选十三篇，占五类。从入选的数量排位，沈约居第八位；从诗歌题材所占的类别排位，沈约居第五位。在这两个方面，他都不如任昉在文类中处于第一的地位。之所以这样比较，是因为沈约、任昉在齐梁时期齐名的原因。当时号称"沈诗任笔"，任远远不如沈的名声，所以任昉晚年才打起去写诗的念头，企图超越沈约。现在的问题是，既然沈约、任昉齐名，任远不如沈，为什么在诗类中，沈约不像任昉在文类中那样独领风骚呢？这说明《文选》诗和《文选》文在编辑的体例、选文标准上的确存在着差异。这就是在文的编辑中，有意突出任昉的地位。笔者替《文选》文的作者排了一个座次表，除任昉居首外，另一位作者沈约仅居第四位，见表7：

表7

座次	作　　家
一	任昉（9，17）
二	班固（5，7）、陆机（6，7）
三	曹植（3，5）、潘岳（2，5）、颜延之（4，5）、范晔（2，5）
四	司马相如（4，4）、陈琳（3，4）、曹丕（2，4）、应璩（1，4）、傅亮（2，4）、沈约（3，4）
五	刘彻（2，3）、扬雄（3，3）、吴质（2，3）、王融（2，3）、刘峻（2，3）
六	邹阳（1，2）、东方朔（2，2）、王褒（2，2）、贾谊（2，2）、蔡邕（1，2）、孔融（2，2）、阮籍（2，2）、嵇康（2，2）、干宝（1，2）、谢朓（2，2）、陆倕（1，2）

（注：括号中的数字，前者表示类数，后者表示作品数量。）

这个名次的排出，是根据作家入选作品数量，为节省篇幅，其余仅有一篇作品而排在第七位的四十七位作者就省略了。从此表可以看出，居前三位的作者，除任昉外，都是汉、晋、宋作者，梁代其余作家均瞠乎其后，不可望任昉之项背。又不独梁代作家，即使排在第二位的班固、陆机作品数量，与任昉相比是 7∶17，这个差距也太大了。因此，与其说《文选》选文详近，不如说是详在任昉身上。梁代作品一共入选二十九篇，任昉一人独占十七篇，假使除去任昉，就只剩下十二篇了。如果是这样的话，研究者就得不出"详近略远"的结论了。任昉不仅入选作品多、所占的文体类别广泛，还有四个文体被他一人独占，即令、启、墓志、行状，这些都反映出作者对任昉在文学史中地位的充分肯定。任昉是齐梁时期文坛领袖，在"笔"的领域是没有人可以与他比埒的。《梁书·任昉传》说："昉雅善属文，尤长载笔，才思无穷。当世王公表奏，莫不请焉。"事实也如此，《文选》所选诸文，有不少就是任昉代人所作。代人捉刀，而又明白写在题目里，好像也没有什么不妥，这是因为应用文的文体是允许的。它不像诗、赋那种纯文学作品，要是请人代笔，未免太没面子。六朝时期，右文之风极盛，各种公私宴会，赋诗逞雄常见诸记载。不能为诗的人，不仅一时难堪，往往也会因此带来士林品藻的批评，从而影响个人的仕途。此外，南朝时期尚文弃武，不仅士族出身以文为能事，那些武人家庭出身的人，也竞相鄙薄武事。在这种背景里，能诗会文之士便很容易进入上流社会。写诗成为评判一个人是否有才能的标准，因此，即使王公贵族请人代笔，也都不明说。应用文就不一样了，高级官僚专设有幕府，常备书记文学之士，他们的职责就是为上司撰写各类应用文，一如当今的秘书之流，这是人所共知的事实。除了这些幕僚外，又有当世一些知名文人，以某种文体擅长，于是一些王公贵族，甚或一般百姓，请托撰文。如东汉末年的蔡邕，擅长碑文，一生代人撰写无数，连他自己也慨叹："吾为人作铭，未尝不有惭容；惟为《郭有道（林宗）碑颂》，无愧耳！"① 这是因为代人捉笔，总为敷衍之作，既受请托，难免多说好话，所以后人称之为"谀碑"。这种风气大概是封建社会中普遍存在的，后来的韩愈，也与蔡邕相类。从艺术水平讲，这类文字由于代人写作，难见作者性情，自然没有什么特色。但是就其应用价值看，却在社会上极有市场，这反映了社会对应用文体的需求是很强烈的。社会的需求，又反映了学习的愿望，所以任昉在当时称为文宗，不仅说明他是应用文大家，也说明他是后生学习的宗师。史书记载他扶植了许多年轻作家，像到溉、到洽兄弟，殷芸、王僧孺、陆倕等，这些人都以"笔"称名于时，这反映了任昉在文学史上的地位，的确是当时其他人不可取代的。笔者在本编第二章第一节关于《文选》编辑宗旨的论述中，指出《文选》实际上是一部编选范作、辨析文体，以指导学习的总集，在这个宗旨下，《文选·文》正是从应用文角度确立文体，选录佳作。因此，萧统以任昉作为文类的代表作家，是依据于任昉的地位、影响，以及他作品的价值。如前所言，应用文尽管应用价值大，但艺术水平却很难提高，而这也正是任昉在很难提高的地方取得成功并影响后世的原因。他的应用文，包括受人请托的文字，有许多的确写得文情并茂，不仅在当时，即使在后世，也受人称赏。这是任昉的成功之处，也是《文选》的成功之处。否则仅为辨析文体而选录艺术水平不高的作品，必然将会影响《文选》在后世的传播。

四

以下探讨《文选》文类的选录标准和价值。《文选》所收三十五种应用文体，大都是汉魏以来常用之体。就其历史看，有的产生时代早，如诏、策、教等；有的产生时代稍晚些，如弹事等。但多数在产生之后的发展演变很大。汉魏六朝的散文史实表明，文体的发生，是现实政治

---

① 余嘉锡《世说新语笺疏》，第5页。

生活、社会生活的需要所激发的。比如难体，它的产生，是由于西汉朝野存在的论辩风气，史书将质难者观点记录下来，就是早期的难体文章。以后随着社会生活的日趋丰富多彩，各种不同的需要便激发了不同的文体产生。新文体的产生，也不是空无依傍的，而往往与某一相近旧文体具有千丝万缕的联系，这两种文体间有时很难辨析。比如《文选》中的难、问对、设论诸体，由于都具有问答这一共同特征，明人吴讷的《文章辨体》和徐师曾的《文体明辨》便都合并为问对一类。文体的辨析，向来因为视点不一样，确立的标准就不一样，从而归类也就不同。正是由于这一原因，汉魏六朝时期文体辨析才是当时一大任务。但不管怎么说，到了南朝时期，对基本常用的文体，大致上已有了统一的认识。作家、批评家对文体的性质、特征、风格，也都有了较准确的把握。正是这样，《文心雕龙》和《文选》才能对三十多种文体进行比较明确、比较合理的分析与判定。以下对《文选》诸文体进行简要的分析，考察《文选》选文的理论依据及萧统对各文体发展历史的评价。

（一）诏、册、令、教、文

这是皇帝和王公等使用的朝廷文书，反映了由上及下的关系。《太平御览》卷五九三引《汉制度》说："帝之下书有四，一曰策书，二曰制书，三曰诏书，四曰诫敕。"前人以为册与策同，徐师曾《文体明辨序说》曰："按《说文》云：'册，符命也。'字本作'策'。蔡邕云：'策者，简也。汉制命令，其一曰策书，长二尺，短者半之；其次一长一短，两编，下附篆书，以命诸侯王三公，亦以诛谥；而三公以罪免，则一木两行隶书而赐之，其长一尺。'当是之时，唯用木简，故其字作'策'。"①《文选》册类选潘勖《册魏公九锡文》一首，《文心雕龙》即以此文入于策类。但《文选》又有文类，所选王融、任昉的《策秀才文》，即同于策文，《说文》曰："策者，谋也。"则策与册又有区别。徐师曾引《汉书音义》说："作简策难问，例置案上，在试者意投射取而答之，谓之射策。若录政化得失显而问之，谓之对策。"这里的解释主要指臣下对皇帝的策问。然《文选》所录皆皇帝策问臣下之文，关系正好颠倒。现行胡克家刻李善注《文选》及《四部丛刊》本六臣注《文选》，都著列这一类文体为"文"，但南宋晁公武《郡斋读书志》则著录为"策秀才文"，南宋绍兴三十一年（1161）陈八郎刻五臣注本《文选》同晁《志》，根据王融、任昉所作《策秀才文》的性质，应以晁氏著录

---

① 《古今图书集成·文学典》，清雍正铜活字体。下引徐师曾文同。

和陈八郎本为合理，因为这表明萧统认为这一文体既与"文"不同，也与"策"有区别。

令与教也都是皇帝文书，但据五臣刘良解释："令，即命也。七国之时并称曰令；秦法，皇后、太子称令。"①《文选》录任昉《宣德皇后令》一首，则所遵乃秦法。徐师曾又说："至汉王有《赦天下令》，淮南王有《谢群公令》，则诸侯王皆得称令矣。"按这一文体的发展，至于汉末曹操时已有较大变化。观魏武帝《让县自明本志令》，叙事如传，率真不饰，而又时露霸气。这与规范文体的要求，相去甚远。所以《文选》不录此文。以上各体入选的文章，以潘勖之作最为著名，《文心雕龙·诏策》篇夸它"典雅逸群"，《风骨》篇说它"思摹经典，群才韬笔，乃其骨髓峻也"，作为有风骨作品的代表。尽管后人对于潘作颇多批评，但这篇文章毫无疑问自魏晋以迄南朝都是受到好评的。《太平御览》卷五九三引殷洪（按当为殷芸）《小说》说："魏国初建，潘勖字元茂为册命文。自汉武以来，未有此制，勖乃依商周宪章唐虞，辞义温雅，与典诰同风。于时朝士皆莫能措一字。勖亡后，王仲宣擅名于当时，时人见此策美，或疑是仲宣所为，论者纷纭。及晋王为太傅，腊日大会宾客，勖子蒲时亦在焉。宣王问之曰：'尊君作封魏君策，高妙信不可及。吾曾问仲宣，亦以为不如。'朝廷之士乃知勖作也。"可见潘文得名，并非虚誉。皇帝的文书，当以典懿为宗，真德秀说："制、诰皆王言，贵乎典雅温润，用字不可深僻，造语不可尖新，文武宗室，各得其宜，斯为善矣。"又不独制、诰，凡皇帝文书，都应如此。但是《文选》所录，除诏体为汉人所作外，其余并为魏晋南朝人作品。像任昉的《宣德皇后令》，被徐师曾批评为"其词华靡，不可法式"，其实，这正体现了《文选》选文的标准。两汉以来，散文文体的不断发展，至南朝时已大行骈文，《文选》在坚持"文质彬彬，有君子之致"要求的同时，注重文词的丽美，这正符合萧统所说的"踵其事而增华"文学史观。以后诸文体的选录，也都建立在这一观点的基础之上。

（二）表、上书、启、弹事、笺、奏记

这六种文体是臣下奏御之文。《太平御览》卷五九四引《汉书杂事》说："群臣奏事、上书皆为两通：一诣后，一诣帝。凡群臣之书，通于天子者四品，一曰章，二曰奏，三曰表，四曰驳议。"《文选》仅录表体，实则两汉奏疏较有成就。钱穆《中国学术思想史论丛·读〈文选〉》

---

① 此据徐师曾引文，与《四部丛刊》本刘良注不同。

说："汉人奏议，浩气流转，昭明不录，是其识窄。"奏这种文体，先秦时没有，至秦汉才产生。《太平御览》卷五九四引《汉书杂事》说："秦初之制，改书为奏。"秦以前臣下奏御，称为上书，至秦初改称奏。曹丕、陆机著列文体，都有奏体，可见后人对两汉奏疏之文的推重。曹丕《典论·论文》说"奏议宜雅"，陆机《文赋》说"奏平彻以闲雅"，都以"雅"作为这一文体的主要特点。雅即典，按照萧统的观点，"文典则累野"，这或许是《文选》不录奏疏之体的原因。虽然如此，《文选》所录上书一体，却与奏文相近。刘勰《文心雕龙》即以上书入于奏文类，明人吴讷《文章辨体》亦从刘勰。但上书毕竟有别于奏，先秦上书之体虽至秦初改称为奏，秦汉以后却仍有上书体文章不断问世。明人徐师曾《文体明辨序说》云此从萧统，他说："萧统《文选》欲其别于臣下之书也，故自为一类，而以上书称之。"这说明萧统别立上书，是以之与其他臣下之书区别开来。《文选》所录上书体七篇文章，除江淹外，都是秦汉作家，这表明萧统对这一文体中秦汉文章的重视，此与其他文体较重魏晋以后作品的评价不同。

这一类文体的性质基本相同，都是臣下奏御文体，但内容上却有区分，如弹事一体，主要在于弹劾。按劾之名，其来久远，吴讷《文章辨体序说·弹事》引《汉书注》说："群臣上奏，若罪法按劾，公府送御史台，卿校送谒者台。"按劾之职，专有官员负责，所谓"周之太仆，绳愆纠谬；秦之御史，职主文法；汉置中丞，总司按劾"①。按劾的对象有臣也有君，但于君上则称谏诤，于臣僚才称按劾。弹事是六朝时期的劾奏，似与秦汉时的按劾稍有不同，主要针对臣僚。《文选》录任昉两篇、沈约一篇，二人当时均为御史中丞，故弹劾系其职分。弹事的第一篇任昉《奏弹曹景宗》是一篇名文，劾奏曹景宗临敌不进，拥强兵却作壁上观，遂令司州刺史蔡道恭全城陷敌，故当收付廷尉法狱治罪。曹为梁武帝红人，任昉不畏强势，对曹的卑劣行为，痛快淋漓地进行了揭露、指责。后人称此文"可谓笔挟风霜"，实非虚誉。另外的两篇，一是任昉的《奏弹刘整》，一是沈约的《奏弹王源》。值得后人注意的是后一篇，它反映了南朝士庶之间的深刻矛盾。《文选》选录这篇文章，带有强烈的现实性，这是《文选》中不多见的。

这一类文体中，以表和笺为大类，分别入选十九篇和九篇。表体据吴讷《文章辨体序说》说是"三代以前谓之敷奏．秦改称表"。李充

---

① 詹锳《文心雕龙义证》，第863页。

《翰林论》说："表以远大为本，不以华藻为先。"这是汉晋表体文的基本面貌。如曹植《求自试表》，虽有偶对，但以散体为主；陈说个人抱负，语真情切，又腾跃着奇逸之气。建安作家，曹植自然是代表，刘勰《文心雕龙·章表》说："陈思之表，独冠群才。"这是事实。曹植之外，如孔融、阮瑀、陈琳，都是一时俊杰。刘勰又说："文举之荐祢衡，气扬采飞；孔明之辞后主，志尽文畅。虽华实异旨，并表之英也。琳、瑀章表，有誉当时；孔璋称健，则其标也。"（《文心雕龙·章表》）刘勰对建安作家诸表的评价是非常准确的。《文选》所录魏晋诸篇，也都是李充、刘勰肯定的名篇，说明他们的观点一致。值得注意的是，《文选》于梁录任昉五篇。任昉表文与魏晋诸家作品区别已经很明显，即四六偶对已占主要成分。毫无疑问，这已开唐人以四六骈文作表的先风。《文选》选录多至五首，说明了萧统对骈体表文的肯定，这又与李充的"不以华藻为先"观点有异了。

笺，据刘勰说与表一样："笺者，表也，识表其情也。"（《文心雕龙·书记》）然刘勰以笺置入书记一类。刘勰又说："迄至后汉，稍有名品，公府奏记，而郡将奏笺。"（同上）这是说笺与奏记本质相同，只是奏记用于公府，奏笺则用于郡将。不过，这都是略有区别而已，并非很严格。黄季刚先生《文心雕龙札记》说："案笺之与记，随事立名，义非有别。观《文选》所载阮嗣宗《奏记诣蒋公》，诚为公府所施；而任彦升《到大司马记室笺》，则亦公府也。故知汉来二体非甚分析也。"[①]笺的使用对象一般是太子、诸王，以及大臣，与表用于天子有别。这主要是汉末魏晋时的情形，《文选》所载诸笺，有太子、诸王，也有大臣。但大臣又非一般身份，如晋王司马昭、梁公萧衍，都是备礼九锡的人，即将禅代之君，并非其他大臣所可比拟。这是《文选》中使用的情形，据徐师曾《文体明辨序说》说，后世笺体专用于皇后、太子，其他人就不能使用了。

（三）书、移、檄、难

书是《文选》诸文体中大类，共收二十二篇。书是朋旧之间使用的文体，故使用范围广大。又朋旧之间，发言吐心，无所拘忌；抒情表态，全凭意气。所以书体极受文人喜爱，而产生的名篇也多。如《文选》所录司马迁《报任少卿书》、孔融《论盛孝章书》、嵇康《与山巨源绝交书》，都为传世名篇。李陵《答苏武书》虽为伪作，然亦无愧于佳

---

① 皇侃《文心雕龙札记》，上海古籍出版社 2000 年版，第 87 页。

作，故一千多年来，亦广为传诵。《文选》所录书体，又以建安作家最多，共有十三篇。建安时期是一个慷慨以写志，磊落以赋心的时代；人人自谓握灵蛇之珠，家家自谓抱荆山之玉；魏武首倡以清峻、通脱；魏文、陈思各以清绮、遒奇逞胜。因此建安文人多在书体中骋才是不足为奇的。钱穆先生评价建安书体，称为建安文学一大贡献。他说："窃谓当时新文佳构，尤秀出者，当推魏文、陈思之书札。此等尤属眼前景色，口边谈吐，极平常，极真率，书札本非文，彼等亦若无意于为文，而遂成其为千古之至文焉。至是而文章与生活与心情，三者融浃合一，更不见隔阂所在。盖文章之新颖，首要在于题材之择取，而书札有文无题，无题乃无拘束，可以称心欲言也。古人书札，亦有上乘绝顶之作，如乐毅之报燕惠王，司马子长之报任少卿，皆是也。然皆有事乃发，虽无题而有事。建安书牍，乃多并事无之，仅是有意为文耳。无事而仅为文，所以成其为文人之文。文人之文而臻于极境，乃所以成其为一种纯文艺作品也。"①

移、檄二体，分别用于军兵和民事。《汉书·高帝纪》说："吾以羽檄征天下兵。"颜师古注："檄者，以木简为书，长尺二寸，谓之檄，用征召也。其有急事，则加鸟羽插之，示速疾也。"《魏武奏事》云："今边有警，辄露檄插羽。"这说明檄文本与军旅之事有关。刘勰《文心雕龙·檄移》说："故檄、移为用，事兼文武，其在金革，则逆党用檄，顺命资移，所以洗濯民心，坚同符契，意用小异，而体义大同。"刘勰的意思是檄主金革之事，移在洗濯民心。这是就檄、移二体的主要作用而言，实则就前引汉高祖之语而言，似是给郡国官员征兵之文，而非讨逆。刘勰又说："又州郡征吏，亦称为檄。"《南史·刘讦传》可为证明。清李兆洛说："教令所颁，亦谓之檄，非止用之军旅也。其体与移文相类。"② 这是檄体的泛用了。《文选》所录四篇檄文，皆合"主金革之事"的定义；所录二首移文，则是民事内容。其中刘歆《移书让太常博士》，被刘勰称为"辞刚而义辨，文移之首"。檄由于其性质的规定，要求它辞直义显，因此，用散文写作方称得体。《梁书·裴子野传》载子野擅长古体，故朝廷符檄皆令他草创，说明这种文体不宜使用骈文。与檄不同，移在后来有了变化，《文选》所收孔稚珪《北山移文》，就是典型的骈文，而且这篇作品在后代广为传诵，可见移文因系民事内容，可以用骈体写作。关于难体，前文已有分析，此处不赘。

---

① 钱穆《中国学术思想史论丛》（三），第107页。
② 李兆洛《骈体文钞》卷一七，清道光康氏家塾刻本。

（四）对问、设论、辞

钱穆先生称这三体皆渊源《楚辞》。从形式看，对问、设论并为问答之辞，与《天问》《渔父》诸篇一脉相承。前人对这两种文体评价不高，其实它是中国古代失意知识分子为求精神解脱而创造的文体，具有一定的思想史意义。求其内容实质，与赋中志类颇相合契。至于辞，则明是楚声，《文选》录汉武帝《秋风辞》一篇和陶渊明《归去来兮辞》一篇。昭明太子爱陶文，既亲为编集、写序，又为立传，他主要是欣赏陶渊明作品中显现的作者人格。《归去来兮辞》鲜明表现了陶渊明"旷而且真"（萧统《陶渊明集序》）的人格，这大概是此篇入选的主要原因。

（五）序

徐师曾《文体明辨序说》将序分为大序和小序两种文体，他解释大序说："按《尔雅》云：'序，绪也。'字亦作'绪'，言其善叙事理，次第有序，若丝之绪也。"解释小序说："按小序者，序其篇章之所由作，对大序而名之也。"《文选》所录，则合为一类。前三篇卜商《毛诗序》、孔安国《尚书序》、杜预《春秋左氏传序》，应该是大序，其余则是小序。《文选》收录共九篇序文，有经书，有文集，也有单篇作品。就序的类别看，既可以为他人作序，也可以自为序，如石崇、陆机是自为序，皇甫谧、任昉是为他人作序。九篇作品中，晋人占四篇，宋、齐、梁各一篇。古代散文发展至汉魏时，已多骈偶，但建安作家尚能以气运词，舒朗有致，至西晋以后，则是"律异班贾，体变曹王"（《宋书·谢灵运传论》）了。像潘岳、陆机，并骋丽辞，文风为之一变。比如陆机《豪士赋序》，长约千言，远远超过正文，这正是骋辞的结果。但《豪士赋序》却是成功之作，它说理绵密，深刻而透彻；辞锋俊伟，于整饬中见英气，是不可多得的名篇。陆机这种序文超过正文的创新，开拓了序文文体的表现能力，对唐以后序文的发展产生了极大的影响。自陆机之后，《文选》所录颜延之、王融、任昉三序，都称美于当时，而骈偶藻丽，都又与魏晋划境了。

（六）颂、赞、符命

颂、赞二体，起源都很早，《文心雕龙·颂赞》篇说："四始之至，颂居其极。颂者，容也，所以美盛德而述形容也。""四始"即风、小雅、大雅、颂，这样说，颂来源于《诗经》。颂是容的意思，容者，貌也，《诗大序》说："颂者，美盛德之形容，以其成功告于神明者也。"

因此颂的本意就是美，是歌颂，但后人颂中有贬，如陆机《汉高祖功臣颂》，这受到了刘勰的批评："其褒贬杂居，固末代之讹体也。"颂体要求雅正，刘勰说："原夫颂惟典雅，辞必清铄，敷写似赋，而不入华侈之区。"陆机《文赋》也说："颂优游以彬蔚。"都要求内容典雅，辞采光鲜，而不可虚辞华藻。

至于赞体，本为祭祀时唱叹之词，所以刘勰说："赞者，明也，助也。昔虞舜之祀，乐正重赞，盖发唱之辞也。及益赞于禹，伊陟赞于巫咸，并飏言以明事，嗟叹以助辞也。"（《文心雕龙·颂赞》）赞至汉代以后始成为一种文体，据刘勰说，最早的为司马相如《荆轲赞》。与颂相比，颂有褒无贬，赞则有褒有贬，所以二体在当初颇有区别。但由于二体的相似性，往往有相混者，故梁元帝萧绎《内典碑铭集林序》说："班固硕学，尚云赞颂相似。"颂、赞二体，一般都要求押韵，往往是四言韵，但后来的赞体则可韵可散。从《文选》所选的颂、赞文章看，也不尽合此要求。如王褒《圣主得贤臣颂》并非四言韵，而是全篇散体。至于刘勰批评的陆机《汉高祖功臣颂》，由于后世颂赞已不甚分别，因此这篇"褒贬杂居"的作品已成为后人写颂体的范文了。由此看到刘勰与萧统对颂、赞二体的区分之处。

符命一类，《文心雕龙》归入"封禅"，分析已见上文，兹处不赘。

（七）史论、史述赞、论

论之为体，刘勰说起自《论语》，但《论语》之"论"。实与后人辩论、议论的"论"不同。先秦时期以"论"为名的论文如《庄子》中的《齐物论》等，与后世论体颇相接近。然先秦论文，多入子书，又与后世单篇论文有异。汉初论文，也有入于子书的，如贾谊《过秦论》。章太炎先生说："单篇论文，在西汉很少，就是《过秦论》，也见《贾子新书》的。东汉渐有短论，延笃《仁孝先后论》可算是首创。"①《文选》选文，不录经、子、史，但论体首选《过秦论》。对此，后人每每批评萧统自淆其例，如章学诚《文史通义·诗教》篇说："贾谊《过秦》，盖《贾子》之篇目也。因陆机《辨亡》之论，规仿《过秦》，遂援左思'著论准《过秦》'之说，而标体为论；魏文《典论》，盖犹桓子《新论》、王充《论衡》之以论名书耳，《论文》，其篇目也。今与《六代》《辨亡》诸篇同次于论。然则昭明自序所谓'老、庄之作，管、孟之流，立意为宗，不以能文为本'，其例不收诸子篇次者。岂以有取斯文，即可裁篇

---

① 章太炎讲、曹聚仁记录整理《国学概论》，上海古籍出版社 2008 年版，第 46 页。

题论而改子为集乎?"① 虽然如此,汉人论文仍与先秦子书有别,昭明既然选录,应该有其依据。这或是因为传统上先秦作品尽视为子书,而汉人作品则多入集部。如《隋书·经籍志》载梁时有《贾谊集》四卷,《过秦论》或著载其中(明人搜辑《汉魏六朝百三家集·贾谊集》即载《过秦论》),这大概是《文选》收录《过秦论》的原因。左思说"著论准《过秦》",正表明后人将《过秦论》当作单篇论文看待。曹丕《典论·论文》的入选,情况或许与此相同②。

《文选》体例不收经、子、史,但对史书"赞论之综辑辞采,序述之错比文华"者,则"杂而集之"。因此,《文选》专为这类文体列名"史论"和"史述赞",这又是萧统与刘勰的区别之一。刘勰以"史论"入于"论",以"史述赞"入于"赞",似乎比萧统更为概括、合理。但实际上《文选》以之与论、赞区分单列,是为了表明"史论"和"史述赞"的特例性质。

论是《文选》文类中大类,共收十四篇作品,汉人有四篇,魏晋人多达八篇,这反映萧统对魏晋论体的高度重视。论的特点是说理,《典论·论文》说"书论宜理",《文赋》说"论精微而朗畅",萧统《文选序》也说"论则析理精微",不仅要说理,而且要深微细致,明白清楚。就《文选》所录诸篇看,都是这一方面的名篇。

(八) 连珠

连珠据云肇自扬雄,以后模拟者众。梁武帝萧衍作有《连珠》一卷,沈约为之注;又作《制旨连珠》十卷,陆缅为之注。据《隋志》,梁时有《设论连珠》十卷、谢灵运《连珠集》五卷、陈证《连珠》十五卷、陆机《连珠》一卷,可见连珠体自汉至魏,颇为流行。连珠之义,据傅玄《连珠序》说:"其文体辞丽而言约,不指说事情,必假喻以达其旨,而贤者微悟,合于古诗劝兴之义。欲使历历如贯珠,易观而可悦,故谓之连珠也。"《文选》录陆机《演连珠》五十首,吴讷《文章辨体》说"演"即"演旧义以广之也"(此本五臣张铣说)。陆机此文,梁刘孝标为作注,说明时人对它的看重。然而连珠体贵在"古诗劝兴之义",即要具有较深刻的思想意义,否则容易流为骈词夸藻的游戏笔墨,所以要想写好,并不容易,故后世应用者鲜。

---

① 叶瑛《文史通义校注》,第81页。
② 明张溥辑《魏文帝集》无《论文》,但该集并无曹丕诏、令、书信等文章,仅载有乐府和诗歌。严格说来不合别集体例,所以不足据以讨论此处的问题。

(九) 箴、铭

箴、铭二体，起源都很早，所谓"斯文之兴，盛于三代"[①]。箴是规诫的意思，韦昭《国语·周语》注说："箴，箴刺王阙以正得失也。"说明箴是规讽之文。《文选》选张华《女史箴》一篇，据《晋书·张华传》，贾后擅政，张华"惧后族之盛，作《女史箴》以为讽"。女史，宫中女官，刘良注说："女史，女人之官，执彤管书后妃之事。华惧后族之盛，故假女史作箴，以戒后宫也。"（《文选》张茂先《女史箴》注）中国古代向来对后宫擅权不满，因此《女史箴》极受后人重视，并被制成图画，以广流传。张华此箴，从礼法、史事多方面着笔，劝诫后宫不得越礼犯规。据《晋书·张华传》："贾后虽凶妒，而知敬重华。"文人心善，能以箴讽诫，已尽其职，至于能否奏效，则无能为力了。与箴相近，铭亦主警戒，但铭本是刻于器物之上，《文章辨体》说："铭者，名也，名其器物以自警也。"这是说铭多用以自勉，则与箴稍有不同。又者，箴多为劝诫，铭则还有褒赞的意思，所以刘勰说："铭兼褒赞。"如《文选》所录班固《封燕然山铭》，便是刻石纪功，称美汉威之作。又如陆倕《石阙铭》，颂美梁武帝的禅齐革命，所以很受萧衍的赏识。《文选》所收诸铭，当以张载《剑阁铭》较有意义，据《晋书》记张载"太康初，至蜀省父，道经剑阁。载以蜀人恃险好乱，因著铭以作诫"，告诫蜀人不要凭险作乱。这又与箴的意义相近了。

箴、铭二体，都是韵文。有四言韵者，如《剑阁铭》；有五言韵者，如崔瑗《座右铭》。至如陆倕二铭，前以四六骈文叙述，结语用四言韵语，辞采已趋华丽。陆机说"铭博约而温润"，陆倕的作品未免有失古义了。这两篇作品如果像我们推测的那样，系刘孝绰擅自录入，是有违于萧统的文学思想的。

（十）诔、哀、碑文、墓志、行状、吊文、祭文

这七种文体都是纪念死者的文字，但又有区别。诔的本义是累，累列死者的德行而称颂之。先秦时，贱不诔贵，幼不诔长，周官读诔以定谥，可见诔文的重要性，同时也说明诔文对死者功德的叙述必为详致。秦汉以后，私诔盛行，无关定谥，所谓"贱不诔贵，幼不诔长"的规矩也不讲了。但诔的体制要求却还一样，刘勰说："夫诔之为制，盖选言录行，传体而颂文，荣始而哀终。"（《文心雕龙·诔碑》）是说诔文要先述死者行业，与传体相符，末寓哀伤之词。曹植《上卞太后诔表》所说

[①] 詹锳《文心雕龙义证》，第409页。

"诔以表哀"、陆机《文赋》所说"诔缠绵而凄怆",均指此而言。

哀,训解为依,《文心雕龙·哀吊》篇说:"哀者,依也,悲实依心,故曰哀也。"哀辞一般用于童殇夭折,《文章流别论》说它"率以施于童殇夭折,不以寿终者,其体以哀痛为主,缘以叹息之辞",如潘岳《金鹿哀辞》便是此类。但《文选》所录潘岳《哀永逝文》,却为悼念亡妻而作,这说明哀辞即使在晋时已不遵守旧规了。《文选》又录颜延之《宋文元皇后哀策文》一篇和谢朓《齐敬皇后哀策文》一篇,其实不属哀辞一类,哀既称策,当与帝王后妃有关。

碑文,中国古代碑文有几种,如古时皇帝封禅,树石埠岳,以纪功勒勋,也称碑文。但《文选》所录碑文,主要是记述死者生前事迹的碑文,由于古时立碑于神道,故又称神道碑。碑文之体,由序文和铭两部分组成,刘勰《文心雕龙·诔碑》说:"其序则传,其文则铭。"指出了碑文的体制。《文选》所录五篇碑文都合这一要求。但我们也注意到,《文选》收录王巾《头陀寺碑文》,却不是墓碑文,而属于庙宇碑文,它主要叙述佛教源流、建寺始末、佛法流传等与佛学有关的事迹,是一篇佛学研究的重要材料。通观《文选》所录诔、哀以下文体,尽与纪念死者有关,而突然在碑文中插入此文,是淆乱文体的疏略行为。

墓志与碑文相近,也是记述死者生前事迹,但墓志是埋在地下,以防千年之后陵谷迁改以作辨识之用。据徐师曾说,其文有正、变二体,正体唯叙事实,变体则因叙事而加以议论。《文选》所收任昉《刘先生夫人墓志》则属于变体。

行状,据吴讷《文章辨体序说》说是门生故旧状死者行业上于史官,或求铭志于作者之辞,《文选》收任昉《齐竟陵文宣王行状》一篇,任昉曾是齐竟陵王萧子良僚属,身份合于行状作者的要求。然此文被后人批评为"辞多矫诞",并非行状中佳作。

吊文,是吊死之辞。《文选》选录贾谊《吊屈原文》一篇和陆机《吊魏武帝文》一篇,都是追吊古人之作。吊文文体据徐师曾《文体明辨序说》说:"大抵吊文之体,仿佛楚骚,而切要恻怆,似稍不同。"这是说吊文宜遵骚体,方成佳作;不可华过韵缓,而为赋体。这也是吊文与墓志、行状等的区别。

祭文,本为祭奠亲友之词,而《文选》所选如谢惠连《祭古冢文》、颜延之《祭屈原文》,皆不合此例。

五

从上节《文选》所录三十五类文体的述论看,中国古代文体产生时代都比较早，但在随后的发展中，则有很大的变化。就文体的规格要求说，早期文体的许多限制，渐渐随着社会的发展变化而有所更改，比如诔体的长幼贵贱之节，至汉魏以后已不限制；又如哀辞，本用于童殇夭折者，《文选》所录，竟无一篇。这或许与社会的变化有关。西周时期，值礼乐未崩之际，等级制度既严格又分明，社会成员身份简单易明，而作为社会政治制度附属物的各种文辞，内涵与外延都有明确规定，同时，所谓作者，也都是特定的官员，因此，所谓的文章也都是公文。战国以后，周前期等级社会的政治结构发生变化，社会成员的私有身份增多，与此相关的文化需求也越来越强烈，因此，以前用于公家的文体便开始施用于私人，这样，原先文体的限定就被修改而适应新的需要了。但是，这种变化，首先带来文体界限的模糊，这引起了作家和批评家的关注，东汉以后文体辨析之所以成为批评的主要内容，正与这个背景有关。面对这一变化，有识之士试图正本清源，指点迷津，但由于各人所持的文学观不同，指点也就不一，比如刘勰《文心雕龙》论述三十多种文体，每种文体都能"原始以表末，释名以章义"①，达到了溯源辨流的目的。但是由于其保守的文学史观，对有些文体在后代的发展变化，往往斥之为"末代之讹体"。这一辨体思想与萧统是有区别的。从《文选》各文体所选的文章看，萧统不仅选录了许多与文体本义有异的文章，而且大量选录文体体制规格、风格都有很大变化的齐梁作品，这更是刘勰所不敢想象的。尤其甚者，在一些文体类目中，萧统只取齐梁人作品，如令、文、启、弹事、墓志、行状等，这表明萧统在这些文体中是以齐梁作品为典范的，这是我们研究萧统的文体观所要注意的。

当然，萧统选文的重点并不是在齐梁，这倒并不如前人所说详近略远。就我们在上文的统计看，《文选》收录作家、作品最多者，仍是魏、晋。魏、晋是中国古代文体大备而又得到极大发展的时期。魏、晋作家对文体的建设和发展作出了杰出的贡献。钱基博先生评价建安文学说："西汉之文骏朗，东京之文丽则；而魏则总两汉之菁英，导六朝之先路，丽而能朗，疏以不野，藻密于西汉，气疏于东京；此所以独出冠时，而擅一代之胜也。"② 值得注意的是，建安文学中的诗歌创作全部集中在邺下，散文却未必尽然，观吴、蜀二国的章表奏疏，雅健疏俊，虽不尚绮丽，而卓荦有西京遗风。《文选》分别选录吴韦曜《博奕论》和蜀诸葛亮《出师表》，并为传世名篇，足以证吴、蜀文风之盛。从这一点说，《文选》选文是比较全面、公允，也是很具史家眼光的。

---

① 詹锳《文心雕龙义证》，第 1924 页。
② 钱基博《中国文学史》（上），上海古籍出版社 2015 年版，第 104 页。

参考文献

《周易》,《十三经注疏》,中华书局影印阮刻本,1980年。
《诗经》,《十三经注疏》,中华书局影印阮刻本,1980年。
《周礼》,《十三经注疏》,中华书局影印阮刻本,1980年。
《礼记》,《十三经注疏》,中华书局影印阮刻本,1980年。
《春秋左传》,《十三经注疏》,中华书局影印阮刻本,1980年。
杨伯峻编著《春秋左传注》,中华书局,1990年。
吴棫撰《宋本韵补》,中华书局影印本,1987年。
颜师古撰《匡谬正俗》,《万有文库》本。
王先谦撰集《释名疏证补》,上海古籍出版社影印本,1984年。
张舜徽著《中国文献学》,中州书画社,1982年。
陈垣著《校勘学释例》,中华书局,1959年。
程千帆、徐有富著《校雠广义》,齐鲁书社,1991年。
程千帆著《闲堂文薮》,齐鲁书社,1984年。
章学诚撰《章学诚遗书》,文物出版社,1985年。
郭绍虞著《照隅室杂著》,上海古籍出版社,1986年。
杭世骏著《订讹类编》,上海书店,1986年。
章太炎讲演,曹聚仁记录《国学概论》,巴蜀书社,1987年。
司马迁撰《史记》,中华书局,1975年。
班固撰《汉书》,中华书局,1983年。
王先谦撰《汉书补注》,中华书局,1983年。
范晔撰《后汉书》,中华书局,1965年。
范晔撰,王先谦集解《后汉书集解》,中华书局,1984年。
陈寿撰《三国志》,中华书局,1982年。
卢弼著《三国志集解》,中华书局,1982年。
房玄龄等撰《晋书》,中华书局,1982年。
沈约撰《宋书》,中华书局,1987年。
萧子显撰《南齐书》,中华书局,1983年。

姚思廉撰《梁书》，中华书局，1987年。
姚思廉撰《陈书》，中华书局，1982年。
魏收撰《魏书》，中华书局，1984年。
李百药撰《北齐书》，中华书局，1987年。
令狐德棻等撰《周书》，中华书局，1987年。
魏征等撰《隋书》，中华书局，1982年。
李延寿撰《南史》，中华书局，1987年。
李延寿撰《北史》，中华书局，1987年。
刘昫等撰《旧唐书》，中华书局，1986年。
欧阳修、宋祁撰《新唐书》，中华书局，1986年。
许嵩撰《建康实录》，上海古籍出版社，1987年。
徐松辑《宋会要辑稿》，中华书局，1987年。
徐崇著《补南北史艺文志》，二十五史刊行委员会编《二十五史补编》，中华书局，1955年。
章宗源著《隋书经籍志考证》，二十五史刊行委员会编《二十五史补编》，中华书局，1955年。
姚振宗著《隋书经籍志考证》，二十五史刊行委员会编《二十五史补编》，中华书局，1955年。
江少虞撰《宋朝事实类苑》，上海古籍出版社，1981年。
陈国庆编《汉书艺文志注释汇编》，《二十四史研究资料丛刊》，中华书局，1983年。
朱季海著《南齐书校议》，中华书局，1984年。
王鸣盛撰《十七史商榷》，中国书店，1987年。
赵翼撰《二十二史劄记》，中国书店，1987年。
班固编撰，顾实讲疏《汉书艺文志讲疏》，上海古籍出版社，1987年。
刘珍等撰，吴树平校注《东观汉记注》，中州古籍出版社，1987年。
张舜徽著《汉书艺文志通释》，湖北教育出版社，1990年。
葛洪撰《西京杂记》，《四部丛刊》本。
刘𬯎、张鷟撰，程毅中、赵守俨点校《隋唐嘉话 朝野佥载》，《历代史料笔记丛刊》，中华书局，1979年。
郦道元撰《水经注》，《四部丛刊》本。
郑樵撰《通志略》，上海古籍出版社，1990年。
马端临撰《文献通考》，台北新兴书局1965年。
何焯著《义门读书记》，中华书局，1987年。

永瑢等编《四库全书总目》,中华书局,1983年。
王云五主编《续修四库全书提要》,台湾商务印书馆,1972年。
陈振孙撰《直斋书录解题》,文渊阁《四库全书》本。
傅增湘撰《藏园群书题记》,上海古籍出版社,1989年。
章如愚撰《山堂群书考索》,文渊阁《四库全书》本。
王重民等编《清代文集篇目分类索引》,北平图书馆,1935年。
黄永武主编《敦煌丛刊初集(二):敦煌遗书总目索隐》,新文丰出版公司,1989年。
姚名达著《中国目录学史》,《民国丛书》第一编,上海书店,1984年。
昌彼得编著《中国目录学讲义》,台北文史哲出版社,1973年。
王重民著《敦煌古籍叙录》,中华书局,1982年。
余嘉锡著《目录学发微》,巴蜀书社,1991年。
王伊同著《五朝门第》,金陵大学中国文化研究所,1943年。
陈寅恪著《金明馆丛稿初编》,上海古籍出版社,1980年。
陈寅恪著《金明馆丛稿二编》,上海古籍出版社,1980年。
吕思勉著《吕思勉读史札记》,上海古籍出版社,1982年。
唐长孺著《魏晋南北朝史论拾遗》,中华书局,1983年。
汤用彤著《汉魏两晋南北朝佛教史》,中华书局,1983年。
章学诚著,叶瑛校注《文史通义校注》,中华书局,1985年。
周广业撰《经史避名讳考》,台北明文书局,1986年。
田余庆著《东晋门阀政治》,北京大学出版社,1989年。
唐长孺著《魏晋南北朝隋唐史三论》,武汉大学出版社,1992年。
梁启雄著《荀子简释》,中华书局,1983年。
《二十二子》,上海古籍出版社缩印浙江书局汇刻本,1986年。
董仲舒撰《春秋繁露》,文渊阁《四库全书》本。
应劭撰、蔡邕撰、刘劭撰、刘昞注《风俗通义 独断 人物志》,《诸子百家丛书》,上海古籍出版社缩印本,1990年。
班固撰《白虎通德论》,文渊阁《四库全书》本。
黄晖撰《论衡校释》,中华书局,1990年。
李冗、张读撰,张永钦、侯志明点校《独异志 宣室志》,中华书局,1983年。
吕不韦撰《吕氏春秋》,《诸子集成》,中华书局,2006年。
葛洪撰《抱朴子内外篇》,《诸子集成》,中华书局,2006年。
王符撰《潜夫论》,《诸子集成》,中华书局,2006年。

荀悦撰《申鉴》,《诸子集成》,中华书局,2006年。

萧绎撰《金楼子》,《丛书集成初编》本。

颜之推撰,王利器集解《颜氏家训集解》,上海古籍出版社,1980年。

刘义庆撰,余嘉锡笺疏《世说新语笺疏》,中华书局,2007年。

王谠撰,周勋初校证《唐语林校证》,中华书局,1987年。

段成式撰《酉阳杂俎》,《丛书集成初编》本。

刘肃《大唐新语》,《笔记小说大观》,江苏广陵古籍刻印社,1984年。

范摅《云溪友议》,《笔记小说大观》,江苏广陵古籍刻印社,1984年。

赵璘《因话录》,《笔记小说大观》,江苏广陵古籍刻印社,1984年本。

苏鹗《杜阳杂编》,《笔记小说大观》,江苏广陵古籍刻印社,1984年。

马总《意林》,《笔记小说大观》,江苏广陵古籍刻印社,1984年。

释文莹《玉壶清话》,《笔记小说大观》,江苏广陵古籍刻印社,1984年。

姚宽《西溪丛语》,《笔记小说大观》,江苏广陵古籍刻印社,1984年。

叶梦得《石林燕语》,《笔记小说大观》,江苏广陵古籍刻印社,1984年。

吴曾《能改斋漫录》,《笔记小说大观》,江苏广陵古籍刻印社,1984年。

王楙《野客丛书》,《笔记小说大观》,江苏广陵古籍刻印社,1984年。

洪迈著《容斋随笔》,上海古籍出版社,1978年。

沈括著,胡道静校证《梦溪笔谈校证》,上海古籍出版社,1987年。

陶宗仪等编《说郛三种》,上海古籍出版社,1988年。

周密撰,吴企明点校《癸辛杂识》,中华书局,1988年点校本。

王应麟撰,翁元圻注《困学纪闻》,《四部备要》本。

杨億口述,黄鉴笔录,宋庠整理;张师正撰;李裕民辑校《杨文公谈苑 倦游杂录》,上海古籍出版社,1993年。

僧祐撰《出三藏记集》,《大藏经》,台湾新文丰出版公司影印大正原本。

释慧皎撰,汤用彤校注,汤一玄整理《高僧传》,中华书局,1992年。

费长房撰《历代三宝记》,《大藏经》,台湾新文丰出版公司影印大正原本。

王应麟编著《小学绀珠》,中华书局,1987年。

吴淑撰注,冀勤等校点《事类赋注》,中华书局,1989年。

徐坚辑《初学记》,中华书局,1985年。

欧阳询撰,汪绍楹校《艺文类聚》,上海古籍出版社,1965年。

虞世南编撰《北堂书钞》,中国书店影印本,1989年。

王应麟纂《玉海》,江苏古籍出版社、上海书店影印本,1987年。

李昉等编《太平御览》,中华书局影印本,1985年。

中华书局编《重广会史》，中华书局，1986 年。

潘自牧编纂《记纂渊海》，中华书局，1988 年。

高承撰《事物纪原》，中华书局，1989 年。

叶廷珪撰《海录碎事》，上海辞书出版社影印明万历卓显卿刻本，1989 年。

邵思撰《姓解》，清光绪十年（1884）遵义黎氏刊《古佚丛书》本。

张潮等编纂《昭代丛书》，上海古籍出版社，1990 年。

马国翰辑《玉函山房辑佚书》，上海古籍出版社，1990 年。

《纬书集成》，上海古籍出版社，1994 年。

曹植著，赵幼文校注《曹植集校注》，人民文学出版社，1984 年。

戴名扬校注《嵇康集校注》，人民文学出版社，1962 年。

陆机著，金涛声点校《陆机集》，《中国古典文学基本丛书》，中华书局，1982 年。

陶渊明著，逯钦立校注《陶渊明集》，中华书局，1982 年。

谢灵运著，顾绍柏校注《谢康乐集校注》，中州古籍出版社，1987 年。

谢朓著，曹融南校注集说《谢宣城集校注》，上海古籍出版社，1991 年。

何逊著，李伯齐校注《何逊集校注》，齐鲁书社，1989 年。

江淹著，胡之骥注《江文通集汇注》，中华书局，1984 年。

鲍照著，钱仲联增补集说校《鲍参军集注》，上海古籍出版社，1980 年。

庾信撰，倪璠注，许逸民校点《庾子山集注》，《中国古典文学基本丛书》，中华书局，1980 年。

僧祐、道宣撰《弘明集 广弘明集》（影印本），上海古籍出版社，1991 年。

顾炎武著，黄汝成集释《日知录集释（外五种）》，上海古籍出版社，1985 年。

钱大昕撰《十驾斋养新录》，上海书店，1983 年。

萧统编，李善注《文选》（残），北京图书馆藏北宋天圣明道本。

萧统编，李善注《文选》，中华书局影印南宋淳熙八年（1181）尤袤刻本，1974 年。

萧统编，李善注《文选》，中华书局影印清嘉庆十年（1805）胡克家刻本，1977 年。

萧统编，五臣注《文选》（存二十九、三十两卷），北京大学图书馆、北京图书馆藏宋杭州开笺纸马铺钟家刻本。

萧统编，五臣注《文选》，台北国家图书馆1981年影印南宋绍兴三十一年（1161）建阳崇化书坊陈八郎刻本。

萧统编，五臣、李善注《文选》，日本足利学校遗迹图书馆后援会影印南宋绍兴二十八年明州刻本，1975年。

萧统编，李善、五臣注《文选》，中国社会科学院文学研究所图书馆藏明袁褧覆北宋广都裴氏本。

萧统编，李善、五臣注《文选》（存四十卷），国家图书馆藏宋赣州州学刻宋元递修本。

萧统编，李善、五臣注《文选》，《四部丛刊》影印宋建州刻本。

萧统编，李善注，何焯批《文选》，上海师范大学图书馆藏明末毛氏汲古阁本。

俄罗斯科学院东方研究所圣彼得堡分所、俄罗斯科学出版社东方文学部、上海古籍出版社编《俄藏敦煌文献》（第4册），上海古籍出版社，1997年。

黄永武主编《敦煌宝藏》，台北新文丰出版公司，1982年。

陆志鸿辑《敦煌秘籍留真新编》，兰州古籍书店，1990年。

萧统编，五臣注《古钞本五臣注文选》（残卷第二十），《东方文化丛书》第九，日本东方文化学院1937年用东京三条氏藏抄本影印本。

萧统编，李善注，罗振玉辑《唐写文选集注残本》，1918年影印本。

萧统编，罗振玉辑《敦煌本文选残卷》，《鸣沙石室古籍丛残》（第六册）影印本。

萧统编《古抄文选卷七》，北京大学图书馆藏抄本。

萧统编《文选》，日本八木书店，1980年。

萧统编《古抄白文文选》（残二十一卷），国家图书馆藏傅增湘过录本。

郭茂倩编撰《乐府诗集》，中华书局，1979年。

黄节笺释，陈伯君校订《汉魏乐府风笺》，人民文学出版社，1958年。

严可均辑《全上古三代秦汉三国六朝文》，中华书局影印本，1958年。

逯钦立辑校《先秦汉魏晋南北朝诗》，中华书局，1983年。

张溥辑《汉魏六朝百三家集》，上海古籍出版社影印本，1994年。

任昉撰，陈懋仁注《文章缘起注》，《丛书集成初编》本。

徐陵辑《玉台新咏》，文学古籍刊行社影印明寒山赵均覆宋本，1955年。

徐陵编，吴兆宜注，程琰删补，穆宏点校《玉台新咏笺注》，中华书局，

1985年。

童诰等辑《全唐文》，中华书局，1983年。

李昉等编《文苑英华》，中华书局，1990年。

章樵注《古文苑》，文渊阁《四库全书》本。

姚鼐编《古文辞类纂》，《四部备要》本。

李兆洛编《骈体文抄》，《四部备要》本。

林駉《新笺决科古今源流至论》，台北新兴书局，1970年。

贺复征编《文章辨体汇选》，文渊阁《四库全书》本。

高步瀛选注，陈新点校《两汉文举要》，中华书局，1990年。

高步瀛选注，陈新点校《魏晋文举要》，中华书局，1989年。

孙梅撰《四六丛话》，《万有文库》本。

费振刚、胡双宝、宗明华辑校《全汉赋》，北京大学出版社，1993年。

刘守宜主编《中国文学评论》（第一册），台北联经出版社，1977年。

刘师培著《中国中古文学史 论文杂记》，人民文学出版社，1984年。

罗根泽著《中国文学批评史》，上海古籍出版社，1984年。

陈柱著《中国散文史》，上海书店，1984年。

王运熙、顾易生主编，王运熙、杨明著《中国文学批评通史之二：魏晋南北朝文学批评史》，上海古籍出版社，1989年。

曹道衡、沈玉成编著《南北朝文学史》，人民文学出版社，1991年。

钱穆著《中国文学史》，中华书局，1993年。

刘勰著，黄叔琳注，纪昀评，李详补注《文心雕龙补注》，中原书局，1926年。

刘勰著，范文澜注《文心雕龙注》，人民文学出版社，1958年。

刘勰著，刘永济校译《文心雕龙校释》，中华书局，1962年。

黄侃著《文心雕龙札记》，中华书局，1962年。

杨明照著《文心雕龙校注拾遗》，上海古籍出版社，1982年。

王运熙著《文心雕龙探索》，上海古籍出版社，1986年。

刘勰著，詹锳义证《文心雕龙义证》，上海古籍出版社，1989年。

（日）户田浩晓著，曹旭译《文心雕龙研究》，上海古籍出版社，1992年。

钟嵘著，曹旭集注《诗品集注》，上海古籍出版社，1994年。

吕德申著《钟嵘诗品校释》，北京大学出版社，1986年。

许文雨著《钟嵘诗品讲疏 人间词话讲疏 附补遗》，成都古籍书店，1983年。

王发国著《诗品考索》,成都科技大学出版社,1993年。

张伯伟著《钟嵘诗品研究》,《南京大学学术文库》,南京大学出版社,1999年。

王晋江著《文镜秘府论探源》,天地图书有限公司,1980年。

(日)弘法大师原撰,王利器校注《文镜秘府论校注》,中国社会科学出版社,1983年。

(日)遍照金刚撰,卢盛江校笺《文镜秘府论校笺》,中华书局,2019年。

吴讷著,于北山校点;徐师曾著,罗根泽校点《文章辨体序说 文体明辨序说》,人民文学出版社,1982年。

古层冰著《汉诗研究》,上海启智书局,1934年。

王易著《乐府通论》,中国文化服务社,1946年。

邓仕梁著《两晋诗论》,香港中文大学出版社,1972年。

简宗梧著《汉赋源流及价值之商榷》,台北文史哲出版社,1980年。

马茂元著《古诗十九首初探》,陕西人民出版社,1982年。

萧涤非著《汉魏六朝乐府文学史》,人民文学出版社,1984年。

张仁青著《骈文学》,台北文史哲出版社,1984年。

洪顺隆著《六朝诗论》,台北文津出版社,1985年。

廖蔚卿著《六朝文论》,台北文津出版社,1985年。

王三庆著《敦煌本古类书〈语对〉研究》,台北文史哲出版社,1986年。

陈松雄著《齐梁丽辞衡论》,台北文史哲出版社,1986年。

姜书阁著《骈文史论》,人民文学出版社,1986年。

许学夷著《诗源辨体》,人民文学出版社,1987年。

马积高著《赋史》,上海古籍出版社,1987年。

李曰刚著《辞赋源流史》,台北文津出版社,1987年。

王运熙著《中国古代文论管窥》,齐鲁书社,1987年。

袁行霈著《中国诗歌艺术研究》,北京大学出版社,1987年。

曹道衡著《汉魏六朝辞赋》,上海古籍出版社,1989年。

万光治著《汉赋通论》,巴蜀书社,1989年。

褚斌杰著《中国古代文体概论》,北京大学出版社,1990年。

葛晓音著《汉唐文学的嬗变》,北京大学出版社,1990年。

刘文典著,管锡华整理《三余札记》,黄山书社,1990年。

程章灿著《魏晋南北朝赋史》,江苏古籍出版社,1992年。

刘跃进著《永明文学研究》，台北文津出版社，1992年。
傅刚著《魏晋南北朝诗歌史论》，吉林教育出版社，1995年。
梁章钜撰《文选旁证》，清光绪八年（1882）吴下重刻本。
汪师韩撰《文选理学权舆》，《丛书集成初编》本。
孙志祖撰《文选李注补正》，《丛书集成初编》本。
孙志祖撰《文选笔记》，《丛书集成初编》本。
谢康著《昭明太子和他的文选》，台北学生书局，1971年。
胡绍煐著《昭明文选笺证》，江苏广陵古籍刻印社影印本，1982年。
（日）中村宗彦编《九条家本文选古训集》，日本风间书屋，1983年。
高步瀛著《文选李注义疏》，中华书局，1985年。
黄侃平点，黄焯编次《文选平点》，上海古籍出版社，1985年。
林聪明著《昭明文选研究初稿》，台北文史哲出版社，1986年。
骆鸿凯著《文选学》，中华书局影印本，1989年。
洪业等编纂《文选注引书引得》，上海古籍出版社，1990年。
李景溁编著《昭明文选新解》，暨南出版社，1993年。
屈守元著《文选导读》，巴蜀书社，1993年。
游志诚著《文选学新探索》，台湾骆驼出版社。
游志诚、徐正英著《昭明文选斠读》，台湾骆驼出版社，1995年。
（日）斯波六郎著《文选诸本的研究》，《文选索引》附录，上海古籍出版社，1997年。
（日）斯波六郎编，李庆译《文选索引》，上海古籍出版社，1997年。
俞绍初、许逸民主编《中外学者文选学论著索引》，中华书局，1998年。
逯钦立遗著，吴云整理《汉魏六朝文学论集》，陕西人民出版社，1984年。
唐长孺著《魏晋南北朝史论丛》，生活·读书·新知三联书店，1955年。
唐长孺著《魏晋南北朝史论丛续编》，生活·读书·新知三联书店，1959年。
周一良著《魏晋南北朝史论集》，中华书局，1963年。
王瑶著《中古文学史论集》，上海古籍出版社，1982年。
郭绍虞著《照隅室古典文学论集》，上海古籍出版社，1983年。
汤用彤著《汤用彤学术论文集》，中华书局，1983年。
（日）兴膳宏著，彭恩华译《兴膳宏〈文心雕龙〉论文集》，齐鲁书社，

1984年。
钱穆著《中国学术思想史论丛》,台北东大图书有限公司,1985年。
徐复观著《中国文学论集》,台北学生书局,1985年。
曹道衡著《中古文学史论文集》,中华书局,1986年。
(日)兴膳宏著,彭恩华译《六朝文学论稿》,岳麓书社1986年。
刘麟生编著《中国文学八论》,香港南国出版社影印本。
(日)清水凯夫著,韩基国译《六朝文学论文集》,重庆出版社,1989年。
李详著,李稚甫编校《李审言文集》,江苏古籍出版社,1989年。
周一良著《魏晋南北朝史论集续编》,北京大学出版社,1991年。
饶宗颐著《文辙:文学史论集》,台北学生书局,1991年。
曹道衡著《中古文学史论文集续编》,台北文津出版社,1994年。
(日)清水凯夫著《清水凯夫〈诗品〉〈文选〉论文集》,首都师范大学出版社,1995年。
陈新雄、于大成主编《昭明文选论文集》,木铎出版社,1980年。
马茂元主编,洪湛侯编《楚辞研究集成》,湖北人民出版社,1984年。
赵福海等编《昭明文选研究论文集》,吉林文史出版社,1988年。
甫之、涂光社编《文心雕龙研究论文选(1949—1982)》,齐鲁书社,1988年。
赵福海主编《文选学论集》,时代文艺出版社,1992年。
俞绍初、许逸民主编《中外学者文选学论集》,中华书局,1998年。
程毅中、白化文撰《略谈李善注的尤刻本》,《文物》1976年第11期。
魏淑琴等编撰《中外昭明文选研究论著索引》,吉林文史出版社,1988年。
曹道衡撰《从文学角度看〈文选〉所收齐梁应用文》,《文学遗产》1993年第3期。
顾农撰《与清水凯夫先生论〈文选〉编者问题》,《齐鲁学刊》1993年第1期。
游志诚撰《论文选之难体》,台湾魏晋南北朝文学学术讨论会论文。
游志诚撰《敦煌古抄本〈文选〉五臣注研究》,1995年台湾敦煌学研讨会论文。
俞绍初撰《昭明太子萧统年谱稿》,1995年国际《文选》学讨论会论文。
曹道衡撰《关于萧统和〈文选〉的几个问题》,《社会科学战线》1995

年第 5 期。

傅刚撰《论文选"难"体》,《浙江学刊》1996 年第 6 期。

曹道衡撰《〈文选〉和辞赋》,郑州大学古籍所主编《文选学新论》,中州古籍出版社,1998 年。

后　记

　　1993年9月，我考入中国社会科学院研究生院，追随心仪已久的曹道衡师研读魏晋南北朝文学，入学前曾经准备以"魏晋南北朝乐府研究"为题，但道衡师指示我改作《〈昭明文选〉研究》，于是便有这本论文的问世。《文选》在中国历史上曾为"显学"，但自"五四"以后便衰落了。近十年来由于学术事业的发展，以及国际汉学界的促进，《文选》又受到了我国学者的关注。如何总结传统"选学"的成就，在新的历史条件下开展新的研究，这是摆在当代"《文选》学"研究者面前的任务。由于"选学"内容的精深，这个任务应该是十分艰巨的。虽然开始的时候也知道这一工作的难度，但实际上感觉到压力和艰辛的却是深入这工作之后的事了。对此，道衡师或督促砥砺，或指点迷津，常使我在惶惧的状态中又鼓足勇气。因此，这一初步工作的完成，实倾注了道衡师的无数心血。师恩浩荡，做学生的唯有努力进步，或可报答老师恩情于一二。

　　研究生院具有优秀的学习传统，十五年来它为国家培养了一批又一批品学兼优的人文和社会科学研究者，这都为后来者树立了榜样和奋进的目标。三年来我未或稍有懈怠，全力以赴地投入论文的准备和写作。写作过程中很幸运地得到了许多专家学者的指导和帮助，对此，我衷心感激给我以无私帮助和指教的老师们，他们是国家古籍整理领导小组办公室的许逸民先生，中国社会科学院文学研究所刘跃进先生，郑州大学俞绍初先生、宋恪震先生、陈飞先生、毛德富先生、徐正英先生，复旦大学王运熙先生，福建师范大学穆克宏先生，上海师范大学曹融南师，四川大学罗国威先生，以及台湾学者李景溁先生、游志诚先生。同时对在查阅资料中给我提供便利的北京图书馆善本部、北京大学图书馆善本部、郑州大学古籍研究所，以及我的母校上海师范大学图书馆、中国社会科学院研究生院图书馆、中国社会科学院文学研究所图书馆表示衷心的感谢。

　　北京大学袁行霈师对我的初步工作给予了热情的肯定和鼓励，并为

后记

我的下一步研究提供了十分难得的学习机会,心中的感激,远非言词所能表达,在此谨致谢忱!

特别要提到的是沈玉成师对我的工作曾给予许多关心和指导,不幸先生竟于1995年11月7日猝然病逝,不及见到我的论文完成。感念先生的厚德,不禁泫然!

三年的学习,对我固然是一次艰苦的磨炼,但对我的家人,这艰苦又远远超过了我。1993年小女傅斯原仅一岁余,我负笈北上,全部的生活重担交由内子王海文一人承当。三年来,妻以柔嫩的双肩不仅支撑上海的小家,还要支持远在北京的我,含辛茹苦,而无丝毫怨言。同时,我的岳父、岳母也以高龄之躯,不辞辛苦地照顾着我的家庭。家人的理解和支持,我将永远铭记于心!

永远铭记于心的还有我亲爱的母亲何家兰女士。我生多艰,年甫一纪,慈父见背,即由多病的母亲苦心抚养。1978年3月我考入大学,从此便睽离慈母。十余年来,南北奔波,未或稍安,常思一旦稍得安定,即把母亲接至身边,期能稍尽色养之孝。岂料这一点点私心也竟未能实现,1995年12月19日母亲竟弃我而去。待我星夜骏奔,赶回睢宁老家,母亲已经辞世,母子俩竟未见上最后一面。衔酷茹恨,彻于心髓!呜呼!古人云:"子欲养而亲不待""祭之厚不如养之薄"!切肤之痛,痛何如之!每念及此,肝肠寸断!学业既成,无由申达,惟以这本薄薄的论文祭献于母亲灵前,愿母亲的在天之灵能够安息!

博士论文完成了,但学习的道路还很漫长,我愿以驽钝之质,勤加鞭策,争取在我人生的下一个里程中,取得更好的成绩。是为后记,亦为自勉。

傅　刚

1996年4月12日于社科院研究生院抱一斋

【又记】 论文完成后,得到刘文忠教授、张亚新教授的评阅,给予许多指正,特此致谢!1996年5月,本文在中国社会科学院文学研究所通过答辩,答辩委员会由袁行霈教授、邓绍基教授、许逸民教授、徐公恃教授和导师曹道衡教授组成,对论文肯定之余,也提出许多批评意见,此文即在各位老师批评的基础上作了修改,谨此对各位老师表示诚挚的感谢!本文的出版,承蒙曹道衡先生、袁行霈先生、许逸民先生及钱中文先生的推荐,又先后得到方克立先生、栾贵川先生、苏燕华先生的关怀和支持,在此表示衷心的谢意!本书的责任编辑冯广裕先生,对书中不规范的体例,乃至行文之误,以非常专业的眼光,予以一一指正,使本书避免了许多不应有的谬误,在此特别致谢!

1998年10月16日又记于北京大学四公寓

重 版 后 记

本书于 2000 年选入"中国社会科学文库",在中国社会科学出版社出版,至今已经二十余年,初版书早已售罄,学术界朋友或有问起,因谋再重版。今承北京大学出版社允为梓印,甚所感谢!

本书是我的博士论文,1999 年获首届全国优秀博士论文奖。其时正是《文选》学重获新生,中国学者在继承传统"《选》学"基础上,开辟新《选》学研究的重要时期。《文选》在 1919 年的新文化运动中,曾被视为封建社会古典文学的代表,被斥之为"谬种"。自那时以来,《文选》受到不公正对待,读书人视为洪水猛兽,直至 20 世纪 80 年代,世人多不知《文选》为何物,这种因现实政治影响到传统文化的事例,在《文选》一书上表现最为突出。1988 年,改革开放的春风深深吹拂到学术研究的各个领域,《文选》学禁区终于被打开,中国学术界首次在长春召开了国际《文选》学研讨会,中、日、韩、美等多国学者聚于长春师范学院,共同讨论《文选》学,学术气氛之热烈,盛况空前。又经过几年的努力,1995 年,国家级《文选》学会终于获得批准成立,秘书处设在郑州大学。我于 1993 年考入中国社会科学院研究生院,追随曹道衡先生攻读博士研究生。曹先生时为中国《文选》学会首任会长,即指示我以《文选》研究作为博士论文题目,可谓正得其时。这是中国大陆第一篇《文选》学博士论文,当时需要处理的问题很多,除了与《文选》编纂相关的专书研究问题外,我还思考《文选》与文学史、集部编纂史间的关系,试图构建这中间的逻辑关系,挖掘深层原因。这也就是本书上编《〈文选〉编纂背景研究》写作的原因。我的思路是,既将《文选》作为专书研究,也作为文学史、文学批评史、《文选》文献学史研究,从背景研究中,可以看出齐梁时期的文学思想、文学写作面貌,以及集部编纂动因、目的、编纂体例如何确定等。关于《文选》的编纂,以往的《选》学研究,取得了较好的成果,但由于多是单篇论文,不成系统,所以不完整,也难以做到深入。20 世纪 30 年代先后出版的周贞亮和骆鸿凯的两部《文选学》,是在传统《选》学以后,以著作的形式，对《文选》学所作的全面系统论述。这两部著作，已经形成了自己的体系，将有关《文选》编纂的核心问题集中起来，设章节讨论，后人评为新《选》学的开启者。可惜，自那以后，这样有系统的综合研究没有再出现过。因此，当我在 1993 年进入《文选》学研究的时候，既要对以骆鸿凯《文选学》为代表的既往研究成果作总结（周贞亮著作由王立群先生发现，在我博士毕业之后了），也要对在他之后，随着学术新思想、新方法出现而反映在《文选》学研究中的重要成果进行清理和斟酌取舍。1919 年以后的《文选》学，虽然受到新文化运动的影响而未能有大规模的研究，研究的深度也有不足，但是一些具体问题的讨论，仍然出现不少优秀的成果。因此，我在本书的下编《〈文选〉的编纂及文本研究》里，集中就《文选》的编者、编辑时间、编辑体例、编辑目的以及《文选》所选文章的三十九种文体，展开讨论。这些讨论，充分尊重前贤的观点和结论，无论同意与否，都在个人的文献搜辑和分析中进行辨析和验证，有补充，有驳正，有新意见。我的研究，坚持以材料为先，同时，持同情的理解态度看待历史现象，读者可以参考我在本书《导言》中所列关于学术研究的几条原则。

《文选》研究在 2000 年以后，得到了飞速发展。本书在 2000 年出版，时至今日，《文选》学会也已经召开到第十三届了，学术队伍也涌现出一大批年轻学者，研究的领域逐渐扩大和加深，本书中讨论的问题，有很多又有了新成果，这是学术发展喜人的现象。学术研究，尤其是人文科学研究，建立在坚实材料基础之上的观点和结论，生命力是长久的，学术价值也是长久的，后来的研究者，才能继承和发展。学术当然要发展，但更要继承和总结，要了解和理解前代学者研究的学术背景和条件，明白历史有阶段性，每一历史阶段有自己的任务和使命，能否恰当地认识使命，并恰当地完成任务，是衡量学者研究水平的尺度。历史阶段的使命给了当时学者鲜活的生命力，但这个生命力又恰是历史的局限。历史局限是不可回避的，恰是这局限的历史阶段，让优秀的学者能够取得历史阶段需要的成绩。后之视今，亦犹今之视昔，多一分同情理解，便多一分研究的深度和高度。我是如此看待前人的研究，也希望读者如此看待我们这一代人的研究。

回想三十年前（1993）写作这本博士论文时，虽然当时已近不惑，但仍然感觉青春年少，生命力和创造力无限，意气风发，挥斥方遒。前一版书附有作者照片，是当时写作状态的写真。三十年转瞬而过，世界与人生都已经发生了万千变化。当年年轻的学子，今日已入老迈；而我们的师辈，竟多凋零。我的指导老师曹道衡先生于2005年仙逝，论文写作中给予我帮助以及参加论文答辩的委员、评议人如沈玉成先生、邓绍基先生、刘文忠先生亦先后辞世，想起诸位先生往日对我的关怀，不禁感慨嘘唏！学术界前辈在我学习和研究的道路上，给予诸多帮助，无私指导和奖掖，才能使自己不敢倦怠，而不至停滞裹足。我本愚钝，蒙导师以及诸位前辈不弃，砥砺自己在学术道路上不断跋涉，而能有些微收获。对于他们，自然常怀感恩！我们这一代学人，是在"文革"中完成的中、小学教育，先天不足是我们不可避免的软肋。但我们又是改革开放后第一批参加高考进入大学的学生，考入大学之时，学术前辈们对我们寄予了厚望，而我们也乘借改革的春风，在思想解放的年代里成长，对自己学术人生规划也曾信心满满，也曾青春活力无限。然而不知何时，飞霜染头，头童齿豁！在人类社会的长河里，人生真是太短暂了，而年轻时的抱负又是多么地不堪回首！但踏实走过的路总是会留下踪迹，短短人生的些微收获虽微不足道，亦是人类历史长河的一粟，也是一代人的足迹，得失自由后之人评说，我们这一代人作了自己应该作的事而已。年轻时读《钢铁是怎样炼成的》，常以这段话为座右铭："人的一生应该是这样来度过的：当他回首往事时，不因虚度年华而悔恨，也不因过去的碌碌无为而羞耻。"虽然自己所做的事是如此微小，但的确没有碌碌无为，苟且偷生过。自从知读书以来，虽不能如钱穆先生那样一生中仅一天不读书，但若几日不展书、不捉笔，心中难免忐忑不安，虽然不敢比肩时贤，但能心下无愧，如此想来，倒也心平。钟文烝说，学问但求平心尽心，这也正是我所秉持的态度。

本书重版，蒙杜晓勤兄、马辛民兄襄助甚多，又承责编吴远琴女史督促和审校，学生沈相辉博士帮助通看校样，在此一并感谢！

傅　刚

2023年3月27日于抱一斋